一个女人一生中的
二十四小时

茨威格小说精选

[奥]斯蒂芬·茨威格 著　关惠文 译

中国友谊出版公司

图书在版编目（CIP）数据

一个女人一生中的二十四小时 ／（奥）茨威格著；关惠文译. — 北京：中国友谊出版公司，2011.12（2022.1重印）
ISBN 978-7-5057-2944-5

Ⅰ.①一… Ⅱ.①茨… ②关… Ⅲ.①短篇小说-小说集-奥地利-现代 Ⅳ.①I521.45

中国版本图书馆CIP数据核字(2011)第222587号

书名	一个女人一生中的二十四小时
作者	[奥]斯蒂芬·茨威格
译者	关惠文
出版	中国友谊出版公司
发行	中国友谊出版公司
经销	新华书店
印刷	唐山富达印务有限公司
规格	889×1194毫米　32开
	10.375印张　218千字
版次	2012年7月第1版
印次	2022年1月第2次印刷
书号	ISBN 978-7-5057-2944-5
定价	59.00元
地址	北京市朝阳区西坝河南里17号楼
邮编	100028
电话	（010）64678009

版权所有，翻版必究
如发现印装质量问题，可联系调换
电话　（010）59799930-601

我的母语世界已经沉沦并抛弃了我，
而我的精神家园欧洲亦已自取灭亡。

Stefan Zweig

  当人们在讨论为何茨威格选择离开世界的时候，很少有人能深刻了解在肉体死亡前他的理想已经破灭，他怀着沉重的心情在遗书上写下这句话。

Stefan Zweig

斯蒂芬·茨威格(1881—1942),
享誉世界的小说家、诗人和传记作家。

青年茨威格

在世界文坛，一个流亡作家死于异国，却由异国政府为他举行国葬，史蒂芬·茨威格是第一个。茨威格历经两次世界大战并惨遭纳粹迫害，他一生没有得过任何文学奖项，却被视为"历史上最好的传记作家"，俄国大文豪高尔基称茨威格是"世界第一流的作家"。茨威格的作品译文之多、销量之大，令同时代的其他作家难以望其项背。

茨威格1881年出生于奥地利维也纳一个富裕的犹太家庭。中学毕业后在维也纳和柏林攻读哲学和文学。1903年获博士学位。1904年他完成关于泰纳的博士论文，从维也纳大学毕业。其间他发表了第一篇中篇小说，这种文学样式后来让他享誉世界。茨威格的写作方法很特别，把谨慎的心理分析、引人入胜的叙述方式和极好的修辞风格融为一体。

茨威格热爱旅行，于1910年踏足印度，两年后游历美国。第

茨威格与第一任妻子弗里德里珂

一次世界大战爆发后，他自愿入伍，被委派从事战时新闻服务。战争的进程和他的朋友法国作家罗曼·罗兰对他的影响使他越来越反对战争。1917年，茨威格第一次在服役期间休假，并创作戏剧《杰里迈亚》来反对战争。后来退役，搬到了中立国瑞士的苏黎世，在那里作为记者为《维也纳新自由报》工作。

战争结束后，茨威格回到了奥地利，并于1919年和第一任妻子弗里德里珂·冯·温特妮茨结了婚。作为有责任感的知识分子，茨威格积极参加反对民族主义的活动，宣传"欧洲要有统一精神"的思想。在此期间，他创作了很多作品。1927年，他完成历史特写《人类的群星闪耀时》。在书中他选择了历史上的十个伟大时刻进行描写，这些时刻有的改变了整个欧洲（如《滑铁卢的一分钟》），有的改变了一个人的命运（如《亨德尔的重生》），有的创作出闻

茨威格与第二任妻子绿蒂

名世界的《马赛曲》(如《一个流星般的天才》),有的断送了一个千年古国(如《拜占庭的沦陷》)。

1928年,茨威格到苏联旅行,在那里他的作品通过高尔基的努力出版了俄语译本。同时他写作传记,受弗洛伊德的思想影响,他偏重对人物的心理分析。茨威格写了巴尔扎克、狄更斯、陀思妥耶夫斯基、荷尔德林、克莱斯特等人的传记。1929年他完成小说《旧书商门德尔》。1930年茨威格将作品《精神疗法》献给爱因斯坦。

1933年希特勒上台后,茨威格和海涅、托马斯·曼等人的作品被纳粹党人焚烧殆尽,为了反对奥地利与纳粹德国合并,茨威格毅然放弃自己的奥地利国籍。当年10月,已经誉满欧洲的茨威格被迫迁往伦敦,成为一个"亡命敌国的异乡人"。

茨威格在书房

1936年,茨威格的作品在德国被掌权者查禁,同时,他的第一次婚姻结束了。1938年奥地利也陷入了纳粹的掌控,茨威格移民英国,并和第二任妻子绿蒂·阿尔特曼结了婚。第二次世界大战爆发后,茨威格加入了英国国籍。1942年茨威格与妻子移居巴西,住在里约热内卢北部山区的一栋小木屋里。

1942年2月22日,茨威格和第二任妻子绿蒂相拥服药自杀——"出于自愿和理智的思考",出于对他的"精神家园欧洲"的毁灭的痛心。23日,二人双手紧握的尸体被发现。巴西总统亲自主持了国葬仪式,他的灵柩被安葬在国王彼德罗二世的墓旁。

茨威格一生只活了六十一岁,就像一只展着受伤羽翼而长途飞行的野鸽,带着和平与人道的信笺,在始终寻觅不到落脚之地

茨威格的笔记

时坠地。即使在绝望于个人前途时，依然挂念着人类的未来。他在未完成的遗稿《青云无路》中写道：

> 人和动物相比，唯一的优越之处在于他什么时候想死就可以去死，不只是到了非死不可的时候才死。这也是人的一生偷不去的、抢不走的、一直可以享用的、唯一的一点点自由吧，这就是毁灭生命的自由。

目录

灼人的秘密　　　　　　001

恐　惧　　　　　　　　067

一个陌生女人的来信　　116

看不见的收藏　　　　　158

情感的迷惘　　　　　　172

一个女人一生中的二十四小时 253

灼人的秘密

伙伴

　　机车沙哑地吼叫着，塞默林①到了。黑色的列车在山上银白色灯光的照耀下停了一分钟，下来几个穿着五颜六色衣服的乘客，又上了几个人。到处是恼人的噪音。接着，前面的机车又沙哑地嘶鸣起来，扯动黑色的车链，嘎嘎地开了过去，冲进隧道的洞口。广漠的景色又纯净地展现出来了，清晰的背景，被湿润的风吹得分外明亮。

　　下车的人中有一位年轻人，他那考究的衣着，带有天然弹性的步履。给人以好感。他迅速地走在别人前边，叫了一辆去旅馆的马车。马儿不慌不忙地在上坡路上嘚嘚地走着。空气里充满春意，那只有五六月才特有的洁白而轻盈的浮云，像穿着白色衣裳的轻佻的小伙子，在蓝色的空中嬉戏奔跑，时而躲藏在高山背后，时而互相拥抱，又再度逃开，有时像手绢似的揉成一团，有时又散成丝片，末了又戏弄地给群山头上戴上白色的帽子。风在

---

① 塞默林，奥地利境内阿尔卑斯山的一个隘口，在维也纳附近，海拔九百八十五米，铁路线在海拔八百九十三米的高度从隘口的隧道里通过。塞默林是奥地利著名的避暑胜地，又是从事冬季运动的场所。

高空奔驰,狂暴不羁地摇动着细长的沐雨的树枝,直摇得根根枝丫咔咔作响,飞落下千百颗晶莹的水滴。有时仿佛从山里飘来清凉的雪的芬芳,随后又让人呼吸到一种又甜又冲鼻的气息。空中和地上的一切都在骚动,显得极度的烦躁不宁。马匹轻轻地喷着鼻息,往已是下坡的路上跑去。小铃铛在前边叮叮当当作响。

一到旅馆,这位年轻人就立即跑到旅客登记处,匆匆地稍一浏览,马上就失望了。"我干吗到这里来?"他开始烦躁不安地自忖,"光在这里的山上待着,没有社交,这比在办公室还烦人。显然,我来得不是太早就是太晚,每逢假期,我的运气总是不好,登记本上没有一个熟悉的名字。哪怕有几个女人在这里也好,那就可以来次小小的、必要时甚至是真挚的调情,而不至于索然寡味地度过这个星期。"这位年轻人是个男爵,出身于一个名望不是那么太高的奥地利官僚贵族,现在总督府供职。他这次短短的休假并没有特别必要,只是因为他的同事都休过了一星期春假,而他又并不愿意把自己的一周假期送给国家。他虽然不乏才干,却具有一种喜爱社交的秉性,喜欢在各种人物的圈子里出头露面,并深知自己对于孤独是一筹莫展的。他从来不喜欢深居简出,尽可能地避免只身独处,因为他根本不愿意闭门反躬自省。他知道,他需要人的摩擦面,以便使他内在的才华、他心底的热情得以放纵,并燃起火光,而他一人独处时则是冷冰冰的,毫无用处,就像那装在匣子里的火柴。

他沮丧地在空无一人的前厅里踱来踱去,时而心不在焉地翻翻报纸,时而又在音乐室的钢琴上弹一曲华尔兹,不过手不由己,老是弹不出正确的旋律。后来他就烦躁地坐下,凝视着窗外。窗外夜幕正缓缓下垂,灰色的雾霭像蒸气一样从松林中升腾起来。他心烦意乱、百无聊赖地在那里待了一个小时,就走进了餐厅。

餐厅里才只有几张桌子坐了人,他都匆匆地投以一瞥。毫无所获！只有那边的一位教练——他是在跑马场认识的——漫不经心地招呼了他，还有一张面孔在环城路①上见过，此外，什么也没有了。没有女人，没有任何能够引起一次——即便是短暂的也好——钟情的对象。他本来就沮丧的情绪变得更加烦躁。像他这样的年轻人，他们标致的面孔常使他们获得成功，他们心里总是在为一次新的相遇、一次新的经历做好准备，他们总是急不可待地憧憬那未知的艳遇，他们对任何看来意外的事情都不会吃惊，因为一切早就在他们预料之中了。他们的眼睛不会放过任何性爱的东西，因为他们投向每个女人的第一瞥目光，就是从肉欲上打量的，而且不管她是朋友的妻子，还是给他开门的女仆。如果以某种草率的鄙视态度把这些人称作追逐女人的能手，那么无意中就会使这个字眼包含多少由观察而得来的真理啊！因为在他们身上确实集中了狩猎者各种强烈的本能：侦察、兴奋和心灵的冷酷。他们的举止总是落落大方，时刻准备着，而且一心想寻花问柳，并穷追不舍，不达目的决不罢休。他们总是充满激情，但不是恋人那种高尚的激情，而是赌徒那种冷酷的、谋略的、危险的激情。他们当中有一些固执的人，他们不仅把青年时期，甚至单是由于等待机缘就把整个一生变成无穷无尽的追逐冒险，他们把一天分解成几百次小的官能享乐——马路上的一瞥、一个瞬息即逝的微笑、对坐时轻轻触到的膝头，把一年又分解为几百个这样的日子。对他们来说，官能享乐就是永远潺潺流动的、富于滋养的、充满刺激的生活的源泉。

然而这里却没有一个可供玩弄的对手，这一点，这位在用目光狩猎的人马上就看清了，宛如一个赌徒手里拿着牌，满怀信心地坐在绿色的赌桌旁，却等不到一个对手。对一个赌徒来说，任

---

① 维也纳市中心的一条繁华大街。

何刺激都没有这种刺激最使人恼火的了。男爵要了一份报纸,他的目光阴郁地在字行上移动,但思想却是麻木的,像是醉酒似的在这些铅字上磕磕绊绊。

忽然他听见背后有衣服的窸窣声和一个略为有点生气的装腔作势的声音:"Maistaistoidonc①,埃德加!"

一个穿着绸衣的女人走过他桌旁,衣服发出轻微的窸窣声,旁边投下高大而丰腴的身影,她后面跟着一个脸色苍白的小男孩,他穿着黑丝绒上装,目光好奇地扫了他一眼。这两个人在对面为他们留着的桌旁坐下,孩子显然竭力想使自己的举止合乎礼节,但是从他不安静的黑眼珠看来却又做不到。这位夫人——年轻男爵的注意力全在她身上——穿着十分整齐和优雅,他非常喜欢她这种类型,这是一个快要进入中年的犹太女人,身材显得稍为丰满了些,热情充沛,可又善于把自己的热情隐藏在高雅的伤感后面。起初他还不敢看她的眼睛,只是欣赏她那两道弯弯的、美丽的眉毛,在她那柔嫩的鼻子之上呈一弧形,那秀丽的鼻子虽然显示了她的种族,但这高贵的造型却也使她的轮廓显得分明和可爱。她的头发如同她丰满的身体上一切女性的东西一样,长得特别浓密。看来她对自己的美貌颇为自信,对于种种仰慕早已司空见惯。她轻声地点了饭菜,并教训正在叮叮当当玩叉子的男孩——做这一切的时候,她装出一副漫不经心的神态,对男爵小心翼翼投来的目光,装出不在意的样子,而实际上正是由于他那目不转睛的眼光才迫使她这般拘束和小心的。

男爵阴沉的脸一下子变得豁然开朗起来:眉开眼笑,精神焕发,皱纹平整了,肌肉放开了,因此他的身材也一下子变得魁梧了,眼睛闪闪发光。他同那些需要男人在场才能焕发自己全部力

---

① 法文:别说话!

量的女人完全一样,只有情欲的刺激才能把他的精力全部调动起来。潜伏在他心里的猎手嗅出了这里有猎物。他的目光挑战似的搜寻她的目光,要与之相遇。她的目光闪烁着犹豫的神态,有时在移动中与他的目光交叉,但却从不做什么明确的回答。他觉得她的嘴角有时也泛起一丝微笑。不过这一切都是那么模棱两可,而使他激动的,却正是这种不可捉摸的神情。唯一使他觉得有希望的,是她的目光常常在扫视,这意味着反抗和拘束,再加上她同孩子的谈话显得出奇的谨慎,这显然是做给一个观众看的。他感觉到,过分强调这种惹人注意的镇定正是用来掩饰她心猿意马的一种手法。他自己也激动了:这场戏已经开场了。他巧妙地拖长吃饭的时间,目光几乎不停地把这位夫人紧紧盯了半个小时,直到他默画了她脸上的每一根线条,能无形地触摸她丰腴身体的每个部位为止。外面天色更暗了,大片雨云向树林伸出灰色的双手,树林像孩子似的,因为恐怖而呻吟起来,挤入屋内的阴影也越来越浓了,沉默使屋里的人越加感到窘迫。他觉察到,在寂静的威胁下,母亲同孩子的谈话变得越来越勉强,越来越不自然,话快说完了。这时他决定进行一次试探:他第一个站起身来,经过她的身旁慢慢向门口走去,久久凝望着室外的景色。到了门口,他像是忘了什么东西似的,突然把头转过来,一下子就逮住了她:她活泼的目光正在望着他的背影呢。

  这情景刺激了他,他在前厅里等待着。不一会儿她来了,拉着男孩。路过时顺手翻了翻几本杂志,给孩子看了几张图片。当男爵像是偶然地走到桌旁,装着去找本杂志,实际是为了再进一步窥视她那湿润晶莹的目光,或许有机会同她搭讪时,她就转过身子,轻轻拍着她儿子的肩膀说:"Viens,埃德加! Aulit!"[①]

[①] 法文:走吧,埃德加!该睡了!

说着就冷冷地从他身边走了过去。男爵略为扫兴地目送着她。本来他曾计划要在今天晚上结识她的，而她这毫不留情的态度使他失望了。但归根结底这抗拒之中包含着诱惑，而恰恰是这种让人捉摸不定的态度刺激了他的欲望。无论如何，他已经有了伙伴，这出戏可以演出了。

神速的友谊

第二天早晨，男爵走进大厅。他看见那位漂亮女人的孩子正在那儿和两位开电梯的仆人聊得起劲，孩子正给他们看卡尔·梅依[①]的一本书里的插图。他妈妈不在，显然还在梳妆哩。男爵现在才仔细地观察这个男孩。这是个腼腆的孩子，发育得不太好，有点神经质，大约十二岁，手脚老是不停，有一双到处窥视的黑眼睛。如同这样年龄的孩子常有的那样，他显出无缘无故受到惊吓的样子，就像刚被叫醒又突然被置于陌生的环境中似的。他的面孔不算不好看，但是还没有定型，在他身上成人和儿童的斗争还刚刚开始，胜负未定；他脸上的一切好像是手捏出来的，尚未成型，线条轮廓很不分明，只是把苍白和不安糅合在一起。此外他正处于那种不利的年龄，这时他们的衣服总不合身，袖子和裤子在瘦削的肢体上松弛地晃动着，而他们也从没有去注意修饰外表，讲究穿着。

这男孩在这里犹豫不决地晃来晃去，样子怪可怜的，他站在这里老碍别人的事。门房被他用各种问题纠缠得烦死了，一会儿就把他推开，但是一会儿他又挡住了大门，显然他缺少友好的伙伴。孩子喜欢问东问西，因此就去找旅馆的仆役，要是他们正好有时间，

[①] 卡尔·梅依（1842—1912），德国作家，专写一些以印第安人为题材的惊险小说。

就回答他，但当看见有人来了，或者有什么紧急的事要做，谈话就立即中断。男爵面带笑容，饶有兴味地注视着这个不幸的男孩，孩子对一切都好奇地打量着，但一切都不友好地躲开他。有一次男爵紧紧抓住了这个好奇的目光，但是那黑溜溜的眼睛一旦发现自己探索的眼光被抓住，就立即怯生生地将目光收了回去，躲在下垂的眼皮后面。男爵觉得这很有意思，他开始对男孩产生了兴趣。他自忖，这孩子仅仅是由于胆怯才这么腼腆的，能不能把他作为去接近那女人的最迅速的媒介呢？无论如何，他要试一试。男孩刚刚又跑到门外去了，他就悄悄地跟着。这孩子需要温柔与爱抚，只见他抚摸着白马的玫瑰色的鼻孔，可他真没运气，马车夫也相当粗暴地把他撵走了。现在他又伤心又无聊地荡来荡去，空虚的眼神里含着一丝儿悲哀。这时男爵就同他搭话了：

"喂，小家伙，你喜欢这儿吗？"他突如其来地说，竭力使他的口气平易近人，毫无架子。

孩子的脸涨得绯红，怯生生地在发愣，有点害怕似的用手按着心口，难为情地来回转着身子。一位陌生的先生和他谈话聊天，这在他的生活中还是第一次。

"谢谢，很喜欢。"他结结巴巴地说了这么一句，最后一个字只在喉咙里咕噜了一下，就咽了回去。

"我觉得很奇怪，"男爵笑着说，"这本来就是个很乏味的地方，尤其是对像你这样的年轻人，你整天干什么呢？"这男孩依然不知所措，不能爽快地回答。这位漂亮的陌生先生来找他这个无人过问的孩子聊天，这真可能吗？这使他既羞涩又骄傲，他费力地鼓足了勇气。

"我看书，然后我们散步，有时候我们也坐车，妈妈和我。我是来这里休养的，我生过病，大夫说我得多晒太阳。"

最后几句话他已经说得相当镇定了。孩子们对自己生病总感到很骄傲，因为危险使得他们在家人眼里显得倍加宝贵。

"是啊，太阳对于像你这样的年轻人非常必要，它一定会把你晒得黑黑的。但是你也不能整天坐着晒太阳，你应该到处跑跑，痛快地玩玩，也可以来点儿恶作剧。我觉得你太老实了，你看起来像是个整天待在家里、手里捧着又厚又大的书本啃个不停的书呆子。我记得我在你这么大的时候简直是个淘气包，每晚回家时裤子都撕破了。你别太老实了。"

孩子下意识地笑了，这一笑可解除了他的恐惧心理。他本想也说几句，但觉得在一个如此友好亲切的陌生先生面前这样随便就显得太放肆了。别人说话他从来不插嘴，而且老是容易发窘；现在由于幸福和羞怯，他更不知所措。他很希望和这位先生的谈天继续下去，可是却什么话也想不出来。幸好这时旅馆的那条大黄狗走了过来，嗅了嗅他们两人，并乖乖地摇着尾巴让人抚摸。

"你喜欢狗吗？"男爵问。

"噢，很喜欢。我祖母在巴登①的别墅里养了一条狗，我们在那里住的时候，它整天都跟着我。不过我们只是夏天才到那里去玩。"

"我家里，在我的庄园里，有二十多条狗，如果在这里你听话，我就送你一只狗，送你一只白耳朵的棕毛小狗。你要吗？"

孩子高兴得脸都红了。

"嗯，要的。"

这句话脱口而出，说得热切而贪婪，但接着又胆怯地、像吓着一样，吞吞吐吐地说出他的担心。

"可是妈妈不会同意的。她说她不能让人在家里养狗，狗太使人讨厌了。"

---

① 巴登，这里指奥地利的巴登城，以风景秀丽和温泉浴场而出名。

男爵不觉喜形于色，终于把话题转到了他妈妈身上。

"妈妈那么严厉吗？"

孩子思索着，对他注视了片刻，似乎在自问，对这位陌生的先生是否可以信赖。回答是谨慎的：

"不，妈妈并不严厉。因为我刚生了病，现在她什么都允许我的——甚至她也许会同意我养条狗呢。"

"要我为你说情吗？"

"要，请您给说说吧！"男孩高兴得叫了起来，"这样妈妈肯定会答应的。这条狗是什么样的？白耳朵，是吗？它会把捕获物找到叼回来吗？"

"会，它什么都会。"男爵如此迅速地就从男孩的眼里发现了闪烁着的热切的光辉，他为此粲然一笑。开始时的拘谨一下就消失了，由于害怕而收敛起来的热情一下子就喷涌而出。这个原来腼腆的、羞涩的孩子转瞬间就变成一个热情嬉闹的男孩子。男爵不由自主地想，要是那位母亲也是这样，在胆怯之后也这么热烈就好了。刚这么想，那男孩就蹦到他身上，向他提出了二十个问题：

"这只狗叫什么名字？"

"叫卡罗。"

"卡罗！"孩子欢天喜地地叫道。

大概他说每句话都在笑，都在欢叫，被这喜出望外的喜讯陶醉了。事情竟进展得出人预料地神速，连男爵本人都感到很吃惊。他决心趁热打铁。他邀请这孩子跟他一块散散步，而这可怜的孩子呢，几个星期以来就渴望着有人跟他一起玩玩，听了这个邀请，他简直欣喜若狂。这孩子被他的新朋友用一些像是偶然想到的问题所引诱，喋喋不休地把什么事都讲了出来。一会儿工夫，男爵对这个家庭的一切就一清二楚了，尤其是知道了埃德加是维也纳某律师的独生子，出身于一个富有的犹太资产阶级家庭。他通过巧妙的询问，马上就打听到，他母亲对塞默林完全不感兴趣，她曾抱怨这里没有谈得来的朋友，他甚至觉得，从埃德加回答他妈妈是不是喜欢他爸爸这个问题时的支支吾吾的神气，可以推测到关系准不那么妙。他对自己的做法几乎感到羞愧了，他轻而易举地就从这天真无邪的孩子嘴里把这些细微的家庭秘密套了出来。因为埃德加完全信任了他的新朋友，并为自己讲的事情居然能引起一个大人的兴趣而感到自豪。再加上散步时男爵曾把胳膊搭在他的肩上，大家都会看到他和一个大人的关系是多么亲密，埃德加那颗幼稚的心灵由于这种自豪感而剧烈地跳动起来，他渐渐忘了自己是个孩子，无拘无束地像同年龄相仿的人那样滔滔不绝地谈个不休。从他的谈吐中可以看出，埃德加很聪明，正如大多数病弱的孩子一样，由于跟成人在一起的时间比跟同学在一起的时间多而有些早熟，对于自己倾慕或敌视的人或事，反应出奇的激烈。他对任何事情都不能心平气和，谈到任何人或事时，不是特别喜爱，就是极端仇恨，甚至恨到脸都会扭曲得凶狠、难看。也许因为刚生了病的原因吧，他说话带点粗野和突如其来的道，这使他的言谈如火样的炽热，看来他的笨拙只不过是对自己激情的一种恐惧，一种他费力加以压抑的恐惧而已。

　　男爵轻而易举地得到了他的信任。仅仅半个小时，他就掌握了这颗火热的不安地颤动着的童心。欺骗孩子，欺骗这些难得被人爱的天真无邪的孩子真是轻而易举的事。他只要把自己的身份忘掉就行了。这样同孩子说起话来就会自然而然，无拘无束，使孩子也觉得他是个小伙伴，于是几分钟之后两人之间任何感情上的距离也没有了。埃德加简直欣喜若狂——在这寂寞的地方突然找到了一位朋友，一位多好的朋友啊！他把维也纳的小男孩全都忘了，连同他们细声细气的声音和幼稚可笑的废话，他们的形象好像都让位给这位新的大朋友了。当这位大朋友告别时又一次邀请他明天上午再来的时候，当这位新朋友像大哥哥似的从老远向他招手的时候，他自豪得连心都要跳出来了。这一刻也许是他生活中最美好的时刻。欺骗孩子真是易如反掌——男爵向这个跑着走开的孩子微笑着。现在他有了介绍人。他知道，孩子一定会去讲给他母亲听，一直要把他母亲折腾得筋疲力尽方才罢休，他准要每句话都复述一遍——这时他怡然自得地想到，他在提到她的时候加了一些奉承话，譬如每次他都用埃德加的"漂亮的妈妈"这个词来称呼。这位健谈的孩子不把他妈妈和他引到一起是不会安静的。对这一点他确信无疑。他无须自己动手就可以缩小他和这位漂亮的女人之间的距离，现在他可以安安静静地做他的梦，眺望一番景色，因为他知道，一双热烈的小手就会为他筑起一座通向她的心扉的桥梁。

三重唱

几小时以后证实，这个计划是非常出色的，每个细节都获得了成功。当年轻的男爵故意稍稍晚些进入餐厅的时候，埃德加从椅子上一跃而起，急忙向他致意——面带幸福的微笑，向他招手，同时拉着他母亲的袖子，慌张而激动地在劝说她，一面以引人注目的手势指着男爵。他母亲不好意思地红着脸斥责孩子这些任性的举止，可是终究还是不能不往那边瞧瞧，以照顾孩子的意愿。男爵立即抓住这个机会恭恭敬敬地鞠了一躬。这样彼此就算认识了。她不得不回礼，但此后就把头埋得更低，只顾吃她的东西，整个用餐时间都小心翼翼地避免再往那边看。埃德加可不是这样，他不住地望着那边，有一次他甚至想和那边说话，这种放肆的行为立即遭到了他母亲的严厉责备。吃过晚饭以后他就该去睡觉了，这时他和妈妈悄悄说了好一阵子话，结果是他的热切请求得到允许，于是就走到另一张桌子去向他朋友道别。男爵对他说了几句亲切的话，这又使这孩子的眼睛里露出了光辉，他和他聊了几分钟。突然男爵巧妙地把话一转，站起来向另一张桌子转过身去，祝贺邻座那位有点不知所措的女士有这么个聪明伶俐的儿子，说他上午跟她儿子在一起十分愉快——埃德加站在旁边，快乐和骄傲使他的脸都红了——又问起孩子健康，问得十分详细，提了许多具体问题，迫使母亲只好一一作答。这样他们就不可遏止地进行了一次较长的谈话，男孩对此感到非常幸福，并以一种敬畏的心情倾听着。男爵作了自我介绍，并相信觉察到他那响亮的名字对这位爱慕虚荣的女人产生了某种印象。总之，她对他非常彬彬有礼，尽管她丝毫未失自己的尊严。甚至还先向他提出告别，她抱歉地说，这是因为孩子的缘故。

　　孩子激烈反对，说他不困，愿意通宵不睡。可是他母亲已经向男爵伸出了手，他尊敬地吻了它。

　　这一夜埃德加睡得很不好。他心里像一团乱麻，既有极度的幸福，又有稚气的绝望。因为在他的生活里，今天发生了新的事情：他第一次进入了大人的行列之中。他半睡半醒，忘掉了自己的童年，似乎自己一下子长大了。直到现在，他一直孤单地受着教育，常常生病，没有几个朋友。他需要温暖爱抚，但是除了父母和仆人之外，别无一人，而父母亲也很少照看他。对于爱的威力，如果只是根据其起因，而不是根据它产生之前的张力，不是根据那空虚而黑暗的空间——这空间在心灵发生重大事件之前充满了失望和孤寂——来判断，就必定会判断错的。一种超重的、没有使用过的感情已在这里期待着，现在它伸开双臂向第一个似乎赢得它的人扑过去。埃德加在黑暗中躺着，心里快乐异常，思绪万千。他想笑，又想哭，因为他喜欢这个人，他还从未爱过一个朋友，没有爱过父亲和母亲，就连上帝也没有爱过哩。他少年时代全部幼稚的热情，现在紧紧地拥抱着这个人的形象。两小时前他连他的名字还不知道呢。

他很聪明，不会为这突如其来的、独特的新友谊而发窘。但使他感到十分惶惑不安的却是觉得自己微不足道，无足轻重。"我配得上做他的朋友吗？我，一个十二岁的孩子，还在上学，晚上总要比别人更早地被打发去睡觉。"这些想法在折磨着他。"我能为他做些什么呢？我能对他有些什么帮助呢？"他想以什么东西来表达自己的心意，却痛苦地感到力不从心。这使他很不愉快。往常，每当他喜欢某个同学，第一件事就是把他书桌里宝贵的小玩意儿，像邮票、石头之类童年的财产分几样给这位同学，这些东西，他昨天还觉得非常了不起，魅力非凡，现在一下子就变得一钱不值、微不足道和不屑一顾了。那么他怎样才能给这位他连"你"字都不敢称呼的新朋友一些宝贵的东西呢？用什么办法才能表达自己的感情呢？他越来越因为自己的矮小，自己的半大不小、不成熟，为自己还是个十二岁的孩子而苦恼，他从来还没有因为自己是孩子而如此痛恨地诅咒过自己呢，也从来没有如此殷切地渴望长成他梦想的那样：高大、强壮，长成一个男子汉，一个像别人一样的大人！

这些惶惑不安的念头，很快就编织成了这个崭新的成人世界的色彩缤纷的美梦。埃德加终于带着微笑入睡，但他老想着明天的约会，这破坏了他的酣睡。他怕去晚了，所以第二天7点钟就惊醒了。他急急忙忙穿上衣服，到母亲房里去问了早安。这使他母亲十分惊讶，过去她总要费好大的气力才能把他从床上叫起来。还没等她发问，他就跑下楼去了。他一直焦急地晃荡到9点，连早饭都忘了，一心想着别让他的朋友为这次散步等得太久。

9点半，男爵终于潇洒地走了过来，他当然早就把这次约会忘在九霄云外。但是现在因为孩子热切地向他跑来，他也不得不对这股激情报以微笑，并表示准备遵守他的诺言。他又挎着孩子的胳膊，带着这个神采奕奕的孩子走上走下，只是委婉地、但是坚决地拒绝现在就一起去散步。他好像在等待什么，至少他那心神不定的、扫视着大门的目光说明了这点。突然他全身一振，埃德加的妈妈走进了前厅，一边回答他的问候，一边亲切地朝他俩走来。当她得知埃德加当作什么了不起的秘密瞒着她想和男爵一起散步的计划时，就微笑着同意了，并爽快地接受了男爵要她同去散步的邀请。

埃德加立即露出一副愁眉苦脸的样子，咬着嘴唇。多恼人，她偏偏现在走来了！这次散步本该只属于他一个人的，即使是他自己把他的朋友介绍给妈妈的，但这只不过是表示他的一种盛情而已，这并不表明他因此愿意和她共有这位朋友。当他看到男爵对母亲那股殷勤劲儿时，他心里就激起了某种妒意。

他们三人一起散步，由于他们两人都对他表示了出奇的关心，因而在孩子的心里更滋长了一种觉得自己很了不起的、突然身价百倍的危险感觉。埃德加几乎成了谈话的中心了。母亲有点假惺惺地对他苍白的脸色和他的神经质表示忧虑，而男爵却又笑嘻嘻地反对这种看法，并赞许他的"朋友"——他是这么称呼他的——的可爱。这是埃德加的最美好的时刻，他获得了他整个童年时期所没有得到的权利。他可以同大人一起说话而不立即受到申斥，要他住嘴；他甚至可以表示各种各样的冒失的要求，而这些他若在这以前提出来就准会挨上好一顿臭骂。自己认为业已长大成人了，当这种自欺欺人的感情在他的心里越来越自信地滋生起来时，孩子的这种情绪是毫不奇怪的。在他光明的梦境里，童年已经被远远地甩在了身后，就像抛掉一件不合身的衣服那样。

中午，男爵应越来越友好的埃德加的母亲之邀，坐在她的桌上。由 vis—à—vis① 到一起并坐。由认识变成了友谊。三重唱正在进行，女声、男声、童声这三种声音配合得十分协调。

进攻

现在这位没有耐心的猎手觉得是时候了，是蹑手蹑脚地挨近他的猎物的时候了。在这种事情上他不喜欢老是这种亲热的三重唱。三个人在一起聊聊天，当然很惬意，但是归根结底聊天并非他的目的。他知道男女之间的情欲，如果成了戴假面具游戏的社交，就会耽误官能享受，就会使语言失去激情，使进攻缺乏火力。要使她透过谈话了解他的本意，至于这个本意是什么，他已经使她了解得一清二楚了，对此他是很有把握的。

他对这个女人所打的主意恐怕不至于徒劳无功，成事的或然率很大：她正当那种关键性的年龄，这时候一个女人对自己素来忠于一个不喜欢的丈夫开始感到后悔了，美貌正在消逝，风韵所余无多，在母性和女人之间她还不能做出刻不容缓的最后一次抉择。生活，好像早就已经有了答案的生活，此刻又一次成了疑问，意志的磁针最后一次在渴望官能享受和彻底断绝欲念之间颤动着。一个女人面临着一个危险的决断：是为了她自己的命运，还是为了孩子的命运，是做女人还是做母亲。男爵对这一切都一目了然，他感到他已经觉察到她的这种危险的动摇了。她谈话当中总是忘记提及她丈夫，实际上心里对她孩子也了解得非常之少。她杏仁般的双眸里有一种百无聊赖的影子，在伤感的面纱下，半遮半露地掩饰着她的情欲。男爵决定迅速采取行动，但同

---
① 法文：面对面。

时又避免急不可待的样子。相反，像垂钓者引逗地抽回钩子一样，在他这方面，他又做出一副极其冷淡的样子，虽然实际上是他在追别人，但却要让别人来追他。他决定表现得高傲一些，竭力强调他们社会地位不同。他觉得只要突出他的高傲、显示他的外貌、强调他那响亮的贵族姓氏，以及做出冷冰冰的举止，就可以将这温柔、丰满、漂亮的肉体弄到手。这个想法撩拨得他心里奇痒难熬。

这场热烈的戏已使他兴奋异常，因此他强迫自己小心从事。他一下午都待在自己房间里，美滋滋地相信她在找他，在惦记着他，但是，他未露面并未引起她的注意，她本来就想避开他的。可是这使可怜的孩子难受极了，整个下午埃德加都茫然困惑、若有所失；他以男孩子所特有的那种执拗的忠诚，在漫长的好几小时里始终痴心地等着他，他觉得走掉或者独自做点什么事都是一种罪过。他茫然无主地在过道里踱来踱去，天色越晚，他心里越是怏怏不乐。他心绪不宁，想入非非，他梦到一次事故，梦到不知不觉中受到的一次侮辱，由于焦急和恐惧他差点儿哭出声来。

男爵晚上去吃饭的时候，受到了热烈欢迎。埃德加不顾母亲告诫，叫了他。不理会别人的惊讶，朝他奔去，用他瘦削的双臂紧紧抱住他的胸部。"您在哪儿啦？您在哪儿待着啦？"他匆忙地叫道，"我们到处找您。"母亲不高兴把自己扯进去，所以脸红了。她相当严厉地说："Soissage，Edgar，Assiedstoi！"[①]（她总是和他说法语，虽然她的法语讲得并不自如，一碰到难表达的句子还感到很吃力。）埃德加顺从了，但还在向男爵刨根问底。"你别忘了，男爵先生可以做他愿意做的事，也许他讨厌我们跟他在一起呢。"这回她自己把自己扯进去了。男爵立刻就愉快地感到，

---

① 法语：听话，埃德加，坐下！

这种责备正是为了恭维。

猎手兴奋起来了，他狂喜、激动，那么迅速地在这里找到了猎物的真正足迹，他感到它就在他的射程之内了。他的眼睛炯炯发光，神采飞扬，口若悬河，滔滔不绝，连他自己也不明所以，他同每个情欲旺盛的人一样，当他知道讨得了女人欢心时，便风度飘逸，潇洒自如，就像有些演员，当他们知道面前的观众对他们着迷时，就劲头倍增。他在朋友们中间是个讲春宫故事的能手，而今天——这时他喝了几杯为庆祝这新友谊而要的香槟酒——就讲得更为出色。他自诩为一位地位很高的英国贵族朋友的客人，在印度打过猎。他很聪明地选了这个题目，那是因为这题材是轻松的，而且他可以从旁观察这些富有异国情调的轶事，这些她所无法企及的事情在这个女人身上所引起的激动。听了这个故事最最着迷的，首先还是埃德加，他的眼睛也由于兴奋而显得炯炯有神。他忘了吃，忘了喝，凝视着这位侃侃而谈的人。他从未希望真正能够见到一位有过亲身经历的人，讲述他只从书本上才读到过的那些惊人的险遇，什么猎虎啦、棕色人啦、印度人啦，以及把千百人研为齑粉的、可怕的 Dschagernat① 的轮子啦等等。直到现在他还从来不相信真的会有这样的人，正如他从来没把童话国当成真的国家一样。此刻，他心里突然第一次涌现出一个辽阔的世界。他目不转睛地盯着他的朋友，屏住呼吸，凝视着他面前那双曾经打死过一只老虎的手。他什么都不敢问，随后他说话的声音异常兴奋。在他驰骋的想象里，他的大朋友成了故事里的主角：他高高地骑在一只披着紫色象服的大象上，戴着贵重头巾的棕色皮肤的男人两边相随；突然他又看见丛林里跳出一只龇牙咧嘴的老虎，伸着前爪去抓大象的鼻子。现在男爵又讲起更

---

① 即转轮王，为神话中的印度国王。

为有趣的、关于怎样智捕大象的故事:用驯服的衰老动物把猛烈的、目空一切的幼象诱进木笼子里。孩子的眼睛迸发出炽热的光芒。这时妈妈看了一下表,突然说:"Neufheures! Aulit!"[①]他觉得,这仿佛在他面前落下一把闪着寒光的刀。

埃德加吃了一惊,脸都吓白了。"带你上床!"这对所有孩子来说,都是一句可怕的话,因为他们觉得,这句话是在大人面前对他们的公然轻蔑,是一种自我招供,是童年和小孩需要多睡眠的一种标志。可是这种羞辱竟发生在这么有意思的时刻,使他听不到这些闻所未闻的故事,这真是太可怕了。

"只听完这一个,妈妈,这个捕象的故事,就让我听完这一个吧!"

他开始乞求了,但立即想起了他作为大人的新的尊严。而他母亲今天也严厉得出奇。"不行,已经很晚了,快上楼吧!Soissage[②],埃德加! 男爵先生讲的故事明天我都详细地讲给你听。"

埃德加迟疑地站了起来,以前每次都是他母亲送他上床,可今天当着他朋友的面他不愿乞求,他那孩子气的骄傲使他起码还要做出自愿走开的样子。

"真的呀,妈妈,明天你全部讲给我听,全部! 关于捕象的故事和其他的故事!"

"好,我的孩子!"

"马上,今天就要讲!"

"好,好,但是你现在去睡。走吧!"

埃德加自己也感到奇怪,他把手递给男爵和妈妈的时候,居

[①] 法语:9点了! 该睡了!
[②] 法语:要听话。

然脸没有红，虽然喉咙里已经在呜咽了。男爵亲切地捋了捋孩子那浓密的头发，这使得孩子绷紧的脸上又露出了一丝笑容。接着他就赶快往门口跑去，否则他们就要看到大滴大滴的眼泪从他脸上滚下来了。

大象

母亲和男爵又在桌旁坐了一会儿，但是他们不再谈象和打猎的事了。孩子离开他们之后，他们的谈话气氛有一点压抑，有一点微妙的不安的困窘。后来他们来到前厅，坐在一个角落里。男爵比任何时候都更加神采飞扬，而几杯香槟酒又使她兴味盎然，所以谈话很快就具有了危险性质。本来男爵谈不上漂亮，他只是因为年轻，头发剪得短短的，一张棕黑色的精力旺盛的娃娃脸，很有点男子气魄，他那灵活而几乎是调皮的动作撩得她意马心猿。现在她乐于从近处看他，也不害怕他的目光了。在他谈话之中，逐渐有了一种使她略感困惑的放肆，有某种类似抚摸她的身体的东西，有一种触及她的身体又迅速移开的东西，有某种捉摸不定的欲望，这使得她双颊绯红。随后他又轻快地笑着，无拘无束，像个孩子。这就使得这些细微、轻浮的欲念，好像是孩子闹着玩似的。有时她觉得该对他说句严厉的话。但是她生性喜欢卖弄风情，被这些淫猥的话儿撩拨得心痒难当，只想更多地消受。这种放肆的游戏使她感到销魂。后来她自己也模仿起来。她频送秋波，暗示允诺，完全沉湎在这绵绵情话和狎昵动作中，甚至容许他挨近。他的声音有时使她感觉到他那热乎乎的、战栗的呼吸正喷在她的肩头上。像一切赌徒一样，他们也忘掉了时间，完全陶醉在销魂的谈话之中。到了午夜，前厅里开始熄灯的时候，他们才猛然一惊。

一惊之下，她立即一跃而起，猛然感到自己太放肆了，竟干出了这样的事。本来她也是个玩火的里手，但现在她那已被撩拨起来的本能业已感觉到，火已玩到这个危险的人身边了。她战栗地发现，自己已不能再把握住自己，心里有什么东西开始在蠕动，看什么都很兴奋，宛如一个人在发高烧时的感觉一样。恐惧、酒和火热的话语在她头脑里回旋激荡，一种恼人的、莫名的恐惧攫住了她，她一生中这种恐惧在类似这样的危险时刻里曾经历过数次，但是都没有这一次那样令人头晕目眩，如此猛烈无情。"晚安，晚安。明早再见！"她急匆匆地说着，想逃遁而去。这倒不是为了逃脱，而是为了逃开此刻的危险，逃脱她自己心中一种新奇的、陌生的、欲推犹就的窘境。男爵轻轻抓住她告别时伸出来的手，吻着。不是通常的吻一次，而是用嘴唇从纤秀的手指尖一直到手腕，颤抖着吻了四五次。她感到他硬硬的胡须在她手背上戳得痒痒的，她微微的打了一阵寒战。某种温暖的、令人窒息的感情，从手背上随着血液流贯全身。恐惧甜蜜地袭来，她的太阳穴嘣嘣直跳，头在发热。恐惧，这莫名的恐惧现在使得她全身战栗起来，她急忙从他手里抽回了自己的手。

"您再待会儿嘛。"男爵悄悄地说。可是她已经仓皇失措地匆匆跑走了，这个动作使她的恐惧和慌乱暴露得一目了然。现在她心里很兴奋，这也正是男爵的意图。她觉得，她的感情越来越不能解释了。残酷得灼人的恐惧在追逐着她，把她抓住，但就在逃开的时候，她同时又为他没有这样做而感到惋惜。她多年来下意识渴望的事情，很可能会在这种时刻发生。从前这种事她总是在最后关头把它摆脱开了，可对它的气息她爱得如痴如醉，这种巨大的、危险的艳事，这种不是转瞬即逝的撩人的调情。可是男爵很骄傲，不去捕捉这个良机。他对自己的胜利蛮有把握，因而不想在这个女人酒意朦胧、不能自持的时候把她弄到手，正相反，只有神志清醒时的斗争和委身，才会激起这个手段光明正大的赌棍的兴趣。她是逃不出他的手心的。他看到，她血管里火辣辣的毒药使她战栗了。

她在楼梯上停住脚步，用手按着气喘吁吁的心口，她得休息一分钟，她的神经已经受不住了。她从胸口发出一声叹息，这叹息，半是庆幸自己脱离了危险，半是惋惜：这一切都像一团乱麻，弄得人头晕目眩，六神无主。她半闭双眼，像喝醉了酒一样，在往她的房门那儿摸索，接着她深深地舒了一口气，因为她终于抓住了冰凉的门把手。这时她才感到安全了！

她轻轻推门进了房里，马上就吓得退了回来。房里，在里边暗处，有什么东西动了一下。她那兴奋的神经剧烈地战栗了。她正想呼救的当儿，从里面发出了一个轻轻的、睡意蒙眬的声音："是你吗，妈妈？"

"上帝保佑，你在这里干吗？"说着她就直奔沙发床。埃德加正蜷缩成一团在上面躺着，刚刚醒来。她第一个念头就认为这孩子准是病了，或者是需要什么东西。

但是埃德加却仍带着睡意，用略带一点责备的口气说："我等你好久，后来就睡着了。"

"干吗等我？"

"为了大象。"

"什么大象？"

现在她才想起，她确实答应今天晚上就把打猎的故事和其他冒险故事全讲给他听的，因此孩子跑到她房间里来了。这单纯、幼稚的孩子，他深信不疑地等着她，等着等着，就睡着了。这种放肆的举动激怒了她，或许她本来是对自己发火，她想大喊大叫来掩饰自己的罪过和羞愧。"马上回自己床上去，你这没有教养的东西！"她对他嚷了起来。埃德加诧异地望着她。她为什么对他发那么大的火？他又没有做什么错事。但是他的惊讶却似火上加油。"马上到自己房里去！"她怒气冲冲地吼道，这时，她感到委屈他了。埃德加默默地走了。原来他已经疲倦极了，透过朦胧的睡意，他迟钝地感觉到，他母亲没有遵守自己的诺言，这样对待他是不公正的，但是他没有反抗。因为困倦，他觉得什么都是昏昏沉沉的，一切都是麻木迟钝的，随后他又生自己的气，竟在这里睡着了，没有醒着等妈妈。"完全像个孩子。"在重新入睡以前，他还在生自己的气。

因为从昨天起，他就恨自己的童年了。

前哨战

男爵没有睡好。一次调情中断之后就去睡觉总是危险的：一个不平静的、梦魇频扰之夜，使他不久就后悔没有把这一分钟紧紧抓住。当他早晨带着未消的睡意，怀着恶劣的心绪走下楼来时，孩子从躲藏的地方朝他蹦跳过来，热情地投入他的怀里，用千百个问题来折磨他。埃德加非常快乐，他又有一分钟可以独占他的大朋友，而不须和妈妈分享了。他的故事该只讲给他听，不再讲给妈妈听了。他向他提出许许多多问题，因为妈妈虽然答应给他讲，但还是没有把这种奇妙的故事讲给他听。这时，男爵吃了一惊，掩饰不住自己恶劣的心情，但埃德加却把成百个孩子气的、恼人的问题倾倒在他身上。此外，在提这些问题时还掺杂着种种亲昵的表示。他终于又和这位他找了好久、一大早就等着的朋友单独在一起，他真是快乐极了。

男爵粗声粗气地敷衍着。这孩子没完没了的盯梢、数不尽的幼稚的问题以及他那并不讨人喜欢的热情，所有这一切，都开始使他感到厌烦。天天同一个十二岁的孩子转来转去，跟他说些无聊的话，对此他感到厌烦了。现在他一心只想着如何趁热打铁，赶快把这位母亲掌握住，而孩子在场却使这事很棘手。由于他的不慎，唤起了孩子对自己的这种痴情，他对此开始感到不快。这使他心情抑郁，因为暂时他无法摆脱开这个热情得过分的朋友。

不过，无论如何总得设法摆脱他。一直到 10 点钟——他和孩子母亲约好去散步的时间，他心不在焉地敷衍着叽叽喳喳说个不停的孩子，只是偶尔插上一两句话，同时还翻阅着报纸。可当时钟的指针快成九十度角的时候，仿佛他忽然记起来似的，他请埃德加为他到另一家旅馆去一趟，问问他的表兄格伦特海姆伯爵到了没有。

真心实意的孩子真是高兴极了，终于可以为他的朋友办点事了。他对自己的使者身份很自豪，立即奔了出去，撒腿猛跑，惹得人们都奇怪地望着他的背影。可是他却一心想显示一下，把事情交给他办是多么可靠。那家旅馆的人对他说，伯爵还没有到，现在压根儿还没有人来打过招呼。他带着这个消息又狂奔了回来。但是男爵已经不在前厅里了。于是他就去敲男爵的房门——白敲了一阵！他怀着不安的心情跑遍了所有的场所，音乐室和咖啡室，然后激动地冲到他妈妈那里去打听个究竟。她也不在。最后他十分失望地去问门房，门房告诉他，几分钟之前他们两人一起出去了！这消息惊得他目瞪口呆。

埃德加耐心地等待着，他天真无邪，根本不往任何坏事上想。他想他们大概只是出去一会儿，对此他是很有把握的，因为男爵还等着他的回话呢。但是好几个小时过去了，不安开始潜入他的心头。真的，打从这位陌生的、诱人的人进入了他幼小的天真无邪的生活那一天起，这孩子整天都处于紧张、激动和纷乱的状态之中。任何热情压在像小孩那么纤细的机体上，宛如压在柔软的石蜡上一样，都会留下它的痕迹。眼皮又神经质地颤抖起来，脸色变得更加苍白。埃德加等啊，等啊，起先是不耐烦，后来就激动不安，末了几乎要哭了。但他一直没有什么怨恨，他盲目地信赖这位出色的朋友。他想可能是个误会。隐隐的恐惧折磨着他，也许是自己把他托付的事理解错了。

他们终于回来了，两人愉快地聊着天，丝毫也没有什么惊讶的表示，这可真令人奇怪极了。看来他们根本就没有把他放在心上。"我们迎你去了，希望在路上碰见你。埃狄。"男爵说，并不问托付他办的事。他们居然没有在路上碰见他，这使孩子大为诧异。他向他们保证说他是从笔直的大马路上跑回来的，并想知道他们是从哪个方向去找他的。刚说到这里。妈妈就打断他的话："行了，行了！小孩子不要盘根问底，没完没了。"

埃德加脸都气红了，当着他的朋友的面这么卑鄙地来贬低他，这已经是第二次了。她为什么要这样做？他确信，他已不是孩子了，而她为什么总要把他当成孩子？显然她嫉妒他有个朋友，挖空心思想把他的朋友拉过去。对了，刚才肯定是她故意把男爵领错路的。但是他不愿任她欺侮，这一点她该明白。他要给她点颜色看。埃德加决定今天吃饭的时候只同他的朋友说话，跟她一句话也不说。

但是他们根本就没有注意到他的报复，甚至连他这个人也好像没有看见。这使他很难受，这完全出乎他的预料啊！昨天他们在一起的时候，他曾经是轴心啊！现在他们两人谈笑风生，互相调侃，可是没有一句话与他相干，仿佛他掉到桌子底下去了。血涌上他的双颊，喉咙里像是塞了一团东西，卡住了呼吸。他越来越愤慨地意识到自己竟是那样的无足轻重。难道他就老老实实在这儿坐着，看着他母亲把他的朋友抢去，除了沉默之外不能进行什么反抗了吗？他想，他得站起来，用两个拳头出其不意地猛捶桌子。只有这样，才能把他们的注意力引到自己身上。但是他控制住了自己，只是放下刀叉，一口也不吃了。他们很久也没发现他不吃东西，只是到最后一道菜时，母亲才奇怪地注意到，问他是不是不舒服了。"可恶，"他心里想，"她想的只是我是不是病了，别的事情她都觉得无关紧要。"他冷冷地回答说，他不想吃，这她也就满意了。没有什么事，什么事也不会促使他们来理睬他的。男爵似乎已经完全把他忘了，至少他没有和他说过一句话。他眼里热乎乎的，泪水涌进了眼眶。他得想个法子，在乘人不注意的时候，迅速地拿起餐巾，好使这该死的幼稚的泪水不至于毫无顾忌地流下双颊。这顿饭结束的时候，他舒了一口气。

吃饭的时候，他母亲建议一起坐马车到玛丽娅·舒茨去玩一次。埃德加听着，用牙齿咬着嘴唇。她一分钟也不让他单独跟他的朋友在一起。现在她边站起来边对他说："埃德加，你要把功课全忘了，你得留在房里把功课补一补。"听到这话，他对她恨到了极点。他又一次把小拳头攥得紧紧的。她老想在他朋友面前侮辱他，总是当众提醒他，他还是孩子，还得上学，只有得到允许才可以同大人在一起。这回的用意可是一目了然的。他未做回答，立即把身子扭了过去。"噢，又不高兴了，"她笑着说，随后就对男爵说，"要是他做上一小时功课，真会那么影响他的健康吗？"

"喏，一两小时对身体绝不会有什么坏处。"男爵说。男爵，他一度把自己称为他的好朋友的男爵，曾经嘲笑他是书呆子的男爵，现在居然说这样的话。他感到浑身发凉，血液凝固。

这是默契吗？他们两人真的联合起来对付他了吗？孩子的目光里闪烁着愤怒的火焰。"爸爸不让我在这里学习，爸爸要我在这里休养。"他一下把这句话甩了出来，带有一种对自己疾病的骄傲，绝望地死抱住父亲的话、父亲的威望不放。他把这句话当作是一种威胁说了出来。真是奇怪之至，看来这句话当真使得他们两人心里都不愉快。母亲把目光移开，只用手指烦躁不安地敲着桌子。他们之间出现一阵难堪的沉默。"随你吧，埃狄。"末了男爵强作笑容地说，"我又不用考试，我各门功课早就是不及格的。"

对这个玩笑，埃德加并没有笑。只是用审视的、锐利的目光打量着他，仿佛要深入到他的灵魂中去似的。发生了什么事呢？他们之间的关系起了变化。为什么？孩子并不清楚。他不安地移动着他的目光，一把小槌在他心里剧烈地敲打着：第一次猜疑。

灼人的秘密

"她怎么变得这样？"在滚动着的马车上孩子坐在他们对面沉思起来。为什么他们不像以前那样关心我了？为什么当我注视妈妈的时候，她总是避开我的目光？为什么他老是在我面前开玩笑，装疯卖傻？他们两人不再像昨天和前天那样跟我说话了，我仿佛觉得他们已经换了一副面孔。妈妈今天的嘴唇那么红，她准擦了口红。我从来没有见她这么打扮过。而他呢，老是蹙着眉头，好像我侮辱了他似的。我确实没有做过对不起他们的事啊，没说过一句让他们生气的话呀！不，不会是因为我的缘故，因为他们两人之间的关系和在这之前不一样了。他们两人好像干了什么事而又不敢说出来似的。他们不再像昨天那样谈笑风生、兴致勃勃了。他们很拘束、发窘，他们一定瞒着什么事。他们两人之间准有个什么秘密，不想让我知道。可我无论如何要把这个秘密弄个水落石出，不惜任何代价。我看出来了，就是那种不让我知道的秘密，这种秘密就是演戏时男人和女人伸开胳膊唱歌、互相拥抱又推开的那种秘密。这一定是同我的法语女教师的秘密一样的，爸爸同她相处得很不好，后来就把她辞掉了。所有这些事情都有关联，这我感觉到了，可就是不知道是怎么回事。噢，一定要知道这个秘密，彻底知道这个秘密，要抓住这把钥匙，抓住这把能打开所有大门的钥匙，那我就不再是孩子，不让他们再来搪塞和欺骗我了！不只现在，就是永远也不让人搪塞和欺骗！他们总把什么事都对孩子隐瞒起来。我要揭穿他们的这件事，揭穿这个可怕的秘密。他的额头上起了一道深深的皱纹，他在严肃地苦思冥想，车厢外的景色他连望都不望。这个瘦弱的十二岁的孩子看起来几乎老了。窗外，四周色彩绚丽，山上的针叶林染着一片明净的绿色，山谷沐浴在暮春的柔和光泽里。他只是不住地盯着坐在他对面马车后座上的两个人，他灼热的目光好似一根钓竿要从他们眼睛深处把这个秘密钓出来似的。再没有什么比一条模糊不清的踪迹更能使未成熟的智力大显身手的了，有时候只有一扇很薄的门，就把孩子同我们称之为现实的世界隔开，而凑巧一阵风却会把这扇门给孩子们吹开。

　　埃德加蓦地感到他从来没有像现在这样挨近这个未知的巨大秘密，好像可以抓得着似的，他觉得这个秘密就在面前，虽然现在还是锁着的，谜底尚未揭开，但是很近，非常之近了。这种感觉鼓舞着他，使他显出突然郑重其事的严肃神情，因为他下意识地感到自己已经处在童年时代的边沿。

　　对面的两个人心里感到某种隐隐约约的障碍，但并没想到这障碍是来自孩子。三人同车使他俩感到处处受碍，很不自在，他们对面那双森然闪着火焰的眼睛打扰着他们。他们几乎不敢说，也不敢看。现在他们之间再也无法回到以前那种轻松的、社交场合的谈话了，而是很深地陷入语调亲昵、用词挑逗的阶段，常为轻佻的、偷偷地触摸而颤抖不已。他们的谈话常常接不下去。谈话中断了，想继续下去，但又不断地在孩子执拗的沉默影响下绊跤子。

他那固执的缄口不语，特别对于母亲来说是一大负担。她从侧面小心翼翼地打量着他，当她第一次突然发现这孩子咬着嘴唇的神情和她丈夫激怒或生气时的神情完全一样时，她大吃一惊。恰恰是现在，她有外遇时，想起她丈夫来，心里很不是滋味。她觉得，这孩子像是鬼怪，像是良心的卫士，在这马车里的一点点地方，在她对面只有十英寸的距离，滴溜溜滚动着的黑黝黝的眼睛在苍白的额下窥视着，这使她加倍地忍受不了。埃德加忽然抬头凝视有一秒钟之久，两人立即垂下了目光：他们感到生平第一次受到了窥伺。在此之前，母子两人亲密无间，但是现在两人之间，她和他之间，忽然有了什么东西，关系完全变了样。生平第一次，他们开始察觉到，他们两人的命运彼此分开了，两人已经相互暗暗地仇恨起来了。由于这种仇恨还刚产生，彼此都不敢承认。

当马匹又在旅馆前面停下的时候，三个人都舒了口气。这是一次不愉快的远游，这一点大家都感觉到了，可是谁都不敢说。埃德加第一个跳下马车。她母亲告罪说头痛，急忙上楼去了。她极为疲倦，想独自一人待会儿。埃德加和男爵留了下来。男爵给马车夫付了钱，看了看表，径往前厅走去，毫不理睬孩子。孩子望着男爵那优雅、修长的背影，正迈着有节奏的、轻快飘逸的步履。这步履曾经使这孩子着迷，昨天他还悄悄对着镜子模仿哩。他走了，径直走了。显然他把这孩子忘了，让他在马车夫旁边，在马旁边站着，仿佛这孩子与他毫不相干。

埃德加看着他这样走掉，心里像有什么东西被撕成了两片。他，不管怎么他还始终狂热地爱着男爵。男爵就这样走开了，没有用大衣触他一下，没有向他这个知道自己确实毫无过错的孩子说一句话，他心里绝望了。费尽气力保持的镇静崩溃了，人为地加重了尊严的担子从他过于狭窄的肩头滑了下来，他又成了一个孩子，和昨天及以前一样渺小、恭顺。这违反他的本愿，催促他快步向前，他迈着哆嗦的步子，迅速跟着男爵，在男爵正要上楼梯的时候，他在前面拦住了他，带着难以忍住的眼泪，压低了声音说：

"我做了什么对不起您的事？您不理我了！为什么您现在老是对我那么疏远？为什么您总想把我支开？是您觉得我碍事，还是我做错了什么事？"

男爵吃了一惊。这声音里有一种东西扰乱了他的方寸，使他的情绪缓和下来。他对这个毫无恶意的孩子产生了同情心。

"埃狄，你是个傻瓜！我只是今天情绪不好。你是个可爱的孩子，我真的很喜欢你。"说着他使劲地来回抚弄着他的头发，但却只是半转过脸来，以免看到孩子这双湿润的、恳求的大眼睛。他演的这出喜剧开始使他有点痛心。本来他对自己如此厚颜无耻地玩弄这个孩子的爱已经感到羞愧了，而这软弱无力的、颤动的、如泣如诉的声音更使他感到痛苦。"现在上楼去吧，埃狄，今天晚上我们又会处得很好的，你看吧！"他抚慰地说。

"但您别让我妈妈早早叫我上楼。好吗？"

"行，行，埃狄，我不让她叫你上楼。"男爵笑着说，"现在上楼去吧，我得去换吃晚餐的衣服。"埃德加走了，此刻感到十分高兴。但不久心里的槌子又开始敲动起来。昨天以来他好像大了好几岁，猜疑，这位不速之客业已牢牢地盘踞在他的心里了。

他等待着。这是关键性的考验。他们一起围桌而坐。9点钟了，母亲还没叫他去睡觉。他已经感到有些不安了。为什么恰恰今天她让他在这里待那么长时间，而以往她是一到时间就打发他走的呀？难道男爵把他的愿望和谈话告诉给她了？突然间他感到难以名状的后悔，今天真不该以完全信赖的心情去追他啊。到10点钟他母亲忽然站了起来，同男爵告别。奇怪的是，男爵对她过早告辞看来一点也没有感到惊奇，也没有像往常那样挽留她。孩子心里的槌子敲得越来越厉害了。

这是个尖锐的考验，他也装出一无所知的样子，二话没说，就跟他母亲朝门口走去。但是走到那里时他突然用眼睛一扫，真的，在这瞬间他截获了一道含笑的目光，它越过他的头顶从她眼里正巧朝男爵送去，这是一道默契的目光，某种秘密的目光。这么说男爵把他出卖了，因此今天的早走是为了要他安静下来，好让他明天不再妨碍他们。

"坏蛋！"他咕哝了一句。

"你说什么？"母亲问道。

"没什么。"他从牙缝里迸出这几个字。现在他有了自己的秘密，它的名字叫作恨，对他们两人无边无际的恨。

沉默

埃德加内心的骚动业已过去。他终于享有了一种纯粹的、明净的感情：仇恨和公开的敌视。他现在确信自己是他俩的障碍，因此跟他俩待在一起就成了他的一种复杂得出奇的乐趣。

他觉得破坏他们，用他积聚起来的全副力量去反对他们，是一件赏心悦目的快事。他先是对男爵表露出他的愠怒。早上男爵下楼遇见他时，亲切地向他打招呼说："早晨好，埃狄。"埃德加坐在靠背椅上纹丝不动，连眼睛都没抬一下，只是咕哝一下，生硬地回了他一句："好。""妈妈下来了吗？"埃德加两眼看着报纸说："我不知道。"

男爵感到惊愕。这一下子怎么啦？"埃狄，怎么啦？没睡好觉？"他本想像往常那样开个玩笑来缓和一下空气，可是埃德加依然轻蔑地冲口回了一个"不"字，随即又埋头看他的报纸。

"蠢孩子。"男爵自言自语地喃喃说，耸耸肩膀，走开了，敌意已经公开了。

埃德加也以冷漠和彬彬有礼的态度对待他妈妈。一次她想打发他去网球场玩，对这样一个拙劣的企图，他平静地拒绝了。由于愤恨而轻轻滑动的冷笑紧贴在他的嘴唇上闪现出来，这表明他不再受骗了。"我宁愿跟你们一块去散步，妈妈。"他说这话带着一种虚假的亲热，并紧紧盯住她的两只眼睛。对她说来，这个回答显然是不受欢迎的。她迟疑了片刻，像是寻找什么东西似的。终于她打定了主意，说："在这儿等我。"然后就去用早点了。

埃德加等待着，不信任感在他脑子里折腾着，忐忑不安地感到他们的每句话里都能搜寻出一种秘密的、敌视的意图。现在这种猜疑经常能使他做出一种具有奇异洞察力的决断。妈妈要他在前厅里等，但他不在那里等，而宁愿站在马路上，那里不只能监视大门，而且能监视所有的门道。他心里有某种预感，觉得妈妈耍了个骗局。这下他俩可再也溜不掉了。像在讲印第安人故事的书里学到的那样，他躲在马路旁的一堆木料后面。大约半个小时之后，他看到他妈妈真的从一个侧门出来了，手里拿着一束绚丽的玫瑰花，后面跟着男爵，那个叛徒。这时他满意地笑了。

两个人兴高采烈。他俩避开了他，光是为了自己的秘密，就可以舒口气了吗？他俩谈笑风生，正准备折向通往林中的小径。

现在是时候了，埃德加不慌不忙地，做得像是偶然到这里来似的，从木料后面踱了出来。他非常镇定地向他俩走来，以便有时间，有许多时间来充分欣赏他俩的惊诧表情。两个人一怔，交换一下惊奇的眼光。这孩子慢慢地，带着一种泰然的神情向他们走去，他那嘲弄的目光紧盯着他们。"啊，你在这儿，埃狄，我们在里面找过你了。"母亲终于开口说。"她撒谎撒得多不要脸啊！"孩子心里想，但是他的嘴唇却一动不动，把仇恨的秘密掩藏在牙齿的后面。

三个人犹豫不决地站在那儿,一个窥伺着另一个。"那我们走吧。"这个恼火的女人沮丧地说,顺手撕碎了一朵最鲜艳的玫瑰花。她的鼻翼在轻轻地翕动,这就暴露了她的愠怒。埃德加站在那里,仿佛这与他毫无关系,他望着蓝天,等待着。他俩要走的时候,他准备跟随他们,男爵又作了一次努力。他说:"今天有网球联赛。你看过没有?"埃德加轻蔑地望了他一眼,对他根本就不予理睬,只是翘翘嘴唇,像是要吹口哨似的。这就是他的答复,明亮的牙齿显示了他的仇恨。

孩子突如其来的出现,像梦魇似的纠缠着两个人。罪犯跟在看守后面走着,暗暗攥紧了拳头。其实孩子并没有做什么,可是他俩却每分钟都无法忍受他那窥视的目光。孩子的眼睛里噙着愤怒的泪水,含着深深的阴郁,它对任何接近的尝试都愤怒地加以摈斥。"离远一点!"突然母亲狂怒地说道。孩子不断地偷听他们的谈话使她烦躁不安。"别老在我跟前跳来跳去,把人烦死了!"埃德加顺从地走开了,但是每走一两步就回过头来,一看到他俩落在后面,他就停在那儿等待着,像条黑狗用他那靡非斯特的目光①,纵横上下地织成一个仇恨的火网。他俩感到已被火网套住,无法脱身。

孩子恶狠狠的沉默像一种强酸腐蚀了他俩的兴致,他的目光使他们的谈话一到唇边就变得索然无味。男爵再也不敢说一句挑逗的话了,他愤怒地感觉到这个女人要从手上滑掉,她那好不容易才点燃的热情由于害怕这个令人厌恶的孩子又冷淡下来了。他俩总想设法交谈,却总是谈不下去。末了他们三人都默不作声,无精打采地走着,只听到树木摇曳碰撞发出的低语和他们自己扫

---

① 见歌德所著《浮士德》第一部。

兴的脚步声。这孩子把他俩的谈话窒息了。

现在三个人心里都充满了一触即发的敌意。这个被出卖的孩子快乐地感到，他们的愤怒是完全抵御不住他的被蔑视的存在的，但他却咬牙含恨地等着他们发作。他不时用狡黠的嘲弄的目光打量着男爵那气冲冲的面孔。他看到在男爵牙缝中滚动着骂人的话，而又不得不抑制自己，以免骂出口来。他同时也怀着一种魔鬼般的乐趣注意到他母亲的怒火正在呼呼上升；他看出他俩在寻找机会，向他扑过来，把他推倒，或者使他不能再妨碍他们。但是他不给他们这样的机会，他对自己的仇恨作了长时间的筹划，使它没有任何破绽可寻，没有任何漏洞可钻。

"我们回去吧！"他母亲突然说道。她觉得无法再控制自己了，她准会做出什么事来，至少会在这种刑罚下喊叫起来。

浮士德在复活节同他的学生瓦格纳出城散步时，魔鬼靡非斯特变成一条黑狗跟浮士德回到书斋。他那犀利的目光能洞察一切，"多可惜，"埃德加平静地说，"这儿多美啊。"

他俩知道孩子在嘲弄他们，但是他俩什么也不敢说。这暴君在两天之内如此出色地学会了控制自己，不动声色，毫不泄露这是恶意的揶揄。他们一声不响地在漫长的路上往回走。当房间里只剩下母亲和孩子两人时，她仍然激怒不已。她悻悻地把阳伞和手套掷在一旁。埃德加立刻注意到她的神经在激动，火气需要发泄，但是他希望这次爆发，因此故意留在房间里，以便激怒她。她来回走动，又坐了下来，用手指敲弹着桌子，随后又跳了起来。"看你的头发乱成什么样子！你脏得太不像话了，这样子见人简直是丢脸。这么大了你不知道羞耻？"孩子一句顶撞的话也没说，走到一边去梳头。这种沉默，这固执而冷漠的沉默以及跳动在嘴唇上的嘲弄简直把她气得发狂，她真想狠狠地揍他一顿。"回自己房里去！"她冲着他叫了起来。埃德加微微一笑，随即走了出去。

现在她和男爵，他们两人见到孩子就发抖，在每次会面的时间，对孩子那无情而冷酷的目光都感到恐惧！他俩越是感到不自在，孩子的眼睛里就越是焕发出欢愉的光泽，他的喜悦就越有一种挑衅的味道。埃德加现在几乎在用孩子们的野兽般的残忍来折磨这对毫无抵御能力的人。男爵倒还能够压住他的怒火，因为他一直希望这是孩子的恶作剧，他只想着自己的目的。可是她，这个做妈妈的却一再控制不了自己，她觉得冲他大喊大叫一通自己会感到轻松些。"别玩弄叉子！"在餐桌上她冲着他喊叫起来，"你是个没教养的丑八怪，你还不配和大人坐在一起。"埃德加仅是微微一笑，把头稍微歪向一边。他知道这喊叫意味着绝望。看到她如此不加掩饰，他感到骄傲。他现在的目光非常镇定，镇定得像医生的目光。前段时间，为了惹他们生气，或许他是恶狠狠的，但人们在仇恨中学得很多、很快，现在他只是沉默！沉默！沉默！直到她在他沉默的压力下开始长吁短叹。

他母亲再也无法忍受了。现在当他们吃完饭站了起来，埃德加又以这种不言自明的神态准备尾随他们时，她一下子就发作了。她一切都不顾了，吐出了真话。她被他不时的窥视弄得坐卧不安，像一匹被牛虻折磨的马一样暴跳了起来。"你像三岁孩子那样老是跟着我转悠干什么？我不要你老待在我跟前。孩子不要老缠着大人。记住！自己一个人去待一小时。看看书，或者随便干点什么，让我安静安静！你老在我身边溜来溜去，那副讨厌的样子，真让人烦死了。"

终于把她的供词逼出来了！男爵和她这时显得十分尴尬，而埃德加却莞尔一笑。她转过身想走了。她对自己感到生气，刚才怎么好对孩子泄露自己不愉快的心情呢？但是埃德加只是冷冷地说："爸爸不让我一个人在这儿转来转去。我已经答应爸爸了，在这儿处处小心，老跟在您身边。"

他强调"爸爸"两个字，因为他早就注意到这两个字对他们两人有着某种使他们瘫痪的神秘作用。他父亲同这种炽热的秘密也准有某种瓜葛。爸爸一定具有某种支配他俩的隐秘的、他不知道的力量。因为一提到爸爸，好像就会使他俩感到恐惧和不快，就是这次，他们也未作反抗，他们放下了武器。母亲先走了，男爵也随后离去，在他俩之后是埃德加，但他不像仆人那样畏葸，而像一名看守那样强硬、严峻和无情。他抖动着无形的锁住他俩的铁链，他们摇晃着，但无法挣脱掉。仇恨锻炼了他那孩子式的力量。他，一个无知的人，却远比那两个被秘密铐住双手的人更为强大。

撒谎者

时间很紧迫，男爵只剩下很少几天可供利用了。他俩感到，去反抗这惹火了的孩子的执拗劲是没有用的，于是他俩只好采取最后的、也是最卑劣的一着——逃，摆脱开他的专横统治，哪怕是一两个钟头也好。

"把这封信送到邮局去寄挂号。"母亲对埃德加说。母子俩人站在前厅里，男爵在外边正和一架出租马车的车夫谈话。

埃德加狐疑地拿着这封信。他想起来，过去都是有个仆役给母亲跑腿的。他们是不是在合谋算计他呢？

他犹豫不决。

"你在哪儿等我？"

"在这里。"

"一定？"

"是的。"

"你可不要走开呀！你在前厅这儿一直等到我回来？"由于他感到自己占了上风，所以同母亲说话时带着命令式的口吻。从前天起发生了多大的变化啊！

他拿着两封信走了。在门口他和男爵碰了个照面，埃德加同他搭话了，两天来这是第一次。

"我去发两封信，我妈妈在等着我，等到我回来，你们可不要先走掉啊。"

埃德加向邮局奔去。他得等着，他前面的一位先生提了一大堆无聊的问题。埃德加终于办完了他的事，拿着挂号单跑了回来。回来时正赶上看到他母亲和男爵坐着出租马车走了。

他气得发呆了，几乎想弯腰拾起一块石头向他俩掷去。他俩到底把他摆脱掉了，但是撒了一个多么下流、多么卑鄙的谎啊！他母亲说谎，这他昨天就知道了；但她居然能这样不要脸，说话不算数，这就把他对她的最后一点信任也摧毁了。他看到那些言辞只不过是些色彩缤纷的水泡，它们膨胀起来，一碎就化为乌有，而他从这些言辞后面揣摸到了事实真相。从此，他就不再能理解整个生活了。这会是一个什么可怕的秘密，居然使成年人欺骗他这么一个孩子，像罪犯似的偷偷溜走？在他读过的那些书里，人们为了得到金钱或者为了攫取权力和王国而进行谋杀和欺骗。可这儿却是为了什么？这两个人要干什么？为什么他俩要躲避他？他俩撒了上百个谎究竟想遮掩什么呀？他绞尽脑汁，穷思苦想。他隐约地感觉到，这项秘密就是童年的一把门闩，获得了这项秘密就意味着长成一个大人，长成一个男子汉了。噢，一定得掌握这个秘密！但他没法进一步清晰地去思考。他俩摆脱了他，这事燃起了他的愤怒，给他清澈的目光蒙上一层烟雾。

他跑进树林，恰好来得及躲入暗处，使别人都看不到他。这时他哭了起来，泪如泉涌。"撒谎、狗东西、骗子、流氓！"——他必须大声地把这些话喊出来，否则他会憋死的。愤怒、焦急、恼恨、好奇、一筹莫展和他俩这些天来的背叛都被压制在孩子气的斗争里，被禁锢在他把自己想象成大人的幻觉之中，现在一齐进出胸膛，化成了泪水。这是他童年时代的最后一次哭泣，最后一次号啕大哭，他最后一次像女人一样，哭一阵就感到痛快些。他在这不能自制的愤怒时刻，把所有一切都一股脑儿哭了出来：信任、热爱、虔诚、尊敬——他的整个童年。

男孩回到旅馆之后，已经变成另一个人了。他十分冷静，办事谨慎而周密。他先回到自己的房间，把脸和眼睛细心地擦洗干净，不让他俩看到他有泪痕，不让他们享受胜利的喜悦。随后他就准备进行清算。他耐心地等候着，毫无不安的感觉。

当马车载着这两个逃亡者返回旅馆时，前厅里有很多的人。有几位先生在下棋，另一些人在看报纸，女人们在闲谈。在这群人中间，孩子一动不动地坐着，他面色显得有些苍白，目光颤抖。现在，他母亲和男爵进门突然看到了他，感到有些尴尬。男爵正要结结巴巴地讲他事先编好的谎话时，孩子挺直身子安详地朝他俩走去，挑衅地说道："男爵先生，我有话同您谈。"

这使男爵感到不快，他有一种像被抓住了的感觉："好的，好的，以后再说，以后吧！"

但是埃德加提高了嗓门，声音响亮而严峻，周围的人都听得清："可是我想现在同您谈。您做得太卑鄙下流了，您骗了我。您是知道的，妈妈在等我，可您……"

"埃德加！"母亲喊了起来，向他扑过去，所有人的目光都朝她望去。

但是孩子现在却突然刺耳地叫了起来，因为他看到她要把他的话压下去：

"我当着大家的面再对您说一遍：你无耻地撒了谎，这是卑鄙的，这是下流的。"

男爵站在那里，面色苍白，人们都望着他，有几个人窃窃地笑了起来。

母亲抓住了激动得发抖的孩子："马上到你房间里去，要不我就在众人面前揍你一顿。"她声音沙哑、结结巴巴地说道。

但是埃德加站在那里又恢复了平静。刚才这样冲动，他觉得遗憾。他不满意自己，因为本来他是想冷静地向男爵挑战的，只是到最后一刻，愤怒竟比他的意志更为厉害。他安详地从容不迫地向楼梯走去。

"请您原谅，男爵先生，原谅他的粗野。您知道，他是一个神经质的孩子。"她还在结结巴巴地说，周围的人都盯着她，目光里流露出有点幸灾乐祸的神情，这使她惶惑不安。世界上再没有比丑闻更使她感到可怕的了，她知道她必须保持镇定。她不是立刻就溜走，而是先到门房那里问问有没有她的信件以及说几句无关紧要的小事，随后才快步走上楼去，仿佛什么事情都没有发生似的。但是在她身后是一片窃窃私语和压低的笑声。

半路上她放慢了脚步。面对这种严重的处境她一点办法也没有，同时对这场争吵感到恐惧。她无法否认这是自己的过错。还有，她怕孩子的目光，害怕孩子这种新的、陌生和奇怪的目光，这目光使她瘫痪和惶恐不安。由于畏惧，她决定用温柔的办法来试一试。她知道，在这样一场斗争中这个被激怒了的孩子是强者。

她轻轻地拉开门。孩子在那里坐着，平静而冷淡，他望着她，眼里毫无惧色，也没露出任何好奇的神情。他显得泰然自若。

"埃德加，"她尽可能亲昵地开始说，"你怎么啦？我为你感到害臊啊。你怎么这样粗野，还是一个孩子就这样对待大人！你得马上去向男爵先生道歉。"

埃德加望着窗外。这个"不"字,他像是对着树木说的。他那镇定的神情使她感到惊奇、陌生。

"埃德加,你这是怎么啦?你怎么变得和往常大不一样了?我简直都认不出你来了。往日你是个聪明的乖孩子,人们都喜欢你。可你一下子变成这个样子,像是让魔鬼缠住了似的。你为什么那样恨男爵?以前你是非常喜欢他的,他对你一直是那么好啊。"

"是呀,因为他想认识你。"

她感到很不是味儿。"胡说!你想到哪去了,你怎么能这样想呢?"

轻微战栗混在一起。他先是谨慎地把面颊紧贴在餐厅的玻璃上向里张望——他俩常坐的位置上是空的——随后他逐个窥视各扇窗这下孩子可光火了。

"他是撒谎的人,一个伪君子。他所做的都是为了自己,是卑鄙的。他想要认识你,才对我表示亲热,还答应送给我一只狗。我不知道他答应了你什么,为什么对你那么亲热,但是他也要从你身上得点什么,妈妈,这是肯定的。要不他不会这样客气友好的。他是一个坏人,他撒谎。你只要瞧一瞧他那样子,有多虚伪。啊,我恨他,恨这个卑鄙的骗子,这个流氓……"

"埃德加,你怎么能说这话呢?"她不知所措,也不知该怎么回答。她心里激起了一种感情,觉得孩子是对的。

"真的,他是个流氓,这我是不会看错的。你自己一定也会看出来的。他为什么怕我?他为什么躲避我?因为他知道我看透他了,我认识他,这个流氓!"

"你怎么能说这话呢,你怎么能说这话呢?"她脑海里已经枯竭了,只是用毫无血色的嘴唇结结巴巴地一再重复这两句话。现在她蓦地感到害怕了，但是并不知道是怕男爵呢，还是怕孩子。

埃德加看出他的告诫起了作用。把她拉到自己这一边，成为仇恨男爵、反对男爵的一个同志，这个思想在引诱着他。他温和地走到母亲身边，拥抱她。他的声调由于激动变得像在讨好似的。

"妈妈，"他说，"你一定会自己看出，他不会干什么好事的。他都把你变成另一个人了。不是我，而是你变了。他怂恿你来反对我，只是为了独个跟你好。他肯定会欺骗你的。我不知道他答应给你什么，可我知道他不会遵守诺言。你应当提防他。谁骗了一个人，那他也会骗另一个人。他是一个恶人，你不应该信任他。"

这声音充满感情，几乎是声泪俱下，像是出自她本人的心胸。她心里已经产生了一种不愉快的感觉，这种感觉告诉她的，与孩子所说的一样恳切、中肯，但是她不好意思向自己的孩子承认他是对的。她像许多人一样，常用一种粗暴的方式来拯救自己，使自己摆脱由于强烈感情的冲击所造成的狼狈处境。她愠怒地挺了挺身子。

"小孩子懂得什么！这些事不用你来多嘴。你应当有礼貌。就这些。"

埃德加的脸上又泛起一片冷意。"随你好了。"他生硬地说，"反正我警告过你了。"

"那么说你是不准备去道歉了？"

"不。"

他俩面对面站着，满脸怒气。她觉得这关系到她的威望。

"那你就在楼上用餐，一个人。在你没有道歉之前，不准到我们桌上来。我要教你懂得规矩。不得到我的许可，不准你离开房间，听懂了吗？"

埃德加微微一笑。这种不怀好意的微笑，像是与他的嘴唇长在一起的。在内心他却对自己发火：他多愚蠢，竟然又一次泄露了他的衷曲，而且还对她——这个撒谎的女人发出警告呢。

母亲快步走了出去，连一眼也没看他，她惧怕这双犀利的眼睛。自从感觉到孩子已经看出了一切，并告诉她这件她不想知道、也不想听到的事情后，这孩子就使她感到讨厌了。使她感到惊愕的是，她仿佛听到一个声音，她的良知离开了她的躯体，乔装成孩子，乔装成她亲生的孩子在她身旁走来走去。在警告她、嘲弄她。直到现在，这个孩子一直生活在她身边。是一件装饰品，一个玩物，是一种爱和信赖，有时也是一个累赘。但不论是什么，都总是同她生活在同一激流中、合着她生活的节拍。这孩子今天第一次放肆起来，反抗她的意志。现在在她对自己孩子的回忆中，总是夹着某种类似仇恨的东西。

不仅如此，现在当她稍感倦意地走下楼梯时，从她自己的心胸中响起了孩子的声音："你应当提防他"——这个警告总是不肯缄默。这时她从一面闪亮的镜子前面走过，她询问般地向里望去，越望越深，越望越深，直到镜子里的嘴唇泛起一丝微笑，并围成圆形，像是要吐出一个危险的字眼似的，从她的内心深处还响着这种声音。但是她高高地耸耸肩膀，犹如要把所有这些看不见的思虑全都抖落下来似的，朝镜子里快乐地看了一眼，扯了扯衣服，带着一个赌棍把最后一枚金币叮当一声抛到赌台上去的那种果断的神态走下楼去。

月光中的踪迹

侍者把晚餐给埃德加送到房间里，随后就锁上了门。门上的锁在他身后嘎嘎地响着。孩子愤怒地跳了起来。很明显，这是受他母亲的指使，把他像一头凶狠的野兽似的关了起来。他心里产生了一个可怕的念头。

"把我关在这里，下面在干什么呢？现在他们两人在商量些什么？如果到头来这个秘密就在那儿，难道我就把它错过？噢，一旦我在大人们中间，我就能到处觉察到这个秘密，在夜里，大人们把门关起来，把这个秘密沉浸在轻言絮语中，要是我能偷偷地进到里面，这巨大的秘密就在面前；几天来我已经接近了它，可就是还一直没有把它抓住！从前，为了捉住它，我什么都干过！那时候我从爸爸的书桌里偷了些书出来，这些奇奇怪怪的事情书里都有，只是我不懂。这个秘密一定贴着个什么封条，要想找到它，得先把封条揭去，这封条也许是在我身上，也许是在别人身上。那时我问过别的女仆，求她把书里这些地方给我讲一讲，但是她把我嘲笑了一顿。做个孩子太可怕了，好奇心重，可是不许问别人，在大人面前总是显得很可笑，好像是些傻瓜和废物似的。但我会把这个秘密弄清楚的，我感到现在很快就会知道了。我已经掌握了一部分，不把它全部弄到手，决不罢休！"

他谛听是否有人来。外面，微风吹拂着树林，把枝条之间静如明镜一样的月光碎成无数摇曳不定的小片。

"他们俩想干的一定不会是什么好事，要不他们干吗要编造那么卑劣的谎言来把我支开。他俩现在肯定在嘲笑我。这两个该诅咒的到底把我甩开了，但是最后笑的是我。我真太蠢了，让人关在这里，而不去紧紧盯住他们，窥视他俩的一举一动，倒反让人关在这里。我知道，大人往往都不怎么谨慎，他俩一定会露出马脚的。他们总认为我们孩子还很小，晚上睡得死死的。可他们忘了，我们也会假装睡觉而去偷听，我们也能装傻，而实际上十分聪明。前不久，我的姑姑生了孩子，其实这事大人早就知道了，可是在我面前却装作惊奇的样子，仿佛感到很意外似的。但是我也是知道的，因为我听他们说过，那是几星期前一个晚上，他们以为我睡着了就谈论起来。这次我也要让他们惊讶一下。这两个卑鄙的家伙！噢，现在他俩一定自以为很保险，我要是能穿门而出，前去侦察，暗地里注视他俩，那该多好。现在我也许该按铃吧？这样女仆就会来开门，问我要什么东西。或者我吆喝骂人，摔碎餐具，那他们也会来开门的。这当儿我就可以溜走，去窃听他俩说话。不行，我不这样做，不能让别人看见他们对待我是如何卑鄙。我以此为骄傲。明天我再向他们算账。"

楼下传来一个女人的笑声。埃德加一怔，这可能是他母亲。她倒是有理由发笑，有理由嘲弄他，一个小孩，一个走投无路的人，要是他让人觉得累赘的话，就把他锁在房间里，像扔团湿衣服一样，往墙角一甩了事。他小心翼翼地把头探出窗外。不是，不是她，是一个他不认识的放肆的姑娘在和一个小伙子逗趣。

就在这时，他看到窗户离地面并不很高。不知不觉他起了一个念头：跳出去，现在他俩肯定自以为很保险，我正好去偷听。这个决定使他兴奋得全身发热，仿佛他已经把这个童年时代闪闪发光的、显得十分巨大的秘密掌握在手里了似的。"跳出去，跳出去！"他颤抖着。毫无危险，没有人从这里走过去。

于是他就跳了下去。只有鹅卵石发出轻微的声响，没有一个人听到。

这两天，蹑手蹑脚和窥伺已经成了他生活中的一大乐趣。他轻轻提起脚步绕着旅馆走，小心翼翼地避开灯光的强烈反照。这时他有一种快感，这快感同因恐惧而引起的轻微战栗混在一起。他先是谨慎地把面颊紧贴在餐厅的玻璃上向里张望。他俩常坐的位置上是空的。随后他逐个窥视各扇窗户。他不敢进旅馆去，因为怕在过道中间凑巧碰上他们。到处都找不到他俩，他感到绝望了。正在这时，他看到两个影子从门里闪了出来——他往回一缩，蹲在暗处——他母亲和那个形影不离的伴侣出来了。来得正是时候，他们在谈些什么？他无法了解。他们说得很轻，风在树林里变得不安起来。忽然飘来一阵十分清晰的笑声，这是他母亲的声音。这笑声他从来没有听见过，笑得少有的刺耳，像是被胳肢、被刺激引起的神经质的笑声。他感到这笑声很陌生，心大为惊愕。她在笑，那就是说没有什么危险的事了，不是什么要对他隐瞒的大事，不是什么了不起的事。埃德加感到有些失望。

　　但是他们为什么要离开旅馆？现在夜都深了。他们到哪儿去呢？风在高空中挥动着巨大的翅膀，夜空刚才还很洁净，充溢着月光的清辉，现在变得昏暗了，无形的手撒开了黑色的幕布，有时把月亮包裹起来，使夜变得漆黑一团，几乎连路都难以辨认。当月亮重又露出来时，一切又都被洒上光辉。银色的月光冷冷地泻在周围的山川树木上，光和影之间进行着神秘莫测的游戏，像是一个女人，时而赤身裸体，时而裹着衣服在嬉戏，是那样的诱人。正在这时四周的景物又赤裸裸呈现出明亮的胴体：埃德加从侧面看到路上有两个移动着的黑色身影，或者不如说是一个身影，因为他俩贴得那么紧，仿佛两人心里害怕而紧紧挤在一起似的。可现在他们两个要去哪里？松树在呻吟，林中像是充满了忙碌和喧嚣，宛如在围捕野兽。"我跟着他们，"埃德加想，"风刮得这么紧，林中这样响，他俩不会听到我的脚步声。"在他们沿着下面宽广明亮的大路向前走去时，埃德加在上面的林中轻巧地从一棵树跳向另一棵树，从一个树影跃向另一个树影——他无情地紧紧跟踪他们。他感谢风儿，它使别人听不到他的脚步声；他咒骂风儿，它老是把他们说的话刮到远处。要是他能听到他们的谈话就好了，哪怕是只听到一次，那他肯定就可以知道这个秘密。

　　下面的两个人信步走去，毫无所知。他俩陶醉在这广阔、昏乱的夜色之中，在不断增长的激动中忘却了自己。没有任何预感来警告他们：上面树叶浓密的暗处有人在跟踪着他们的每一个脚步，有两只眼睛死死地盯着他们，充满了仇恨和好奇。

　　突然他俩停住了，埃德加也立即停住了脚步，紧紧贴在一棵树上。一种剧烈的恐惧向他袭来：要是他俩现在往回走，比他先回到旅馆，要是他不能及时赶回自己的房间，母亲发现房间是空的，那该怎么办？这样一来一切都完了，他们会知道他暗地里窥视他们来着，他就再没有希望从他们那里索取这个秘密了。但是他们二人犹豫不决，显然在争论什么。幸好有月亮，他一切都看得清清楚楚：男爵指着一条昏黑狭窄的小路，这条小路通往下面的山谷，在那里月亮不像这条路上那样倾泻着它的全部光华，而只是透过密林渗出点滴的光亮和稀疏的光线。"他干吗要到下边去？"埃德加抽搐了一下。他母亲好像说"不"，可是另一个却在说服她。埃德加从他的手势上看得出他是多么紧迫，孩子害怕了。这个人想向他母亲要什么？这个混蛋为什么要把她领到暗处去？突然他从自己所读过的那些书里——这些书就是他的整个世界——生动地记起了谋杀、拐骗和可怕的犯罪。一定的，他想谋杀她，正是为此他才摆脱开他，把她单独引到这里。他该呼救吗？杀人犯！呼救声刚要冲出喉咙，但是嘴角却发干，喊不出声来。他的神经由于激动绷得紧紧的，使他几乎站立不稳。由于害怕跌倒，他赶紧伸手去抓一个把手——这时咔嚓一声，他双手折断了一根树枝。

　　那两个人惊愕地转过身来，凝望着暗处。埃德加一声不响地靠在树上，胳膊紧紧贴在一起，矮小的身体深深地埋在树影之中——死一样的寂静，但他俩像是受惊了。"我们回去。"他听到他母亲说，声音显得畏葸胆怯。男爵本人显然也不安起来，他顺从了。两人慢慢地往回走，相互靠得紧紧地。他俩内心的惶恐就是埃德加的幸福。他用四肢在林中爬行，双手都被划出血来，到了森林的尽头，他就全速往回跑去，气喘吁吁，到了旅馆，三脚两步就蹦上了楼，锁门的钥匙幸好在门上插着，他开了门，冲进房里，躺到床上。他得休息几分钟，因为心在胸膛里剧烈地跳动着，像是钟舌在敲响的钟壁上那样跳动不已。

随后他胆子大了起来，靠在窗旁，等着他们两人的到来。好长时间过去了，他们一定走得很慢，很慢。他从窗框的暗影里小心地窥视着。现在他们慢慢地走来了，月光照着他们的衣服。在这绿光中他们看起来像幽灵似的。男爵真是杀人凶手吗？他刚才阻止了一件多么可怕的事啊，这个想法使他感到既慰藉又恐怖。他望着他们粉白色的脸，看得清清楚楚。母亲的脸上流露出一种欣喜的表情，这是他从没有见过的，但男爵却显得烦恼和不悦。很明显，这是因为他的意图落空了。

他俩紧紧挨在一起，一直到旅馆门前他俩的身体才互相分开。是不是他们会朝楼上看？没有，他俩谁也没有往上看。

"他们把我忘记了，"孩子想，他怀着一股狂暴的怒气，同时又感到一种隐隐的胜利的喜悦，"我可没有忘记你们。你们以为我睡了，或者在这个世界上不存在了。但是你们会看到你们的错误的，我要监视你们的一举一动，直到从他这个混蛋手中把这个秘密弄出来为止。这可怕的秘密，它使我无法入睡。我一定要粉碎你们的同盟。我不睡。"

那两个人慢慢地进了大门。现在当他俩一前一后往里走去时，两个投在地上的黑影又倏地纠缠在一起，变成了一条黑色的长带消逝在光亮的门内。楼前的空地在月光中洁白明亮，像铺满白雪的辽阔草地。

袭击

埃德加喘着粗气从窗户旁退了回来,恐怖在摇撼着他。在他的生活里还从没有这样接近过这样充满神秘莫测的东西。书本中那个激动不安的世界,紧张冒险的世界,充满凶杀和欺骗的世界,他原以为只能在童话中,在梦幻的后面,是不真实的,不可企及的。可现在他就像突然陷进了这个充满恐怖的世界之中,一经同它直接接触,他的整个身心就剧烈地震颤不已。这个男人,这个神秘的人,这个突然闯进她平静生活的男人究竟是谁?他光是一个杀人犯吗?为什么老是找偏僻的地方,要把他母亲拉往暗处?看来是要发生可怕的事了。他不知道该怎么办。明天他要给爸爸写信或发电报,这是肯定的。可是这坏事,这可怕的事,这谜一样的事会不会现在就发生,今天晚上就发生呢?他母亲还没有回到自己的房间,她还同那个可恨的陌生人在一起呢。

在内层门和外层门之间有可以轻易开启的暗门,里面有一个狭窄的空间,比一个衣柜大不了多少。他紧贴着身体挤进这巴掌大的暗处,以便窥视他们的脚步。他决意不让他俩有瞬间的机会单独在一起。现在是午夜时分,过道上空荡荡,只有唯一的一盏灯亮着,光线微弱黯淡。

他感到这几分钟的时间长得可怕——终于,他听到向楼上走来的轻微的脚步声。他全神贯注地谛听着。这不是像要回到自己房间去的那种疾步行走,而是一种拖沓、犹豫、非常缓慢的脚步,像是在攀登一条崎岖难行的陡峭山路似的。这中间老是一再的耳语和走走停停。埃德加激动得浑身发抖。他俩走到头了?怎么他还和她在一起?耳语声听不见,脚步声尽管还是迟疑不决,但越来越近了。现在他突然听到了男爵那可怕的声音,他嘶哑地轻轻地在说什么,可埃德加听不懂。随之是他母亲立即表示异议:"不,今天不!不!"

埃德加在发抖,他俩走近了,他什么都可以听清楚了。他们走向他的每一步。尽管是那么轻,仍使他的心胸感到痛苦。那种声音他感到极为可憎,这该死的家伙的声音里充满了贪婪,是多么令人厌恶!

"您不要这样残忍。您今天晚上多美啊!"

另一个声音说:"不,我不应当,我不能够,您放开我。"

在他母亲的声音里流露出那么多的恐怖,使孩子大吃一惊。他还要她什么呢?为什么害怕呢?他俩越来越近了,大概现在已经到了他的门前。他浑身颤抖。现在他就站在他俩的身后,近在咫尺,只有一层薄布挡着。现在连他们的呼吸声都能听到了。

"您来吧,玛蒂尔德。您来吧!"他又听到母亲的喘气声。

声音越来越脆弱,抗拒的力量瘫痪了。

这是怎么了?他俩又走到黑暗中去了。他母亲没有回自己的房间,竟是过门而不入!他要把她拖到哪儿去?她为什么不再说话了?难道他往她嘴里塞了团布?把她的喉咙卡住了?

这个想法使他狂怒了。他用颤抖的手把门开了一半。现在他看到他俩在昏暗的过道上,男爵用胳膊搂着他母亲的腰,领着她轻轻走去,看来她已经不再抗拒了。现在他在自己的房门前停住了。"他要把她弄走?"孩子惊慌起来,"现在他要下手作恶了。"

他猛地冲了出去,把门一关就向二人奔去。当他母亲看到突然有什么东西向她扑来时,她叫了起来,吓瘫了。男爵费了好大的劲才把她扶住。可就在这一刹那。他觉得一个软弱的小拳头打在自己脸上,打得他的嘴唇狠狠地碰在牙齿上,他周身像被猫抓了一样。他把那个受惊的女人放开,她立即疾步逃之夭夭。在他

048

还不知道是谁打他之前，就胡乱地招架，用拳头回击起来。

　　孩子虽是个弱者，但他毫不屈服。早就渴望的时刻终于来到了，他可以把被出卖的爱，积聚起的仇恨一股脑儿激烈地发泄出来。他用自己的两只小拳头乱捶一气，紧咬嘴唇，怒火中烧，像发了疯一样。男爵现在也认出是他来了，他对这个密探满腔仇恨，几天来这孩子一直在触他的霉头，破坏他的好事，他狠狠地回击，不管打在什么地方。埃德加喘着粗气，但他毫不放松，也不呼救。午夜时分。他俩在过道上默默地、咬牙切齿地搏斗了一分钟之久，男爵才慢慢意识到他同一个尚未发育成熟的孩子打架是多么可笑。他紧紧抓住了他，想把他甩开。孩子这时感到身不由己，知道一会儿就要输了，就将挨打，暴怒中他朝着那只想来卡他脖子的手就咬。被咬的人下意识地发出一声低沉的叫喊，松了手，孩子就利用这一瞬间逃回自己的房里，把门闩上。

　　这场午夜的战斗只持续了一分钟。周围没有任何人听到。一切都寂静无声，仿佛都在沉睡。男爵用手帕擦了擦流血的手，不安地窥视着昏暗的四周。没有人窃听，只有顶橱上一盏电灯在不安地闪烁，他觉得这盏灯也在嘲弄他。

暴风雨

　　第二天早晨，当埃德加蓬松着头发从昏乱的恐惧中醒过来时。他自问道："难道这是梦，是一个凶恶的、危险的梦吗？"

　　他的脑袋在嗡嗡作响，关节发木僵硬。现在，他往下一看。才发现自己还穿着衣服。他一跃而起，蹒跚到镜前，一望自己苍白、扭曲的面孔就惊得后退。他的额角上有一条红肿的血痕。他费力地集中思想，恐惧地回忆起一切：夜里过道上的那场战斗。

他冲回房间，像发烧似的颤抖着，往床上一倒，还是穿着衣服，以便随时可以逃出去。他在那儿一觉睡了过去，沉入郁闷的、布满阴云的睡乡，那一切又在梦里再现了一次，所不同的只是更为可怕，还带有一股流着鲜血的潮湿味道。

楼下行走在鹅卵石上的脚步声沙沙作响，讲话声像看不见的鸟儿一样飘了上来，阳光照进了房间。一定很晚了，他吃惊地向时钟望去，可是时针还指着午夜，昨天激动之中他忘了上弦。失去了时间的凭依，这使他不安，到底发生了什么事？这种茫然若失的感觉更增强了这种不安。他迅速振作起精神，走下楼去，心中忐忑不安并感到有些内疚。

餐厅里他母亲一人坐在通常坐的那张桌子旁。埃德加松了一口气，他的敌人没有在，不会看到那张可憎的面孔了，昨天他在愤怒中曾用自己的拳头把那张面孔狠狠揍了一顿。可当他靠近那张桌子时，他感到慌乱了。"早晨好。"他问候母亲。

他母亲没有回答。她眼都没抬一下，而是用异常呆滞的瞳仁望着远处的景色。她显得非常苍白，眼圈留有淡淡的一层红晕，鼻翼神经质地抽搐着，显露出她的激动。埃德加咬紧嘴唇。这种沉默使他不知所措。他不知道昨天是不是把男爵伤得很重，也不清楚她是否知道夜里的那场殴打。这种茫然无知在折磨他。她的面孔仍是那样呆滞，这使他根本不敢望她一眼，害怕她现在低垂的眼睛会骤然从沉重的眼皮后面跳出来把他抓住。他变得安静极了，一点声响也不敢弄出来，他小心翼翼地拿起杯子，又把它放了回去，偷偷地望了一下母亲的手指。她非常烦躁地玩着汤匙，弯曲的手指显露出她内心的狂怒。就在这种透不过气的感觉中他坐了一刻钟，期待着什么，但它并没有到来。一句话也没有，没有一句话能使他从窘迫中解脱出来。他母亲站了起来，根本不理睬他。现在埃德加还不知道他该怎么做：独自留在桌旁，还是跟随她去？最后他还是站起身来，低声下气地跟在她的后面。她飞快地掠他一眼，同时感到他的尾随是多么可笑。埃德加把步子放得越来越小，以便跟她拉开一段距离，可她毫不注意他，径直回到自己的房间去了。当埃德加也走到门口时，房门已经紧紧锁上了。

这是怎么啦？他完全不得要领。对昨天发生的事他不再那么自信了。难道他昨天的袭击不对吗？他们是在准备对他进行惩罚还是新的侮辱？他感觉到一定要出事，很快就会发生可怕的事。处于他与他们之间的是一场即将到来的暴风雨前的闷热，是带电的两极所产生的电压，只有闪电才能把它释放掉。带着这种预感的重负，他孤独地熬过了四个钟头，在房间里走着，他那细长的颈背被看不见的重量压得抬不起来。中午，当他来到餐厅桌子前，已完全是一副忍气吞声的样子了。

"你好，妈妈。"他又说道。他得打破这种沉默，打破这种可怕的沉默，像一片阴云那样悬在他头上的沉默。

母亲仍不予回答，仍不理睬他。怀着一种新的惶恐，埃德加觉得她现在对他的怒火是深思熟虑的，是积蓄已久的，这种火气他生平还从没有遇到过。过去她发火总是只爆发一通了事，更多的是神经质的，而不是感情上的，并且一会儿就变成抚慰的笑容了。可这次他觉察出这是从她内心最深处迸发出的一种狂暴的感情，他对这个不小心招来的强大压力感到吃惊。他几乎无法进餐，在他的喉咙里翻腾着某种干枯的东西，使他感到窒息。他母亲像什么也没有看到。只是在她起身时，才像是漫不经心地转过身来说："待会儿上楼来，埃德加，我有话同你说。"

这语气没有威胁的味道，却那样冷冰冰的，使埃德加悚然，就像有人突然把一副铁链套在他的脖子上。他的傲气消失了，像一条被痛打的狗一样，默默地随着她上楼，进入房内。

她有几分钟一声不响,用这种办法继续折磨他。这几分钟里,他听到钟的嘀嗒声,他听到外面孩子的笑声,他听到自己的那颗心在胸膛里怦怦跳动。但是她也不是那么信心十足的样子,因为她现在对他讲话时,不是看着他而是背着他。

"我不想再谈你昨天的所作所为。这简直是闻所未闻,我一想到这事,就感到丢脸。这种后果是你自己造成的。我现在只想告诉你,你单独在大人中间这是最后一次了。我已经给你爸爸写了信,得给你找一个家庭教师或者送你去寄宿学校,好去学一些礼貌。我不想再为你烦恼了。"

埃德加垂着头站在那儿。他觉得这只是一个开场白,一个威吓罢了,正题还在后面,他不安地等待着。

"你现在立即去给男爵赔礼。"

埃德加一怔,但是她不让打断她的话。

"男爵今天已动身走了,你得给他寄封信,我口授你写。"

埃德加又是一怔,但他母亲的口气是坚定的。

"不许还嘴。那是纸和墨水,坐下。"

埃德加抬头望去,她的眼睛显出果断和坚定。他从没看到他母亲是这样严厉、专横。他害怕起来。他坐在那里,拿起钢笔,但是把脸深深伏在桌上。"上面写上日期。写了吗?称呼之前空一行!这样写:非常尊敬的男爵先生!惊叹号。再空一行。我十分遗憾地获悉——写了吗?——十分遗憾地获悉,您已离开了塞默林——塞默林是两个'm'——因此我想到只能写信——写快一点,字不一定写得很讲究!——来请您原谅我昨天的鲁莽。正如我母亲告诉您的,我尚处在一次重病的康复时期,易受刺激。我经常把看到的事加以夸大,但随即就感到后悔……"

俯在桌上弓着的背脊倏地直了起来。埃德加转过身来,他的悖逆精神又苏醒了。

"这我不写,这不是真的!"

"埃德加!"

她用这声音来威胁他。

"这不是真的,我没有做什么可后悔的事。我没有做什么坏事,为什么要赔礼?我只是在你喊叫的时候来救你的!"

她的嘴唇变得毫无血色,鼻翼在翕动着。

"我呼救了?你疯了!"

埃德加火了。他猛地一下跳了起来。

"是的,你呼救过,在外面的过道上,昨天夜里,当他抓住你的时候。'您放开我,您放开我,'您这样喊的,声音很大,我在房间里都听见了。"

"你撒谎,我从没有同男爵在过道里待过,他只是陪我走到楼梯。"

这种大胆的谎言使埃德加跳动的心为之一停。她的声音并未吓住他,他用晶亮的眼珠凝视着她。

"你……没有……在过道上?他……他没有把你抓住?没有用暴力搂住你?"

她笑了起来。一种冷酷的、干涩的笑。

"你在做梦。"

这对孩子来说太过分了。他现在知道大人会撒谎,会说些卑微的、大胆的遁词,会说狡猾的和模棱两可的话。但是,这种厚着脸皮的冷冰冰的否认,当面撒谎,可实在把他惹急了。

"那这伤痕也是我在做梦?"

"谁知道你同谁打了架?可我不要和你争论,你必须听话,去把信写完。坐那儿去,写!"

她瘫软无力,在用最后的力量支撑住自己。

但是现在埃德加内心却连最后一点信任的火花也熄灭了。人们竟然可以像踏灭一根燃着的火柴棍那样来践踏真理,这他想不通。他觉得身上冰冷,全身瑟缩。他所说的话都变得尖刻、恶毒和肆无忌惮:

"那么,我是在做梦?在过道里,还有这儿的伤痕都是做梦?你们两人昨天在那儿,在月光中闲逛,还有他要领你往下走,这难道也是做梦?你以为我会像娃娃那样让人锁在房间里!不!不!我才不像你们想的那么傻呢。我知道我所知道的事。"

他放肆地紧盯着她的脸,这下她的力量全垮了,她不敢去看自己孩子的脸,这就在眼前的、被仇恨弄得扭曲了的脸,她的愤怒狂暴地发作起来了。

"去,你必须马上写!要不……"

"要不怎么?……"现在他变得十分大胆,声音带着挑衅的味儿。

"要不我就要像打小孩似的打你。"

埃德加走近了一步,只是嘲弄地笑着。这时她伸手就打了他一记耳光。埃德加叫了起来,他像一个淹在水里的人用双手扑打着四周。又是一记,他耳朵里闷响起来,两眼冒金星,他盲目地挥舞着拳头,回击过去。他觉得他打着一块软东西,是打在脸上了,他听见一声叫喊……

这声叫喊使他恢复了常态。突然他看到了自己,他意识到这事不得了了:他打了自己的母亲,羞耻和震惊,剧烈的恐惧袭击着他,他感到非逃不可,钻到地里,逃啊,逃啊,只要不再看到这目光。他跑出门,冲下楼去,穿过房子来到大街上。逃啊,逃啊,像是后面有条疯狗在追他似的。

初步领悟

　　他跑得很远，后来在路边上停住了。他必须抓住一棵树，由于恐惧和激动，他的四肢还在剧烈地颤抖，大口地喘着粗气。他一手酿成的恐怖在后面追赶他，抓住了他的喉咙，把他摇来晃去，像发高烧似的。他现在该怎么办？逃到哪里去？这里，已经是镇外的森林中了，离他住的地方有一刻钟的路程，他有一种被遗弃的感觉。自从他孤立无援以来，这里的一切都好像变了样，显得更加充满敌意、更加令人憎恶。这些树木昨天还友好地对他沙沙作响，可现在却突然阴沉地咆哮起来，像是一种威胁。这一切，他眼前的一切还要变得更加陌生和疏远吗？面对着这广袤而生疏的世界，这种孤独感使孩子感到头晕目眩。不，他还不能承受这一切，他还不能单独承受这一切。可是他该逃到哪里去？回家去，他怕他父亲，他父亲很容易发火，很严厉，会立即把他送回来的。他不愿意回去，宁愿逃到危险的没有熟人的陌生地方去；他觉得他永远不能再见他母亲的面了，一见到就会想到他曾用拳头打过她。

　　这时他想起了祖母，这个和蔼慈祥的老人，从他小时候起就溺爱他，每当他做了错事受到责骂时，她总是他的保护者。他想到巴登去躲在她那里，等到父母亲火气消了，再从那里给他们写一封信，向他们赔礼。在这一刻钟的时间里。他是如此沮丧，只身处在这世界上，有的只是一双软弱无力的手。他诅咒他的傲慢——被一个陌生人用谎言所激起的他那愚蠢的傲慢，想重新做一个从前那样的孩子，听话、忍耐、不自负；他现在已经感觉到这种自负夸张到了多么可笑的程度。

　　可是怎么到巴登去？怎么翻过这山川河谷？他急忙用手掏了

掏总是随身带着的钱包。上帝保佑，那个崭新的、二十克朗的金币还在熠熠闪亮，这是他生日的礼物。他一直舍不得把它花掉，几乎每天都要看看它是否还在。望着它他感到愉快，觉得自己很有钱，随后总是怀着一种温柔的心情用手帕把它擦得亮亮的，像个小太阳在闪光。但是这点钱够用吗？这个骤然袭来的念头使他感到惊慌。在他的生活中他经常乘坐火车，可从来没想过坐火车得付钱，也没想过要花多少钱，是一个克朗还是一百个克朗。他初次感受到，生活里有许多事过去想都没想过，他周围各种各样的事都有一种固有的价值，一种特殊的重量。他在一小时之前还自以为什么都懂，现在感到，在他不知不觉之中，千百个秘密和问题从他身旁溜了过去。他感到羞愧的是他那贫乏的智慧在他步入生活的第一个台阶时就无能为力了。他越来越胆怯。他往下面的车站走去，步子越来越小，越来越犹豫。他经常梦想过这样的逃遁，想进入生活干番大事业，成为皇帝或国王，英雄或诗人。而现在他畏葸地望着那儿的一座明亮的小房子，心里想的只是一件事，那就是到祖母那里去这二十个克朗够不够。路轨闪着光亮通向远处，火车站空空荡荡，冷冷清清。埃德加胆怯地走近售票处，为了不让别人听到他的话，悄声地问，到巴登去的车票要多少钱。一张惊奇的脸从昏暗的隔板后往外望了望，两只眼睛在眼镜后面朝这个怯生生的孩子微笑着。

"一张整票？"

"对。"埃德加结结巴巴地说。一点也不傲慢了，直怕钱不够。

"六个克朗！"

"要一张！"

他轻松地把他所钟爱的那枚光滑的金币递了上去，多余的钱找了回来。埃德加一下子觉得自己又十分富有了，他现在手上有了这张能够保证他的自由的棕色车票，而他口袋里的银币则在发出沉浊的乐声。

从行车时刻表上他知道火车再过二十分钟就到了。埃德加躲到一个角落里。有几个人悠闲自在地站在站台上。可在这个不安的孩子看来，仿佛所有的人都在注视着他，似乎大家都感到奇怪，怎么这么小的一个孩子独自乘火车；他越来越往角落里缩，仿佛他的额头上明显地贴着逃跑和罪行这两条标记似的。他终于听到了火车从远处发出的长鸣声，随后就隆隆地驶近，这时他松了一口气。这列车将把他带入世界。上车时他才发现，他买的是三等车厢的票。过去，他从来都是坐头等车厢。他又觉得，这里的情形不一样，他遇到了各种各样的事。他周围的乘客都和以前的不一样，他的正对面是几个意大利工人，手很粗糙，声音沙哑，手里拿着铁锤和铲子，他们用迟钝而愁苦的眼睛望着前面。显而易见，他们在路上干了不少累活，因为几个人十分疲倦，在隆隆的列车上睡着了，张着嘴，倚在又脏又硬的靠板上。埃德加想，他们为了挣钱而去做工，但不知他们能挣多少钱。他又一次感到，钱不是一种常有的东西。得想办法去挣来。现在他第一次意识到，他以往理所当然地习惯的是舒适的气氛，而他生活的两旁，左边和右边，却是黑洞洞的、看不到底的深渊。这是他的目光过去从没有觉察到的。他第一次知道了有各种职业，有各种规定，他周围有各种秘密，离他很近，可就从来没有注意过。自从埃德加单独一个人以来，这一小时他就学到了许多东西，他开始将目光透过这狭窄的车厢的窗户，瞭望外面的大千世界。在他那晦瞑的恐惧之中有某种东西正开始在悄悄地滋长，这虽然还不是幸福，但却是对丰富多彩的生活的一种惊叹。在每一瞬间，他都感觉到，他的出逃是由于恐惧和怯懦，但这是他第一次独立行动，从现实中来体验以往从他身边一掠而过的一切。他也许第一次成了他父母亲的秘密，正如这个世界从前对他是个秘密一样。他用另一种目光望着窗外。他觉得仿佛第一次看到这现实中的一切，仿佛事物外面罩着的轻纱抖落了，向他展示了一切，展示了事物意向的内蕴、它们活动的秘密神经。路旁的房舍像被风刮走似的飞驶而过，他不由得想到了住在里面的那些人，不论他们是穷是富，幸或不幸，不论他们是不是像他一样渴望知道一切，也不论那儿有没有像他一样把什么事都当作游戏的孩子。他第一次觉得，站在路旁挥动小旗的护路工人并非是活动木偶和没有生命的玩具，并非可以任意搁置的物件，而他从前却是这样想的；他懂了，他的命运就是同生活做斗争。车轮滚得越来越快，现在列车沿蛇形线冲下山去，群山变得越来越矮小，越来越遥远，车已进入了平原地带。他再次回头瞭望，群山与蓝天渐渐交融，只是依稀可辨，遥不可及。埃德加觉得，他的童年就要慢慢消散在那雾蒙蒙的天际了。

纷扰的晦暝

列车停了下来，巴登到了，埃德加独自上了站台。这时华灯初上，信号灯向远方闪着绿的、红的光。看到这色彩缤纷的灯光，不觉想起夜已临近，心里骤然产生一种恐惧。要是白天倒还好，因为四周都是人，他可以休息，坐在椅子上，或者看看商店的橱窗。可是现在人都回家了，每个人都有一张床，闲谈一番，然后度过一个恬静的夜，而这时他却怀着负疚之感孤单地踯躅街头，孤寂而又生疏，这他怎能忍受得了。啊，要赶快找一个蔽身之处，一分钟也不要待在空旷而陌生的天幕下面，这是他唯一明晰的念头。

他沿着那条熟悉的路匆匆走着，无暇左顾右盼，一直走到他祖母的寓所。这所房子坐落在一条宽阔的大街上，但不是那么显眼，前面是一个拾掇得很好的花园，长着各种蔓生植物和常青藤，在这片绿荫的后面，一座洁白的、令人感到亲切的老式房子在闪着光辉。埃德加像个生人似的从栏栅外往里面窥望。里面什么动静也没有，窗户都关着，显然大家都同客人到后面花园里去了。当他的手刚接触到门铃时，发生了一件奇怪的事情：他突然感到，他两个钟头一直想得那么容易、那么理所当然的事却是不可能的。他该怎样进去，怎么向他们打招呼，怎样承受那些问题，怎么回答他们？当他不得不说他是从母亲那里偷着逃出来的时候，怎样去忍受他们的第一瞥目光？怎么去解释他闯下的大祸，他自己都无法理解的行动？这当儿里面有一扇门开了，突然，一种愚蠢的恐惧攫住了他：马上要有人出来了。他拔腿就跑，也不辨东南西北。

跑到公园前他停住脚步，因为那儿一片黑暗，他猜想不会有什么人能看见他。也许他可以在那里坐下来，安静地思考思考，好好休息休息，弄清楚他的遭遇。他畏葸地走了进去。前面有几盏灯亮着，照得嫩叶闪耀出阴森的水光，呈现出晶莹剔透的碧绿；往后走下山丘，那儿的一切像一堆郁闷的、黑色的发酵物似的团聚在早春之夜的晦暝里。埃德加怯生生地从一些人身边溜了进去，他们都坐在电灯光下聊天或看书。他要独自待着。可是，就是在没有灯光的甬道暗处也不宁静。这里的一切都是怕光的，声音微弱，都在喁喁私语，其中更混杂着风吹树叶的沙沙声，远处脚步的拖沓声，压低嗓门的耳语声和某种欢愉的、呻吟的、充满恐惧的喘息声，这些声音是人和动物以及不肯安睡的大自然同时发出来的。这是一种危险的不安，一种压抑的、隐蔽的、令人畏惧的谜一样的不安。林中地下也有某种声音，这也许是同春天连在一起的蛰动声。这个无依无靠的孩子害怕得要命。

在昏黑的暗处，他蜷缩在一条椅子上，在考虑他到家后该讲些什么。可是，每当他要集中思想时，它就从身旁滑了过去。他不由自主地老在谛听黑暗中低沉的响动，神秘的声音。这黑暗是多么可怕呀，可又是多么迷惘、神秘的美啊！把所有这些窸窣声、沙沙声、嗡嗡声都混在一起的是动物还是人，或者仅仅是风的魔手？他谛听着。是风，它不安静地在林中穿行，但也是人——现在他看清楚了——是相互搂抱着的对对情侣，他们从山下灯光通明的城市走上来，他们谜一般地在这里出现，使黑暗也活跃起来。他们要干什么？他无法理解。他们彼此不说话，因为他听不到说话声，只有脚踩在鹅卵石上发出的沙沙声。他时而看到他们的身形在光亮处像影子一样地一掠而过，都是紧紧地搂得像一个人似的，这和先时他看到他母亲同男爵的情形一样。这个秘密，这个巨大的、闪光的和充满不祥的秘密，这里也有啊。现在他听到越来越近的脚步声和一种压低了的笑声。他感到恐惧，怕走近来的人在这儿发现他，于是他又往暗处缩了缩。这时从不辨五指的黑暗中有两个人摸索着往山上走，并没有看见他。他们搂抱着走了过去，埃德加松了一口气，可是他们突然停了下来，就站在他的椅子跟前。他们把脸贴在一起，埃德加什么也看不清楚，他只听到从女人嘴里发出来的喘气声，男的则喃喃着一种火热的、荒唐的话语。他打了个欢愉的寒战，恐惧之中有一种压抑的预感。他俩停了一分钟，随后鹅卵石在他们脚下发出沙沙的声音，脚步不久就在黑暗中消失了。

埃德加一阵颤抖。现在血又在血管里翻腾起来，比以前任何时候都更加炽热。在这纷扰的黑暗之中他突然感到寂寞难忍。不可遏止的需求主宰了他，他需要亲切的声音，需要拥抱，需要明亮的房间和他所爱的人。他觉得，这纷扰的夜晚的全部黑暗仿佛都沉到了他的心灵深处，进出他的胸膛。他跳了起来。回家，回家，回到家里，什么地方都行，在温暖、明亮的房间里。与亲人在一起。他们对他能怎么样呢？打也好，骂也好，自从他感受到了这种黑暗的滋味和寂寞的恐惧以来，他什么都不怕了。

这种想法驱使他往前走去，不知不觉他突然站在祖母寓所的门前了，手又重新摸着冰冷的门铃。他看到，现在窗户透过绿荫闪着光亮，在想象中，看到每扇明亮的玻璃后面的熟悉的房间里都有人在里面。这种亲昵感使他感到幸福，这种乍到的安适感使他与他所爱的人靠近了。如果说他还在犹豫的话，那只是为了更亲切地享受这种预感。

这时在他身后响起一声刺耳的尖叫："埃德加，他在这儿！"祖母的女仆看见了他，向他扑来，抓住他的手。里面的门开了，一只狗跳到他面前汪汪直叫，屋里的人拿着灯走了出来，他听到欢叫声和惊叹声，呼喊和脚步混成一片的嘈杂声，越来越近。现在他认出来了，最前面的是祖母，她张开了胳膊，在她后面竟是他的母亲，他以为自己是在做梦。他的眼睛哭肿了，他颤抖着，畏葸地处在这激动的感情中间，他手足无措，不知该做什么，该说什么，甚至连他感觉到什么也不清楚：是恐惧还是幸福。

最后的梦

事情原来是这样的：他们早就在这儿找他、等他很长时间了。他母亲尽管在气头上，却也对这激动的孩子破门而出感到惊慌，她叫人在塞默林到处寻找。正当大家都激动不安，纷纷做出各种危险的猜测时，有位先生带来消息说，他 3 点钟前后在车站售票处见到过这孩子。人们很快从车站得知埃德加买了一张去巴登的车票。她毫不迟疑地立即去追赶他，并事先电告巴登和维也纳他父亲处。一片忙乱和激动，两个钟头以来，一切都为寻找这个逃亡者而忙乱着。

现在他们牢牢地抓住了他，但并不是用暴力。他怀着一种受到抑制的胜利感被领进房间里。可是使他奇怪的是，他没有受到他们的严厉斥责，他在他们眼里看到的是欢欣和爱抚。就算是斥责吧，这种假装的生气，也只是一转眼的工夫。随后祖母又含泪搂抱着他，没有人再说他的过错了，他感到围绕他的是一种奇怪的关怀。这时女仆脱下他的上衣，给他拿来一件暖和的。祖母问他饿不饿，需要些什么。他们都很关心地挤过来围着他。但是当他们看到他的窘态时，就不再问他什么了。他快意地重新感觉到了那种曾受他藐视但却是不可缺少的孩子的感情。他对自己近来的自负傲慢感到羞愧难当，现在他得到的特殊宠爱，是他用自己的孤独所赢得的虚假快乐换来的啊！

隔壁房间里的电话铃响了，他听到他母亲在接电话，听到她说的几个字："埃德加……回来了……到这儿来……坐末班车。"埃德加感到奇怪的是，她不再对他火冒三丈，只是搂抱着他，用奇怪的、欲言又止的目光望着他。他越来越懊悔，最好能避开这里祖母、姑妈的悉心关怀，进去请她原谅，十分恭顺地、单独一个人对她说，他要重新成为一个听话的孩子。可当他轻轻站起来时，祖母稍感惊慌地问道：

"你要到哪儿去？"

他羞愧地站着。他只要一动，他们就为他感到害怕。他把他们大家都给吓怕了，怕他再度逃走。他们怎么能够理解，对这次逃跑，他自己比任何人都感到后悔呢！

饭桌摆好了，给他端来一份赶做的晚饭。祖母坐在他身边，两眼一直不离开他。她和姑妈以及女仆静静地把他围住，他在这种温暖的气氛里感到十分安适。只有母亲没有进来，这使他惶惑。要是她知道他现在是多么低声下气的话，那她准会来的！

这时从外面传来辚辚的车声，随即在门前停了下来。其他人都惊讶起来，埃德加也感到不安。祖母走了出去，黑暗中，各种声音传来传去，他突然知道他父亲来了。埃德加羞怯地发觉，他现在又是一个人独自在房间里。即使是这短暂的孤独也使他感到慌乱。他父亲是严厉的，他是他唯一真正害怕的人。埃德加细心地谛听，他父亲好像很激动，说话声音很高，很恼火。这中间，听见他祖母和他母亲的令人宽慰的声音，显然她俩要他说话温和些。但是父亲的声音一直是生硬的，像他正在走来的脚步声一样，这脚步越来越近，已经到了旁边的一个房间，来到门前，现在门打开了。

他父亲个子很高，埃德加此刻在父亲面前觉得说不出的渺小。他走了进来，满脸火气，看来确实正在气头上。

"这是怎么回事，你这小子竟然逃跑了？你怎么能这样使你母亲担惊受怕？"

他的声音很愤怒，双手急剧地摆动着。现在他母亲轻轻走了进来，脸上罩了一层暗影。

埃德加没有回答。他想必须为自己辩解，可是他该怎么讲他被骗被打的事呢？父亲会理解吗？

"哎，你不会说话？是怎么回事？你可以慢慢地说！你有什么不对的地方？你逃跑总得有个理由嘛！有人委屈了你？"埃德加在犹豫。回忆使他又愤恨起来，差点儿要说了。这时他看到他母亲在父亲背后做了个奇怪的动作，他的心静了下来。母亲的这种动作开头他并不理解,可现在她在看着他,眼里流露出乞求的神情。她轻轻地、非常轻地把手指放在嘴上,做了个不要说的动作。

孩子感到,突然间一种温暖的感情,一种巨大的狂喜流过他的全身。他明白了她要他保守秘密,他觉得他那小小的嘴唇可以决定一个人的命运。她信赖他,他全身浸透着骄傲。猝然之间,他产生了一种自我牺牲的勇气,他要加重自己的过错。为了表明自己是多么值得信赖,自己是一个好汉。他鼓起勇气说:

"没有,没有……没有什么理由。妈妈对我非常好,可是我淘气,是我自己做错了……我……我逃跑了,因为我害怕。"

他父亲愕然地望着他。他一切都料到了,唯独没有料到这么个供词。他的愤怒无从发作。

"呶,你承认了错误,这很好。那我今天就不再谈这件事了。我想你得找个时间好好想想! 不许再发生这样的事情。"

他站在那儿望着他, 现在他的声音温和得多了。

"你脸色多么苍白啊。可是我觉得你又长高了一截。我希望你不要再耍小孩脾气了,你已经不是一个毛孩子,该懂得些事体了! "

埃德加一直都在望着他母亲。他觉得她的眼里闪着亮光,或许这是灯光的反射? 不,那是湿润丽晶莹的泪花,她的嘴上泛起一丝微笑,表明她对他的感激。他们现在把他带去睡觉,可他不再因为他们让他孤零零一个人在那里而感到悲哀了。他有多少东西,有多少丰富多彩的东西要思索啊。近日来在他生活中初次感受到的巨大的痛苦消失得无影无踪,他预感到未来的生活是神秘的,他有点陶醉了。在漆黑的夜里,窗外的树木在簌窣作响,但他不再感到恐惧。自从他知道生活是多么丰富以来,他对它就不再感到焦躁不安。他仿佛觉得今天是头一次看到赤裸裸的现实，这现实不再被童年的千百个谎言所遮蔽，而是呈现出它全部难以想象的、危险的未来。他从来没有想到，多姿多彩的生活中痛苦和欢乐竟然到处可以相互转换。而一想到他面前还有许多这样的时光，生活还深藏不露地等待着他惊喜地去揭开它的面纱时，他就感到快乐。现实生活的绚丽多彩，和对于多姿多彩的现实生活的朦胧预感的突然袭来。使他第一次相信他理解了人的本质，即使他们彼此充满敌意，他们也都相互需求，被他们所爱又是多么甜蜜啊。让他带着仇恨去想某件事，某个人，这是不可能的，他对什么都不悔恨，就是对男爵，那个勾引者，他的势不两立的敌人也不怨恨，他对他有了一种新的感激之情。因为他给他打开了通向感情世界的大门。

在黑暗中去想这一切是甜蜜的，令人神往的。他昏昏欲睡，从迷梦中轻轻浮现出各种模糊不清的景象。这时他觉得门突然开了，好像有人轻轻走了进来。开头他不大相信，他太困了，怎么也睁不开眼睛。这时他觉得有人喘着气，用自己的脸柔和地、温暖地、甜蜜地揉擦着他的脸。他知道这是他母亲，她现在在吻他，用手在抚摩他的头发。他感到了亲吻，他感觉到她的泪水。他温柔地回答了母亲的爱抚，把这当作是和解，当作是对他的沉默的答谢。直到以后，多年以后他才认识到这泪水是一个老之将至的人的誓言。从现在起，她只属于他，属于她的孩子，这意味着她放弃风流生涯，意味着她与自己的欲念诀别。他不知道她感激他，是他把她从一种无益的艳遇中拯救了出来；她就用这种拥抱把爱的既苦又甜的重负留给了他，像是一笔遗产。此刻，孩子对这一切还不理解，但是他觉得能这样被爱是太幸福了，他感到这种爱又把他同世界上最伟大的秘密交织在一起、她从他身上松开了手，她的嘴唇离开了他的嘴唇，身影轻轻消失了，却留下一片温暖，他的嘴唇上还留有一股气息、一种甜蜜的欲望使他渴望温柔嘴唇的再度轻吻和亲切的拥抱，但是这种令人渴求的秘密的遐思美想业已被睡眠的阴影笼罩。几个小时以来的景象，又一次五彩缤纷地飞掠而过，他青年时代的书本又一次诱惑地翻了开来。随后孩子沉入睡乡，他生活中更为深沉的梦开始了。

（韩耀成　高中甫　译）

恐 惧

依莱娜太太离开她情人的住所，迈步下楼时，那无名的恐惧又猛然揪住了她的心。一个像陀螺似的黑色的东西忽然在她眼前旋转着，嗡嗡地响起来，两个膝盖冷得硬邦邦的，她不得不赶快抓住栏杆，免得一头栽下去。她壮着胆子来做这种十分危险的会面，已经不是头一次了，这突然袭来的震颤，她一点儿也不觉得陌生；尽管每次回家时她都竭力抵御，但每次她都在那荒唐可笑的恐惧如此毫无来由的袭击面前败下阵来。来会面时，不用说，一路上要轻松得多了。那时，她让车子在街拐角停住，快步走来，头也不抬，几步就到了楼门口，然后匆匆上楼，她知道他正在屋里刚刚急速打开的门后等着她呢，然而这第一阵恐惧，这确实也包含着急不可耐的心情的恐惧，却在见面时热烈的拥抱里消散了。但没过多久，她想要回家时，那神秘的恐怖便涌上心头，使她直打寒战，这里掺杂着深感内疚的惶恐不安和这样一种痴呆的幻觉：似乎街上每一个陌生的目光都能从她的神态上看出她是从哪儿来的，并且对她慌乱的举止毫无礼貌地微微一笑。这种预感引起的时时增长的不安，在她偎依在情人身边的最后几分钟就盘踞着她整个的心灵了。要走的时候，她的两手由于精神紧张而哆哆嗦嗦颤抖起来，她心不在焉地听着他的话，急切地制止他的热情在临别时爆发出来；走开，但愿她心中的一切也跟着永远走开，离开他的寓所，离开他住的楼房，离开这冒险的爱情生活，回到自己安静的市民小天地里去。她几乎不敢朝镜子里看，因为她怕看见自己目光中的狐疑神情，然而却很有必要检点一下，看是否由于慌张会在她的服装上留下什么痕迹，把这欢乐的时刻泄露出去。接着又是那些离别前白费唇舌的安慰人心的话语，由于激动她几乎一句也没听进去，那几秒钟她正藏在门后窃听有没有上楼下楼的声音。但外面已经潜伏着恐惧了，它焦躁地抓住她，粗暴地使她的心停止了跳动，她只好上气不接下气地走下几级楼梯，直到她感到那神经质地积聚起来的力量完全用尽了才停下来。

于是，她闭着眼睛站了一分钟，贪婪地吸了吸半明半暗的前厅里凉爽的空气。这时，楼上有一扇房门砰地关上了。她吃惊地震动了一下，赶快走下楼梯，两只发抖的手往下拉了拉那块厚厚的面纱。现在，那最后的可怕时刻又在威胁着她，使她不敢穿过楼门走上大街，说不定会碰上路过的熟人劈面问她从哪儿来，也许会陷入谎言的混乱和危险中：她像一个准备助跑的跳远运动员一样低下头，突然下了决心朝着半开的大门急跑过去。

到了门口，她跟一个刚好想进来的女人撞了个满怀。"对不起。"她惶惑不安地说，打算赶紧从她身旁走过去。但那个女人迎面拦住了门，闪着恶意嘲弄的目光，气冲冲地盯着她。"这回我可把您当场逮住了，"她毫无顾忌地扯着粗野的嗓门喊道，"当然啰，一个规规矩矩的太太，所谓的规规矩矩！她有丈夫，有钱，什么都有，但还不知足，还要变着法儿从一个可怜的姑娘手里把她的情人夺走……"

"天哪……您怎么了……您弄错了……"依莱娜太太断断续续地说，笨手笨脚地想要逃跑，但那个女人用她粗壮的身体严严实实地将门堵住,冲着她尖声大骂:"不,我没有搞错……我认得您……您是从我的朋友艾都阿德那儿来……现在我终于把您逮住了,现在我才知道,为什么他近来跟我在一起的时间这么少了……原来是因为您的缘故……您这个下贱的……"

"发发慈悲吧,"依莱娜太太用勉强听得见的声音打断她的话,"请您不要这么大声嚷嚷好不好。"她无意中又退回到楼道里。那女人讥诮地望着她。看到依莱娜吓得发抖,看到她这样明显的一筹莫展,她觉得心中有说不出的快乐,因为她现在正面带自以为是的、因嘲弄人而洋洋得意的微笑打量着她的牺牲者。由于心怀恶意的怡然自得,她的声音变得很宽,相当得意。

"这么看来,那些偷汉的女人,她们原来都是结了婚的太太,一些又高贵又讲究的太太。蒙着面纱,当然要蒙着面纱啦,好让人在事过之后还可以到处都装扮成这种正经女人……"

"什么……您到底想跟我要什么?……我根本就不认识您……我得走了……"

"走……那是当然的啦……到您丈夫那儿去,走进那个温暖的小房间,装扮成高贵的太太,让仆人给脱大衣……但像我们这样的人谁管你是不是像狗一样的饿死,当然这跟您这样的高贵的太太是不相干的……就是对我们这样的人,她们那些规规矩矩的夫人也要把她最后的一点东西偷走……"

依莱娜猛地打定主意,在一种暧昧的启示下屈服了,她把手伸到钱包里,使劲地抓了一把钞票。"这儿,这是给您的……但您现在要放我走……我决不会再来的……我向您发誓。"

那女人恶狠狠地瞪着她,把钱接过去。"没廉耻的东西。"她同时嘟哝道。依莱娜太太听到这句话,不禁吓得一颤,但她看见对方给她让开了门,便急忙冲了出去,活像一个自杀的人从塔顶噗的一声落在地上,急促地喘着气。她向前奔跑着,觉得一个个面孔就像变了形的鬼脸似的从眼前晃过去,她两眼昏花,拼命挣扎着跑到停在拐角的一辆汽车里,像扔一个沉重的包袱似的,她把自己的身体甩在靠垫上,随后她心中的一切就全僵化不动了,当司机终于吃惊地问这位古怪的乘客要到什么地方去的时候,她木然地朝他望了好一会儿,她那神志恍惚的大脑才最后明白了他的话。"到南站。"她慌忙顺口说道。可是想到那个女人说不定会跟踪她,便又说:"快,快,请您快点开!"

汽车走在路上,她才明白这次相遇使她多么震惊。她轻轻地动了动自己又僵又冷得的像麻木的东西垂在身边的双手,忽然周身战栗起来,好像打寒战似的。喉头有苦丝丝的东西往上涌,她觉得恶心。同时产生一种无名的憋人的愤怒,像抽筋一样抓她的心搔她的肝。最好让她大喊一阵,或者让她挥拳大闹一番,以便摆脱这种像钓钩扎在大脑里的回忆所引起的恐怖感;那副带着嘲讽笑意的粗野的面孔,那股从那个穷女人恶浊呼吸中发出的卑鄙龌龊的气息,那张充满仇恨、紧对她脸一个劲儿往外喷下流话的放荡的嘴,那个举得高高的威胁过她的像要革谁命的拳头,时时浮现在她的脑际。这种厌恶感越来越强烈,在她的咽喉里越爬越高,此外,那迅速滚动的汽车在马路上摇来摇去,当她及早想起她手头的钱也许不够付车费的时候,她才让司机减慢车速,因为她把所有的钞票都给了那个敲竹杠的女人。她赶快示意停车,倏地跳出车去,又把司机吓了一大跳。幸而她剩下的钱够用了。但她不一会儿就发现自己懵懵懂懂地闯到另一个区里来了,来到终日忙碌的人群之中,他们的每句话,每一瞥目光都使她的肉体感到痛苦不堪。这时,她的膝盖好像由于恐惧而变得瘫软了似的,不想往前迈步了,但她必须回家。于是她便拿出全身的力气,以一种非凡的毅力,跌跌撞撞地从一条胡同走到另一条胡同,好像跋涉在沼泽地或没膝的雪里一样。终于她到了家,冲上楼梯,起初有些慌张，但为了避免因烦躁不安而惹人注意，她立刻克制住了自己。

现在，年轻的女仆帮她脱下大衣，她听见隔壁房间里她的男孩跟小妹妹吵吵嚷嚷地玩耍，安详的目光看到处处都是自己的一切，又亲切又可靠，她的脸上才又恢复了泰然自若的神情，同时那秘密的心潮也就从她那痛苦而紧张的胸膛滚动过去了。她取下面纱，装出若无其事的样子，满面春风地走进餐室，她丈夫正坐在准备用晚餐的桌子旁边看报。

"晚了，晚了，亲爱的依莱娜。"他一面用温和的责备口吻说，一面站起身来，吻了吻她的面颊，这不由得在她心里唤起一种说不出的羞愧感。他们在餐桌旁边坐下，他一边看着报纸，一边漫不经心地问："你到哪儿去了这么久？"

"我去……去……阿麦丽那儿了……她需要去办点事……我陪她走了一趟。"她补充说，可是已经对自己这么欠考虑、说谎说得这么糟生气了。从前她总是预先准备好一套细心想出、经得起任何询问的谎话；可今天这恐惧竟使她忘了这一点，被逼得只好笨嘴拙舌地临时编造。她突然想到：如果她丈夫像他们最近在剧院里看过的那个剧里的人物一样打电话去探问呢？……

"你怎么了？……我觉得你好像有点精神恍惚……你为什么还不把帽子摘下来呀？"她丈夫问。她不禁吓得一哆嗦，因为她又产生了刚才被当场抓住的那种狼狈不堪的感觉。她赶忙站起来，走进她的房间，摘掉帽子，顺便对着镜子朝那不安的眼睛瞧了好久，一直到她觉得这目光重新变得坚定而又自信的时候，她才回到餐室里来。

女仆端来了晚饭，像往常一样度过了一个夜晚，也许比以前话说得更少，气氛显得更寂寞，那天晚上的谈话都是乏味的、懒洋洋的、往往颠三倒四的。她的思绪不停地飘回原路。每当她想到那个时刻，心惊胆战地接近那个敲竹杠的女人，她的思想便一直惊恐不安地向后躲闪；这当儿，她总是抬起目光，才觉得安全，她柔情地逐件望着那些象征友谊的物品，要知道，每件物品都是为了回忆和纪念才摆到这几间屋子里来的，于是她的心便渐渐轻松、平静下来。墙上的挂钟以钢铁般的步履从容地打破沉寂，又神不知鬼不觉地在她的心上增添了一些均匀的、无忧无虑的安然节奏。

第二天早上，她丈夫到自己的办事处去，孩子们出去散步，最后只剩下她一个人待在家里，在明媚的晨光中，那次吓人的相遇事后细究起来已经失去了许多令人焦虑的成分。依莱娜太太首先想起的是她的面纱很厚，因此那个女人不可能看清她的脸部特征，也不能再认出她来。现在，她冷静地权衡着一切预防措施。她决不能再到他的住所看她的情人了，这样一来，说不定也就铲除了那恐惧再度袭来的可能性。虽然跟那个女人偶然相遇的危险依旧存在，但这在一个二百万人口的城市里又是多么不大可能啊，因为她坐在汽车里逃掉了，那个女人是不可能跟踪她的。名字和住所她全然不知道，不必担心那个女人根据不清晰的面影会像通常那样蛮有把握地认出她来。但依莱娜太太对这种极特殊的情况也要有所准备。于是她就摆脱恐惧，立刻这样决定：保持安静的态度，什么也不承认，冷静地说那是一种误解，因为除了借机敲诈她的那个女人当场指责过她以外，对于她的那次会面谁也提不出任何证据。依莱娜太太真不愧是首都最著名的一个辩护律师的夫人，她从她丈夫跟他的同行朋友的谈话中知道得很清楚，各种敲诈勾当都可能由于极端无情而立刻改变行情，因为被勒索的人表现出来的任何犹豫、任何刹那间的不安都只会促使他的对手提高价码。

她采取的第一个对策是给她的情人写了一封短信，说她明天不能按约定的钟点来，而且最近几天也都不行。重读时，她觉得她头一次用伪装笔体写的这张便条仿佛语气有点冷冰冰的，她本想把这些令人不快的语句改成亲切的话语，这时她回想起了昨天的那次相遇，突然私下里火冒三丈，这恼恨便不知不觉地酿成了字里行间的这种冷若冰霜的语气。她痛心地发现，她情人的宠爱只不过是把她变成了这么一个低贱的主动者而已，她觉得自己的骄傲受了伤害。现在，她心怀敌意地思量着这些话，正因想到这种报复方式而得意：那便是字条上冷漠的语气说明来不来会面在某种程度上完全取决于她愿意不愿意。

这个年轻人，一个有名的钢琴家，她是在一次偶然参加的晚会上认识的，当然那是个小型聚会，然而她却想都没想过，甚至不明白是怎么回事，很快就成了他的情人。他其实一点儿也没有激发起她的热情，而在她的身上也没有丝毫性感的东西和精神的魅力吸引着他：她委身于他，并不是需要他，也不是渴望得到他，而是出于对抗他的意志的某种惰性，出于一种抑制不住的好奇心理。她既没有由于婚姻幸福而完全满足的心理，也没有那种女人身上常见的精神兴趣衰退的感觉，在她心里没有任何东西促使她产生找一个情人的需求：从一般社会眼光来看，她确实很幸福，因为她有一个富有的、智力胜她一筹的丈夫，还有两个孩子，懒散而满意地过着她那舒适、平庸、安静的日子。但这里存在着一种松弛的气氛，它在感官上正如闷热和风暴，形成了一种平稳的幸福状态，这状态比不幸更富于刺激性，而且对于许多女人说来，由于她们一无所求才正像由于绝望而长期得不到满足一样致人以死命。饱人的贪欲不见得比饿人的小，正是这种生活上的闲适、安逸使她产生了一种追求风流韵事的好奇心理。在她的生活中，哪里也没有阻力。她处处碰到的都是柔情蜜意，处处显现的都是安稳、温情、冷漠的爱和家庭的尊敬。她没有想到这样适度的生活从来也不能从表面来衡量，它总是一种内心空虚的反映，她觉得这种安逸不知怎么竟骗去了她的真正生活。

她少女时期对伟大爱情的朦胧梦想，对陶醉在新婚初年亲切友好的平静生活和做年轻母亲的有趣诱惑中那种喜悦的朦胧梦想，如今在她将近三十岁的时候，又开始苏醒了，而且像每个女人一样在内心滋生出一种应付巨大热情的能力，但并没有同时产生决计体验这热情的勇气，为这种风流韵事付出应有代价、赴汤蹈火的勇气。就在她觉得无力增添一种称心如意的新色彩的时刻，这个年轻人怀着毫不掩饰地强烈欲望跟她接近，带着艺术的罗曼蒂克神秘气氛走进了她的安谧的小天地。在这里，那些男人通常只是说几句平淡无奇的笑话，献点小殷勤，毕恭毕敬地称赞"美丽的夫人"，却不曾当真把她看成女人。而今，她的内心深处又感受到她长大成人以来头一次领略过的那种激情。在她看来，他本人身上也许一点儿迷人之处也没有，只有一层淡淡的哀愁罩在他那怪惹人注目的脸上，对这层悲愁的阴影她竟辨认不清，因为它本来就像他的演奏技巧和那种黯然伤感的沉思一样全是装出来的，他正是在这种沉思中进行（早已事先准备好的）即兴演奏。对她这样一个生活在不愁温饱的人们周围的人说来，这种忧伤意味着对更高级生活的向往，这种生活曾经从许多书中五彩缤纷地跃入她的眼帘，充满浪漫主义色彩，出现在许多剧本中。于是，她便无意中被拖出她的日常感情界限之外来观察这新的生活现象了。但是，一个女人的好奇心总是不自觉地跟性感连在一起的。一声赞扬使他从钢琴上抬起头来瞥了这位太太一眼，从这声喝彩里反映出来的对艺术家感染力的印象比一般礼貌性的表示也许更富有热情，而这第一瞥目光一下子就拨动了她的春心。她大吃一惊，同时感到一种充满一切恐惧的欢乐：在一次谈话中仿佛一切都被这种神秘的情火照得透亮，烧得通红，这次谈话使她那不可按捺的好奇心得到了鼓励，变得更强烈，以致她在一次公开举办的音乐会上也不回避跟他再次相见。接着，他们便经常会面，很快就不再单靠偶然机遇相会了。她至今为止很少想到她对音乐的品评会有什么价值，她一直理直气壮地否认她的艺术感会有什么意义，可是现在，正像他对她一再强调的那样，她在很多方面都成了他这个真正艺术家的知音和顾问，就是能以这样的身份出现的虚荣心，促使她几周之后就轻率地相信了他的提议：他想在家里给她，只给她一个人演奏他最新的作品。可能他心里有一半这样的善良意图，但到了一起就接起吻来，最后她竟不胜惊讶地把自己的身体也给了他。她的第一个感觉便是对这意想不到的肉欲的冲动感到震惊：起先由那蒙着神秘色彩的关系引起的精神上的战栗，突然不见了。由于有了要装出全然自愿的这种虚荣心作怪，由于以为是自己第一次下决心脱离她生活在其中的那个安谧的小天地的想法，那种对这并非出自本心通奸的罪恶感，也就部分地减轻了。就这样，她的虚荣心竟然把她对那种在最初几天里深感不安的丑行的畏惧变成了一种新的骄傲。但这种种神秘的情绪的激动，也只是在最初的时日里才经常出现。私下里，她本能地防范着这个人，大都是防卫他心中产生新的东西，也就是最初挑起她好奇心的那种异样的东西。他的奇装异服，他家中的流浪人习气，他那永远摇摆在挥霍和困窘之间的经济状况的杂乱无章，从她的资产阶级眼光来看，是令人反感的：像大多数女人一样，她们希望艺术家一眼望去就很浪漫，在个人交往方面很文明，是一只狂怒的猛兽，但必须关在道德的铁笼子里。使她陶醉在他的演奏里的那股热情，在偎依在他怀里的时候，完全平静下来；她的确不喜欢这种突如其来的疯狂的拥抱，她往往不自觉地把这拥抱的纯属个人意志的不顾一切跟她丈夫的那多年后仍然羞答答的、充满敬意的激情相比较。但现在失足一次以后，她便一而再、再而三地到他那里去，不觉得幸福，也不觉得失望，只是出于某种尽义务的感情和一种习以为常的惰性。她这样的女人，在轻佻的女人甚至在妓女中间也并不少见，而内在的市民习性却十分顽固，甚至在有外遇的情况下也要亲自维持一种正常的秩序，在放荡的生活中也要保持一种居家过日子的方式，在日常生活里尽量装出少有的十分耐心的样子。没过几个星期，她便使这个年轻人，她的情人，在一些细小的地方也适应了她的生活习惯，像对待公婆一样，也规定了一周有一天来看他，但她并没有因为有了这层新的关系而放弃自己旧日的生活秩序，而是在某种意义上为自己的生活增添了一点新的东西。很快，她的情人就成了为她的存在而装备精良的机器，他像第三个孩子或一辆汽车似的，成了她平淡的幸福生活的某种扩充物。不久，她便觉得这冒险的爱情生活像合法的事乐一样毫无意义了。

然而，第一次，当她本应为这奇遇付出真正的代价，也就是担着风险的时候，她就开始打小算盘，考虑值得不值得了。她天生任性，娇生惯养，因有像样的财产而毫无他求，对于不能容忍的第一次不快她就觉得似乎太多了。她不愿意立刻舍弃哪怕一点点自己内心的安宁，但也几乎从未想过为自己的安逸而抛弃她的情人。

她情人的回音，一封像一个人从梦中惊醒，因神经受刺激而断断续续写出的信，下午就由信差递到了，满篇都是精神恍惚的恳求、哀怨和悲诉，这使她想结束这种不正当关系的决心又有些动摇了。她的情人用最恳切的语言请求她至少跟他见一面，如果他不知因为什么伤了她的感情，也好让他请求她的宽恕。现在，这套新把戏惹得她对他更为不满，她想不分青红皂白地回绝了事，让他明白她要高贵得多。于是她便约他到临时想起的一个咖啡馆里去会面，还是做姑娘的时候她就在那里跟一个男演员会过面,当然这件事现在在她看来是幼稚可笑的了,因为那个演员是又恭敬又不在意的样子。她心里偷偷地笑着想,这种浪漫事儿在她的生活中是很稀奇的,这种事在她婚后这些年月里已经枯竭了,现在却又繁盛起来。她几乎对昨天与那个女人的唐突相遇感到一种内心的喜悦了,在这次相遇中,她又如此强烈、如此兴奋地体验到长久以来就有的一种真正的感情,她平素相当容易松弛下来的神经因此又神秘地震颤起来。

为了防备万一遇见那个女人,被认出来,这回她穿了一身暗色的不显眼的衣服,戴了另一顶帽子。为了不让人看清她的容貌,面纱她也准备好了,但一个突然涌上心头的固执想法使她把它放到了一边。难道像她这样一个受尊敬的有身份的女人竟能因为害怕见到一个根本不相识的女人而不敢上街吗?

一瞬间的恐惧感只在她走上街头的一刹那才掠过她的心头,那是一种如同人们投身波涛前把脚伸进水里试探时因为觉得冷突然出现的神经性的战栗。但这凉气一秒钟就从她身上飞过去了,接着便是一种稀有的愉快而自得的情绪突然在她心中冉冉地升起来。她高高兴兴地,轻捷、有力、颤悠悠地向前走去,步子拉得紧,腿也抬得高,她觉得自己从来不曾迈着这样的步伐走过路。那个咖啡馆离得这么近,甚至她也感到遗憾了,因为此刻有一种意愿正驱使她有节奏地向前走,一直走进这爱情生活的神秘的磁石般的吸引圈。但她为这次会面规定的时间太紧了,不过,她非常放心,确信她的情人早就在等她了。果真不假,他正在角落里坐着呢。她一进来,他便心情激动地跳了起来,她觉得他的情绪激动,又感人又讨厌。她不得不劝他压低声音,他由于内心过分激动,像旋涡猛卷一般,朝她连连质问和抱怨。她呢,根本不说明她不来践约的真正原因,一味玩弄隐晦的词句,这些话因为含混不清使他更加恼火。这一次,她虽然没有满足他的愿望,但对自己说过的话还是有些犹疑了,因为她觉得这回突然的不可测的逃避和拒绝相见对他的刺激太大了……可是当她经过半小时最紧张的谈话离开他的时候,她在感情方面对他既没有最起码的表示,也没有丝毫的暗示,她内心中燃烧着一种只在少女时代才有的奇异的情感。她觉得仿佛有一个闪闪发光的小火花深藏在心底,只等一阵风吹来使它变成火焰,燃遍她的全身。她大步走过来,同时急急地捕捉着整条街向她射出的目光,很多男人这种赞赏的目光产生了一种意想不到的结果,强烈地撩拨着她想看看自己面容的好奇心,于是她便在一个花店陈列品的镜子前面突然停住脚步,好在红玫瑰和露珠晶莹的紫罗兰的镜框里瞧一瞧自己的美貌。自她少女时代以来,她还从来没有过这样轻松愉快的感觉,全身的每一个感官也从来没有这样充满过活力,婚后最初的日子里也好,跟她情人拥抱时也好,在她身体里都不曾闪现过半点这样的火星;现在只能把所有这一切甜蜜的如醉如痴的热情消耗在少得可怜的被限定的时刻里,这种想法在她看来已经变得不可忍受了。她心情烦恼地继续向前走去。到了家门口,她又迟疑地站住了,为的是再舒展胸怀深深地吸上一口这炎热醉人的空气,把此时此刻迷乱的心绪压入心底,为的是在内心深处再体味一下它——这冒险爱情生活的渐渐平息下来的最后一个浪花。

这时,有一个人拍了拍她的肩头,她转过身去。"您到底又想干……干什么?"突然看见那张可憎的脸,她像吓掉了魂似的结结巴巴地说,使她更吃惊的是听见自己说了这么一句致命的话。她本来早就打定了主意,如果什么时候再碰到那个女人,就说不认识,否认一切,要面对面朝着那敲诈钱财的女人走过去……现在太晚了。

"我在这儿已经等您半个小时了,瓦格纳夫人。"

依莱娜吓得一颤。原来这个女人知道她的名字和住处。现在一切都完了，只好听天由命任她摆布了。

"我等了半个小时，瓦格纳夫人。"这个女人像责备她似的咄咄逼人地重复着她的话。

"您想干什么……您究竟想跟我要什么……"

"您是知道的，瓦格纳夫人，"——依莱娜听到这个名字又吓得一阵痉挛，"您知道得很清楚，我为什么来。"

"我根本没有再见到过他……你不要缠着我了……我再也不会去看他了……再也不……"

那个女人静静地等着。一直等到依莱娜由于情绪激动说不下去了，她才像对待下属似的粗暴地说：

"您不要说谎！我一直在您身后跟到咖啡店。"她见依莱娜在往后退缩，又嘲讽地补充说，"我反正没什么事情可做。他们把我从公司解雇了，照他们的说法，是因为没有那么多工作，因为赶上了经济萧条时期。喏，干吗不好好利用这个空闲时间呢。像我们这样的人也要出来散散步……跟那些规规矩矩的太太们完全一样。"

她说这些话时用的是一种刺痛依莱娜心窝的冷酷无情、恶意中伤的语言。面对这种卑劣言行所表现出来的赤裸裸的冷酷无情，她觉得完全失去了抵抗的能力，她的心越抖越凶，害怕那个女人现在又大声说话，或者她丈夫经过这里，那样一来，一切可就全完了。她赶快把手伸进皮手筒，搜出银丝编织的钱包，把她手指触到的所有的钱都掏了出来。

但这一回，那只无耻的手触到钱的时候，却没有像上次那样顺从地慢慢蜷起来，而是伸着巴掌在空中摆动着，那张开的手活像一只野兽的利爪。

"那个银丝钱包也干脆给我吧，免得我把钱丢了！"她嘲弄地撇着嘴，似乎露出了一丝满意的微笑，补充说。

依莱娜凝视着她的眼睛,但只一秒钟而已。这样狂妄的、卑劣的讽刺真叫人无法容忍,像产生了一种钻心的疼痛似的,她觉得有一阵厌恶感穿透了全身。只好走开,走开,不再看这张脸!她掉过脸去,动作迅速地把那个贵重的钱包塞给她,随即跑上楼梯,好像身后有什么恐怖的东西在追赶她似的。

她丈夫还没有回家,于是,她便一头栽倒在沙发里。仿佛被打了一锤,她一动不动地躺在那里。她听见她丈夫从外面回来的声音时,才强打起精神,拖着缓慢的步子来到另外一个房间,每个动作都是那样的无意识,每个感官都是那样的没有知觉。

现在,恐怖伴着她留在这所房子里,没有一点离开这些房间的意思。在这么多空虚的时刻里,那次可怕的相遇的每个细节都像滚滚波涛似的冲进她的记忆。她的处境已经毫无希望,这一点她是心明如镜的。这个女人知道她的名字和住处——怎么会如此,简直不可思议——因为她最初的几次尝试干得这么出色,无疑,她会不择手段地利用她的知情身份无尽无休地敲诈勒索下去。她的生活恐怕要像压了一座阿尔卑斯山,不知要压多少年,怎么努力——包括最大的努力——也甩不掉这个重负。尽管依莱娜太太有钱,尽管她是一个富有的丈夫的妻子,她也不可能瞒着她丈夫筹措到那么大一笔钱,一劳永逸地把自己从那个敲竹杠女人的手中解放出来。另外,她从她丈夫的偶然谈话和他的诉讼中得知,那些刁钻无耻之徒的具结和诺言全都一文不值。她盘算着,一个月,或许两个月,这个厄运还可以躲过去,随后她家庭幸福的这座外表威严的大厦可就非坍塌不可了,叫人略感宽慰的是她确信她很可能把那个敲诈钱财的女人也同时拖进这崩溃的深渊。

厄运是不可避免的,逃避是不可能的,这一点她觉得非常明确。但是会发生什么事呢?从早到晚她都被这个问题纠缠着。说不定会有一天寄来一封写给她丈夫的信，她看见他走进屋来，脸色苍白，目光阴沉，一把抓住她的胳膊问她……但以后……以后又会怎么样呢？他会怎么办呢？想到这里，这些画面便突然全都消逝了，消逝在充满混乱而恐怖的黑暗之中。她想不下去了，所有这一切猜想都摇摇晃晃地陷入无底的深渊。但经过这样的冥思苦想，有一点她是再清楚不过的：原来她是多么不了解她的丈夫，因此她就预料不到他会干出什么事来。她是遵照父母的意愿嫁给他的，但她并无不乐意的表示，而且还怀着一种几年后一直未曾淡漠的对他的好感，现在已经在他身边度过了八年舒适愉快、静谧幸福的生活，为他生了两个孩子，有了一个家，还有数不清的肉体温存的时刻，但是现在，当她问自己他会采取什么态度时，她才清楚，他在她眼里是多么陌生，她对他是多么不了解。现在她才开始从那些能够说明他的性格的个别特征来估量他的全部生活。为了找到打开他的心灵密室的钥匙，现在她正心怀恐惧、小心翼翼地搜索着每个细小的回忆。

因为他说的话从不泄露自己内心的秘密，她只好用探询的目光在他脸上扫来扫去，这时他正坐在安乐椅里读书，周遭闪耀着明亮的电灯光。她看着他的脸，就好像看的是一张陌生的面孔，想试着用那些熟悉的、然而忽然又变得陌生的面部特征来说明这个她在八年夫妻生活中因不在意而不曾发现的性格。前额光亮而气度轩昂，仿佛里面蕴藏着一股巨大的精神力量，嘴却显得很严厉，遇事决不相让。一切都表现着典型男子的威严特点，精神抖擞，充满力量：令人惊异的是在这张脸上居然发现了一种美，她怀着一种敬佩的心理静静地观察着他这种若有所思的严肃神态，这种明显的坚强神情。而眼睛呢，里边肯定隐藏着那真正的秘密，却一直注视着书本，躲起来不让她看。这样，她只能始终疑惑地凝视着他的侧影，似乎那富有生气的轮廓意味着这么一句话：宽恕或者诅咒。这个陌生侧影的顽强性使她很吃惊，但这个侧影的坚定性又使她第一次意识到一种奇异的美。她突然明白了，她是正在用羡慕的神态打量着他，心里是又愉快又自豪。这时，他的目光离开书本，抬起头来。她赶快走回浓重的暗影里，以防她那充满焦虑的目光引起他的怀疑。

三天她都没离开这座房子了。她早就心情不快地发现，她当前突然坚守的生活方式已经引起了别人的注意，因为一般说来，根据她那爱交际的天性，一连好几个钟头或整天待在家里，确实罕见。

最早注意到这种变化的，是她的两个孩子，特别是那个最大的男孩，他见妈妈老是这么久地待在家里，十分明显地现出了天真可爱的诧异神情，而仆人们总在小声议论，还跟家庭女教师相互交换他们的种种猜测。她极力找各种各样的、部分是碰巧想出来的非做不可的事来做，想证明她如此惹人注目地留在家里是有正当理由的，但是全然无济于事，她想在哪里帮忙，就把哪里搞得一团糟，她在哪里插一脚，便在哪里引起怀疑。同时她又缺乏老练的才干，不能用理智克制自己，譬如安静地留在一个房间里看看书、做点什么事，好让人家看不出她自愿软禁在家的这种奇怪举动。那内心的恐惧，在她身上如同每一个强烈的感觉，变成了一种神经质的东西，不断地把她从一个房间赶到另一个房间。每当听见电话铃响，每当听见门铃的声音，她都要吓得一颤；由于这样神经过敏，她心中预感到整个生活已被打得粉碎。像坐牢一样待在房间里的这三天，她觉得比她婚后的八年还要长。

可是第三天晚上，她接受了一个几周以来不曾有过的陪同丈夫赴宴的请柬，对此她现在竟忽然找不到充分的理由拒绝了。最后，为了不毁掉自己，至今在她生活四周筑起的那些看不见的恐怖的栅栏，也就必须打断了。她需要跟人接触，脱离单人独处的状态，脱离这恐惧造成的慢性自杀的孤独心境，休息几个小时。确实，除了到陌生的房子里在朋友身边躲一阵子以外，还有什么更好的地方呢？在她常走的道路周围总有那个人暗地跟踪的情况下，有什么地方会更安全？走出家门，她只颤抖了一秒钟，短短的一秒钟，这还是她跟那个女人在门口相遇以后第一次走上街头呢。她情不自禁地抓住她丈夫的胳膊，闭上眼睛，紧走了几步，穿过人行道奔向停在那里的小汽车，只是当她埋身靠在她丈夫的一侧，坐在车里经过夜间孤寂的街道时，她心里的一块石头才算落了地，而当她迈步登上那所陌生房屋的楼梯时，她才觉得脱了险。她现在可以像以往那漫长的岁月一样待几个小时了：无忧无虑，欢天喜地，不同的是还怀有从监狱来到阳光下的那种越来越清醒的喜悦心情。这里是防御一切追击的壁垒，仇恨是钻不进来的。这里只有爱她、尊敬她、崇拜她的人。一些优雅的、时髦的人，他们全在那里谈天说地，热情洋溢，一种给人以享乐的轮舞终于把她卷了进去。因为她一走进来，她便感到别人向她投去的目光似乎在说"她真美"，由于有了这种自我意识到的长时间缺乏的感情，她显得更美了。

　　隔壁的音乐吸引着她，深深地刺入了她灼热的皮肉。跳舞开始了，还没明白过来，她已置身在那嘈杂而又拥挤的人群之中了。有生以来，她从来没有这样跳过舞。这样绕场不停地旋转把她心中一切沉重的负担都甩了出去，那音乐的旋律激荡着她的四肢，使她那激烈活动着的身体充满了朝气。只要音乐停息片刻，这寂静便给她带来痛苦，因为在寂静中，人可以思想，可以回忆，回忆起"那件事"。内心不安的火花在她颤抖的四肢上噗噗地向上蹿动；就像进了游泳池，浸在勉强受得住的使人镇静的冷水里，她又投入了那旋转不停的舞蹈。往常，她只不过是一个平平常常的舞伴，一举一动太庄重、太冷静、太无情、太小心，但这回陶醉在毫无拘束的欢乐中，身体上的一切拘谨表现全都消失了。她觉得自己在消融，在不断地、无休止地、愉快地消融。她感觉有两只胳膊、两只手接着自己，时而接触在一起，时而又离开一点，她感觉到了对方说话时的呼吸，使人心醉的笑声，在浑身血液里颤动不停的音乐。她全身紧张，紧张得不得了，觉得衣服箍在身上火烧火燎的热，恨不得不知不觉地把一切罩在身上的东西都扯下来，好去赤裸裸地体味这深深的自我陶醉之情。

"依莱娜，你怎么了？"——她转过身去，跟跟跄跄地走着，眨着笑盈盈的眼睛，情绪还完全像同她的舞伴搂在一起那样热烈。这时，她丈夫那惊讶、呆滞的目光冷酷地穿透了她的心。她吃了一惊。刚才她是不是太疯狂了呢？她的狂热举止是不是把什么暴露出来了呢？

"什么……你说什么，弗里茨？"她结结巴巴地说，因突然碰到他的目光而惶惑不安。这目光似乎越来越深地射向她的心中，她现在已经完全从内在感觉上，完全从她的心灵上体验到了它。在这双眼睛死死的逼视下，她真想大叫一声。

"真稀奇。"他终于喃喃地说道。在他的语声里隐藏着一种困惑不解的心理。她不敢问他干吗要这么说。但是，当他无言地转身走开，她看见他的两肩又宽又挺又大，使劲儿向那个硬邦邦的颈项端着的时候，一阵寒战不禁穿过她的肢体。像遇到一个凶手似的，这寒战倏地经过她的额头飞过去，有如闪电，一闪即逝。她好像第一次看见他——自己的丈夫，现在才感到心中充满了恐怖，因为他是强大而危险的。

音乐又响起来。一位先生走过来，她机械地扶着他的胳膊。但现在，她心中的一切都变得沉重起来，那快乐的曲调再也不能鼓舞她抬起自己僵硬的双腿了。一种郁闷的沉重感从内心深处传到了双脚，每迈一步都使她感到很痛苦。她不得不请求她的舞伴放开她。她在往回走的时候不由得左顾右盼，看看她丈夫是不是就在左近。她吓得全身打了一个寒战。他正好站在她身后，好像在等着她，他那咄咄逼人的目光盲勾勾地望着她的眼睛。他想干什么？他知道了什么？她不自觉地往上扯了一下上衣，好像怕他看见那袒露的胸背似的。他的沉默是倔强的，他的目光也一样。

"咱们走吧？"她怯生生地问。

"好。"他的声音显得那样生硬，那样无情。他先走了。她又看见了那宽宽的、吓人的颈项。人们帮她披上大衣，但她还是觉得冷。他们默默地并排坐在车里。她一句话也不敢说。她模模糊糊地感到正面临着一种新的危险。现在她遭到了内外夹攻。

这天夜里，她做了一个噩梦。一种陌生的音乐响起来，一个客厅又明亮又高大，她走了进去，许多人和各种颜色跟她的动作混杂在一起。这时，有一个年轻人冲到她跟前，拉起她的胳膊，于是她便跟他一起跳起舞来；这个年轻人她觉得认识，可又没完全看出是谁。她感到很舒畅，很轻快，一种独特的音乐掀起的波涛把她举了起来，她觉得两脚离开了地面，就这样飘飘荡荡地跳着穿过了很多大厅。每个大厅里的金色的灯架挂得高高的，像烛光似的闪耀着微弱的火苗，墙挨墙有许多面镜子在没完没了的反射中把自己的笑脸抛过来又带到远处去。舞跳得越来越热烈，音乐奏得越来越灼人心窝。她发觉那青年跟她挨得更紧了，他的手埋藏在她的裸露的臂膀里，她不免因这充满痛苦的欢乐而悲叹。现在，她跟他四目相对了，这才觉得认出了他。他使她想起一个演员，还是小姑娘的时候她就暗暗地狂热地爱过他；她刚想高高兴兴地说出他的名字，但他用一个热烈的吻堵住了她的低声呼唤。就这样，嘴唇胶合在一起，相互拥抱着宛如变成了一体，他们像被一阵幸运的风托起来了似的，飞过那些大厅。一面面墙像急流般掠过，她不再感到有那浮在空中的顶棚,此时此刻,她身心感到有一种说不出的轻松,仿佛手脚上的锁链全被砸碎了一般。就在这时,突然间有一个人扳了一下她的肩膀。她蓦地停住脚步,音乐也随之戛然而止,灯火熄灭了,黑魆魆的墙壁紧逼过来,那个舞伴不见了。"把他给我,你这个女扒手!"那个可怕的女人喊道——一点不错,就是她!她的喊声震得四壁发出刺耳的轰鸣,而那冰冷的手指又紧紧地扣住她的手腕不放。依莱娜奋力反抗,同时听到自己在叫喊,是一声惊恐中慌乱的尖叫。但那个女人更有劲,撕下了她的珍珠项链,同时把她的上衣撕下了半边,使她的胸脯和臂膀全都裸露出来,上面只搭着向下垂挂的撕碎的布片。忽然,人们又来了,他们在不断增长的喧闹声中从所有的大厅里涌到这里来,呆呆地面带讥笑地望着她这个半裸体的妇女和那个正在尖声喊叫的女人。那女人喊着:"她从我这儿把他偷走了,这娼妇,这婊子。"依莱娜不知道身子往哪里藏,眼光往哪里看,因为那些人越走越近,充满好奇的嘴脸一下子就被她裸露的上身吸引住了,而现在,当她游移不定的渴求救援的目光避开他们时,她突然看见她丈夫站在暗处的门框里,右手藏在背后。她大叫一声,从他眼前逃开,跑过几个房间,看得眼红的人群在她身后横冲直撞,她觉得她的上衣向下滑得越来越厉害,她几乎都拉不住了。这时,一扇门在她面前砰地开了,她迫不及待地冲下楼去,想脱身,但在楼下又是那个卑鄙的女人穿着毛料裙子张牙舞爪地等在那里。她跳到一边,像疯了似的朝远处跑去,但那个女人从她身后猛扑过来,她们俩就这样在夜色中沿着长长的寂静的街道追逐着,连路灯都弯下腰来讥笑地向她们眨眼。她听见身后老有那个女人的木板鞋格格地响着,但每当她来到一个街拐角,那里就跳出那个女人来,在下一条街拐角还是照样,她埋伏在所有的房子后边,墙左墙右。她总是先一步守在那里，简直是多得不得了，无法超越，她总是从前面跳出来追捕她，依莱娜已经感到两膝不听使唤了。不过终于到了家，她直奔过去，但当她一把拉开门的时候，她丈夫却手里握着一把刀站在那里用威胁的目光凝视着她。"你到哪儿去了？"他瓮声瓮气地问。"哪儿也没有去。"她听见自己说道，可马上又听到身边发出一声尖笑，"我看见了！我看见了！"那个女人突然又站在她身边了，她狂笑着，讥讽地喊道。她丈夫把那把刀举了起来。"救命啊！"她喊出声来，"救命啊！"

她两眼发直，那惊恐的目光跟她丈夫的目光碰在一起了。什么……这是怎么回事？她在自己的房间里，吊灯闪着黯淡的光，她在家里躺在自己的床上，原来她是做了一个梦。但她的丈夫干吗坐在她床边，像对待一个病人似的瞪眼瞧着她呢？是谁把灯打开了？他为什么这样严肃、一动不动地坐在这儿呢？她吓得要死。她不禁朝他的手看了一眼：没有，手里没有刀。她慢慢地从昏沉沉的睡梦中醒来，梦中的景象仿佛无声的雷电不见了。她想必是做了一个梦，大声说过梦话，把他惊醒了。但他为什么这样严肃，这样钻心，这样无比严厉地看着她呢？

她强作笑脸，说："怎么，究竟怎么了？你为什么这样瞅着我？我觉得，我是做了一个噩梦。""是的，你大声喊过。我是从那间屋子里听到的。"

我喊什么了，我泄露了什么呢？她心里怕得很，他知道了什么呢？她几乎连抬眼再看看他的目光都不敢。但他却低头异常安详、严肃地看着她。

"你怎么了，依莱娜？你有什么心事吧。这几天你完全变样了。你的生活好像发热病似的，疯疯癫癫，心神不宁，在睡梦里还大喊救命。"她又勉强地微微一笑。"不，"他坚持说下去，"你好像有什么事瞒着我。你有什么忧虑，还是有什么事给你带来了痛苦？家里所有的人都看出你变了。你应该信赖我才是，侬莱娜。"

他悄悄地向她身边挪了挪，她感觉到他的手指在轻轻抚摸她那裸露的胳膊向她讨好，他的眼睛里射出一道奇异的光。她心中突然产生了一种要求：现在就紧贴到他那健壮的身子上，紧紧地抱住他，把一切都坦白出来，他不宽恕她，就不放开他，就趁眼前他看出她的心在受折磨的时刻。

但那盏吊灯在闪着微弱的光，照亮她的脸，于是，她害羞了。她怕说出那句话。

"不必担心，弗里茨，"她努力微微一笑，她的身体却从头到脚都在发颤，"我只不过是有点神经过敏。很快就会过去的。"

她蓦地把搂着他的手撤了回来。她望了望他，周身抖动了一下，因为他的脸色在电灯光下显得很苍白，他的眉头皱得很紧，好像心里有什么犯愁的事。他缓缓地站起身来。

"我说不清，只觉得，好像你会把这些天的事情都跟我讲的。一件只跟你我有关的事。现在就只有我们两个人，侬莱娜。"

她躺在那里，一动也不动，好像在这严厉而又模糊的目光下进入了昏昏欲睡的状态。她想，现在一切都会好起来的，只是有一句话她需要说出来，就是这么一句简单的话："宽恕我吧。"他不会问为什么的。但是，灯光为什么亮着呢，那大胆的、无礼的、好奇的灯光？在黑暗里她倒会说出来的，她感觉到了这一点。但这灯光却使她失去了勇气。

"噢，真的什么也没有？你根本没有什么要跟我讲吗？"

这诱惑多么可怕，他的声音多么柔和啊！她从来没有听他这样说过话。但这灯光，这吊灯，这昏黄的贪婪的光，叫人有什么办法呢！

她振作了一下精神。"你想到哪儿去了，"她嘿嘿地笑着，对自己的尖声细语也大吃一惊，"难道因为我觉睡得不好就有什么秘密不成？到头来是什么风流韵事吧？"

这话听起来多么荒谬，多么不真实，她自己心里也不免微微发抖了。她对自己怕到了极点，于是，她不知不觉地移开了目光。

"那么，你好好睡吧。"他极快地说了这么一句话，相当尖刻，声音都完全变了，像一声恐吓，或者说像恶意的、危险的嘲笑。

随后，她熄了灯。她看见他那白色的身影消逝在门框那里，无声的，惨然的，活像一个夜间的魔怪。门关上了，她觉得好像是一个棺材封了盖。她感到所有的生灵都死尽了，只在她那空洞而麻木的身体里有一颗心怦怦地猛烈地冲击着她的胸膛，每一跳动，都疼上加疼。

第二天，他们正一起坐在那里吃午饭——孩子们刚刚打过架，被申斥了一顿才好不容易安静下来——使女拿来一封信。是写给尊贵的夫人的，人还在等着回音呢。她不胜惊异地细看了一下生疏的笔迹，急急忙忙拆开了信封，刚看个开头，脸色就刷地变得煞白。她一跃而起，等到从别人诧异的神情上看到她的慌张会成为泄露机密的轻率行为时，她就更害怕了。

信很短。一共三行字："请您立刻给送信人一百克朗。"没有签名，没有日期，全是明显伪装的笔体，只有这么一个令人胆战心惊的命令。依莱娜太太跑到她的房间里去取钱，但她把钥匙放在柜橱里忘了地方，她心急手忙地拉开所有的抽屉来回乱翻，最后终于找到了它。她索索发抖地把钞票折叠起来装进信封，亲自到门口交给了等候回音的仆人。她完全是下意识地做着这一切，好像在梦游，根本不容有半点犹疑的余地。过了一会儿——她离开还不到两分钟——她就又回到那间屋子里去了。

所有的人都不作声。她羞怯不安地坐下来，正想临时找一个什么借口，却惊恐万状地发现：她好像遭了雷击，被这意外事件搞昏了头脑。竟把那封展开的信搁在她的盘子旁边了，这时，她的手抖动得特别厉害，她不得不赶快把举起来的杯子放下。偷偷地一伸手，她把那张便条揉做一团，但当她顺手把它塞进衣袋时，她抬眼碰到了她丈夫那恨不得钻透人心的、严厉而又痛苦的目光，这样的目光她还从来没见他有过。现在才几天他就用这种目光多次突如其来地狐疑地瞪着她，这使她感到内心深处都在战栗，不知怎么应付才好。那回跳舞的时候他就用这样的目光盯视过她。这目光跟昨夜睡梦中那把钢刀闪烁的光芒一模一样。她想寻找一句话，打破这紧张的沉默，这时，一个早已忘却了的回忆突然浮现在她的脑际，那就是她丈夫曾经说过：作为律师，面对一个预审法官，他的诀窍就是在审讯过程中装作眼睛近视，埋头查阅案卷，以便随后在听到真正关键性的问题时闪电般地抬起眼睛，目光就像举起的一把匕首刺入被告人的突然惊缩的心窝，而那被告人也就在这注意力集中的有如耀眼闪电照射的目光逼视下失去自制，使那精心编造的谎言彻底破产。难道现在他要亲自来试一试这种危险的诀窍吗？她知道，因为职业的关系，他心里蕴藏着极大的心理学家的热情，这热情是远远超出了法学要求的，想到这里，她不禁吓得直发抖，而且越抖越凶。一个刑事案件的侦破、审理和宣判，他做起来就像别人赌博和情爱一样着迷，在进行心理感觉跟踪的这几天里，他整个内心都是热情洋溢的。一种灼人的焦躁不安，促使他夜间常常搜寻到种种被遗忘了的事，使他外表上渐渐变得铁面无情。他吃得少，喝得也不多，只是一个劲儿地吸烟，话语也尽量节省，仿佛留待法庭上用。她曾在法庭上他发表辩护演说时见过他的这副神情，后来再没见过，那时她真被他那阴森可怖的激情，他讲话时恶毒的语气和他脸上那种郁闷、悲苦的神色惊呆了。她觉得现在在他凛然皱起的眉宇间那直勾勾的目光里又突然发现了那种脸部表情。

所有这些被遗忘了的记忆都在这一秒钟时间内涌现，妨碍她说出越来越难于流到嘴边的话。她一声不响，她感到这沉默是很危险的，于是就变得更加心慌意乱。幸而午饭很快就吃完了，孩子们跳起来，快活地大声喊叫着冲进侧室，那纵情的欢叫家庭女教师怎么也压不下去。她丈夫也站起身来，迈着沉重的脚步，目不转睛地走进侧室。

好容易只剩她一个人了，她又掏出那封充满不祥之兆的信，迅速扫了一眼那几行字："请您立刻给送信人一百克朗。"然后。她就用手把它撕成一条一条的。她把这些碎纸片团成一团，想扔到纸篓里去，但她猛然想起，说不定会有什么人把这些碎纸片拼在一起呢！沉吟片刻，她弯腰凑近壁炉，把那个纸团抛进咝咝作响的壁炉里去了。那白色的火舌向上一跳，贪婪地把这威胁人的东西吞吃了，她这才镇定下来。

就在此刻，她听到她丈夫返身回来的脚步声已经到了门口。她飞快地跃身而起，由于火焰的反光和措手不及，满脸涨得通红。炉门还泄密般地开着，她笨手笨脚地想用身子挡住它。但他似乎懒洋洋地走到桌边，划着一根火柴点香烟，当火苗移近他的面孔时，她似乎看见了他的鼻翼正在颤抖，他一生气就这样。这时，他安详地朝这边看着。说："我只想提醒你注意，你用不着把你的信拿给我看。如果你希望对我严守秘密，那你完全有这个自由。"她一声不哼，也不敢抬头看他。他等了一会儿，然后像深呼吸一样从胸腔的最底层吐出一口烟气来，就拖着沉重的步子离开了这个房间。

她现在什么也不愿意想，只打算浑浑噩噩地多活几天，把全副精力都放在空洞而无意义的活动上去。这所房子她再也不能忍受下去了，她觉得她必须走上街头，到人群里去，才不致因恐怖而发狂。用这一百克朗总可以从那个敲诈钱财的女人那里买到短短的几天自由吧，这是她的愿望。她决定再冒险出去散散步，更何况还要购买各种各样东西呢，特别是在家里还得设法掩饰自己一反常态的惹人注目的举止行为。她现在可以采取某种逃避的方式了。她从家门走出来，像双眼一闭离开起跳板一样，冲进大街上熙熙攘攘的人流。总算踏上了坚硬的石砌路面，周围是热烘烘的人流，她以不失太太体面的速度东躲西闪地昂奋地紧走，毫不引人注意地盲目地向前奔去，两眼呆呆地盯着地面，可以理解，她是生怕再碰到那威逼的目光。如果有人偷偷看她，她起码可以装不知道。确实，她觉得她什么也没想，可是每当有人偶然从她旁边擦身而过时，她还是不免吓得哆嗦。每当听见一个声音，每当身后传来脚步声，每当一个身影从旁掠过，她的每根神经都觉得很痛苦；只有坐在汽车里或待在别人家里，她才能正常地呼吸。

一位先生问她好。抬头一看，她认出这是自己家里从前的一个朋友，一个好说话的可爱的白发老人，从前她总躲着他，因为他会拿他身上的也许只是想象出来的小毛病跟人家纠缠一个钟头。但是她现在只答了他一声谢谢而没有约他同行，实在感到很后悔，因为有一个熟识的男人在身边说不定真能防止那个敲竹杠的女人意外地凑过来攀谈。她踌躇了一下，想回过身去再追补一句。这时，她觉得有人从身后快步向她走来，她连想都没想，便本能地继续向前奔去。但因为心怀恐惧，她变得十分敏感，她觉得背后的人好像越来越近了，她便越跑越快，虽然她知道到头来是甩不掉人家的跟踪的。她发觉脚步声越来越近，预感到那只手眨眼之间就要搭在她身上，她的两肩都吓得颤抖起来了。她越想加快步子,她的双膝就变得越沉重。现在她觉得那跟踪的人已经靠近了,而且听到一个又激动又轻柔地喊着"依莱娜!"的声音,她才不得不捉摸一下这个语声,明白这并不是那个令人惧怕的声音,不是那恐怖的给人带来灾难的女人。她舒了一口气,转过身来一看:原来是她的情人。他突然一纵身使她停住了脚步,他差点儿跌到她的怀里。他面孔很苍白,显得很慌乱,露出万分激动的神色,现在见到她的惊慌失措的眼神,又觉得难为情了。他迟疑地举起手来想跟她握手,但见她没有把手伸给他,就又把手放下。她只是呆呆地望着他,一秒钟,两秒钟,她觉得他出现得太突然了。在这些充满恐惧的日子里,她偏偏把他给忘了。但现在当她就近看着他那苍白而困惑的面孔时,见他脸上带着茫然若失的神态,眼神里现出种种捉摸不定的感情,她的心头不禁怒火猛起。她的嘴唇直打哆嗦,想要说句什么,她脸上的激动情绪是那样明显,竟吓得他只能结结巴巴地说着她的名字:"依——依莱娜,你怎么了?"可是,当他见到她那不耐烦的样子,就又知罪地添补了一句,"我究竟有什么对不起你的呢?"

她呆呆地望着他,难以压制心头的怒火。"您有什么对不起我的地方?"她嘲讽地笑了笑,"没有!压根儿就没有!只有好处!只有愉快!"

他吓得目瞪口呆,那模样使他的表情显得更天真更可笑。

"可是,依莱娜……依莱娜!"

"您不要在这儿叫人看热闹好不好!"她粗暴地斥责他,"也不要跟我做戏了。不用说,她又在左近埋伏着呢,您的那个宝贝的女朋友,一会儿她就又要来攻击我了……"

"谁?……究竟是谁?"

她真想朝他的脸,朝这张呆傻的扭歪的脸揍一拳。她觉得她的手使劲儿握了一下那把伞。她从来没有这样瞧不起、这样恨过一个人。

"可是，依莱娜……依莱娜，"他不连贯地说着，越来越慌乱，"我究竟有什么对你不起呢？……你突然就不来了……我白天黑夜都在等你……今天我在你家门口站了整整一天，等着跟你说几句话。"

"你在等我……原来这样……也有你。"她觉得她都气糊涂了。要是能朝他面门揍一拳，那该多好！但她控制住了自己，又不胜厌恶地望了望他，好像是在考虑该不该把整个淤积在心的愤怒发泄出来，当着他的面痛骂一顿。过了一会儿，她突然转过身去，头也不回地钻进了拥挤的人群。他一动不动地站在那里，依然恳切地伸着一只手，直到大街上拥来挤去的人群也把他裹住，像汹涌的波涛推着一块正在下沉的木板，那木板摇晃着，旋转着，拼命抵抗，但最终仍不由自主地被冲走了。

但令人忧虑的是，她不能抱什么好转的希望了。就在第二天，又来了一张便条，又来了一皮鞭，惊醒了她那已经减弱了的恐惧。这一回是要二百克朗，她乖乖地给了人家。在她看来，敲诈的钱数这样猛增，是很可怕的，她也感到财力上应付不了了，因为即使是生活在一个富有的家庭里，她也没有办法私下里弄到大笔的现钱。那么，以后可怎么办呢？她知道，明天可能就要四百克朗，很快就是一千，她给得越多，对方要的也越多，到最后她的财源枯竭了，还会送来类似的信，那可就彻底垮台了。她所买的仅仅是时间，一段喘息的时间，休息那么两三天，也许是一星期，但这是一种充满痛苦和紧张心情的毫无用处的时间。她读不下书，什么事情也不能做，像着了魔似的经受着内心恐惧的追击。她觉得自己真的生病了。有时她不得不突然坐下来，因为心跳得太厉害，一种深沉的忧虑好像铅水一样灌满了她的身体。

她感到又痛苦又疲倦，尽管这样，她还是不能安眠。虽然每根神经都在震颤，她还得面带微笑，装作愉快。谁也想象不出她为装出这副高兴的样子作了多大的努力，这是天天如此徒劳无益地克制自己情感的壮举。

在她周围所有的人当中只有一个人——她这样想——好像从她内心产生的可怕的情绪上看出了一点什么，而这个人所以会这样，只是因为他一直在窥视着她。她觉得她丈夫在不停地研究她的心理，像她对他所做的一样，这样一想，她便不得不加倍小心了。他们日夜都在相互窥测，好像在相互兜圈子，为的是彼此窥探出对方的隐秘，而把各自的秘密隐藏在背后。最近，她丈夫也完全变了。最初审讯般的那几天里他那吓人的严厉已经让位于他的一种独特的亲切关怀，这使她情不自禁地想起新婚的岁月。他待她像照料一个病人，是那样的无微不至，竟使她感到很窘。当她看到他怎样时不时地就帮她补上那么一句使她摆脱困境的话，他怎样向她说明"承认"是多么轻松愉快的时候，她的心似乎都停止了跳动。她明白他的心意，感谢他的爱怜，心情变得愉快起来。但她也觉察到了：随着爱慕心理的滋长，她在他面前的羞愧感也在增强，由于有了这种羞愧感，她的口反而比以前她不信任他时更严了。

在这些日子里，有一天，他跟她面对面相当露骨地谈了一次话。她回到家，走进前厅就听到了震耳的声音，那是她丈夫的声音，又尖锐又果断，还有家庭女教师的吵吵嚷嚷的唠叨声，而且夹杂着哭泣和抽噎的声音。她的第一个感觉就是大吃一惊。每当她听到高声说话或发现家里有人情绪激动时，她都要吓得浑身一哆嗦。这是害怕要她回答一切的感觉，特别是极怕又来了那样一封信，揭穿了秘密。她打开门的时候，总是先用询问的目光看一看每个人的脸，查考她不在时是不是什么事也没有发生，她离开以后灾难是不是并没有降临。她弄明白了，这次只是孩子们吵了架，正在进行一次小规模的法庭审讯，便很快镇定下来。一个姑妈几天前给男孩带来一件玩具，是一匹小花马，小妹很生气，因为她得到的是差一等的礼物。她企图为自己争得同等的权利，而且是那样的迫不及待，结果白费心思，反而使得男孩一口回绝了她，说他的玩具连碰也不让她碰，这最先是引起那个女孩公然的愤怒，接着她便不再作声了，她满腹愁闷，显得无可奈何，但又相当倔强。但第二天早上，小马忽然不见了，连点踪迹都没有，怎么找也找不着，最后才偶然在炉子里发现。那丢失了的小花马，已经被剪得稀碎，木头骨架折断了，花色的毛皮撕掉了，塞在肚子里的东西也被掏出来了。嫌疑自然是落到了小女孩的头上，男孩又哭又嚷地去找父亲告发那个可恶的小女孩，于是就开始了审讯。

这次小小的法庭审讯很快就做出了判决。那个小女孩起先拒不承认，当然是羞愧地垂着目光，心虚得声音发颤。家庭女教师出面证明她有错：她曾经听小女孩在气头上威胁过人家，说要把小马扔到窗外去，女孩拼命否认也没有用。她绝望地哭着喊着闹了好一阵子。依莱娜目不转睛地望着她丈夫，她觉得，他好像不是在审问孩子，而是在审问她自己，因为说不定明天她就可能这样站在他面前，声音同样的颤抖和一样的结结巴巴。起先，她丈夫目光很严厉，只要孩子硬是不说实话，他就一句句地逼着她放弃反抗，而在她每说一句不承认的话时他却从不生气。后来，遇到沉着脸顽固地否认时，他却好心好意地劝说她了。他直截了当地向她表示，说这种行为从心理上看是有它的必然性的，她最初一气之下轻率地干出这样一件见不得人的事，根本没考虑这么做会真的伤她哥哥的心，是可以原谅的。他亲口向她保证，说一切都可以得到谅解，那样温和、那样令人信服地对这个变得越来越没主见的孩子解释：她的行为尽管是可以理解的，但又是应该受到谴责的，这样一来，那女孩终于忍不住泪流满面，哇的一声大哭起来。不一会儿，她哭得像个泪人似的，断断续续地吐口承认了。

依莱娜急忙奔过去，想搂住那个哭得满脸泪水的孩子，但那小女孩却气哼哼地推开了她。她丈夫以劝告的口气责备她不该这样过急地表示怜悯，因为他不想一点惩罚不给就了结这件事。因此，他决定不准小妹明天去参加她盼了好几个星期的娱乐活动。这虽然是无足轻重的，但对小妹说来却是很严厉的惩罚。女孩听了他的判词，呜呜地哭了起来；男孩喜出望外，大声叫好，但这样过早的恶意讥笑立刻也把他卷进了这项惩罚之中，因为他幸灾乐祸，也取消了他去参加那个儿童娱乐活动的权利。两个孩子都很悲哀，只是因共同受了惩罚而各有安慰。最后他们离开了房间，依莱娜单独跟她丈夫留在了那里。

现在，她突然觉得机会终于来了，可以借谈孩子的过错和认错来谈谈她自己的事了。如果他现在能宽宏大量地接受她为孩子说情，她知道，她也许就有可能大胆地为自己说话了。"告诉我，弗里茨。"她开口说道，"你真的不想让孩子们明天到那儿去了吗？他们会大为扫兴的，特别是小妹。她干的事，根本没有那么严重。为什么要给她这么严的惩罚呢？难道你不同情小妹她吗？"

他朝她望了一眼。

"你问我是不是可怜她？嗳，我说：今天不能了。事实上是她受了惩罚以后，现在刚刚感到心情轻松了。昨天她把那个可怜的小马撕碎了塞到炉子里，全家人都东寻西找，而她一天到晚都怕人家可能或必定发现它，那才是大为扫兴呢！恐惧比惩罚还要坏，因为惩罚总算有了结局，不管怎么说，总比悬在那儿、比那种神经紧张的无尽无休的恐惧要好。一个罪人一旦受到了惩罚，他的心情就会变得很轻松。千万不要让哭泣把你给搞糊涂了：现在已经都说出来了，从前是埋在心里，埋在心里比说出来还要坏。"

她抬头看了看。她觉得，好像他的每句话都是针对她说的。但他仿佛对她根本没有注意：

"事实上就是这么回事，你相信我没错。我是从法庭上和多次审讯中了解到这种情形的。被告人大多数都是由于百般隐瞒真相，由于迫不得已编造谎言来对付千百次隐蔽的小规模攻心，不得不忍受痛苦折磨的。被告人怎样闪烁其词，怎样装死，躺下，看起来是很可怕的，因为人们要让他说出个'是'字，就得像一把钩子往外拉才行。有时，这个'是'字已经到了嗓子眼，有一种不可抗拒的力量从里边往上顶它。他们被憋得透不过气来，几乎就要说出来了。这时，那股邪恶的力量，那不可思议的顽抗和恐惧的感觉，突然向他们袭来，他们就又把它吞了下去。于是，斗争又重新开始。在这种情况下，法官有时比那些被告人还要痛苦。然而，被告人总还是把他看作仇敌，其实他是他们的帮手。我作为他们的律师、辩护人，确实应该警告我的诉讼人，让他们撒谎撒到底，别改口，但我从内心里常常不敢这么做，因为他们不招认比招认和受罚要痛苦得多。我一直都不明白这是怎么回事，一个人明知有危险也能去干那桩事，可是后来却没有勇气承认，这样没骨气地否认，我认为比任何犯罪行为都可悲可叹。"

"你认为……一直是……一直只是恐惧在妨碍着人们吗？难道不可能……不可能是羞愧吗……因在所有局外人面前说出心里话，因揭穿自己而感到羞愧吗？"

他惊奇地抬起头来看了看。他向来不习惯从她那里接受答案。这句话却扣住了他的心弦。

"羞愧,你说的……这……这自然也只能是一种恐惧……但这是一种较好的……不是怕惩罚,而是……是啊,我懂……"

他站起身来,显然很激动,来回踱着步。这个想法好像在他心里击中了什么似的,他不禁心头一颤,变得十分不安。他突然站住了。

"我承认……羞愧,那是当着人们的面,当着生人的面,在那些像吃黄油面包似的从报上饱餐别人不幸遭遇的贱民面前……但至少总可以向那些关系亲密的人供认嘛……"

"也许,"——她不得不掉过脸去,因为他是那样死死地盯着她,她觉得自己的声音都有些颤抖了——"也许……这种羞愧……在那些自认最亲近的人面前……最厉害。"

他又站住了,好像被内心中一种巨大的力量抓住了似的。

"那么,你是说……你是说……"他的声音一下子就变了,变得非常柔和、低沉——"……你是说……海莱娜①……可能对别的什么人更容易承认她的过错……也许是对那个家庭女教师……她会……"

"这一点我完全确信……她恰恰是只对你才抗拒得这么顽强……因为……因为你的判决对她是最重要的……因为……因为……她……最爱你……"

他又站住不动了。

"你……你也许是对的……简直可以说是百分之百的对……真奇怪……我怎么就从未想到呢!但你是对的,我希望你别以为我不会宽恕她……我不愿意这样做……正是为了你我才不愿意这样做,依莱娜……"

他望着她,她感到自己在他的注视下脸红了。他是故意这么

---

① 他们女儿的名字。

说呢，还是偶然碰巧，一种阴险狡诈的偶然巧合？她一直觉得非常难以确定。

"这个判决已经撤销了，"——现在仿佛有一种说不出的快乐涌上他的心头——"海莱娜自由了，我亲自去通知她，现在你对我满意了吧？或者说，你还有什么愿望……你呀……你看……你看我今天性情够温和的了吧……也许是因为我及时认识了一个错误，心情愉快的缘故。这种情形总是叫人感到轻松的，侬莱娜，总是……"

她仿佛心里明白了他强调这句话是什么意思了。不知不觉地，她走近他的身边，她感到那句话都要从她心里蹦出来了，他也向前挪动了几步，好像他想要急忙从她手里接过什么东西似的，这举动竟如此明显地使她感到一种内心的压力。这时，她的目光跟他那渴望对方供认的贪婪的目光相遇了，她的全部勇气立刻化为乌有。她的手疲惫地放了下来，她转过脸去。她感到那是徒劳的，她根本不能说出那句话，那句使人获得自由的话，就是它在心中燃烧着，吞没了她的安宁。这警告像近处的雷声在滚动，但她知道，她是不可能逃脱这场风暴的。她的最隐秘的愿望是极想见到那至今使她胆战心寒的扫荡一切的闪电：把真理暴露出来。

看来，她的愿望就要实现了，真是比她预想的还要快。现在这个斗争已经延续了十四天，而侬莱娜也感到筋疲力尽了。这时，那个人已经四天没来叫人通禀了，可是如此渗透她全身的，如此使她心神不宁的，依然是恐惧，门铃一响，她总是一跃而起，想赶在仆人前面亲口及时查问清楚是不是那个敲诈钱财的女人的信息。是的，每付一次款，她就买到一个夜晚的安宁，跟孩子静心相处的几个小时，一次户外的散心。

这回听到了铃声，她便离开屋子赶到房门前；她打开门，头一眼就惊奇地看到了一个陌生的女人，接着便吓得往后一缩，因为她认出了那个服饰一新、头戴时髦帽子的敲竹杠女人的可憎的脸。

"噢，是您本人啊，瓦格纳夫人，这真叫我高兴。我有重要的事找您谈。"不等这位用发抖的手扶着门把手的惊恐的女主人答话，她就走了进来，把伞放下，那是一把鲜艳的红色的阳伞，显然是她以诈骗的方式多次掠夺的第一件赃物。她的动作显得非常自信，好像在自己的住宅里一样，又心满意足又仿佛镇定自若地观察着室内豪华的陈设，什么请求也不提，就继续朝着通向会客室的半开半闭的门走去。"从这儿进，对不对？"她用一种克制的讥讽口吻问。那惊恐的女主人想阻拦她，还一直没找到适当的话，她又沉着地补充说："如果您觉得不痛快，我们可以很快地把事情办完。"

依莱娜跟着她走，一句反驳的话也不说。一想到这个敲竹杠的女人待在她的住宅里，这样的胆大妄为，完全不顾她的种种最可怕的忧虑，她便觉得头昏脑涨。她觉得，这一切好像都在梦中一样。

"您在这儿日子过得很美啊，太美了，"那个女人坐下来时，带着明显的舒适感赞叹着，"啊，坐在这儿多舒服！还有这么多画。到这儿来一看，才知道像我们这样的人是多穷困了。您的生活真好，太好了，瓦格纳夫人。"

她在人家自己家里这么喜出望外地望着那个有罪的女主人，那个受折磨的女主人忍无可忍，终于冒火了。"您究竟想干什么，您这个诈骗犯！您竟然跑到我家里来迫害我了。但我决不会让您把我折磨死的。我要……"

"您不要这么大声嚷嚷嘛，"那个女人打断了她的话，现出一副侮辱人的秘密神态，"门可是开着呢，仆人会听见您的话的。

这可怪不得我呀。我什么也不否认,上帝保佑,归根结底,现在过着这种像我们这类人过的肮脏的生活,我觉得还不如坐牢好呢。但是您,瓦格纳夫人,可要谨慎些呀。如果您实在忍不住要发怒的话,我想不妨先把门关上。但我要同时告诉您,吵骂我是不在乎的。"

依莱娜太太的力量,由于愤怒曾经加强了那么一瞬间,现在见这个女人如此坚定,又明显地衰微下来。她站在那里,像一个孩子等着听老师口头提问一般,真是又谦卑又不安。

"那么,瓦格纳夫人,我不想兜圈子。我的境况很糟,这您是知道的。我早就跟您说过了。现在我需要钱拿去付房租。我已经拖欠好久了,而且还有别的花销。我想总得把生活弄得像个样子。所以我就到您这儿来了,您现在只好援助我,喏——四百克朗就够了。"

"我不能,"依莱娜结结巴巴地说,被这个数目吓呆了,她确实没有这么多现钱了,"我现在手头真的没有这么多钱。这个月我已经给您三百克朗了。要我到哪儿弄钱去呢?"

"唉,会有办法的,您好好想一想。像您这样一个有钱的夫人还不是要多少钱就有多少钱。就看您愿意不愿意了。"

"可我真的没有钱。我倒是很愿意给的。但这么多我的确没有。我可以给您一些……也许有一百克朗吧……"

"我需要四百克朗,我已经说过了。"像被这非分要求伤害了似的,她粗暴地冒出了这么一句话。

"但我没有那么多呀。"依莱娜绝望地喊道。这时她想:要是她丈夫现在闯进来不就糟糕了吗,他随时都可能来。"我向您发誓,我没有这么多钱……"

"还是请您尽量筹措一下,肯定会有人借给您的。"

"我不能。"

那个女人从头到脚仔细地打量着她，好像在盘算她的身上有什么值钱东西似的。

"喏……比方说这枚戒指……把它当出去，不就结了。当然对首饰我并不怎么在行……我从来就一件首饰也没有……但四百克朗，我相信是可以抵押到的……"

"当戒指？"依莱娜太太突然尖叫一声。这是她的订婚戒指，她唯一不曾摘下来的戒指，上面镶着一枚很值钱的珍贵而美丽的宝石。

"喏，到底为什么不行呢？我把当票给您送来，您什么时候想赎就什么时候把它赎回来。您不是又把它弄到手了吗。我不会把它留在手里的。像我这样一个穷女人要这么一个贵重的戒指有什么用呢？"

"为什么您要跟踪我？为什么您要折磨我？我不能……我不能。这一点您必须理解……您看到我已经尽我的可能做了。这一点您可必须理解。您可怜可怜我吧！"

"还没有一个人可怜过我呢。我差一点儿没饿死。为什么偏偏要我来怜悯您这样一个有钱的夫人呢？"

依莱娜想要狠狠地回击她一下。恰在此刻，她听到外面有人关门，她的血液都凝结了，这肯定是她丈夫从办公处回来了。她连想都没想，就从手指上把那枚戒指抹下来，塞给在跟前等着的那个女人，那个女人飞快地把它藏了起来。

"您不要害怕，我走了。"那个女人点了点头，同时，她满意地发现依莱娜产生了一种无名的恐惧。正心情紧张地朝前厅侧耳细听，从那里果然清楚地传来了男人的脚步声。她开开门，向走进屋来的依莱娜的丈夫问了声好，就走掉了；他呢，抬眼看了她一小会儿，仿佛对她并不特别注意似的。

"一位太太，是来打听事的。"那个女人走出去，门一关上，依莱娜就有气无力地解释道。最严重的一刹那总算平安地过去了。她的丈夫没有应声，他安详地走进摆好午饭的那个房间。

依莱娜觉得，她手指上那个一向有凉丝丝的指环保护着的地方好像空气在燃烧似的，似乎每个人都必定要像看一块烙痕般朝她手指上那个光秃秃的地方望去。在吃饭的时候，她老是掩藏那只手；她一边这么做，一边讥笑自己那种非常敏锐的感觉，那就是她丈夫的目光不停地对着她的手扫视，手挪到哪里视线也跟到哪里。她千方百计地想引开他的注意力，不间断地提问题，力图使谈话滔滔不绝地继续下去。她说呀说的，一会儿对他，一会儿对孩子们，一会儿又对家庭女教师，她一再用微弱易燃的火花点燃谈话的火焰，但气总不够用，胸中一再出现憋气的现象。她试着装出高兴得忘乎所以的样子，想诱引别人也都欢欣雀跃起来，她挑逗着孩子，煽动他们相互斗殴，但他们并没有打起来，也没有笑；她自己有这样的感觉，想必在她的快活举止里有什么不对头的东西使别人不由得感到诧异。她越尽力做去，她的尝试便越不见成效。最后她疲倦了，也就一声不响了。

别人也都沉默不语；她只听得见盘子的叮当声和越来越明显的恐惧的心跳声。这时，她丈夫突然说道："今天你把戒指弄到哪儿去了？"

她吓得周身一颤。心里冒出一句话，像用相当大的声音说：完了！但她还本能地防守着。她觉得，现在应该把一切力量都集中起来。只是为了找出一句话，一个词。只是为了再找到一个谎言，最后的一个谎言。

"我……我把它送到外面擦洗去了。"

好像是为了加强这句假话，她果断地补充说："后天我就把它取回来。"后天，现在她把自己的手脚捆住了。如果她取不回来，这个谎非破产不可，她自己也不能幸免。现在是她自己给自己提出的期限，所有这些乱糟糟的恐惧心理现在突然使人产生了一种新的感觉，一种因意识到事情很快就要结束而产生的愉快感觉。后天：现在她知道她的期限了，感到从这既定事实里产生了一种奇特的压倒了恐惧的安宁。从内心深处升起一种东西，一种新的力量，求生的力量和寻死的力量。

她坚信事情很快就要完结，便感到心中的一切都意想不到地豁亮起来。心慌意乱奇妙地让位于清醒的思维，恐惧让位于一种她本人业已陌生的清澈的安宁，多亏这样她才一眼看清了自己生活中的一切事体和它们的真正价值。她估量自己的生活，觉得它毕竟没有完全失去意义，如果她要保持这种生活，而且使它在新的高度上变得更有意义，这一点她是在这些充满恐惧的日子里认识到的，如果还能够没有污点、没有恐惧、没有谎言地重新开始生活，她是很愿意的。但是要以离了婚的女人、丑行昭著的荡妇的身份生活下去，对此她却实在没有这种气力了，同时对继续干那种花钱购买时间有限的安宁的冒险勾当也完全厌倦了。她觉得，反抗嘛，现在已经是不能设想的了。结局临近了，被她丈夫、被她的孩子们、被她周围的一切包括她自己所抛弃，已经迫在眉睫了。从一个随时都会出现的敌手眼皮底下逃走，是不可能的。可靠的出路是承认。但她决不能，这她现在很明白。只有一条道路是畅通的，但一踏上这条路就永远也回不来了。

第二天上午，她把信件全烧了，按部就班地干起各种琐事来，但她却尽量避免见到孩子们，乃至她所喜爱的一切。她现在一心想的是，生活千万不要再用寻欢作乐来诱惑她，千万不要使她空犹豫，破坏她的既定决心。于是，她便又走上街头。想最后碰一碰运气，现在她竟愿意，简直是渴望碰到那个敲竹杠的女人了。她又一步不停地穿过一条条大街，但再也没有以前那种提心吊胆的感觉了。她已经从内心里懒得抗争了，她走呀走的，像履行职责似的走了两个小时。什么地方也见不着那个女人。但失望不再使她感到痛苦了。她是这样的浑身无力。简直不再想见到她了。她仔细地瞅着人们的脸，她觉得所有的人都是陌生的，所有的人都是无用的，可以说是没有生命的。所有这一切不知怎么已经变得遥远了，消逝了，不再属于她了。

　　现在，她计算了一下到晚上还有几个小时，结果不禁大吃一惊，多么奇怪：还剩这么多时间呢，一个人为了与世永别本来只要很少一点时间就够了。当你知道你什么也带不走时，一切也就显得没有多大价值了。一种睡意向她袭来。她又机械地走上那条大街，漫无目的地走着，什么也不想，什么也不看。走到一个十字路口，一个马车夫在危急的刹那勒住马，她才看见车辕已经紧贴她的前胸了。车夫骂了一句难听的话，而她还没转过身来就想到了：这可能就是得救或迁延时间的征兆。来一次车祸，她就不必下那个决心了。她疲惫地继续向前走去，这样什么也不想，只是心中有一种乱糟糟的死之将临的阴暗感觉，觉得有一层雾轻轻地向下飘来，遮住了一切，倒也使人感到很舒适。

　　她偶然抬头看了一眼街名，结果吓得全身颤抖起来：她信步走来，已经快走到她以前情人的家门口了。难道这是一种预兆不成？他也许还能帮她一把，因为他肯定知道那个女人的住址。她几乎高兴得全身都在抖动。她怎么就没想到这一层，没想到这最简单不过的事呢？他现在就一定会跟她一起到那个坏女人家里去，把事情彻底了结了。他一定会逼着她停止敲诈，甚至可能给她一大笔钱，让她离开这个城市。现在。她想到近来对这个可怜的人这么不好，感到很后悔，但他会帮助她，这一点她是完全相信的。多么奇妙：这个救星现在才来临，就在现在这最后的时刻！

　　她匆匆跑到楼上去按门铃。没人开门。她听了听：觉得好像听到了门后有蹑手蹑脚的脚步声。她又按了一次门铃。又是一阵静寂。从里边又传来了轻轻的响声。这时，她实在忍耐不下去了：她不停地按起铃来，要知道，对她说来，这是生命攸关的呀。

里边终于有人走过来，门锁咔嗒一响。开了一道门缝。"是我。"她赶忙小声说。

这时，他开开了门，好像很尴尬。"是你……噢是您……尊贵的夫人，"他结结巴巴地说，显得很窘，"我本来……请您原谅……我本来……对此毫无精神准备……对您的来访……请您原谅我这个装束。"说着，他指了指他的衬衫袖子。他的衬衫半敞着怀，没有系领带。

"我有急事要跟您谈……您必须帮助我，"她激动地说，因为他像对待一个乞丐似的一直让她在走廊里站着，"莫非您不愿意让我进来，听我说一分钟话？"她愤愤地补充说。

"请，"——他困惑地讷讷道，斜瞟了一眼，"只是我现在……我不很方便……"

"您非听我说不可。这是您的过错呀。您有义务帮助我……您必须把那个戒指给我要回来。您责无旁贷。要么，您起码得把地址告诉我……她一直不让我安宁，可是现在她不见了……您是责无旁贷的，您听见了吗，您责无旁贷。"

他木然凝视着她。这时她才发觉。她气喘吁吁地说的这些话是很不连贯的。

"唉。是这么回事……您不知道……就是您的情人，您以前的情人，这个混账东西有一次看见我从您这儿走出去。从那个时候起她就跟踪我，敲诈我……她都要把我逼死了……现在她拿走了我的戒指，可这枚戒指我不能没有。今天晚上以前我必须把它弄回来，您知道了吧，在今天晚上以前……您帮我找那个女人去要，好吗？"

"但是……但是我……"

"您愿意，还是不愿意？"

"但我的的确确不知道您说的是谁。我从来没跟女诈骗犯打过交道。"他近乎粗暴地说。

"原来如此……您不认识她。那么说，她是凭空捏造了。可她知道您的名字和我的住址。这样说来，她敲诈我也不是真的了。我呢，也是只不过做了这么一场梦罢了。"

她尖声笑起来。他觉得很不舒服。霎时，他脑子里闪过这么一个念头：她可能是疯了，她眼里射出的光就是癫狂的嘛。她的举止很不正常，说的这些话也毫无意义。他胆怯地环顾了一下四周。

"请您镇静镇静……尊贵的夫人……我敢肯定，您弄错了。这根本不可能，这想必是……不，我自己也弄不清是怎么回事。我不认识这类女人……我可以向您保证，这肯定是一个误会……"

"那么，您是不愿意帮助我了？"

"不不……只要我办得到。"

"那好……您来。咱们一起到她那儿去……"

"到谁那儿去……究竟到谁那儿去？"见她现在抓住了他的胳膊，他又心惊胆战地想：莫非她疯了？

"到她那儿去……您是愿意，还是不愿意？"

"当然……当然愿意，"——他疑心她是精神失常了，因为她这样迫不及待地催逼他，他便越来越相信这个想法是对的了——"当然……当然愿意……"

"那您倒走呀……这可是跟我生死攸关的呀！"

他强忍着不笑出来。接着，他突然变成了一本正经的样子。

"对不起，尊贵的夫人……我此刻不行……我有钢琴课，现在我不能中断……"

"原来这样……这样……"她直冲着他的脸尖声地笑起来，"您就这样上钢琴课呀……光穿一件衬衫……您不是骗人是什么！"突然心里闪过一个念头，她朝屋里冲过去。他想拦住她。"那么说，她，那个女骗子，现在是在您这儿？原来你们是唱的双簧啊。说不定你们是平分你们从我那儿勒索来的一切东西。但我要亲手抓住她，现在我什么也不怕了。"她大声嚷着。他拉住她不放，但她跟他扭斗了几下，挣脱了身子，便朝着他卧室的门奔去。

一个身影向后紧退，那个人显然是在门边偷听来着。依莱娜失神地凝视着站在稍嫌凌乱的盥洗室里的一个陌生女人，那个女人急忙把脸掉了过去。她的情人从后面扑过来，想拉住他认为精神失常了的依莱娜，想阻止不幸事件的发生，但她又从那个房间走出来了。"请您原谅。"她喃喃地说。她的脑子嗡的一声全乱了。她给搞糊涂了，只感到憎恶，无限的憎恶和疲倦。

"请您原谅，"当她看见他在身后不安地望着她时，她又说了一遍，"明天……明天您就会什么都明白了……就是说……我……我自己也一点儿都不明白……"她对他说，像对一个陌生人似的。没有一点东西能使她想起她曾经委身于这个人，她几乎感觉不到自己的躯体还存在了。现在，一切都比先前要乱得多，她只知道，肯定是哪里有人扯了谎。但是她太疲倦了，不能想了，太疲倦了，不能看了。她闭上眼睛，走下楼梯，像一个被判处绞刑的罪人。

她从楼里走出来，大街上已经昏黑了。她转念想到，也许那个女刽子手现在正在街对面等着呢，也许现在到了最后的时刻还会得救吧。她觉得，她似乎应该合起掌来向被遗忘的上帝祈祷。啊，要是再能买到几个月的时光，夏日到来前的几个月时光，该多好啊！等夏天一来，就到某地去过一阵宁静的日子，让那个女骗子找都找不着，生活在草原和田野之间，只要一个夏天就行。她放心大胆地张望着已经隐没在黑暗中的街道。她似乎看到有一个人守候在街对面一个人家的房门口，但现在她走近时，那个人却向后远远地退到走廊里去了。有那么一瞬间，她觉得那个人很像她的丈夫。今天她这是第二次产生怕在街上突然见到他和他的目光的恐惧心理了。为了看得真切些，她迟疑地站了一会儿。但那个人消失在黑暗里了。她心神不宁地继续向前走，心情紧张得出奇，总觉得好像后边有一道逼人的目光看着她的颈项。她又转过身来，但那里连个人影都没有了。

不远就是药房。微微颤抖了一下，她就走了进去。药剂师助手拿起药方，准备取药。就在这一分钟里她便把一切东西都看在眼里了，光亮的天平，小巧的砝码，不大的标签，还有柜子上边那些标着形体生疏的拉丁文名称的小药瓶。她下意识地随着目光拼读着这些药名。她听见钟在嘀嗒嘀嗒地走着，她闻到特殊的香味，各种药品散发出来的那种腻人的甜味。于是，她突然想起童年时代她母亲总是要她去买这类药，因为她喜欢闻这种药味，喜欢看那许多闪着奇光异彩的小瓶小罐。这时，她猛然记起，她有一次出门忘了跟母亲说一声，她可怜的老母亲对她多么挂念。依莱娜惊恐地想，她当时是多么害怕呀……但药房的店员已经在数那些从一个大肚瓶往一个小蓝瓶里滴的明亮的水滴了。她目不转睛地看着，仿佛是死神从这个大肚瓶进到了那个小瓶里，很快它就要从这个小瓶流入她的血管，她不禁感到有一股寒气嗖嗖地通过了全身。她麻木地，如同昏昏欲睡般呆望着他的手指，那几个手指现在正在把瓶塞塞在装满了药水的小玻璃瓶的瓶口上，在那潜伏着危险的圆瓶上包了一张纸。可怕的思想一露头，她的一切感官就都被钳制住了,完全麻木了。

"您给两克朗吧。"那个店员说。她从沉思中醒来,出神地环视了一下四周。然后,她机械地把手伸到钱包里去掏钱。她心里觉得还像做梦一样,她瞧着那些硬币,就是不能立刻辨认出大小,不自觉地拖延了付款。

就在此刻,她觉得她的胳膊冷不防被人推到了一边,听到硬币落到玻璃盘子里的响声。一只手从她身边伸过来,抓住了那个小瓶子。

她不由得转过身来,她的目光忽然呆愣愣地不动了,原来是她的丈夫紧闭着双唇站在那里。他的脸很苍白。脑门上冒出了汗珠。

她觉得自己就要昏过去了,只好用力扶住桌子。突然她明白了,刚才在那家房门口窥伺的就是他呀。她心里早就预感到是他在那里,在那一瞬间她的思想就全乱了。

"走吧。"他用沉闷、哽塞的声音说。她呆呆地望了望他,因在自己内心深处最秘密的角落意识到要服从他而惊讶不已。她身不由己地移动脚步跟着他走。

他们并排沿大街走着,彼此谁也不看谁。他手里一直拿着那个小瓶子。有一回,他站住擦了擦额头的汗。她也不知不觉地放慢了脚步。但她不敢朝他那边看。谁也不说一句话,街上的喧闹声在他们之间起伏波动。

到了楼梯口,他让她走在前面。他一不在她身边走了,她的步履立刻摇摆起来。她停住脚步,镇定了一下。他一把扶住她的胳膊。这一碰反而把她吓得一哆嗦,她赶紧加快步伐,走完最后几级楼梯,来到楼上。

她走进屋,他随她进来。四壁漆黑,几乎什么也看不清。他们一直没说一句话。他把包瓶子的纸撕下来,打开小瓶,倒掉药水，然后就使劲把它扔到一个墙角里去了。听到啪啦的一声响动，她吓得周身一颤。

他们沉默不语，一声不响。不朝他看，她也感觉到了他是在克制着自己的情感。终于他向她走了过去。近了，现在就要到她跟前了。她都能感到他粗重的呼吸了，她瞪着呆滞的像蒙了一层云雾似的眼睛，看到他两眼射出的光一闪一闪地从房间的黑暗里向前移动。她等着听他大发雷霆，她怕他的手猛力一把把她抓住，她吓得四肢僵硬，全身发抖。依莱娜的心停止了跳动，只有每根神经像绷得紧紧的琴弦在震颤；一切都在等待着惩罚，甚至可以说，她是盼他发怒了。但他始终都不作声。她不胜惊奇地感到他走到身边来竟是那样的温柔。"依莱娜，"他说，他的声音显得格外柔和，"你我还要彼此折磨多久呢？"

这时，犹如一种野兽的下意识的哀号，突然间，像抽风似的，以极大的冲力从她心里爆发了，终于冲出来了这几周以来一直闷在胸膛、压在心底的抽泣。仿佛有一只愤怒的手揪住她的心拼命地摇动，她像喝醉了酒似的摇晃起来，要不是她丈夫一把扶住了她，她就摔倒了。

"依莱娜，"他抚慰着她，"依莱娜，依莱娜。"他声音越来越低、越来越温和地叫着她的名字，好像他用这越来越轻柔的语调就能使她那痉挛神经的绝望的骚动平息下来似的。但是回答他的，只是抽泣；狂乱的骚动，痛苦的心潮滚过她的整个躯体。他托住她的不住战栗的身体，把她抱到沙发上，让她躺在那里。但抽泣并没有停止，像触电一般。她边哭边抽搐，全身都在耸动，仿佛有无数因恐惧和寒冷而产生的波缓缓地流遍这受折磨的肉体。全部神经，几周以来就在紧张地等待着这最难忍受的一刻，现在已经被撕得粉碎，巨大的痛苦肆无忌惮地折磨着这毫无知觉的躯体。

他极其不安地靠住她那筛糠般抖动的身体,抓着她冰冷的手,先是镇静地,然后便怀着恐惧和激情,发狂地吻着她的上衣,她的脖颈,但她那蜷缩的身躯依然像被撕裂似的不停地颤抖,那抽泣像一泻千里的翻卷的波涛从她的内心滚滚地上升。他触到了她的脸,脸是凉的,像泪洗的一般,而且还感到了她太阳穴那里的血管在嘭嘭地跳动。一种难以形容的恐惧向他袭来,他跪下了,想凑近她的脸去说话。

"依莱娜,"他不停地抚摸着她说,"你哭什么呀……现在……现在一切都过去了……干吗你还要折磨自己呢……你不必再害怕了……她再也不会来了,再也不会……"

她的身体又抽搐起来,但他用双手按住了她。他不停地吻着她,东一句西一句断断续续地说着,表示道歉:

"不会了……再也不会了……我向你发誓……我真没想到你会吓成这个样子……我只不过想向你大喝一声……唤你回来尽你的义务……只是要你离开他……永远离开……回到我们中间来……我偶然听说了这件事的时候,我确实没有别的好选择……我又不能对你直说……我想……我总认为,你会回头的……因此我就委派她,那个可怜的女人,追逐你。她是一个可怜的人,一个女演员,一个被解雇了的……她当然也不愿意干这种事,是我想要这么做的……我看出,这是不对的……但我的确是想要把你拉回来……难道你没有看出我愿意宽恕你吗?但你并不理解我呀。但是……我可没想把你逼到这个地步……看到这一切,我自己心里更难过了……我步步严密地监视过你……都是为了孩子,你知道,为了孩子我不得不逼着你……但现在一切都过去了……现在一切都会好起来的……"

说话的声音很近,但她听起来好像很远很远,模模糊糊的,并没有听懂。一种哗哗的声音在她心中震荡,把一切声音都压了下去，每个感觉都消逝在各种感官的躁动不安之中。她感到有人触动她的皮肤，一次又一次地吻她，抚摸她，感到自己变冷了的眼泪，但身内的血液却在鸣响着，充满一种沉闷的吓人的闹声，这声响猛烈地膨胀起来，现在竟像急剧的钟声一样在轰鸣。接着，她便陷入了昏迷状态。在昏迷中她模模糊糊地感觉到有人给她脱衣服，她像透过一层层云雾似的看见了她丈夫的面孔，那张面孔现出又亲切又关心的神情。然后她便坠入了黑暗的深渊，进入长时间未有过的、黑沉沉的、无梦的睡眠中。

第二天早上，她睁开眼，屋里已经全亮了。她觉得心里也豁然开朗了，她的血液像被暴雨洗净了一般，变得清清亮亮的了。她试图回想一下她所经历的，但她仍然觉得一切都好像是一场梦。一切都是不真实的，轻飘飘的，没有拘束的，就像在梦中飘飘摇摇地穿过一个又一个厅堂，她想起了那次憋得要死的感觉。为了证实醒来的经历是真实的，她试探着摸了摸自己的手。

突然，她吃惊地全身一颤：那枚戒指在她手指上闪着微光。她猛然间完全醒过来了。她在半昏迷状态中听到了又好像没听见的那些杂乱无章的话，一种使她不敢想也不敢猜疑的充满不祥之兆的忧郁的感觉，现在突然使人清楚地看到了它们之间的内在联系。她霎时间什么都明白了，明白了她丈夫提的那些问题，明白了她的情人为什么那样吃惊；所有的人都潮水般地涌现出来了，她看见了那个把她缠了进去的罗网。她很愤怒，也很羞愧。每根神经又颤抖起来，她几乎后悔不该从那无梦的、没有恐惧的睡眠中醒来了。

这时，从隔壁房间传来了笑声。孩子们起床了，像清晨刚刚醒过来的鸟雀叽叽喳喳地叫着。她清楚地辨出了男孩的声音，初次惊奇地感到他的声音真是太像他父亲了。她双唇微微一动，露出一丝微笑，那微笑一直静静地留在她的嘴边。她闭上眼睛躺在那里，为的是更深地体味体味她过去的生活情景，还有她现在的幸福境遇。心中不免仍然有些隐隐作痛。但这是有益于身心的痛苦，灼人而又温和，就像伤口完全愈合之前那样钻心的痒痛。

（关惠文　译）

一个陌生女人的来信

著名小说家 R 到山上去休息了三天，今天一清早就回到维也纳。他在车站上买了一份报纸，刚刚瞥了一眼报上的日期，就记起今天是他的生日。他马上想到，已经四十一岁了。他对此并不感到高兴，也没觉得难过。他漫不经心地窸窸窣窣翻了一会儿报纸，便叫了一辆小汽车回到寓所。仆人告诉他，在他外出期间曾有两人来访，还有他的几个电话，随后便把积攒的信件用盘子端来交给他。他随随便便地看了看，有几封信的寄信人引起他的兴趣，他就把信封拆开；有一封信的字迹很陌生，写了厚厚一叠，他就先把它推在一边。这时茶端来了，于是他就舒舒服服地往安乐椅上一靠，再次翻了翻报纸和几份印刷品；然后点上一支雪茄，这才拿起方才搁下的那封信。

这封信约莫有二十多页，是个陌生女人的笔迹，写得龙飞凤舞，潦潦草草，与其说是封信，还不如说是份手稿。他不由自主地再次把信封捏了捏，看看有什么附件落在里面没有。但是信封里是空的，无论信封上还是信纸上都没有寄信人的地址，也没有签名。"奇怪。"他想，又把信拿在手里。"你，与我素昧平生的你！"信的上头写了这句话作为称呼，作为标题。他的目光十分惊讶地停住了：这是指的他，还是指的一位臆想的主人公呢？突然，他的好奇心大发，开始念道：

　　我的孩子昨天去世了——为挽救这个幼小娇嫩的生命，我同死神足足搏斗了三天三夜，他得了流感，可怜的身子烧得滚烫，我在他床边坐了四十个小时。我用冷水浸过的毛巾，敷在他烧得灼手的额头上。白天黑夜都握着他那双抽搐的小手。第三天晚上我全垮了。我的眼睛再也抬不起来了，眼皮合上了，连我自己也不知道。我在硬椅子上坐着睡了三四个小时，就在这中间，死神夺去了他的生命。这逗人喜爱的可怜的孩子，此刻就在那儿躺着，躺在他自己的小床上，就和他死的时候一样。只是把他的眼睛，把他那聪明的黑眼睛合上了，把他的两只手交叉着放在白衬衫上，床的四个角上高高点燃着四支蜡烛。我不敢看一下，也不敢动一动，因为烛光一晃，他脸上和紧闭的嘴上就影影绰绰的，看起来就仿佛他的面颊在蠕动，我就会以为他没有死，以为他还会醒来，还会用他银铃似的声音对我说些甜蜜而稚气的话语。但是我知道，他死了，我不愿意再往床上看，以免再次怀着希望，也免得再次失望。我知道，我知道，我的孩子昨天死了——在这个世界上我现在只有你，只有你了，而你对我却一无所知，此刻你完全感觉不到，正在嬉戏取闹，或者正在跟什么人寻欢作乐，调情狎昵呢。我现在只有你，只有与我素昧平生的你，我始终爱着的你。

　　我拿了第五支蜡烛放在这里的桌子上，我就在这张桌上给你写信。因为我不能孤零零地一个人守着我那死去的孩子，而不倾诉我的衷肠。在这可怕的时刻要是我不对你诉说，那该对谁去诉说！你过去是我的一切，现在也是我的一切！也许我无法跟你完全讲清楚，也许你不了解我——我的脑袋现在沉甸甸的，太阳穴不停地在抽搐，像有槌子在擂打，四肢感到酸痛。

　　我想，我发烧了，说不定也染上了流感。现在流感挨家挨户地蔓延，这倒好，这下我可以跟我的孩子一起去了，也省得我自己来了结我的残生。有时我眼前一片漆黑，也许这封信我都写不完——但是我要振作起全部精力，来向你诉说一次，只诉说这一次，你，我的亲爱的，与我素昧平生的你。

我想同你单独谈谈，第一次把一切都告诉你，向你倾吐；我的整个一生都要让你知道，我的一生始终都是属于你的，而对我的一生你却始终毫无所知。可是只有当我死了，你再也不用答复我了，现在我的四肢忽冷忽热，如果这病魔真正意味着我生命的终结，这时我才让你知道我的秘密。假如我会活下来，那我就要把这封信撕掉，并且像我过去一直把它埋在心里一样，我将继续保持沉默。但是如果你手里拿到了这封信，那么你就知道，那是一个已经死了的女人在这里向你诉说她的一生，诉说她那属于你的一生，从她开始懂事的时候起，一直到她生命的最后一刻。作为一个死者，她再也别无所求了，她不要求爱情，也不要求怜悯和慰藉。我要求你的只有一件事，那就是请你相信我这颗痛苦的心匆匆向你吐露的一切。请你相信我讲的一切，我要求你的就只有这一件事：一个人在其独生子去世的时刻是不说谎的。

我要向你吐露我的整个的一生，我的一生确实是从我认识你的那一天才开始的。在此之前我的生活郁郁寡欢、杂乱无章，它像一个蒙着灰尘、布满蛛网、散发着霉味的地窖，对它里面的人和事，我的心里早已忘却。你来的时候，我十三岁，就住在你现在住的那所房子里，现在你就在这所房子里，手里拿着这封信——我生命的最后一丝气息。我也住在那层楼上，正好在你对门。你一定记不得我们了，记不得那个贫苦的会计师的寡妇（她总是穿着孝服）和那个尚未完全发育的瘦小的孩子了——我们深居简出，不声不响地过着我们小市民的穷酸生活。你或许从来没有听到过我们的名字，因为我们房间的门上没有挂牌子，没有人来，也没有人来打听我们。何况事情已经过去很久了，过了十五六年了，不，你一定什么也不知道，我亲爱的。可是我呢，啊，我激情满怀地想起了每一件事，我第一次听说你，第一次见到你的那一天，不，是那一刻，我现在还记得很清楚，仿佛是今天的事。我怎么会不记得呢，因为对我来说世界从那时才开始。请耐心，亲爱的，我要向你从头诉说这一切，我求你听我谈一刻钟，不要疲倦，我爱了你一辈子也没有感到疲倦啊！

你搬进我们这所房子来以前，你的屋子里住的那家人又丑又凶，又爱吵架。他们自己穷愁潦倒，但却最恨邻居的贫困，也就是恨我们的穷困，因为我们不愿跟他们那种破落无产阶级的粗野行为沆瀣一气。这家男人是个酒鬼，常打老婆，哐啷哐啷摔椅子、砸盘子的响声常常在半夜里把我们吵醒，有一回那女人被打得头破血流，披头散发地逃到楼梯上，那个喝得酩酊大醉的男人跟在她后面狂呼乱叫，直到大家都从屋里出来，警告那汉子，再这么闹就要去叫警察了，这场戏才算收场。我母亲一开始就避免和这家人有任何交往，也不让我跟他们的孩子说话，为此，这帮孩子一有机会就对我进行报复。要是他们在街上碰见我，就跟在我后边喊脏话，有一回还用硬实的雪球砸我，打得我额头上鲜血直流。全楼的人大家都本能地恨这家人。突然有一次出了事——我想，那汉子因为偷东西给逮走了——那女人不得不收拾起她那点七零八碎的东西搬走，这下我们大家都松了口气。楼门口的墙上贴出了出租房间的条子，贴了几天就拿掉了，消息很快从清洁工那儿传开，说是一位作家，一位文静的单身先生租了这套房间。那时我第一次听到你的名字。

这套房间给原住户弄得油腻不堪，几天之后油漆工、粉刷工、清洁工、裱糊匠就来拾掇房间了，敲敲锤锤，又拖地、又刮墙，但我母亲对此倒很满意，她说，这下对门又脏又乱的那一家终于走了。而你本人在搬来的时候我还没有见到你的面：全部搬家工作都由你的仆人照料，那个个子矮小、神情严肃、头发灰白的管事的仆人，他轻声细语地、一板一眼地以居高临下的神气指挥着一切。他使我们大家都很感动：首先，因为一位管事的仆人在我们这所郊区楼房里，是件很新奇的事，其次他对所有的人都非常客气，但并不因此而降格把自己等同于一个普通仆人，和他们好朋友似的山南海北地谈天。从第一天起他就把我母亲看作太太，恭恭敬敬地向她打招呼，甚至对我这个丑丫头，也总是既亲切又严肃。每逢他提到你的名字，他总带着某种崇敬，带着一种特殊的尊敬——大家马上就看出，他对你的关系远远超出了普通仆人的程度。为此我多么喜欢他，多么喜欢这个善良的老约翰啊！虽然我忌妒他时时可以在你身边侍候你。

我把一切都告诉你，亲爱的，把所有这些鸡毛蒜皮的、简直是可笑的小事都告诉你，为的是让你了解，从一开始你对我这个又腼腆、又胆怯的孩子就具有那样的魔力。在你本人还没有闯入我的生活之前，你身上就围上了一圈灵光，一道富贵、奇特和神秘的光华——我们所有住在这幢郊区小楼里的人（这些生活天地非常狭小的人，对自己门前发生的一切新鲜事总是十分好奇的），都在焦躁地等着你搬进来。一天下午放学回家，看到楼前停着搬家具的车，这时对你的好奇心才在我心里猛增。家具大都是笨重的大件，搬运工已经抬到楼上去了，现在正在把零星小件拿上去；我站在门口望着，对一切都感到很惊奇，因为你所有的东西都那样稀奇，我还从来没有见过：有印度神像，意大利雕塑，色彩鲜艳的巨幅绘画，最后是书。那么多、那么好看的书，以前我连想都没有想到过。这些书都堆在门口，仆人在那里一本本拿起来用小棍和掸帚仔仔细细地挥掉书上的灰尘。我好奇地围着那越堆越高的书堆蹑手蹑脚地走着，你的仆人并没有叫我走开，但也没有鼓励我待在那里；所以我一本书也不敢碰，虽然我很想摸一摸有些书的软皮封面。

我只好从旁边怯生生地看看书名：有法文书、英文书，还有些书的文字我不认识。我想，我会看上几个小时的；这时我母亲把我叫进去了。

整个晚上我都没法不想你，而这还是在我认识你之前呀。

我自己只有十来本便宜的、破硬纸板装订的书，这几本书我爱不释手，一读再读。这时我在冥思苦索：这个人会是什么样子呢？有那么多漂亮的书，而且都看过了，还懂得所有这些文字，他还那么有钱，同时又那么有学问。想到那么多书，我心里就滋生起一种超脱凡俗的敬畏之情。我在心里设想着你的模样：你是个老人，戴了副眼镜，留着长长的白胡子，有点像我们的地理教员，只是善良得多，漂亮得多，温和得多——我不知道，为什么我那时就肯定你是漂亮的，因为当时我还把你想象成一个老人呢。就在那天夜里，我还不认识你，我就第一次梦见了你。

第二天你搬来了，但是无论我怎么窥伺，还是没能见你的面——这又更加激起了我的好奇心。终于在第三天我看见了你，真是万万没有想到，你完全是另一副模样，和我孩子气的想象中的天父般的形象毫无共同之处。我梦见的是一位戴眼镜的慈祥的老人，现在你来了——你，你的样子还是和今天一样；你，岁月不知不觉地在你身上流逝，但你却丝毫没有变化！你穿了一件浅灰色的迷人的运动服，上楼梯的时候总是以你那种无比轻快的、孩子般的姿态，老是一步跨两级。你手里拿着帽子，我以无法描述的惊讶望着你那表情生动的脸，脸上显得英姿勃发，一头秀美光泽的头发——真的，我惊讶得吓了一跳。你是多么年轻、多么漂亮、多么修长笔挺、多么标致潇洒。这事不是很奇怪吗？在这第一秒钟里，我就十分清楚地感觉到，你是非常独特的，我和所有别的人都意想不到地在你身上一再感觉到：你是一个具有双重人格的人，是个热情洋溢、逍遥自在、沉湎于玩乐和寻花问柳的年轻人，同时你在事业上又是一个十分严肃、责任心强、学识渊博、修养有素的人。我无意中感觉到后来每个人都在你身上感觉到的印象，那就是你过着一种双重生活，它既有光明的、公开面向世界的一面，也有阴暗的、只有你一人知道的一面——这个最最隐蔽的两面性。你一生的秘密，我，这个着了魔似的被你吸引住的十三岁的姑娘，第一眼就感觉到了。

现在你明白了吧，亲爱的，当时对我这个孩子来说，你是一个多大的奇迹，一个多么诱人的谜呀！一个大家对他怀着敬畏的人，因为他写过书，因为他在那另一个大世界里颇有名气，现在突然发现他是个英俊潇洒、像孩子一样快乐的二十五岁的年轻人！我还要对你说吗，从这天起，在我们这所楼里，在我整个可怜的儿童天地里，没有什么比你更使我感兴趣的了。我把一个十三岁的姑娘的全部犟劲，全部缠住不放的执拗劲一股脑儿都用来窥视你的生活，窥视你的起居了。我观察你，观察你的习惯，观察到你这儿来的人，这一切非但没有减少，反而更增加了我对你本人的好奇心，因为来看望你的客人形形色色，三教九流，这就反映了你性格上的两重性。到你这里来的有年轻人，你的同学，一帮衣衫褴褛的大学生，你跟他们有说有笑，忘乎所以，有时又有一些坐小汽车来的太太，有一回歌剧院的经理、那位伟大的乐队指挥来了，过去我只是怀着崇敬的心情远远地见到过他站在乐谱架前，到你这里来的人再就是些还在商业学校上学的小姑娘，她们扭扭捏捏地倏地一下就溜进了门去。总而言之，来的人里女人很多，很多。这一方面我没有什么特别的想法，就是一天早晨我去上学的时候，看见一位太太头上蒙着面纱从你屋里出来，我也并不觉得这有什么特别——我才十三岁呀，我以狂热的好奇心来探听和窥伺你的行动,这在孩子的心目中还并不知道,这种好奇心已经是爱情了。

但是,我亲爱的,那一天,那一刻,我整个地、永远地爱上你的那一天、那一刻,现在我还记得清清楚楚。我和一个女同学散了一会儿步,就站在大门口闲聊。这时开来一辆小汽车,车一停,你就以你那焦躁、敏捷的姿态——这姿态至今还使我对你倾心——从踏板上跳了下来,要进门去。一种下意识逼着自己为你打开了门,这样我就挡了你的道,我们两人差点撞个满怀,你以那种温暖、柔和、多情的眼光望着我,这眼光就像是脉脉含情的表示,你还向我微微一笑——是的,我不能说是别的,只好说——向我脉脉含情地微微一笑,并用一种极轻的、几乎是亲昵的声音说:"多谢啦,小姐!"

事情的经过就是这样,亲爱的,可是从此刻起,从我感到了那柔和的、脉脉含情的目光以来,我就属于你了。后来不久我就知道,对每个从你身边走过的女人,对每个卖给你东西的女店员,对每个给你开门的侍女,你一概投以你那拥抱式的、具有吸引力的、既脉脉含情又撩人销魂的目光,你那天生的诱惑者的目光。我还知道,在你身上这目光并不是有意识地表示心意和爱慕,而是因为你对女人所表现的脉脉含情,所以你看她们的时候,不知不觉之中就使你的眼光变得柔和而温暖了。

但是我这个十三岁的孩子却对此毫无所感:我心里像团烈火在燃烧。我以为你的柔情只是给我的,只是给我一人的,在这瞬间,我这个尚未成年的丫头的心里,已经感到是个女人,而这个女人永远属于你了。

"这个人是谁?"我的女友问道。我不能马上回答她。我不能把你的名字说出来:就在这一秒钟里,这唯一的一秒钟里,我觉得你的名字是神圣的,它成了我的秘密。"噢,一位先生,住在我们这座楼里。"我结结巴巴、笨嘴笨舌地说。"那他看你的时候你干吗要脸红啊？"我的女朋友使出了一个爱打听的孩子的全部恶毒劲儿冷嘲热讽地说。正因为我感到她的嘲讽触到了我的秘密，血就一下子升到我的脸颊，感到更加火烧火燎。我狼狈之至，态度变得甚为粗鲁。"傻丫头！"我气冲冲地说。我真恨不得把她勒死。但是她却笑得更响，嘲弄得更加厉害，直到我感到盛怒之下泪水都流下来了。我就把她甩下，独自跑上楼去。

从这一秒钟起，我就爱上了你。我知道，许多女人对你这个宠惯了的人常常说这句话。但是我相信，没有一个女人像我这样盲目地、忘我地爱过你，我对你永远忠贞不渝，因为世界上任何东西都比不上孩子暗地里悄悄所怀的爱情，因为这种爱情如此希望渺茫、曲意逢迎、卑躬屈节、低声下气和热情奔放，它与成年妇女那种欲火中烧的、本能地挑逗性的爱情并不一样。只有孤独的孩子才能将他们的全部热情集中起来：其余的人在社交活动中滥用自己的感情，在卿卿我我中把自己的感情消磨殆尽。他们听说过很多关于爱情的事，读过许多关于爱情的书。他们知道，爱情是人们的共同命运。他们玩弄爱情，就像玩弄一个玩具；他们夸耀爱情，就像男孩子夸耀他们抽了第一支香烟。但是我，我没有一个可以向他诉说我的心事的人，没有人开导我，没有人告诫我，我没有人生阅历，什么也不懂：我一下栽进了我的命运之中，就像跌入万丈深渊。在我心里生长、迸放的就只有你，我在梦里见到你，把你当作知音：我父亲早就故世了，我母亲总是郁郁寡欢，悲悲戚戚，她靠吃养老金过活，生性懦怯，掉片树叶还生怕砸了脑袋，所以我和她并不十分相投；那些开始沾上了行为不端这坏毛病的女同学又使我感到厌恶，因为她们轻佻地玩弄那在我心目中视为最高的激情的东西——因此我把原先散乱的全部激情，把我那颗压缩在一起而一再急不可待地想喷涌出来的整个心都一股脑儿向你掷去。在我的心里你就是——我该怎么对你说呢？任何比喻都不为过分——你就是一切，是我整个生命。人间万物所以存在，只是因为都和你有关系，我生活中的一切，只有和你相连才有意义。你使我整个生活变了个样。原先我在学校里学习并不太认真，成绩也是中等，现在突然成了第一名，我读了上千本书。往往每天读到深夜，因为我知道，你是喜欢书的；突然我以近乎有点顽固的劲头坚持不懈地练起钢琴来了，使我母亲大为惊讶，因为我想，你是喜欢音乐的。我把自己的衣服刷得干干净净，缝得整整齐齐，好在你面前显得干净利索，让你喜欢；我那条旧学生裙（是我母亲的一件家常便服改的）的左侧打了一个四方的补丁，我感到难看极了。我怕你会看见这个补丁，因而瞧不起我；所以我上楼的时候，总是把书包压在那个补丁上，我吓得直哆嗦，生怕被你看出来。但是这是多傻啊：你后来再也没有，几乎是再也没有看过我一眼。

　　再说我，我整天都在等着你，窥伺你的行踪，除此之外可以说是什么也没做。我们家的门上有一个小小的黄铜窥视孔，从这个小圆孔里可以看到对面你的房门。这个窥视孔——不，别笑我，亲爱的，就是今天，就是今天，我对那些时刻也并不感到羞愧！——这个窥视孔是我张望世界的眼睛，那几个月，那几年，我手里拿了本书，整个下午整个下午地坐在那里，坐在前屋里恭候你，生怕妈妈疑心，我的心像琴弦一样绷得紧紧的，你一出现，它就不住地奏鸣。我时刻为了你，时刻处于紧张和激动之中，可是你对此却毫无感觉，就像你对口袋里装着的绷得紧紧的怀表的发条没有一丝感觉一样。怀表的发条耐心地在暗中数着你的钟点，量着你的时间，用听不见的心跳伴着你的行踪，而在它嘀嗒嘀嗒的几百万秒之中，你只有一次向它匆匆瞥了一眼。我知道你的一切，了解你的每一个习惯，认得你的每一条领带、每一件衣服，不久就认识并且能够一个个区分你那些朋友，还把他们分成我喜欢的和我讨厌的两类：我从十三岁到十六岁，每一小时都是生活在你的身上的。啊，我干了多少傻事！我去吻你的手摸过的门把手，捡了一个你进门之前扔掉的雪茄烟头，在我心目中它是神圣的，因为你的嘴唇在上面接触过。晚上我上百次借故跑到下面的胡同里，去看看你那一间屋子亮着灯，这样虽然看不见你，但是清清楚楚地感觉到你在那里。你出门去的那几个星期——我每次见那善良的约翰把你的黄旅行袋提下楼去，我的心便吓得停止了跳动——我活着像死了一样，毫无意义。我满脸愁云，百无聊赖，茫然若失，不过我得时时小心，别让母亲从我哭肿了的眼睛上看出我心头的绝望。

我知道，我现在告诉你的，全是些怪可笑的感情波澜，孩子气的蠢事。我该为这些事而害臊，但是我并不感到羞愧，因为我对你的爱情从来没有像在这种天真的激情中更为纯洁，更为热烈的了。我可以对你说上几小时，说上好几天，告诉你，我当时是怎么同你一起生活的，而你呢，连我的面貌还不认识，因为每当我在楼梯上碰到你，而又躲不开的时候，由于怕你那灼人的眼光，我就低头打你身边跑走，就像一个人为了不被烈火烧着，而纵身跳进水里一样。我可以对你说上几小时，说上好几天，告诉你那些你早已忘怀的岁月，给你展开你生活的全部日历；但是我不愿使你厌倦，不愿折磨你。我要讲给你听的，只有我童年时期最最美好的那次经历，我请你不要嘲笑我，因为这是一件微乎其微的小事，但是对我这个孩子来说，这可是件天大的大事。那是个星期天，你出门去了，你的仆人打开房门，把那几条他已经拍打干净的、沉重的地毯拽进屋去。他，这个好人，干得非常吃力，我一时胆大包天，走到他跟前，问他要不要我帮他一把。他很惊讶，但还是让我帮了他，这样我就看见了你的寓所的内部，你的天地，你常常坐的书桌，桌上的一个蓝水晶花瓶里插着几朵鲜花，看见了你的柜子，你的画，你的书——我只能告诉你，我当时怀着多么大的崇敬，甚至虔诚的仰慕之情啊！对你的生活我只是匆匆地偷望了一眼，因为约翰，你那忠实的仆人，是一定不会让我仔细观看的，可是就是这么看了一眼，我就把整个气氛吸进了胸里，这就有了入梦的营养，就能无休止地梦见你，无论醒着还是睡着。

这，这飞快的一分钟，它是我童年时代最最幸福的时刻。

我要把这时刻讲给你听，好让你这个并不认识我的人终于能开始感觉到有一个生命在依恋着你，并为你而消殒。这个最最幸福的时刻我要告诉你，还有那个时刻，那个最最可怕的时刻也要告诉你，可惜这两个时刻是互相紧挨着的。为了你的缘故——我刚才已经对你说过——我把一切都忘掉了，我没有注意我的母亲，对任何人都不关心。我没有注意到，一位年纪稍长的先生，一位因斯布鲁克的商人，我母亲的远亲，常常到我们家里来，每回都待得很久，是的，这倒使我感到很高兴，因为他有时带我母亲去看戏，这样我便可以独自待在家里，想着你，守候着你，这可是我的最大最大的、我的唯一的幸福！一天，母亲郑重其事地把我叫到她房间里，说要跟我一本正经地谈一谈。我的脸都吓白了，听到自己的心突然怦怦直跳：她会不会感觉到什么，看出了什么苗头？我马上想到的就是你，就是这个秘密，这个把我和世界联系在一起的秘密。但是妈妈自己却感到不好意思，她温柔地吻了我一两下（她平素是从来不吻我的），把我拉到沙发上挨她坐着，然后吞吞吐吐、羞怯地开始说，她的亲戚是个鳏夫，向她求婚，而她呢，主要是为了我，就决定答应他的要求。一股热血涌到我的心头：我内心里只有一个念头，我的全部心思都在你的身上。"我们还住在这儿吧？"我结结巴巴地勉强说出这句话来。"不，我们要搬到因斯布鲁克去，斐迪南在那里有座漂亮的别墅。"别的话我什么也没有听见。我觉得眼前发黑。后来我知道，当时我晕倒了；我听见母亲对等候在门后的继父悄声说话，我突然伸开双手往后一仰，随后就像块铅似的摔倒了。以后这几天里发生的事情，我，一个不能自己做主的孩子，是如何反抗她那说一不二的意志的，这些我都无法向你描述了：就是现在，一想到这件事，我正在写信的手还发抖呢。我真正的秘密是不能泄露的，因此我的反抗就显得纯粹是耍牛脾气，故意作对，成心别扭。谁也不再跟我说了，一切都在暗地里进行。他们利用我上学的时间搬运行李：等我回到家里，总是不是少了这样，就是卖了那件。我看着我们的屋子，我的生活变得零落了，有一次我回家吃午饭的时候，搬家具的人正在包装东西，把什么都搬走了。空空荡荡的屋子里放着收拾好了的箱子，以及母亲和我每人一张行军床：我们还要在这里睡一夜，最后一夜，明天就动身到因斯布鲁克去。

在这最后的一天，我怀着一种突然的果断心情感觉到，没有你在身边，我是不能活的。除了你，我想不出别的什么解救办法。我当时心里是怎么想的，在那绝望的时刻我究竟能不能头脑清楚地进行思考，这些我永远也说不出来，可是我突然站了起来，身上穿着学生装——我母亲不在家——走到对门你那里去。不，我不是走去的：我两腿发僵，全身哆嗦着，被一种磁石一般的力量吸到你的门口。我已经对你说过，我自己也不知道，我想干什么：跪在你的脚下，求你收留我做个女仆，做个奴隶，我怕你会对一个十五岁的姑娘的这种纯真无邪的狂热感到好笑的，但是亲爱的，要是你知道，我当时如何站在冰冷的楼道里，由于恐惧而全身僵硬，可是又被一种捉摸不到的力量推着朝前走。我又是如何把我的胳膊，那颤抖着的胳膊，可以说是硬从自己身上扯开，抬起手来——这场搏斗虽只经历了可怕的几秒钟，但却像是永恒的——用手指去按你门铃的电钮，要是你知道了这一切，你就不会再笑了。那刺耳的铃声至今还在我的耳朵里回响，随之而来的是沉寂，之后——这时我的心脏停止了跳动，我全身的血液凝固了——我只是竖起耳朵听着，你是不是来开门。

但是你没有来，谁也没有来。那天下午你显然出去了，约翰可能是为你办事去了；于是我就蹒跚地——单调刺耳的门铃声还在我的耳边震响——回到我们满目凄凉、空空如也的屋子里，精疲力尽地一头倒在一条花呢旅行毯上，这四步路走得我疲乏之至，仿佛在深深的雪地里走了好几个小时似的，虽然疲惫不堪，可是他们把我拉走之前我要见到你、跟你说话的决心依然在燃烧，并未熄灭。我向你发誓，这里面并没有一丝情欲的念头，我当时还不懂，除了你之外，我什么都不想：我只想见到你，只还想见一次，紧紧地抱着你。于是整整一夜，这漫长的、可怕的整整一夜，亲爱的，我都在等待着你。母亲刚一上床睡着，我就蹑手蹑脚地溜到前屋里，侧耳倾听，你什么时候回家。整整一夜我都在等待着，而这可是一个冰冷的一月之夜啊！我疲惫不堪，四肢疼痛，想坐一坐，可是屋里连张椅子都没有了，于是我就平躺在冷冰冰的地板上，从房门底下的缝隙里嗖嗖地吹进股股寒风。我的衣服穿得很单薄，又没有拿毯子，躺在冰冷的地板上，浑身骨节眼里都感到刺痛；我倒是不想要暖和，生怕一暖和就会睡着，就听不到你的脚步声了。这是很难受的，我的两只脚痉挛了，紧紧蜷缩在一起，我的胳膊颤抖着，我只好一次又一次地站起来，在这漆黑的夜里，可真把人冻死了。但是我等待着，等待着，等待着你，宛如等待着我的命运。

终于——大概已经是凌晨两三点钟了吧——我听见下面开大门的声音，接着就有上楼梯的脚步声。顿时我身上的寒意全然消失，一股热流在我心头激荡，我轻轻地开了房门，准备冲到你面前，伏在你的脚下……啊，我真不知道，我这个傻姑娘当时会干出什么事来。脚步声越来越近。烛光忽闪忽闪地照到了楼上。我抖抖索索地握着房门的把手。来的人果真是你吗？

是，是你，亲爱的——但你不是独自一人。我听到一阵挑逗性的轻笑，绸衣服拖在地上发出的窸窣声和你低声细语的说话声——你是带了一个女人回家来的……

我不知道，我是如何挨过这一夜的。第二天早晨8点钟，他们就把我拖往因斯布鲁克；我已经没有一丝力气来反抗了。

我的孩子已在昨天夜里去世了——如果我当真还要继续活下去的话，那我又将是孤苦伶仃的一个人了。明天要来人了，那些陌生的、黑炭似的大个儿笨汉子，他们将抬一口棺材来，收殓我那可怜的、我那唯一的孩子。也许朋友们也会来，送来花圈，但是鲜花放在棺材上又顶什么用？他们会来安慰我。对我说几句，说几句话；但是他们又能帮得了我些什么呢？我知道，这以后我又是孤零零一个人了。再也没有什么东西比在人群之中感到孤独更可怕的了。这一点我那时就体会到了，在因斯布鲁克度过的没有尽头的两年岁月里，即从我十六岁到十八岁的时候，像个囚犯，像个被摈弃的人似的生活在家里的两年时间里，就体会到了这一点。继父是个生性平和、寡言少语的人，对我很好；我母亲好像为了弥补她无意之中所犯的过失，所以对我的一切要求总是全部给予满足，年轻人围着我献殷勤，但是我都斩钉截铁地对他们一概加以拒绝。不和你在一起，我就不想幸福地、惬意地生活，我把自己埋进一个晦暗的、寂寞的世界里，自己折磨自己。他们给我买的新花衣服我不穿，我不肯去听音乐会，不肯去看戏，或者跟大家一起兴高采烈地去郊游。我几乎连胡同都不出：你会相信吗，亲爱的，我在这座小城里住了两年，认识的街道还不上十条。我悲伤，我要悲伤，看不见你，我就强迫自己过着清淡的生活，并且还以此为乐。再有，我怀着一股热情，只希望生活在你的心里，我不愿让别的事情来转移这种热情。我独自一人坐在家里，一坐就是几小时，就是一整天，什么也不做，只是想着你，一次一次地，反反复复地重温对你的数百件细小的回忆，每次见你啦，每次等你啦，就像在剧院里似的，让这些细小的插曲一幕幕从我的心里闪过。因为我把往日的每一秒钟都回味了无数次，因此我的整个童年时期还都历历在目，那些逝去的岁月的每一分钟我都感到如此灼热和新鲜，仿佛是昨天在我身上发生的事。

那时我的整个身心全都用在了你的身上。你写的书我全都买了；要是报上登有你的名字，那这天就像节日一样。你相信吗，你的书里每一行我都能背下来，我一遍又一遍地把你的书读得滚瓜烂熟？要是有人半夜里把我从睡梦中叫醒，从你的书里抽出一行来念给我听，今天——隔了十三年——我还能接着念下去，就像在梦里一样：你的每一句话，对我来说都是福音书和祷告文。整个世界，只是和你有关，它才存在；我在维也纳的报纸上翻阅音乐会和首演的广告，心里只有一个想法，那就是哪些演出会使你感兴趣；一到黄昏，我就在远方陪伴着你：现在他进了剧场大厅，现在他坐下来了。这事我梦见过千百次，因为我曾经有一次，唯一的一次，在一次音乐会上见过你。

可是我说这些干什么呢，说一个被遗弃的孩子的这些疯狂的、自己糟蹋自己的，这些如此悲惨、如此绝望的狂热干什么呢？把这些告诉一个对此一无所感、毫无所知的人干什么呢？那时我确实不还是个孩子吗？我长到十七岁，十八岁了——年轻人开始在街上转过头来看我了，可是他们只能使我火冒三丈。因为想着和别人，而不是和你谈恋爱，即使只是拿恋爱开个玩笑，我也觉得简直是闻所未闻、难以理解的，在我看来，受勾引本身就已经犯了罪。我对你的激情始终犹如当年，只是随着我身体的发育和性欲的萌发而变得更加炽烈、更加肉感、更加女性罢了。当时在那个女孩子，那个去按你的门铃的女孩子的朦胧无知的意识中没能预感到的东西，现在成了我的唯一的思想：把自己献给你，完全委身于你。

我周围的人认为我腼腆，都说我怕羞（我紧咬牙关，关于我的秘密，一个字也不露出来）。但是在我心里却滋长了钢铁般的意志。我的全部心思都集中在一点上：回到维也纳，回到你的身边去。我费了好大的劲，终于实现了自己的愿望，在别人看来，我的这个愿望也许是荒谬的，不可理解的。我的继父颇有资财，他把我当作他的亲生女。我直闹着要自己挣钱来养活自己，后来终于达到了这个目的。我来到维也纳的一个亲戚家，在一家服装店里当职员。

在一个雾蒙蒙的秋日，我终于，终于来到了维也纳！难道还要我告诉你，我到维也纳以后第一程路是往哪儿去的吗？我把箱子存放在火车站，跳上一辆电车——我觉得电车开得多慢呀，每停一站都使我感到恼火——一直奔到那座楼房前面。你的窗户亮着灯，我的整个心灵发出了动听的声音。这座城市，这座曾经如此陌生、如此毫无意义地在我四周喧嚣嘈杂的城市，现在才有了生气，我现在才重新复活，因为我感觉到你就在近旁，你，我那永恒的梦。我并没有感觉到，无论隔着多少峡谷，高山，河流，或是在你和我闪着喜悦光芒的目光之间只隔着一层透明的薄玻璃，我对于你的意识来说，实际上都是一样遥远的。我抬头仰望，仰望：这儿有灯光，这儿是楼房，你就在这儿，这儿就是我的世界。对于这一时刻，我已经做了两年的梦了，现在总算赐给了我，这个漫长的、柔和的、云遮雾漫的夜晚，我在你的窗前站了很久，直到你房里的灯熄灭以后，我才去寻找我的住处。

　　这以后，我每天晚上都这样站在你的房前。我在店里干活一直干到6点钟才结束，活计很重、很累，但我很喜欢，因为工作很杂乱，我对自己内心的不宁也就不那么感到痛楚了。等到卷帘式铁百叶窗在我身后哐当一声落了下来，我就直奔我心爱的目的地。只要看你一眼，只想碰见你一次，只想用我的目光远远地再次抚摸你的脸庞——这就是我唯一的心愿。大约一个星期之后，我终于遇见了你，而且恰恰在我没有预料到的那一瞬间：我正抬头朝你的窗户张望的时候，你横穿马路过来了。突然，我又变成了那个小姑娘，那个十三岁的小姑娘，我感到热血涌上我的面颊；违背我渴望看见你的眼睛的内心冲动，我下意识地低下了头，像是有人在追我似的，从你身边一溜烟似的跑了过去。后来我为自己这种女学生似的胆怯的逃遁而感到羞愧，因为现在我的目的是一清二楚的：我想遇见你，我在找你，过了那么多渴望的、难熬的岁月，我希望你能认出我来，希望你注意到我，希望你爱上我。

　　但是你好长时间都没有注意到我，虽然每天晚上，无论是纷飞的大雪，还是维也纳凛冽刺骨的寒风，我都站在你那条胡同里，我往往白等几小时，有时候等了半天以后，你终于在朋友的陪伴下从屋里走了出来，有两次我还看见你和女人在一起，当我看见一位陌生女人同你紧挽胳膊一起走的时候，我感觉到了自己的成人意识，我的心突然颤了一下，把我的灵魂也撕裂了，这时我感觉到对你有一种新的、异样的感情。我并没有吃惊，我在儿童时代就已经知道女人是陪伴你的常客，可是现在却使我突然感到有种肉体上的痛苦，我心里那根感情之弦绷得紧紧的。对你跟另一个女人的这种明显的、这种肉体上的亲昵感到非常敌视，同时自己也很想得到。我当时有种孩子气的自尊心，也许今天也还保留着，所以一整天没有到你的屋子跟前去，但是这个抗拒和愤恨的空虚的夜晚是多么可怕呀！第二天晚上，我又低声下气地站在你的房子跟前，等呀等，就像我的整个命运，都站在你那关闭的生活之前似的。

一天晚上，你终于注意到我了。我已经看见你远远地过来了，我就振作起自己的意志，别又躲开你。说也凑巧，有辆货车停在街上要卸货，因而把马路堵得很窄，你就只好紧挨着我的身边走过去。你那心不在焉的目光下意识地扫了我一眼，它刚遇到我全神贯注的目光，就立即变成了——回忆起心里的往事，使我猛然一惊！——你那种勾引女人的目光，变成了那温存的、既脉脉含情又撩人销魂的、那拥抱式的、盯住不放的目光，这目光从前曾把我这个小姑娘唤醒，使我第一次成了女人，成了正在恋爱的女人。有一两秒钟之久，你的目光就这样凝视着我的目光，而我的目光却不能、也不愿意离开你的目光——随后你就从我身边走了过去。我的心怦怦直跳；我下意识地放慢了脚步，出于一种无法抑制的好奇心，我转过头来，看见你停住了，正在回头看我。从你好奇地、饶有兴趣地注视着我的神态里，我立刻就知道：你没有认出我来。

你没有认出我来，那时候没有，永远，你永远也没有认出我来。亲爱的，我怎么来向你描述那一瞬间的失望呢——当时我是第一次遭受到没有被你认出来的命运啊，这种命运贯穿在我的一生中，并且还带着它离开人世；没有被你认出来，一直还没有被你认出来。我怎么来向你描述这种失望呢！因为你看，在因斯布鲁克的两年中，我时刻都想着你，什么也不做，只是想象我们在维也纳的第一次重逢，根据自己的情绪状态，做着最幸福的和最可怕的梦。如果可以这么说的话，一切我都在梦里想过了；在我心情阴郁的时候，我设想过，你会拒我于门外，你会鄙视我，因为我太卑微，太丑陋，太不顾羞耻。你各种各样的怨恨、冷酷、淡漠，这一切我在热烈的幻象中都经历过了——可是这一点，这最最可怕的一点，就是在我心情最阴郁、自卑感最严重的时候，也没有敢去考虑过：你根本丝毫没有注意到我的存在。今天我懂得了——啊，那是你教我懂得的！——少女和女人的脸在男人眼里一定是变化无常的，因为脸通常只是一面镜子，时而是热情的镜子，时而是天真烂漫的镜子，时而又是疲惫的镜子，镜子中的形象极易流逝，所以一个男人也就更加容易忘记一个女人的容貌，因为年龄就在这面镜子里带着光和影逐渐流逝，因为服装会把一个女人的脸一下打扮成这样，等会儿又变成那样。那些听天由命的人，她们才是真正的智者。可是当时我这个少女，我对你的健忘还不能理解，因为由于我自己毫无节制、时刻不停地想着你，所以就产生了一种幻景，以为你也一定常常想着我，在等着我；如果我知道，你的心里并没有我，压根儿连想都没有想过我，那我活着还有什么意思！你的目光使我清醒了，你的目光表示，你一点也不认识我了，关于你的生活和我的生活之间，你竟连一根蛛丝那样的些微记忆也没有了。面对这样的目光，我如梦初醒，第一次跌到了现实之中，第一次预感到了自己的命运。

你那时没有认出我来。两天以后我们又再次相遇，你的目光带着点亲昵的神情周身打量着我，这时你依旧没有认出我就是曾经爱过你的、是被你唤醒的那个姑娘，你只认出我是那个漂亮的、十八岁的姑娘，两天以前曾在同一地点同你迎面相逢。你亲切而惊讶地看着我，嘴角挂着一丝轻柔的微笑。你又从我的身边走过去，马上又放慢了脚步：我颤抖，我狂喜，我祈祷，但愿你来跟我打招呼。我感到，我第一次为你而充满了活力，我也放慢了脚步，没有躲开你。突然，我没有回头便感觉到你在我的身后，我知道，这回我可以第一次听到你对我说话的可爱的声音了。这种期待的心情几乎使我软瘫了，我担心自己可能不得不停下来，心里像有十五个吊桶，七上八下——这时你走到我旁边来了。你用你特有的那种轻松愉快的神情跟我攀谈，仿佛我们是早就认识的老朋友了——啊，你没有感觉出我这个人，你也从来没有感觉出我的生活！——你跟我说话的神态是那么富有魅力，那么泰然自若，甚至我也能够跟你答话了。我们一起走了一条胡同，这时你问我，是否愿意我们一起去吃饭。我说："行。"我怎敢拒绝你呢？我们一起在一家小饭馆里吃饭——你还记得这家饭馆在哪里吗？啊，不，你一定跟其他这样的晚餐分不清了，因为在你心目中，我算得了什么？只不过是数万个女人中的一个，许许多多不胜枚举的风流艳遇中的一桩罢了。你有什么好想起我来的：我说得很少，因为在你身边，听你跟我说话，我就感到无限幸福了。我不愿意由于一个问题，一句愚蠢的话而白白无须浪费一秒钟。我永远不会忘记感谢你的这个时刻，你的心里满满地盛着我的热情的崇敬，你的举止如此温存风雅，轻松愉快，识体知礼，毫无迫不及待的妄为，没有匆忙的谄媚讨好的表示，从第一个瞬间起，就亲切自重，如逢知己，即使并没有早就把自己的整个身心都献给你，那么单凭这一点，你也会赢得我的心的。啊，你可不知道，我傻乎乎地等了你五年，你没有使我失望，你简直使我高兴得忘乎所以了！

天已经很晚了，我们起身离去。走到饭馆门口，你问我是否忙着回家，是否还有点时间。我怎么能瞒着你，怎么能不告诉你我乐意听从你的意愿呢！我说，我还有时间。随后，你稍稍迟疑了一下，就问，我是否愿意上你那里去聊一会儿。"好啊！"我自然而然地脱口而出，随后我立即发现，你对我如此迅速的允诺，感到有点儿难堪或者高兴，反正显然感到十分意外。今天我明白了你的这种惊异；我知道，一个女人，即使她心里火烧火燎的，想委身于人，但是她们通常总要否认自己有这种打算，还要装出一副惊恐万状或者怒不可遏的样子，非等男人再三恳求，说一通弥天大谎、赌咒发誓和做出种种许诺，这才愿意平息下来。我知道，也许只有那些吃爱情饭的妓女，或是幼稚天真、年未及笄的小姑娘才会兴高采烈地满口答应那样的邀请。但是在我心里，这件事只不过是——你怎么能料想得到呢——化成了语言的心愿，千百个白天黑夜所凝聚、而现在突然迸发的相思而已。总之，当时你很吃一惊，我开始使你对我发生兴趣了。我觉察到，我们一起走的时候，你一边说着话，一边带着某种惊异的神情从侧面打量着我。你的感觉，你那对于一切人性的东西具有魔术般的十拿九稳的感觉，在这里你立即在这位漂亮的、柔顺的姑娘身上嗅出了一种不同寻常的东西，嗅出了一个秘密。于是，你好奇心大发，我觉察到，你想从一连串拐弯抹角的、试探性的问题着手，来摸清这个秘密。可是我避开了你：我宁可显得傻里傻气的样子，也不愿对你泄露我的秘密。

　　我们上楼到你屋里。请原谅，亲爱的，要是我对你说，你不可能明白，这楼道、这楼梯对我来说意味着什么，当时我的心里充满了何等样的陶醉，何等样的迷乱，何等样的疯狂、痛苦、几乎是致命的幸福啊！我现在想起这些，还不禁泪湿衣襟，然而我已经没有眼泪了。你想一想吧，那里每一件东西都好像渗透了我的激情，每一样东西都是我童年时代、是我的憧憬的象征：那大门，我在前面等过你千百次的大门；那楼梯，我在那里倾听你的脚步声，并在那儿第一次看见你的楼梯；那窥视孔，通过这个小孔我看得神魂颠倒；你房门口铺的小地毯，有次我曾在上面跪过；那钥匙的响声，每回一听到这声音，我总是从我潜伏的地方猛地一跃而起。我的整个童年，我的全部激情都寄托在这几米大的空间里了,我的生命就在这里,而现在命运像暴风雨似的降落到我的头上来了,因为一切,一切都如愿以偿了,我和你在一起走,我和你在你的在我们的房子里走着。你想想吧——这话听起来毫无意思,可我不知道怎么用别的话来说,一直到你房门口为止,一切都是现实,都是一辈子沉闷的、日常的世界,从那儿起,孩子的仙境,阿拉丁①的王国就开始了;你想一想,这房门我曾急不可待地盯过千百回,如今我飘飘然地走了进去,你将会预料到——但仅仅是预料到,永远也不会完全知道,我亲爱的!——这转瞬即逝的一分钟从我的生活里带走了什么。

那个晚上,我在你身边整整待了一夜。你可没有想到,在这以前还从来没有一个男人触摸过我,没有一个男人紧贴着或者看见过我的身子哩。但是亲爱的,你又怎么会想到呢,因为我对你毫没反抗,我压制了因羞怯而产生的忸怩,只是为了使你无法猜到我对你的爱情的秘密,要是你猜了出来,准会把你吓一大跳的——因为你喜欢的只是轻松自在,嬉戏玩耍,怡然自得,你生怕干预别人的命运。你喜欢对所有的女人,像蜜蜂采花似的对世界滥施爱情,而不愿做出任何牺牲。假如我现在对你说,亲爱的,我对你委身的时候还是个处女,那么我求求你:不要误解我!我不埋怨你,你并没有引诱我,欺骗我,勾引我——是我,是我自己硬凑到你跟前、投入你的怀抱、栽进自己的命运中去的。我永远,永远不会埋怨你,不,我只有永远感谢你,因为对我说来那一夜是至极的欢乐,闪光的喜悦,飘飘欲仙的幸福。那天夜里我一睁开眼,感到你在我的身边,总是感到奇怪,星星怎么没有在我头上闪烁,因为我真觉得自己到了天上了——不,我

---

① 阿拉丁,《一千零一夜》中的人物。巫师叫阿拉丁从井里取出一盏神灯,只要把灯一蹭,立即就会有一位神灵来到你的面前,可以满足你的一切要求。阿拉丁发现这个秘密后,就拿走了这盏灯,并娶了一个公主为妻,巫师想了各种办法还是没有得到神灯。

从来没有后悔，我亲爱的，从来没有因为那一刻而后悔。我还记得：你睡着了，我听见你的呼吸，贴着你的身子，感到自己挨你那么近。在黑暗中我流出了幸福的泪水。

第二天一大早我就急着要走。我得到店里去，也想在仆人来到之前就走，可不能让他看见。当我穿好衣服站在你面前，你就把我搂在怀里，久久端视着我；莫非在你心里激荡着某个模糊而遥远的回忆，或者你只是觉得我当时神采飞扬，容貌美丽呢？然后你在我嘴上吻了一下。我轻轻从你手里挣脱，想走掉。这时你问我："你带几朵花去，好吗？"我说好吧。你就在书桌上的蓝水晶花瓶里（啊，这只花瓶我是认识的，小时候我曾偷看过一眼）取出四朵洁白的玫瑰给了我。连着几天我还不住地吻着这几朵玫瑰哩。

我们事前约好在另一个晚上见面。我去了，那晚又是那么美妙。你还赐给了我第三夜。后来你就对我说，你要出门了——噢，我从小就恨你的这种旅行！——你答应我，一回来就立即通知我。我给了你一个留局待取的地址——我不愿把我的姓名告诉你。我保守着自己的秘密。你又给了我几朵玫瑰作为临别纪念。

这两个月里我每天都去问……唉，算了，向你描述这种期待和绝望的极度痛苦干什么呢！我不埋怨你，我爱你，爱的就是这个你：感情炽烈，生性健忘，一见倾心，爱不忠诚。我爱你这个人就是这个样，只是这个样，你过去一直是这个样，现在还是这个样。你早就回来了，从你亮着灯的窗户我断定你回来了，你没有给我写信。在我生命的最后时刻，我也没有收到你的一行字，你的一行字，而我却把自己的生命都给了你。我等着，绝望地等着。你没有叫我，没有给我写一行字……没有写一行字……

我的孩子昨天死去了——他也是你的孩子呀。他也是你的孩子，亲爱的，这是那如胶似漆的三夜所凝结的孩子，这一点我向你发誓，人之将死，其言也真，我快踏上黄泉路了，是不会撒谎的。这是我们的孩子，我向你发誓，因为从我委身于你的那一刻起，到这孩子从我肚子里生出来这一段时间里，没有任何男人接触过我的身子。我的身子任你紧紧贴过之后，我就有了一种神圣的感觉：我怎么能把自己既给你，又给别人呢？你是我的一切，而别人只不过是从我生命边上轻轻擦过的路人。他是我们的孩子，亲爱的，是我那专一不二的爱情和你那漫不经心的、毫不在乎的、几乎是无意识的柔情蜜意所凝成的孩子，他是我俩的孩子，我俩的儿子，我俩唯一的孩子。那么你一定要问——也许吓一大跳，也许只是不胜惊愕，那么你一定要问，我的亲爱的，问我在这么多年的漫长岁月里，为什么不把这个孩子告诉你，一直到今天他躺在这里，躺在这里的黑暗里的时候才谈到他，而此刻他已准备去了，永远不再回来了，永远不再回来了！可是我又怎么能告诉你关于孩子的事呢！我这个与你素昧平生的女人，我这个心甘情愿地跟你过了销魂荡魄的三夜，而且毫无反抗地、甚至是渴求地向你敞开了自己心怀的陌生女人，对她你是永远也不会相信的，你永远不会相信，她这么个跟你短暂萍水相逢的无名女人，会对你这个不忠诚的男人忠贞不渝，你永远也不会毫无疑虑地承认这孩子是你的亲生骨肉！即使你觉得我的话蛮有道理，真假难分，你也不可能消除这种暗暗的怀疑：我很富有，为此你企图把你在另一次风流欢会时种下的这个孩子硬塞给我。这样你就会对我猜疑，在你和我之间就会产生一片阴影，一片飘浮不定、腼腆的怀疑的阴影。这我不愿意。再说，我了解你，非常了解你，比你对自己还了解得清楚，我知道，你这个人只喜欢爱情中无忧无虑，轻松自在，游戏玩耍，要是突然间成了父亲，突然间要对一个命运负责，那你一定会感到难堪而棘手的。你一定会觉得，好像我把你拴住了，而你这个人是只有在自由自在的情况下才能呼吸的。因为我把你拴住了，你一定会因此而恨我的——不错，我知道，你会违背你自己清醒的意志而恨我的。也许只有几小时，也许只有短短的几分钟，你会觉得我是个累赘，会恨我——但是我要保持我的自尊心，我要让你这一辈子想起我的时候没有一丝忧虑。我宁可独自承担一切，也不愿让你背上个包袱，我要使自己成为你所钟情过的女人中的独一无二的一个，让你永远怀着爱情和感激来思念她。可是当然，你从来也没有思念过我，你已经把我忘在九霄云外了。

我不埋怨你，我的亲爱的，不，我不埋怨你。如果我的笔下偶尔流露出几滴苦痛的话，那就请你原谅我，请你原谅我，我的孩子——我们的孩子死了，就躺在这里影影绰绰的烛光下；我冲上帝攥紧拳头，管他叫凶手，我的心绪阴郁，神志紊乱。请原谅我倾吐我的哀怨，原谅我吧！我知道，你是善良的，内心深处是乐于助人的，你帮助每一个人，就是素昧平生的人有求于你，你也给予帮助。你的恩惠非常奇特，它对每个人都是敞开的，因此谁都可以自取，两只手能抓多少就取多少，你的恩惠是博大的，是博大无际的。你的恩惠，但是，它是——请原谅我——懒散的。你的恩惠要人家提醒，要人自己去拿。你帮助人要人家叫你，求你，你帮助人是出于害羞，出于软弱，而不是出于快乐。容我坦率地对你说吧，你可以和别人共幸福，而不愿和人共患难。像你这样的人，即使是其中最有良心的人，求他也是很难的。有一次，那时我还是孩子，我从门上的窥视孔里看见有个乞丐按响了你的门铃，你给了他一点钱。还没等他开口向你要，你就迅速给了他，甚至给得很不少，可是你给他的时候心里有点害怕，是慌慌张张递给他的，好把他立即打发走，仿佛你怕看他的眼睛似的。你帮助人家的时候那种忐忑不安、羞羞答答、怕人感激的神态，我永远忘不了。因此我从来也不来求你。当然，我知道，那时即使你还拿不稳这是你的孩子，你也会帮助我的，你也一定会安慰我，给我钱，给我一笔数目相当可观的钱，可是你心里却总悄悄怀着焦躁的情绪，要把这件煞风景的事从你身上推得一干二净；是的，我相信，你甚至要说服我尽早把胎打掉。这是我顶顶害怕的事，因为你所希望的事，我怎么会不去做呢，我又怎么能拒绝你的要求呢！可是这孩子就是我的一切，他也确实是你的，他就是你，但已经不再是那个我无法驾驭的、幸福无忧的你了，而是那个永远——我这样认为——给了我的、禁锢在我的身体里、连着我生命的你了。现在我终于把你捉住了，我可以在自己的血管里感到你在生长，感到你的生命在生长，只要我心里忍不住了，我就可以用食品喂你，用乳汁哺你，可以轻轻抚摸你，温柔地吻你。你瞧，亲爱的，因此当我知道，我怀了你的孩子，我是多么幸福，因此我就没有把这事对你说。因为这样，你就再也不会从我身边逃走了。

当然，亲爱的，后来的生活也并不全是我原先所想的那种幸福的日子，也有的日子充满了恐惧和烦恼，充满了对人的卑鄙下流的憎恶。我的日子过得很艰难。为了不让我的亲戚发现我怀了孕，并把这事告诉我家里，因此临产前的几个月我不能再到店里去上班了。我不愿向我母亲要钱——我就把身边有的那点首饰卖掉，这样才勉强维持了分娩前那段时间的生活。分娩前一星期，一个洗衣女工从柜子里偷走了我剩下的最后几枚克朗，因此我只得进了一家妇产医院。只有那些身上分文不名的穷人，那些被抛弃、被遗忘的女人，在走投无路的时候才到那里去，置身于贫困的社会渣滓之中，这孩子，你的孩子，就是在那里呱呱坠地的。那儿真是叫人活不下去：陌生，陌生，一切都陌生，我们躺在那儿的人，互相也都是陌生的，大家寂寞孤独，彼此仇视，大家都是被贫困，被同样的痛苦踢进这间沉闷的、充满哥罗仿和血腥气的、充满叫喊和呻吟的产房里来的。穷人不得不忍受的轻薄，精神上和肉体上的羞辱，在那里我全受过了：我得跟那些娼妓、那些病人挤在一起，她们惯于对有同样命运的病人使坏；我忍受了年轻医生的玩世不恭的态度，他们脸上挂着一丝嘲讽的微笑，掀开我这个毫无反抗力的女人的被单，在身上摸来摸去，美其名曰检查；我忍受着女护理人员贪得无厌的私欲——啊，在那里，人的羞耻心被目光钉上了十字架，任凭语言的鞭笞。只有写着你的名字的那块牌子，在那里只有这块东西还是你自己，因为那床上躺着的，只不过是一块抽搐着的、任凭好奇的人东捏西摸的肉，只不过是一个供观赏和研究的对象而已——啊，那些妇女，那些在自己家里为守候着她们的温存爱抚的丈夫生孩子的妇女，她们不懂得举目无亲、不能防卫、像在实验桌上似的把个孩子生下来是个什么滋味！要是我今天在哪本书里看到"地狱"这个词，我就仍然会不由自主地突然想到那间塞得满满的、水汽腾腾的、充满了呻吟、狂笑和惨叫的产房，那间宰割羞耻心的屠场，我就是在那儿遭的罪。请原谅，请原谅我说了这些事。可是我就谈这一次，以后永远、永远不再说了。这些事十一年来我一句也没说过，不久我就将闭口不语，直到无垠的永恒，但是我得叫喊一次，嚷一次：为了这个孩子，我付出了多少昂贵的代价啊！这孩子就是我的幸福，如今他躺在那里，已经停止了呼吸。我已经忘掉了那些时刻，在孩子的笑容和声音里，在他的幸福中早就把它们忘在九霄云外了。但是现在孩子死了，痛苦又潜入了我的心头，这一次，就这一次，我得把它从心里倾吐出来。但是我并不是埋怨你，我只是埋怨上帝，是他让这些痛苦到处狂奔乱闯的。我不埋怨你，我向你发誓：我从来没有对你发过脾气。即使我腹痛得蜷缩起来的时候，即使在大学生触触摸摸般的目光下我羞愧得无地自容的时候，即使在痛苦撕裂我的灵魂的时候，我都没有在上帝面前控告过你；对于那几夜，我从来都没有后悔过，从来没有责骂过我对你的爱情，我始终都爱着你，一直为你所给我的那个时刻而祝福。假如由于那些时刻我还得再进一次地狱，而且事先知道我将受的苦，那么我还愿意再进一次，我亲爱的，愿意再进一次，再进一千次！

我们的孩子昨天死了——你从来没有见过他，这个活泼可爱的小人儿，你的骨肉，从来没有，连偶然匆匆相遇也未曾有过，就是擦身走过时他也没有碰到过你的目光。有了这个孩子，我就躲了起来，不见你的面；我对你的相思也不那么痛苦了，自从赐给我这个孩子以后，我觉得我爱你爱得没有先前那么狂热了，至少不像先前那样受爱情的煎熬了。我不愿把自己分开来，分给你和他两个人，所以我就没有把自己的感情倾注给你，而是一股脑儿全部给了这个孩子，因为你是个幸运儿，你的生活和我不沾边，而这孩子却需要我，我得抚养他，我可以吻他，可以搂着他。看样子我从由于想你——我的厄运——而陷入的神思恍惚的状态中解救出来了，我是由于这个另外的你，真正属于我的这个你而得救的——只有在很少很少的时候，我的感情才会低三下四地再到你的房前去。我只做一件事：在你生日的时候，我每次都送你一束白玫瑰，和当年我们一起过了第一个恩爱之夜以后，你送给我的一模一样。这十来年当中，你心里是否问过自己，这些鲜花是谁送来的？也许你也想到过你从前送过她这样的玫瑰的那个女人？我不知道，我也不想知道你的回答。我只是暗中把玫瑰给你递过去，一年一次，为了唤醒你对那一时刻的回忆——对我来说，这已经足够了。

你从来没有见过他，没有见过我们可怜的孩子。今天我责备自己，我一直把他对你隐瞒了，因为你是会爱他的。你从来没有见过他，没有见过这个可怜的男孩，从来没有见过他的微笑，每当他轻轻抬起眼睑，然后用他那聪明的黑眼睛——你的眼睛！——向我，向全世界投来一道明亮而欢快的光芒的时候，你从来没有见过他的微笑！啊，他是多么快活，多么可爱呀！在他身上天真地再现了你的全部轻快的性格，在他身上重演了你那敏捷的、驰骋的想象力：他可以接连几小时沉迷在他的玩意儿里，就像你游戏人生一样，然后他就竖着眉毛，一本正经地坐着看书。他越来越像你了，你所特有的那种既有严肃又有戏谑的性格上的两重性，已经明显地在他身上滋长起来了，他越是像你，我就越发爱他。他学习成绩很好，说起法文来真像只小喜鹊。他的作业本是全班最干净的，再说他的模样多好看，穿身黑天鹅绒衣服或是穿件白海员衫是多么帅气。无论走到哪里，他都是最雅致漂亮的；在格拉多①海滨，我跟他一起散步的时候，女人们都停下来，抚摸他那金色的长发；在塞默林②，他滑雪橇的时候，大家都朝他转过头来啧啧称羡。他是这么漂亮，这么娇嫩，这么惹人爱，去年他进了特莱茜娅寄宿中学③，穿了制服，身佩短剑，活像个18世纪的王室侍从——可是他现在除了身上的一件衬衫之外，别无他物了，这可怜的孩子，他躺在这里，嘴唇苍白，双手交叉叠在一起。

也许你要问我，我怎么能够让孩子在奢华的环境中受教育的呢，怎么能够让他享受到上流社会光明、快活的生活的呢？亲爱的，我在黑暗中跟你说话：我没有廉耻了，我要告诉你，但你别吓坏了，亲爱的——我卖身了。我倒不是那种街头野鸡，不是娼妓，但是我卖身了。我有很阔的朋友，很阔的情人，先是我去

---

① 格拉多，位子亚德里亚海滨，是意大利著名的海滨浴场。
② 塞默林是维也纳附近阿尔卑斯山的一个隘口，是著名的避暑胜地和冬季运动场所。
③ 特莱茜娅寄宿中学，原为奥地利女王玛丽亚·特莱茜娅于1746年创办的特莱茜娅贵族学院，1849年以后改为普通文科中学，一直是维也纳一所有名的中学。

找他们的，后来他们就来找我了，因为我非常之美——不知你注意到没有？每一个我向他委身的男人都喜欢我，他们大家都感谢我，都依恋我，都爱我——只有你不是，只有你不是，我的亲爱的！

我对你吐露了我卖身的真情，你会看不起我吗？不会，我知道，你不会看不起我，我知道，你理解这一切，你也将会理解，我只是为了你，为了你的另一个"我"，为了你的孩子才走这一步的。在妇产医院的那间房里，我就曾经领略过穷困的可怕，我知道，在这个世界上，穷人总是被践踏、被凌辱的，总是牺牲品。我不愿意，无论如何都不愿意让你的孩子，让你的这个开朗、美丽的孩子在社会深深的底层，在小胡同的垃圾堆里，在霉气熏天、卑鄙下流的环境中，在一间陋室的污浊的空气中长大成人。不能让他稚嫩的小嘴去说些俚言俗语，不能让他那雪白的身体去穿霉气熏人的、皱皱巴巴的寒酸的衣裳——你的孩子应该享有一切，世上的一切财富，人间的一切快乐，他应该重新升到你的地位，升到你的生活范围里去。由于这个原因，只是因为这个原因，我的亲爱的，我卖身了。对我来说，这不是什么牺牲，因为大家通常称之为名誉、耻辱的东西，对我来说全是空的：你不爱我，而我的身子又只属于你一个人，既然这样，那么我的身子不管做出什么事来，我也觉得是无所谓的了。男人的爱抚，甚至于他们内心深处的激情，都不能丝毫打动我的心灵，虽然我对他们之中的有些人也很敬重，由于他们的爱情得不到回报而对他们深表同情，这使我想起自己的命运，而内心常常感到深受震动。我所认识的那些男人，他们大家都对我很好，大家都很宠爱我，尊敬我。尤其是有位年纪较大的、丧了妻的帝国伯爵，就是他为我四方奔走，八方说情，好让特莱茜娅中学录取这个没有父亲的孩子、你的孩子——他像爱女儿那么爱我。他向我求过三四次婚——要是我答应了这门亲事，今天就是伯爵夫人了，就是蒂罗尔①某座迷人的王宫的女主人了，我就可以过着无忧无虑的生活，因为孩子有了一个慈祥的父亲，把他当作宝贝，而我身边就有了个文静、显贵和善良的丈夫——我没有答应，无论他催得多么急迫、频繁，也不论我的拒绝是多么伤他的心。也许我做了件蠢事，因为要不现在我便在什么地方过着安静、悠闲的生活了，而把这孩子，这可爱的孩子，带在我的身边，但是——我干吗不向你承认呢？——我不愿自己为婚姻所羁绊，为了你，我任何时候都要使自己是自由的。在我内心深处，在我的潜意识里，我一直还在做着那个陈旧的孩子梦：也许你会再次把我召唤到你的身边，哪怕只叫我去一小时。为了这可能的一小时，我把一切都推开了，只是为你而保持自己的自由，一听召唤，就扑到你的怀里。自从童年时代之后青春萌发以来，我的整整一生不外乎就是等待，等待你的意志！

这个时刻果真来到了。可是你并不知道，你没有觉察到，我的亲爱的！就在那个时刻你也没有认出我——永远，永远，你永远没有认出我！以前我常常遇见你，在剧院里，在音乐会上，在普拉特公园里②，在大街上——每次我的心都猛地一抽，但是你的眼光只在我身边一晃而过；当然，外表上我已经完全变成另外一个人了，我从一个腼腆的小姑娘变成了一位妇人，如像他们所说的，长得漂亮，衣着十分名贵考究，身边围了一帮仰慕者，你怎么会想到，我就是在你卧室里昏暗的灯光下的那个羞答答的姑娘呢！有时候跟我一起走的先生中有一位向你打招呼，你向他答谢，并对我表示敬意；可是你的目光是客气而生疏的，是赞赏

---

① 蒂罗尔，奥地利的一个州，首府在因斯布鲁克。
② 普拉特是维也纳的一座规模很大的自然公园，并以其游乐场而著称，地处多瑙河和多瑙运河之间。

的，但从来没有认出我的神情。生疏，可怕的生疏。我还记得，有一次你那认不出我来的目光——虽然我对此几乎已经习以为常了——使我像被火灼了一样痛苦不堪：我跟一位朋友一起坐在歌剧院的一个包厢里，而隔壁的包厢里就是你。序曲开始的时候，灯光熄灭了，你的面容我看不到了，只感到你的呼吸挨我很近，就像当年那个夜晚那样近，你的手，你那纤细、娇嫩的手，支撑在我们这两个包厢的铺着天鹅绒的栏杆上。一种强烈的欲望不断向我袭来，我想俯下身去卑躬屈节地吻一吻这只陌生的、如此可爱的手，过去我曾经领受过这只手的温存多情的拥抱的呀！我耳边音乐声浪起伏越厉害，我的欲望也越狂热，我不得不攥紧拳头，使劲控制住自己，我不得不强打精神，正襟危坐，一股巨大的魔力把我的嘴唇往你那只可爱的手上吸引过去。第一幕一完，我就求我的朋友跟我一起走。在黑暗中你如此生疏，如此贴近地挨着我，我再也忍受不住了。

但是这时刻来到了，又一次来到了，最后一次闯进了我这无声无息的生活之中。那差不多是正好一年以前，你生日的第二天。奇怪，我时时刻刻都在想着你，你的生日我每年都是过节一样来庆祝的。一大早我就出门去买了那些年年都让人给你送去的白玫瑰，作为对那个你已经忘却了的时刻的纪念。下午我带着孩子一起乘车出去，把他带到戴默尔点心铺①，晚上带他去看戏。我想让他从少年时代起就感觉到，他也应该感觉到，这一天是个神秘的节日，虽然他对这个日子的意义并不了解。第二天我就和我当时的朋友，布吕恩的一位年轻、有钱的工厂主待在一起。我已经和他同居两年了，我是他的掌上明珠，他娇我宠我，也同别人一样要跟我结婚，而我也像对别人一样，

---

① 戴默尔点心铺，是维也纳的一家高级点心铺。

好像莫名其妙地拒绝了他,尽管他馈赠厚礼给我和孩子,尽管他本人有点儿呆板,有点儿谦卑的样子,但心地善良,人还是很可爱的。我们一起去听音乐会,在那里碰到一帮兴高采烈的朋友,随后大家便到环城马路的一家饭馆去共进晚餐,在欢声笑语之中,我提议再到塔巴林舞厅去跳舞。本来我对这种灯红酒绿、醉生梦死的舞厅,夜间东游西逛的行为一向都很反感,平素别人提议到那儿去,我总是竭力反对的,但是这一次——我心里像有一种莫名的神奇力量,使我突如其来地、本能地做出了这个提议,在在座的人当中引起一阵激动,大家都兴高采烈地表示赞同——我却突然产生了一个无法解释的愿望,仿佛那里有什么特别的东西在等着我似的。他们大家都习惯于迎合奉承我,便迅速站起身来。我们大家一起来到舞厅,喝着香槟酒,突然我心里产生了一种从未有过的疯狂的、然而又差不多是痛苦的兴致。我喝酒,跟着唱一些拙劣的、多情善感的歌曲,心里产生了一种想要跳舞、想要欢呼的欲望,几乎无法把它摆脱开。可是突然——我觉得仿佛有种什么冷冷的或者灼热的东西猛地放到我的心上——我竭力振作精神,正襟危坐:你和几个朋友坐在邻桌,用欣赏的、露着色迷迷的目光看着我,用那种每每把我撩拨得心旌飘摇的目光看着我。十年来你第一次又以你气质中所具有的全部本能的、沸腾的激情盯着我。我颤抖了。我举着的酒杯差一点儿从手中掉落下来。幸好同桌的人都没有注意到我心慌意乱的神态,它在音乐和欢笑的喧嚣中消失了。

你的目光越来越灼人,使我浑身灼烫如焚。我不知道,你是到底,到底认出我来了呢,还是把我当作另外一个女人,一个陌生女人,想把我弄到手?热血涌上了我的双颊,我心不在焉地和同桌的人答着话:你一定注意到了,我被你的目光弄得多么心慌意乱。你脑袋一甩，向我示意，别人根本没有觉察到，你示意我到前厅去一会儿。接着你就十分张扬地去付账，告别了你的朋友，走了出去，临走前又再次向我暗示，你在外面等着我。我浑身直哆嗦，像是发冷，又像发烧，我答不出话来，也控制不住冲动起来的热血。在这一瞬间正好有一对黑人，用鞋后跟踩得啪啪直响，嘴里发出尖声怪叫，开始跳一个奇奇怪怪的新舞蹈：所有的眼睛都注视着他们，而我正好利用这一瞬间。我站起身来，对我的朋友说，我马上就回来，说着就跟着你出来了。

你站在外面前厅里的衣帽间前面等着我。我一来，你的目光就亮了起来。你微笑着快步朝我迎来，我马上看出，你没有认出我来，没有认出从前的那个孩子，没有认出那个少女来，你又一次把我当成一个新欢，当成一个素不相识的人，想把我弄到手。"您也给我一小时行吗？"你亲切地问道——你那副十拿九稳的样子使我感觉到，你把我当作夜间生意的野鸡了。"行。"我说，这是同样的一个颤抖的、但却是不言而喻地表示同意的"行"字，十多年前在灯光昏暗的马路上那位少女曾经对你说过这个字。"那么我们什么时候可以见面？"你问道。

"您什么时候愿意就什么时候见。"我回答说——在你面前我不感到羞耻。你略为有点惊讶地望着我，眼睛里带着和当年完全一样的那种狐疑、好奇的惊讶，那时我的十分迅速的允诺也曾同样使你感到惊异。"您现在行吗？"你略为有些迟疑地问道。

"行。"我说，"我们走吧。"

我想到衣帽间去取我的大衣。

这时我想起，存衣单还在我朋友那里哩，因为我们的大衣是存放在一起的。转去问他要吧，没有一大堆理由是不行的，另一方面，要我放弃同你在一起的时刻，放弃这个多年来我朝思暮想的时刻，我又不愿意。于是，我一秒钟也没迟疑：我只拿条围巾披在晚礼服上，走到外面湿雾弥漫的夜色中去了，根本没去管那件大衣，也没有去理会那个情意绵绵的好人，多年来我是靠他生活的，而我却当着他朋友的面使他成了个可笑的傻瓜，出他的洋相：他结识多年的情妇，一个陌生男人冲她吹了个口哨，就跑掉了。啊，我内心深处意识到，我对一位诚实的朋友所做的事是多么低贱下流，忘恩负义，卑鄙无耻啊，我感到，我做的事很可笑，我以自己的疯狂行为使一个善良的人受到了永久的、致命的精神创伤，我感到，我把自己的生活从正中间撕成了两半——同我急于再一次吻你的嘴唇，再一次听你温柔地对我说话相比，友谊对我来说算得了什么，我的存在又算得了什么！我就是如此地爱你，现在一切都过去了，都消逝了，此刻我可以告诉你了，我相信，哪怕我已经死在床上，假如你呼唤我，我就会立即获得一种力量，站起身来，跟着你走。

　　门口停了一辆车，我们把车开到你的寓所。我又听到了你的声音，感到你情意绵绵地就在我的身边，我感到如此陶醉，如此孩子气的幸福，简直不知所措，和当年完全一样。事隔十多年以后，我第一次重又登上了这楼梯——不，不说了，我无法向你描述，在那些瞬间，我对一切总是有着双重的感觉，既感觉到流去的岁月，又感觉到现时的光阴，而在这一切之中，只感觉到你。你的房间里变化不大，多了几幅画，添了几本书，有几处地方添了几件以前没有见过的家具，不过我对一切都感到十分亲切。书桌上放着花瓶，瓶里插着玫瑰，插着我的玫瑰，这是前一天你过生日的时候我送你的，以纪念一个女人，对于她你已经记不起来，也认不出来了，即使现在她正在你的身边，手拉着手，嘴唇贴着嘴唇，你也认不出她了。不管怎么说，这些鲜花你供养着，这使我心里高兴：这样总还有我心底的一片情分，还有我的一缕呼吸萦绕着你。

你把我搂在你的怀里。我又在你那里过了一个风流夜晚。不过我赤裸着身子的时候，你也没有认出我来。我幸福地承受着你娴熟的温存和情意，并且看到，你的激情对一个情人和一个妓女是没有区别的，你纵情恣欲，毫不在乎消耗掉自己大量元气。你对我这个从夜总会叫来的女人是如此温柔，如此多情，如此风雅和如此亲切敬重，而同时在消受女人的时候又是如此激情奔放；我陶醉在往日的幸福之中，我又感觉到了你这种独一无二的心灵上的两重性，在肉欲的激情之中含着意识的、亦即精神的激情，这种激情当年就已经使我这个女孩子对你俯首听命，难舍难分了。我从来没有见过一个男人在柔情蜜意之中，在那片刻之际是如此不要命，如此一览无遗地暴露自己的灵魂——当然，事过境迁，此事也就被无情无义地掷进无边无际的遗忘的汪洋大海里去了。不过我自己也忘了自己：此时在黑暗中挨着你的我到底是谁？我就是往昔那个感情炽烈的姑娘吗，就是你的孩子的母亲，就是这个陌生女人吗？啊，在这个销魂之夜，这一切是多么亲切，多么熟悉，又是多么新鲜。我祈祷，但愿这一夜永无尽头。

但是黎明来临了，我们起得很迟，你请我跟你一起去吃早餐。侍者老早就谨慎地摆好了茶，我们一起喝着，聊着。你又用那种非常坦率、亲切的知心人的态度跟我说话，又是不谈任何不得体的问题，对我这个人的情况一句也不打听。你没有问我的姓名，没有问我的住处；对你来说，这只不过又是春风一度，是件无名的东西，是一刻火热的时光在忘却的烟雾中消散得无影无踪。你说，你现在要出远门了，要到北非去两三个月；我在幸福之中颤抖起来了，因为这时我的耳边响起了一个声音：完了，完了，已经忘了！我真恨不得扑到你的膝下，大声呼喊："带着我去。你终究会认出我来的，终究，终究，过了多少年之后，你终究会认出我来的!"但是在你面前我是如此腼腆,如此胆怯,如此奴性十足,如此软弱。我只能说:"多遗憾啊。"你笑嘻嘻地看着我,说:"你真觉得遗憾吗?"

这时我野性突发。我站起来,盯着你,长时间地、紧紧地盯着你。接着我说:"我过去爱过一个人,他也老是出门旅行。"我盯着你,目光直刺你眼睛里的瞳仁。"现在,现在他会认出我来了!"我浑身战栗,心都快要跳出来了。可是你却对我微笑着,安慰我说:"会回来的。""是的,"我回答说,"会回来的,不过到那时也就忘掉了。"

我跟你说话的样子,一定有点特别,一定很有激情。因为你站了起来,凝视着我,十分诧异,充满爱怜。你抓着我的肩膀。"美好的东西是忘不了的,我永远也忘不了你。"你说,同时低下头来,目光直射进我的心里,仿佛要把我的形象深深印在你的脑海里似的。我感到这目光透进了我的心灵,在探索、追踪、在吮吸我的整个生命,这时我以为,盲人终于、终于复明了。他要认出我了,他要认出我了!我的整个灵魂都沉浸在这个想法之中,颤抖了。可是你并没有认出我。没有,你没有认出我,在你的心目中,我此刻比已往任何时候都更为陌生,因为否则——否则你就绝对不可能干出你几分钟以后所干的事来。你吻了我,又一次热烈地吻了我。我的头发乱了,我得把它重新整理好,我站在镜子前面,这时我从镜子里看到——我羞惊难言,几乎摔倒在地——我看到,你正小心翼翼地把几张大面值钞票塞进我的暖手筒里去。这一瞬间,我怎么会没有叫起来,没有给你一记耳光呢!——我,我从童年时代起就爱你了,我是你的孩子的母亲,而你却付给我钱,为了这一夜!在你的心目中我是一个塔巴林的妓女,只不过如此而已——你就付钱给我!被你忘了,这还不够,我还得受凌辱!

153

我迅速收拾我的东西。我要离去，马上离去。我的心都碎了。我伸手去拿我的帽子，帽子就搁在书桌上那只插着白玫瑰、插着我的白玫瑰的花瓶旁边。这时我心里又产生了一个强烈的、不可抗拒的希望：我要再来试一试，提醒你想起往事："你愿意给我一朵你的那些白玫瑰吗？""好啊。"说着，你立即取了一朵。"可是这些玫瑰也许是一个女人、一个爱你的女人给你的吧？"我说。"也许是，"你说，"我不知道。花是别人送的，我不知道是谁送的；正因为这样，我才如此喜欢这些花。"我凝视着你。"说不定也是一个已经被你忘却的女人送的呢！"

你不胜惊讶地望着。我死死地盯着你。"认出我吧，最后认出我来吧！"我的目光在呼喊。但是你的眼睛亲切地、莫名其妙地微笑着。你又再一次吻我。可是你并没有认出我来。

我快步走到门口，因为我感觉到眼泪要涌出来了，可不能让你看见。我急忙奔了出去，跑得太急，在前屋差点儿同你的仆人约翰撞个满怀。他怯生生地忙不迭闪到一边，打开房门让我出去，就在这时——就在这一秒钟，你听见了吗？就在我眼噙泪水看着他、看着这位面容衰老的仆人的一秒钟，他的眼里突然一亮。在这一秒钟，你听见了吗？在这一秒钟，这位从我童年时代过后就一直没有见过我的老人认出了我。为了这个，我真要跪倒在他面前，吻他的手。我迅速从暖手筒里把钞票，把你用来鞭笞我的钞票扯出来，塞给了他。他哆嗦着，不胜惊讶地注视着我——在这一瞬间他比你在一生中对我的了解还多。所有的人都很娇惯我，大家都对我很好——只有你，只有你，只有你把我忘掉了，只有你，只有你从来没有认出我！

我的孩子死去了，我们的孩子——现在这个世界上，我除你之外再没有一个好爱的人了。但是对我来说你又是谁？你，你从来都没有认出我，你从我身边走过像是从一条河边走过，你踩在我身上如同踩着一块石头,你总是走啊,不停地走,却让我在等待中消磨一生。我曾经以为在这孩子身上可把你这个逃亡者抓住了。但是这毕竟是你的孩子:一夜之间他就残酷地离开我旅行去了,他把我忘掉了,永远不回来了。我又是孤单单的一个人了,比以往任何时候还孤单,我什么都没有,你的东西什么都没有了——再没有孩子了,没有一句话,没有一行字,没有一点回忆,假若有人在你面前提起我的名字,对你来说是生疏的,你也就这只耳朵进,那只耳朵出。我为什么不乐意死去,因为对你来说我已经死了?我为什么不走开,因为你已经离开了我?不,亲爱的,我不是埋怨你,我不愿把我的哀愁掷进你快乐的屋子里去。请不用担心我会继续来逼你——请原谅我,此刻孩子已经死了,孤零零地躺在那里,此刻我得让我的灵魂呼喊一次。只有这一次我必须得跟你说——说完我就默默地重新回到我的晦暗中去,就像我一直默默地在你身边一样。但是只要我活着,你就不会听到我这呼喊——只有我死了,你才会收到一个女人的这份遗嘱,这个女人她生前爱你胜过所有的人,而你始终没有认出她,她曾经一直等你的,而你从来没有召唤过她。也许,也许将来你会召唤我,而我将第一次没有忠实于你,那是因为我死了,再也不会听到你的召唤了:我没有留给你一张照片,没有留给你一件信物,就像你什么也没有留给我一样;你永远,永远也不会认出我了。我活着命运如此,死后命运也依然如此。在我生命的最后一刻,我不想叫你了,我去了,你连我的名字、我的面容都不知道。我死得很轻松,因为你在远处是不会感觉到的。倘若我的死会使你感到痛苦,那我就不会死了。

我写不下去了……我的脑袋里在嗡嗡直响……我四肢疼痛,我在发烧……我想,我得马上躺下。也许很快就过去了,也许命运会对我大发慈悲,我不必看着他们把孩子抬走……我写不下去了。永别了，亲爱的，永别了，我感谢你……不管怎么，事情这样还是好的……我要感谢你，直到我最后一口气。我感到很痛快：我把一切全对你讲了，现在你就知道，不，你只会感觉到，我曾经多么爱你，而你在这份爱情上却没有一丝累赘。我不会让你痛苦地怀念的——这使我感到安慰。在你美好、光明的生活里不会发生些微变化……我并不拿我的死来做任何有损于你的事……这使我感到安慰，你，我的亲爱的。

可是谁……现在谁会在你的生日老送你白玫瑰呢？啊，花瓶也将是空的了，我的一缕呼吸，我的心底的一片情分，往昔一年一度萦绕在你的身边，从此也即烟消云散了！亲爱的，听着，我求你……这是我对你的第一个、也是最后一个请求……

请你做件让我高兴的事，你每逢生日——生日是一个想起自己的日子——都买些玫瑰来供在花瓶里。请你这样做，亲爱的，请你这样做吧，像别人一年一度为亲爱的亡灵做次弥撒一样。我可不再相信上帝了，所以不要别人给我做弥撒，我只相信你，我只爱你，我只想继续活在你的心里……啊，一年只要一天，悄悄地、悄悄地继续活在你的心里，就像过去我曾经活在你身边一样……我求你这样去做，亲爱的，这是我对你的第一个请求，也是最后一个……我感谢你……我爱你，我爱你……永别了……

他从颤抖着的手里把信放下。然后就久久地沉思。某种回忆浮现在他的心头，他想起了一个邻居的小孩，想起一位姑娘，想起夜总会的一个女人，但是这些回忆模模糊糊，朦胧不清，宛如一块石头，在流水底下闪烁不定，飘忽无形。影子涌过来，退出去，可是总构不成画面。他感觉到了一些藕断丝连的感情，却又想不起来。他觉得，所有这些形象仿佛都梦见过，常常在深沉的梦里见到过，然而仅仅是梦见而已。

他的目光落到了他面前书桌上的那只蓝花瓶上，花瓶是空的，多年来在他过生日的时候第一次是空的。他全身觳觫一怔：他觉得，仿佛一扇看不见的门突然打开了，股股穿堂冷风从另一世界嗖嗖吹进他安静的屋子。他感觉到一次死亡，感觉到不朽的爱情：一时间他的心里百感交集，他思念起那个看不见的女人，没有实体，充满激情，犹如远方的音乐。

（韩耀成　译）

看不见的收藏

——德国通货膨胀时期中的一段插曲

列车过了德累斯顿两站，一位上了年纪的先生登上了我们这小节车厢，他彬彬有礼地打了招呼，向我颔首致意，再次富有表情地望了我一眼，像是遇见一位故人。乍一看我想不起来，可当他面带微笑刚一说出他的名字时，我马上就想起来了：他是柏林最有声望的艺术古玩商人之一，和平时期我经常在他那里浏览和购买旧书以及作家手稿。我们先是随便地聊了一会儿，突然间他径直说道：

"我得告诉您，我这是从哪儿来的。作为一个艺术商人，这是我三十七年来遇见的一桩奇怪至极的插曲。您大概知道，自从货币的价值像空气一样的不值钱，现在我们这一行的行情是什么样子：一批暴发户骤然间都对哥特式的圣母像、古版书以及古老的铜版雕刻画和古画感起兴趣来了。根本就无法满足他们的奢望，你甚至不得不防范他们把你的整个家底搜净刮光呢，他们恨不能把衣袖上的纽扣和写字台上的桌灯都买了去。于是收进新的货物就越来越困难了——请您原谅，我突然把这些东西说成是货物，往常这可是令我们感到多少有些敬畏的呢——可是这群坏家伙就是习惯于一个人把一本杰出的威尼斯古版书看作是一大堆美元,把一张古尔希诺①的素描当成几张一百法郎钞票的化身,这股突然涌来的抢购浪潮,其势头锐不可当。于是隔夜之间我就被搜刮得一干二净。我真想把店门一关了事。在我们这样一家老字号里——这还是我父亲从我祖父手里接过来的——竟然只有一些可怜巴巴的劣等货色,过去,在北方这都是连走街串巷的小贩也不愿放到车上的东西,我为此羞愧至极。

"在这种狼狈的境地里,我想出了个主意,在翻阅我们的老账本,搜索一下我们的老顾客,或许可能从他们手中重新买回几件复制品,这样一本陈旧的顾客名单一直都是某种类型的坟墓,特别是在眼下这年代,它对我的用处根本不大。我们早先的那些买主大多数不是早就把他们的收藏送进了拍卖行,就是已不在人世了,对极个别的人也不能抱什么希望。突然间翻出我们的一个老顾客的一整捆来信,我一下子就想起了他来,因为从1914年世界大战爆发以来,他就再也没有写信向我们订货和询问过情况了。这些信件大约都是六十年代②以前的,这绝不是夸张!他从我祖父和父亲手里买过东西,可我记不起来,在我经营的三十七年中他进过我们的商店。一切都表明,他一定是一个古怪的、老式的、滑稽可笑的人。

"这样的德国人已经变得罕见了,只有在偏远的小镇里还有个把这样的人一直活到我们的年代。他写的字都是一种书法艺术,写得十分工整,钱数总额都用尺和红笔划上直道,而在数字下面都是再划上一道,以免出错。这一点以及他所用的简陋的信封和很不起眼的信纸都说明了这个无可救药的外省人的琐细和吝啬。落款处除了签上他的名字之外,他还经常带上一大串烦琐的

---

① 意大利画家乔万尼·弗兰西斯科·巴比埃利·达·秦托(1590—1666)的绰号。
② 指19世纪60年代。

头衔：退休的林务官，农业学家，退休上尉，一级铁十字奖章获得者。这个七十年代的老兵，要是还活着的话，那至少年过八十了。但是，这个滑稽可笑的节俭人，作为一个古老的绘画艺术的收藏家却表现出一种非凡的聪颖，杰出的知识和出色的鉴赏力。我慢慢地整理他大约六十年之内的订单——最早的一批订货还只是几枚银币的事情，这时我发现，这个卑微的外省人在当时人们用一个塔勒①可以买一大堆精美的德国木刻画的年代里，不声不响地搜集到一批铜版雕刻画，这笔收藏与那些暴发户借以炫耀自己的东西相比，毫不逊色。在半个世纪里，光是他在我们这里仅用极少马克和芬尼成交的，今天的价值就会令人咋舌，除此，可以想象得出，他定也从拍卖行和其他商人手中弄到不少名贵的东西呢。从1914年起我们再也没有从他那里收到过订单了，但我对艺术商界里的事情十分熟悉，这样一批收藏如果进行拍卖或者私下里出售那是瞒不过我的。因此，这个古怪的人现在一定还活着，要不这批收藏就在他的继承人手里。

"这件事引起了我的兴趣，于是我在第二天，即昨天晚上立刻动身，直奔萨克森的一座十分破旧的小镇。当我从简陋的车站穿越城镇的那条主要街道时，我简直不能相信，在这些平庸的、市民气的简陋房屋里，其中某间陋室竟住着一个拥有伦勃朗的最杰出的绘画、丢勒和蒙台纳的木刻人像的人。使我惊讶的是我在邮局询问这里是否住有叫这个名字的林务官和农业学家时，得知这位老先生确实还健在，于是我就在上午前去拜访，应当承认，我的心当时跳个不停呢。

"我没费什么力气就找到了他的住处。他住在那种租费低廉的土里土气的楼房里，这种建筑物都是在六十年代草率匆忙修建

---

① 德国旧时的一种货币。

起来的，他住在三楼，二楼住着一位老成的裁缝，在三楼的左边挂着一位邮政局长的牌子，闪闪发光；而在右边挂着一个小型的珐琅牌子，上面有林务官和农业学家的字样。我胆怯地拉动了门铃，随即出来了一个年迈的白发女人，她头戴一顶整洁的黑色小帽。我把我的名片递给了她，问是否可以同林务官先生面谈。她感到惊讶，先是怀有某种疑惑似的打量我，随即看了看我的名片。在这远离世界的小镇里，在这老式的房子里，出现了一个从外地来的客人，这可是一件大事。但是她和气地请我稍候，拿着名片，走进房间，我听到她轻轻地说话，随即突然响起了一个男人的洪亮的声音：'啊，R先生，柏林来的，一家大古玩店的老板……请进来，请进来……我太高兴了！'那个老妇人快步重新走了出来，把我让进屋内。

"我脱掉大衣，进了房间。在简朴的房间正中，笔直地站着一个健壮的老人，浓髭密髯，身上穿着一件半军用的便服，亲切地向我伸出双手。但他站在那里的这种奇怪的僵直的姿态却与他那外表上不容置疑的高兴非凡和喜出望外的欢迎姿态毫无共同之处。他一步也不朝我走来，我感到一丝愕然，只得走到他跟前，以便和他握手。可当我正要握他的手时，我发现他的那双手仍一动不动保持着水平姿势，不是来握我的手，而是在那儿等着我去握。随即我全明白了，这个人是个盲人。

"早从孩提时代起，在一个盲人面前，我总觉得不舒服；我明知道他是一个活生生的人，可同时又知道，他不能像我看到他那样看得到我，这总免不了使我感到某种羞赧和窘迫。当我现在看到白色浓眉下的一双业已死亡了的、僵直的、空无所视的眼睛时，我不得不克制我的愕然。但是这个盲人却不让我有更多时间发怔，我刚一握住他的手，他就使劲地摇动起来，急促地，高兴得粗声粗气地再度表示欢迎：'稀客啊。'他满脸堆笑地对我说，

'这真是奇迹呀，柏林的一位大老板竟然光临寒舍……可一旦某个生意人上路，那就要当心啊……在我们这里人们常说：要是吉卜赛人来了，那就要紧锁房门，看好钱包……是了，我想得出您为什么来找我……眼下，在我们这个可怜的、走下坡路的德国，生意不好做啊。没有买主了，于是大老板们就又想起了他们的旧主顾，寻找他们走失了的羔羊……但在我这里，恐怕您交不上运气啰，我们这些穷苦人，靠养老金过活的老人，饭桌上有块面包，就够高兴的了。你们现在要的令人发疯的价格，我们再也付不起了……我们这样的人永远也没有份了。'

"我立即解释说，他误解了我的来意。我来这儿不是向他出售什么，我只是偶尔来到这一带，有了机会，也不想错过这个机会来拜访我们的一位多年的老主顾和德国最大的收藏家之一，我刚一说完'最大的收藏家之一'这句话，这老人的脸上便起了一种奇怪的变化。虽说他还是笔直地、僵硬地站在房子中央，可是现在他的态度却突然显出欢快明亮和洋洋得意的神情。他把身子转向估计是他妻子的方向，说道：'你听听，'声音里充满了快乐，没有一丝那种在军队里养成的粗鲁语气，而是和气地、甚至是温柔地对我说：'您这真是太好、太好了……您确也是不虚此行啊。您可以看到您不是每天都能看得到的东西，即使是在你们豪华的柏林……有几幅画，在阿尔柏梯纳①、在该死的巴黎都找不出比它们更美的了……真的，收藏了六十年，什么样的东西能没有啊，这可不是在马路上随便看得到的。露易丝，把柜子的钥匙给我！'

"这时候却发生了有些意想不到的事情。那个一直站在他身边、面带微笑客气地静听我们谈话的老妇人，突然向我恳求地举

---

① 阿尔柏梯纳：维也纳著名的艺术陈列馆。

起双手，与此同时猛烈地摇头表示不同意。这个暗示一开头我没有理解。这时她走到丈夫跟前，把两只手放到他的双肩：'海瓦特，'她提醒说，'你还根本没问这位先生现在是不是有时间来看你的收藏呢，现在已经中午了，而饭后你得休息一个钟头，这是医生明确嘱咐了的。饭后你让这位先生看你的东西，然后我们一同喝杯咖啡，不是更好吗？那时！安娜玛丽也在这儿了，她对这些东西很熟悉，可以帮你的忙！'

"这番话她刚一说完，就立即再次背着什么也察觉不到的老人重复那种迫切乞求的手势。我现在懂得了她的意思。我知道，她希望我现在拒绝观看他的收藏，我很快找到一个遁词，说中午有一个约会。如果能够欣赏他的收藏，我当然感到高兴和光荣，但是在 3 点钟之前几乎不可能了，在此之后我十分愿意。

"他像一个孩子被人夺去了心爱的玩具那样恼火起来，老人转过身来。'当然，'他嘟囔说，'柏林的先生们从来都没有时间的，可这次您一定得花点时间的，这可不是三五幅画，这是整整 27 本画册，每本是一个大师的作品，而且没有一本里是有空页的。那就说好 3 点；可要准时，否则我们是看不完的。'

"他又空无所视地把手伸给我。'您注意，您会高兴——或者恼火。而您越是恼火，我就越是高兴。我们收藏家一向就是这样：一切都弄来给自己，而没有我们给别人的！'他再次有力地摇动我的手。

"老妇人陪我出门。整个时间里我已觉察到她闷闷不乐、畏葸不安和不知所措的表情。刚一走出门口，她完全压低了声音，结结巴巴地说：'在您来我们这里之前，是否请您允许……请您允许……我的女儿安娜玛丽去领您前来？……这更好些……更妥当些……您大概是在旅馆用饭吧？'

"'当然，我为此感到非常高兴，乐于从命。'我说。

"真的，就在一个小时之后，我在市集广场旁边旅馆的小饭堂里刚吃完中饭，就走进来一个老气的姑娘，她衣着简朴，用目光在搜寻。我向她走去，介绍自己，说明我已准备停当，可以立即动身去欣赏她父亲的收藏。可她突然脸红了起来，像她母亲一样的慌乱窘迫，她问我在去之前可否同我谈几句话。我立刻看出来她很为难。每当她要开口说话时，总是十分羞赧，面泛红晕，不安地用手抚弄衣服。最后她总算开始说了，结结巴巴地，并且老是一再地慌乱无措：'母亲叫我到您这儿来……她把一切都讲给我听了……我们对您有一个请求……在您去我父亲那儿之前，我们是想告诉您……我父亲当然想把他的收藏拿给您看……可这批收藏……这批收藏……不再是完整无缺的了……其中少了一些……不幸的，甚至可以说少了很多……'

"她不得不又停下来喘口气，随即突然望着我，匆忙地说下去：'我必须完全坦率地对您讲……您清楚眼下的时代，您会了解这一切的……战争爆发后父亲的双目就完全失明了。早在这之前他的眼睛就经常犯病，而由于激动终于完全失明——战争开始那年，他虽然已七十六岁了，可还是要到法国去打仗，当军队没有像1870年那样长驱直入，他就可怕地激动起来，于是他的视力就急剧减退，要没有这场变故，他一直还完全是健壮的，在这之前不久他还能整小时的走动，甚至外出打猎——这是他最喜爱的一种运动。可现在他不能出外散步，他剩下的唯一乐趣就是这批收藏，每天他都得看上一遍……说实在的，他根本不是在看，他根本也看不见了，但他每天下午把画册都拿出来，为的是至少可以用手去摸摸它们。一张接着一张，总是按着固定的次序，这是数十年来他熟记好了的……今天没有什么再引起他的兴致了，我总是给他念报纸上的拍卖价格，他听到价格越高，就越高兴……可是……可这太可怕了，我父亲对物价对时代是一窍不通啊……他不知道我们失去了一切，他不知道他一个月的养老金只够两天的生活用……此外还得加上我妹妹和她的四个孩子，她的丈夫战死了……可我父亲对我们经济上的困难一无所知。开头我们节俭地过，省吃俭用，可这无济于事。于是我们开始卖东西——我们当时不动他心爱的收藏……卖我们有的零星首饰，可是，我的上帝，六十年来我父亲把他省下来的每个芬尼都用在买画上了，我们能有什么值钱的东西呢。山穷水尽，我们不知该怎么办……于是，于是母亲和我卖了一张画。父亲要知道的话，是不会允许的，他不知道境况多么坏，他想象不出在黑市里买一口吃的是多么困难，他也不知道我们被打败了，阿尔萨斯和洛林被割让出去了，我们不再给他念报纸上这一类的事情，免得他激动起来。'

"'我们卖了一幅非常珍贵的画，那是伦勃朗的一张铜版蚀刻画。买主给了我们好几千马克，我们希望用这钱能过上一年。可是您知道，这钱也太不值钱了……我们把余款存放在银行里，可是两个月后就变得一文不值了。这样我们只得又卖一张，接着再卖一张，而买主汇来的钱老是很迟，等钱到手又不值钱了。随后我们去拍卖行，可在那儿他们也欺骗我们，出的价格是上百万……可是等这几百万马克到我们手就又变成一堆废纸。慢慢地就这样把他那批收藏中的最珍贵的卖得一张不剩，用来维持起码的，最可怜不过的生活，而我父亲对此一无所知。'

"'因此，当您今天前来，我母亲十分惊慌……要是他给您打开他的画册，那一切就隐瞒不住了……我们用复制品或类似的画塞到画册里的旧框里去代替我们卖出的画，这样，他抚摸的时候就不会发觉。当他抚摸和数这些画（每一张的次序他记得非常清楚）的时候，那种喜悦和他过去眼睛能看得见的时候一样。在这座小城镇里，父亲认为，没有一个人配看他的宝贝……他怀有一种狂热爱着每一张画，我相信，要是他知道了他手里的这批画都早已无影无踪的话，那他会心碎的。这么多年来，您是第一个他要把他的画册给您看的人。为此我请求您……'

"突然这个女人举起双手，眼睛含着泪水，闪闪发光。

"'……我们恳求您……您不要使他不幸，……您不要使我们不幸……您不要毁掉他这最后的幻想，请您帮助我们，使他相信他要对您讲述的这些画都还在……要是他猜出了都是假的，那他肯定会死去的。或许我们这样对待他是不对的，但是我们没有别的办法。人总得活下去……人的生命，我妹妹的四个孤儿，这总比画要重要啊……直到今天我们确也没有剥夺掉他的快乐；每天下午有三个钟点他翻阅他的画册，同每张画说话，像同一个活人一样。而今天……今天也许是他最幸福的日子，多年以来，他一直等待这么一天。好向一个行家展示他这些心爱之物；我请求您……用举起的双手恳求您，不要毁掉他的幸福！'

"她说的这一切悬那样感人，我的复述根本无法表达出万一。我的上帝，作为一个生意人，我看到过许多的人被无耻地掠夺得一干二净，被通货膨胀弄得倾家荡产，他们宝贵的家私为了换口奶油面包而被蒙骗了去。但是这儿，命运创造了另外一番奇特的情景，它使我极为感动。不言而喻，我答应她一定保守秘密，并尽我最大的努力去做。

"我们一道前往。在半路上我又愤慨地得知，别人用区区小数的钱欺骗了这两个穷苦的无知的女人，这更坚定了我去帮助她们的决心。我们上了楼，还没等我们拉门铃，我就听见从房间里面传出来老人高兴的叫喊声：'进来！进来！'盲人的灵敏听觉使他在我刚一上楼时就听到了我们的脚步声。

"'海瓦特今天等着您看他的宝贝，急得连觉都没睡着，'老妇人微笑着说。她女儿的一个眼色就使她安下心来，知道已经取得了我的同意。在桌面上早就摆满了画册,这位双目失明的老人刚一握到我的手,来不及说其他的欢迎词儿,就抓住我的胳膊把我按在扶手椅上。

"'好了,现在我们马上开始——有好多东西要看呢,从柏林来的先生们没有时间呐。第一本画册是丢勒大师的,您可以看得出来,是相当完整的,一张比一张好。咦,这您自己能判断出来的。您看这一张!'他翻开画册的第一张,'这是《大马》。'

"于是他十分谨慎地就像是接触一件易碎的物件似的,用指尖小心翼翼地从画册的纸枢里取下一张上面什么也没有的发黄的纸张,兴高采烈地把这张废纸头摆在自己的面前。他看着它,有好几分钟,实际上他什么也看不见,但他兴奋地用手把这张白纸举到眼前,脸上奇妙地呈现出一个明目人那样聚精会神的表情。在他那双瞳业已僵死的眼睛里霎时间闪出一种明镜般的光亮,一种智慧的光华。这是由于纸张的反射还是内心光辉的映照?

"'咦,您什么时候看到过这样一张极为漂亮的画呢?'他骄傲地说,'每一个细部都多么清晰多么细腻——我把这一张同德累斯顿的那一张做过比较,比起来那一张显得呆板,毫无生气。这儿还有收藏家的一些落款!'说着他把这张纸翻了过来,用指甲准确地指着这张白纸背面的一个地方,这使我不由自主地看过去,是否那儿真的有什么标记。'这是拿格勒收藏的图章,这儿是雪米和艾斯达依勒的图章;他们,这些著名的收藏家绝不会想到,他们的画居然有一天竟落到了这间陋室里。'

"当这个一无所知的盲人那样赞赏一张废纸时,我脊背上不禁感到一阵发冷:看到他用指甲尖一丝不苟地指着那些只存于他幻想中而实际上看不到的收藏者的标志,真使人难过。我觉得嗓子眼发堵,不知回答什么好;但当我不知所措地向两个女人望去时,看到了那个颤抖的激动的老妇人乞求地举起双手,于是我镇定下来，开始扮演我的角色。

"'真是罕见！'我终于讷讷地说道，'一张美极了的画。'他的脸立刻由于骄矜而泛出光泽。'这远不算什么，'他得意地说，'您得先看看那张《忧郁》或者《基督受难》，一张着色的珍品，这样的质量再找不出第二份来，您看看吧，'他的手指又轻轻地在一张他想象中的画上比画着。'多么鲜艳，色调多么细腻，多么温暖。柏林的古玩商和博物馆的专家们都会目瞪口呆的。'

"这种狂喜入迷的喋喋不休的赞赏足足有两个钟头。不，我无法向您描述，看到这一二百张白纸或粗劣的复制品是多么的令人难过，但这些白纸和复制品在这个悲惨的一无所知的盲人的记忆里却是那么真实，他能丝毫不爽地顺着次序地赞美着、描绘着每一个细部，十分精确；这看不见的收藏，虽说早已失散得一干二净，可对于这个盲人，对于这个令人感动的受骗的老人，却依然是完整无缺啊，他幻觉中的激情是那样强烈，几乎使我都开始相信他的幻觉是真实的了。只是有一次他几乎从这种夜游式的状态中被惊醒过来：在他夸奖伦勃朗的《阿齐奥帕》（这一定是一幅珍贵无比的样本）印得多么精致时，同时就用他那神经质的有视觉的手指，顺着印路在描画着，可他那敏感的触觉上的神经在这张白纸上却感受不到那种纹路。刹那之间他的额头笼罩上一层黑影，声音慌乱起来。'这真的……真的是《阿齐奥帕》？'他嘀咕起来，显得有些困惑。于是我灵机一动，马上从他手里把这张纸拿了过来，并兴致勃勃地对这幅我也熟悉的铜板蚀刻画中每一个细节加以描述。盲目老人业已变得困惑的面孔又恢复了常态。我越是赞赏，这个身材魁梧、然而老态龙钟的盲人便越是心花怒放，一种宽厚的慈祥，一种憨直的喜悦。'这才真是一个行家，'他欢叫起来，得意地把身子转向家人。'终于有一个懂行的了，你们也会知道，我的画是多么宝贵的了。你们总是怀疑我，责备我把钱都花在我的收藏上，是啊，六十年来，我不喝啤酒，什么酒也不喝，不吸烟，不外出旅行，不上剧场，不买书，我节衣缩食，省吃俭用，就是为了这些画。你们会看到的，等我离开人世时，那你们就会有钱，比这个城镇的任何人都有钱，和德累斯顿最有钱的人一样富有，那时你们就会对我的这股傻劲再次感到高兴呢。但是只要我还活着，哪一幅画也不许离开我的家。得先把我抬去埋掉，才能动我的收藏。'

"他的手温柔地抚摸着早已空空如也的画册，像抚摸一个活物似的。这使我感到惊悸但同时也深受感动，在战争的年代里，我还从没有在一个德国人的脸上看到这样完美这样纯真的幸福表情，站在他身边的是他的妻女，她们与德国大师的那幅蚀刻画上的女性形象那样神奇的相似，她们来到这儿是为了瞻仰她们的救世主的坟墓，站在被挖掘一空的墓穴之前，她们面带一种惊骇之极的表情，而同时又怀有一种虔诚的、奇妙的狂喜。像那幅画上的女人在听耶稣基督的上天预言那样，这两个上了年纪的，面容憔悴的，穷苦的小资产阶级女人被老人的孩子般的喜悦所感染，半是欢笑，半是泪水，这种景象我从未经历过，它是那样动人。但是老人觉得我的赞赏仍嫌不够似的，他一直不断地翻动画册，如饥似渴地吞饮下我的每一句话。当这些骗人的画册终于被推到一旁，他不情愿地把桌子腾出来供喝咖啡用时，这对我说来如释重负。但我的这种轻松之感，却是针对他那极度兴奋、极为狂乱的快乐的，针对这像是年轻了三十岁的老人的自豪而言的，这使我感到内疚。他讲了许许多多他搜集这些画的趣闻；拒绝他人的帮忙，他不断地站起身来，一再地抽出一幅又一幅的画来，宛如喝醉了酒那样不能自主。最后，当我告诉他我得告辞时，他蓦地一怔，像一个固执的孩子那样满心不悦，气得直跺脚。这不行，我还一半都没看完呢。两个女人极力使这执拗的老人理解，他不应该再挽留我了，要不我就要误火车了。

"经过无望地挽留，他最后听从了劝告：在告别的时候，他的声音变得完全温和了。他抓住我的双手，面带一个盲人所能表现出来的全部感情，用手指爱抚地一直摸到手腕，像是要更多地了解我，或者是要给予我远非言辞所能表达出的更多的爱。'您的访问使我高兴极了，高兴极了，'他开始激动地说，这激动出自他内心深处，是我永远不能忘怀的。'您对我真的做了一件大好事，终于，终于，终于能同一个行家一道欣赏我心爱的这些画册。您会看到，您到一个老瞎子这儿来，并没有自来一趟。这儿，在我的妻子面前，她可以做证，我答应，在我的遗嘱上再加上一个条款，把我的这批收藏委托给您这家老字号负责拍卖。您应该有这份荣誉，支配这批不被人知晓的宝贝，'说到这里他把手轻轻地放在已被洗劫一空的画册上面，'直到它们流散在世上的那一天为止。但您要答应我，印一份精美的目录：这将是我的墓碑，我不需要其他更好的了。'

"我向他的妻子和女儿望去，她俩聚靠在一起，战栗时而从一个人传向另一个人，仿佛她俩成为一体，协调一致地在抖动。可我却有着一种庄重的情感，因为这个令人感动的一无所知的盲人把他那看不见的，早已无影无踪的收藏当作一批珍贵的财富委托给我支配。我激动地应允了他，可是这允诺是永远不会兑现的。在他那对业已死亡的瞳仁中重又泛出光辉。我觉察到，他有着一种出自心底的渴望，要和我亲近；我感到他的手指是那么温柔、那么亲切地紧握住我的手指，满怀着感激和庄严的情感。

"两个女人陪我向门口走去。她俩不敢讲话，因为怕他灵敏的听觉会听到每一个字；她们望着我，两眼饱含热泪，目光里充满了感激之情。我迷迷瞪瞪地摸着下了楼梯。我真应该感到羞愧，看起来我像一个天使降临到一个穷人之家，由于我参与了一场虔诚的骗局并进行了可耻的欺骗，从而使一个盲人复明了一个小时，可我实际上却是一个卑劣的商贩，来到这里是想从别人手中搞去一两张珍贵的作品。但我从这里带走的却远比这要珍贵得多：在这个阴郁的、没有欢乐的时代里，我又一次活生生地感受到了纯真的热情，一种照彻灵魂，完全倾注于艺术的狂热，而这种狂热我们的人早就没有了。我怀有一种敬畏的感情——我不能说出别的什么来——尽管我还一直有着一种我说不出为什么的羞愧之情。

"我已走到了街上，上面的窗户咯吱地响动起来，我听到有人喊我的名字。真的，老人用盲无所见的眼睛在望着估计是我走去的方向，他连这个机会都不放过。他把身子从窗户里探出很远，两个女人不得不费心地挟住他。他挥动手帕用孩子似的欢快声音嚷道：'一路平安！'我永远不会忘记这个景象：窗口上面白发老人的一张快乐的面孔，高高地飘浮在马路上愁容满面、熙来攘往、行色匆忙的众生之上，乘着一朵幻觉的白云冉冉上升，离开了我们这个令人厌恶的世界。我不由得忆起了那句古老的至理名言——我想那是歌德说的——'收藏家是幸福的人。'"

（高中甫　译）

情感的迷惘

这是我系里的学生和同事的一番好意：这里摆着语文学家们为庆祝我六十大寿和我在大学执教三十周年而编纂的纪念文集的第一本样书，这本装帧精美的书是他们隆重送来的。它成了一部诚实可信的传记——这本书的材料收得很全：一篇小文章也不缺，连节庆祝词，某一本学术年鉴里的无足轻重的书评也包括在内，这些东西即使是查遍图书目录也很难从故纸堆里挖掘出来——我的整个成长过程，像一座打扫得干干净净的阶梯，一级一级地，无比清晰地，一直延伸到眼前这一刻——真的，如果对这样令人感动的细致认真的精神我不感到高兴，那我就太不近人情了。凡是我认为已经时过境迁、散失不见的东西，都在这幅图像里上下连贯、前后有序地回来了：不，我不能否认，我这个老年人现在翻阅这些文章，跟我从前念小学阅读老师写的第一次说明我具有科学研究能力和志向的评语时，怀着同样的自豪感。

不过，在我翻阅了这二百面勤恳结晶的书页，准确地静观了我的精神的影像之后，我不禁笑了。这真是我的一生吗？它真的像传记作者从书面材料里层次分明地整理出来的一样，如此目标坚定地在蜿蜒曲折的山路上从最初的时刻一直上升到今天吗？这一切我好像第一次从一个留声机里听到用我的声音讲出来：开始我根本辨别不出这是谁的声音；这明明是我的声音，只不过这是别人听到的那种声音，不是我本人好像通过我的血液、在我身体的内核里听到的声音。我毕生致力于从人的事业中来描写人，从本质上铸就当时这种人的精神结构，如今我恰恰是从我自己的经历上觉察到，在每个人的命运中真正的本质核心，一切从中生长的可塑的细胞，是何等难以看清。我们经历着千千万万个瞬间，但永远只有一个瞬间，只有唯一的一瞬使我们的整个内心世界沸腾，在这一瞬间里（斯丹达曾描述过它）心中的那朵以各种汁液滋润的花眨眼间结晶——这是有魔力的一瞬间，就像那个生育瞬间，像它一样隐藏在自己身体的温热的内部，看不见，摸不着，感觉不到，只能体验到的秘密。没有一种精神的代数学能把它解开，没有一种预感的炼金术能猜透它，而自己的感觉也很难把它抓住。

关于我的精神生活发展过程中的那件最隐秘的事，这本书只字未提，因此我不禁笑了。书中的一切都是真实的——只是缺乏本质的东西。它只是描写我，但没有说明我。它仅只谈论我，但没有泄露我的秘密。这本精心分列的花名册上有二百个名字——只是缺少一个名字，一切创造性的冲动都来自这个名字，那是一个男人的名字。他曾决定我的命运，现在他以双倍的力量把我唤到我的青年时代去。所有的人都谈到了，就是没有谈到他，他曾给了我语言，我就是根据这种语言的气息说话的，突然我感觉到这种胆怯的隐瞒就是犯罪。一生中我都在为人们画像，为了当今的感觉唤回了几百年前的形象，但我恰恰从未想到这个最贴近我的人，因此我想给他——这可爱的鬼魂喝我自己的血，就像在荷马史诗里一样，让他再跟我说话，让那位早已逝去的老人回到我这个正在衰老的人身边。我想把这隐去的一页放在公之于众的书稿里，使一次感情的自白与这本学术著作并列，为了他给我自己讲述我青年时代的真实故事。

在我开始讲述之前，我又浏览了一遍这本伴称描写我的一生的书。我禁不住又笑了。他们选择了一个错误的入口，怎么能接近我的生活的真正核心呢？他们第一步就迈错了！我的一位好心的同学，现在是枢密顾问，他信口虚构说：我在文科中学就热爱社会科学，比所有其他同学都胜过一筹。记错了，亲爱的枢密顾问！对我来说，一切人文科学的东西都是难以忍受的、叫我切齿痛恨的桎梏。正因为我作为北德那座小城中学校长的儿子，在日常生活中就看到教育总是被当作养家糊口的营生，所以我从小就憎恨一切语文学：人的天性依其保存创造性事物的神秘使命，总是使孩子讽刺和挖苦父亲的爱好。这种天性不希望有任何一种安逸无力的继承，不希望一代又一代只是继续去干原有的行当：它总是首先把矛盾对立插在同类人之间，只准许后来人走过一段艰苦而有收获的弯路之后才迈上先人的生活道路。总之，我父亲说科学是神圣的，我个人的主张则认为科学只不过是卖弄概念；他称颂古典作家为典范，在我看来他们总是板着脸教训人，因此十分可憎。在书的包围中，我蔑视书；父亲总是催逼我接近他的精神世界，我便反对书面的传统教育的一切形式；所以我费尽心力完成高中毕业考试以后，坚决拒绝进大学学习，也就不足为怪了。我想当军官、海员或工程师：选择这些职业根本不是由于我对此有强烈的爱好，只是对科学的枯燥和训诫的反感驱使我避开学术，力求干点实际的工作。我父亲狂热地尊崇一切大学的学科，他坚持让我接受大学的教育，我以缓和的态度成功地放弃了古典语文学，选择了英国语文学（我最终采取这种折中的解决办法，是有不可告人的隐秘想法的，因为有了这门航海语言的知识，以后就可以轻而易举地去过我无限渴望的海员生活了）。

　　因此，在这份履历中，最不正确的莫过于这个友好的断语了：即说我在柏林的第一学期在一些成就斐然的教授指导下获得了语文学的基础知识——当时，我的自由激情猛然爆发，哪里知道什么讲课和讲师啊！当我第一次短时进入听课大厅时，就有一股发霉的气息向我袭来，那种牧师传教式单调而又清高的报告使我疲倦至极，我只好强挺着不把老打瞌睡的头放在扶手椅上。这简直是又进了我以为已经幸运地逃离的学校，连这间教室摆着的过高的讲台和讲课者的咬文嚼字的雕虫小技也照样；我不由自主地觉得，好像从那位枢密顾问的微张的唇里往外流沙子，破旧的教师备课本里的语言也是被磨得犹如细沙，均匀地缓缓流入这浓重的空气里。我还是小学生时就曾怀疑自己形同陷入一间精神的停尸房，在那里冷漠的手一边解剖一边甩手指四处触摸死者的身体，现在在这间教室里听人讲述早已成了古董的六音步抑扬格押韵诗，这种怀疑又令人惊恐地出现了。这种抗拒的直觉起初十分强烈，我极力耐着性子听完这堂课，就跑到市里的大街上。那时的柏林对它自己的发展也感到惊异，充溢着一种突然冒出来的阳刚之气，从所有石墙和街道都射出电灯光，把一种激烈跳动着的速度强加给每个人，这种速度和它的急于掠取的贪欲与我自己刚刚发觉的男子气极为相似。城市和我这二者都是从一种笃信新教秩序的循规蹈矩的小市民本性中突然蹿出来，过于匆忙地陷进一种力量的和机遇的新的极度兴奋的状态之中——城市和我这个一向风风火火的小伙子，我们都像一台不安宁和不耐烦的发电机一样不停颤动。我从来没有像当时那样理解和热爱柏林，因为在那犹如蜂房里蜜蜂般拥挤的温暖的人群里，我身体里的每个细胞都渴望着突然出现的膨胀——每一个强壮的青年人的躁动，除了在这位热乎乎的巨人女子的抽动的怀里，除了在这座焦躁不安、精力充沛的城市里，在什么地方才能发泄呢！这个城市一下子点燃了我的激情，我投身到她的怀抱里，进入她的血管，于是我的好奇心便急急忙忙地去围着她整个石头般冰冷、但又温暖的身体转动——我从早到晚在大街上游荡，乘车到湖畔去，遍寻各个大湖畔的隐蔽处：的确，这是着了魔，有了这种疯狂，我便不去注意学业而投身到我侦察到的生动的冒险的活动里去。但在这种过火的活动中，我自然是听从我的天性的一个特点：从小我就不能同时做两件事，我总是立刻把另一件事丢在脑后；不论何时何地我只有单线向前推进的冲力，就是今天在工作中我也大都是这样狂热地去强攻一个课题，不把最后一根硬骨头啃下来咬在牙齿之间，我决不放手。

那时，在柏林，我心中的自由感变成了一种巨大的癫狂，我本人对上课时的临时测验，甚至对我自己房间的四壁相围，都无法忍受：在我看来，不能导致冒险奇遇的一切都是浪费时间。一个乳臭未干的、刚刚摘下了笼头的外省青年就强制自己要成为真正的男子汉：我在一个大学生社团旁听，试图给我的（实际上很羞怯的）本性上加点俏皮，加点生气，加点潇洒，刚刚一星期就已经摆出一副大城市人和大德意志人的风度了。我以使人惊愕的速度学着在小咖啡馆里懒洋洋地坐着，活像个真正的"光荣武士"①。在这个男子汉阶段，当然也有女人——说得更准确些：有娘们儿，照我们大学生的傲慢口气就是这样称呼她们的——这对我也正是时候。我已成了一个引人注目的漂亮青年。高高的个子，修长的身材，刚刚被海风吹成古铜色的面颊，每个动作都像体操运动员一样灵活敏捷，我可以轻而易

---

① 光荣武士，原文为拉丁文。

举地对付那些被小房间空气晾干了的鲱鱼一般苍白的店员,他们每星期日都跟我们一起到(那时还位于远郊区的)哈伦湖和洪德凯勒的跳舞厅去寻奇猎艳。时而是一个麦克伦堡的淡黄头发、乳白皮肤的使女,趁她休假回家以前把她从跳舞场拉到我的小房间里,时而是一个来自波森的坐立不宁的神经质的犹太小姑娘,是在蒂茨卖袜子的——大多数是廉价的猎物,很容易弄到手,然后很快转给同学。但在这种意想不到的轻易成功里,这个昨日还很胆怯的中学生却感到醉人的惊喜,这廉价的成果加强了我的冒险,渐渐地,我把这条街道只看作这种完全无选择的、只适于体操运动员冒险的竞技场。有一次,我徒步尾随一个漂亮姑娘来到菩提树下大街,真是偶然,竟来到了大学门前,这时我不禁笑了,心想:我已多久没跨进那令人肃然起敬的门槛了啊。出于傲慢,我跟一位见解相同的朋友一起走了进去;我们微微推开门,看到(那情景显得无比可笑)一百五十多个人弯腰俯在扶手椅上的后背,好像跟着一位吟唱赞美诗的白胡子牧师一起在做祈祷。我又松开把手关上门,让那个混浊的能言善辩的小溪继续在那些勤奋好学者的肩头上流淌;随后我跟那个同伴傲慢地走出去,来到阳光灿烂的林荫大道。有时我会认为,没有一个青年比我在那几个月里更愚蠢地虚度时光了。我一本书也不读,我敢肯定,我连一句有理智的话也没说过,脑子里没有过真正的思想——我本能地躲避一切文明高雅的社交活动,只是为了用觉醒的身体去更强烈地感觉新的、一直被禁止的东西的浸润。这样的自作自受,这样浪费时间地冲着自己大发雷霆,大概是每个强壮的突然得到自由的青年人的本性吧——尽管如此,我的这种特别的着魔还是使我放荡的生活方式变得十分危险,如果不是一次偶然事件突然抑制了我的内心的堕落,那我就只能彻底毁灭,或者至少沉沦在感情的混沌状态中了。

这个偶然事件——就是在今天我也怀着感激之情称它为一件幸事——是，我的父亲突然按照指示到柏林的部里来参加为期一天的中学校长会议。作为一个职业教育家他要利用这个机会，在不通知我的情况下检查一下我的行为，给我这个事先一无所知的人一个惊喜。这是一次突然袭击，他干得非常成功。跟大多数情况一样，晚上，在北郊我那间租金低廉的大学生小屋里——进屋通道是用一个帘子与女房东的厨房隔开的——正好有一个姑娘做最亲热温存的访问，这时清楚地听到了敲门声。我猜想是来了一个同学，便没好气地嘟嘟哝哝地回答："不会客。"但过了一小会儿，敲门声又响了，一次，两次，然后是听得出的不耐烦的第三次。我气哼哼地穿上裤子，想把这个无礼的打扰者干脆打发走，于是我的衬衫还敞着怀，裤子的背带还低垂摆动着，赤着脚把门打开，但立刻感到好像太阳穴上挨了一拳似的，在前厅的黑暗中认出了我父亲的侧影。在阴影里我只能觉察到他脸上的那副眼镜片闪闪的反光。这黑色侧面头像就足以使我像锐器压喉一样把已来到嘴边的骂人话卡在嗓子眼里了：我麻木地站了一会儿。我不得不——在这可怕的一刻——低声下气地请他到厨房里去等几分钟，让我把我的房间整理好。我已经说过：我没有看见他的脸，但我感觉到他什么都明白了。我从他的沉默，从他的抑制着的态度上感到了这一点，他没有把手伸给我，而是打着一个嫌恶的手势走到布帘后面的厨房里去。在那里，在一个热过咖啡和萝卜后还冒着蒸气的铁炉灶前面。这位老人不得不站着等了十分钟，对我对他同样被侮辱的十分钟，直到我把那个姑娘赶下床穿上衣服，从那不愿偷听的人身边走出房间。他肯定听到了她的脚步声，布帘的皱褶在她匆匆离去时被一阵过堂气流吹得抖动起来；而我还没有把老人从那屈辱的隐蔽处接出来：首先得把明显的杂乱无章的床上弄干净。然后我才走到他的面前——我有生以来从来没有这样感到羞腆。

我父亲在这严重的时刻控制住了自己，今天我还为此打心眼里感谢他。每当我回想起这位早已逝世的老人，我都不从学生的立场去看他，学生只把他视作纠错的机器，视作不停地吹毛求疵的、热衷于一贯正确的迂腐学究而藐视他，而我却总是撷取他这最有人情味的一刻的形象——那时他克制住了自己，一言不发地跟在我后面走进那间闷热的房间。他手里拿着帽子和手套；他本来下意识地想把它们放下，但随后做了一个厌恶的手势，好像他不想让他身上的任何部分去碰那里肮脏的一切。我请他坐在一张椅子上；他没有回答，只做了一个抛掷的动作，好像要使一切丑恶的东西连同这个房间的物件都离他远远的。

在他掉转身冷冰冰地在那里站了几秒钟以后，他终于摘下眼镜来过分仔细地擦拭，我知道，这动作是他窘迫心理的泄露，老人重新戴上眼镜后又用手背抹了抹眼睛，这也没有逃过我的注意。他无颜见我，我在他面前也无地自容，谁也找不到一句话来说。我暗自害怕他喋喋不休地说教，操着那种喉音来一个口若悬河的开场白，自从我进学校读书以来我就憎恨和挖苦他的这种喉音。但是——就在今天我还为此感谢他——这位老人默默地待在那里，回避我的目光。最后，他向那个摇晃不稳的书架走去，那里放着我的大学课本，他把课本打开——第一眼就看出这些书压根儿没人看过，书页大都没有裁开。"你的听课笔记簿！"——这个命令是他的第一句话。我哆哆嗦嗦地把笔记本递给他，不过我知道，那些速记式的笔记只包括唯一的一个课时的内容。他粗略地翻阅了一下那两页笔记，便把笔记本放在桌子上，没有一点激动的表示。然后他拉过一把椅子坐下，严肃地看着我，但没有责备的意思，问我："喏，你对这一切怎么想？今后怎么办呀？"

这个不动声色的问题，使我丧失了招架之功。我在精神上被解除了武装：如果他骂我几句，我还可以蛮横地发怒，如果他动之以情地规劝我，我还可以嘲笑他。但这个客观的问题却使我失去了抗拒的力量：它的严肃要求严肃的回答，它的逼人的镇静要求尊重和心理准备。我是怎么回答的，我简直不敢去回忆；随后的整个谈话是怎样进行的，就是今天我也不愿意诉诸笔墨：这里有出人意料的感动，有一种内心的浪涛，如果重新叙述，听起来也许会显得感伤，有些话只有在我们四目相对、感情突然激动时才是真实的。我当时和我父亲一起进行的，是唯一的一次真正的谈话，我没有考虑要自愿地忍辱屈从：我让他来决定一切。但他只是劝我离开柏林，下学期到一个小的大学里去读书。他确信，他只要安慰我，我就会从此勤奋地把耽误的功课补上。他的信任使我震惊；霎时间我感觉到，我强加给这位囿于冷冰冰的繁文缛节的老人的一切，都是不对的。我不得不使劲咬住嘴唇，强忍着不让热泪滚滚流出来。他可能也有同样的感觉，因为他突然把手递给了我，颤抖地停了片刻，然后就匆匆走出去了。我没敢跟在他后面，我不安而慌乱地待在原地，用手帕擦去我嘴唇上的血：为了克制我的感情，我狠狠地把牙齿咬着嘴唇。

那是十九岁的我有生以来第一次被感动——它不费吹灰之力就把我三个月来建造的男子汉气概、大学生派头和自命不凡的整个夸夸其谈的空中楼阁彻底摧垮了。我觉得我十分坚定，因为有了这种被激发的意志力，现在把一切低级的娱乐活动都放弃了，我急不可耐地在精神领域考验我那被浪费的力量，热烈地追求严肃、冷静、纪律和严格。这时，我发誓要像修士效忠于祭祀一样全身心投入大学的学习，当然一点也不知道那在科学领域里等待我的最高的陶醉，也不曾预料到在那个被提高了的精神世界里总有奇遇和危险在等待着狂热的追求者。

我在父亲的同意下为下学期选的那座小省城，位于德国中部。这座小城市在教育方面的遐迩闻名，跟大学建筑周围的那些小沙丘似的房屋形成极不相称的对照。我先把我的行李存在火车站，没怎么费劲就打听到了从火车站去大学的路。即使在那古香古色的宽大的房子里，我也立刻感觉到，在这里工作效率比在柏林那个鸽子笼里不知要高多少倍。两个小时内就办完了注册手续，访问了大多数教授，只是没能立刻见到我的主讲教授——那位英国语文学教师，但他们告诉我下午 4 点钟能在课堂讨论上见到他。

由于急着去见我的老师，一个钟头也耽误不得，现在在开始面对科学时的热情跟以前躲避它时完全一样，在迅速游览了这座跟柏林相比如同处在麻木的沉睡中的小城以后，准 4 点钟我来到了指定地点。校役把教室的门指给我。我敲了敲门。因为我以为里边有一个声音在回答，我便走了进去。

但我听错了。没有人让我进去，我所听到的那模糊的声音只不过是教授提高嗓门侃侃而谈的声音，教授正在向紧紧围他而坐的二十多名大学生发表显然是即兴的讲演。我由于误听，未经允许便走了进来，我感到很不自在，想再悄悄地溜出去，但我又怕这样更引人注意。于是我便待在门边，下意识地被迫地听起讲演来。

很明显，这个报告好像是从一个学术会议或一次讨论会自动衍生出来的，这一点随后至少从教师和学生的松散而随意的分组上就可以看出来：他不是坐在高高的椅子上讲授，一条腿不拘小节地轻轻搭在一张桌子上，现在年轻人都以随便的姿态聚在一起围着他，他们听得十分入神，这就把他们原来漫不经心的组合固定在一种不动的造型上。我看到，当教师突然一跃而上了桌子，从高高在上的位置上像用套索一样用话语把他们吸引到他身边，将他们拴在各自的位置上时，他们一动不动地站在一起在说话。只几分钟我就忘记了我是未经招呼就走进来的，我自己已经感觉到了他的讲演的迷人力量像磁石一样有吸引力；我身不由己地往前走了走，为的是看清那双手做着拱形或者相合的奇怪手势，有时命令式地说出一句话时，那双手往往像翅膀似的张开，颤动着向上伸出，以便随后渐渐地以一种音乐指挥的平静的姿势，富有音乐感地轻轻落下。那讲演像暴风雨似的越来越昂奋，这位语流湍急的演讲者像坐在飞跑的马背上一样，在硬桌子上有节奏地直着身体，气喘吁吁地继续激昂慷慨地用充满闪光的形象的语言表达他飞快的思想。我还从来没听到过如此充满激情，如此真实感人的演讲。我第一次体验到会拉丁文的人所说的"身不由己"的状态，一个人忘却自我、被别人带着往前走的状态：快速运动的嘴唇在这里说话，不是为自己，而是为别人，从嘴里涌出的话语就像是从一个燃烧的胸膛里喷出来的火焰。

我从来未曾体验过讲演会如此兴奋，如此热情满怀，这意外的见闻突然把我吸引过去。不知不觉中，我像被一种比好奇更强大的力量催眠似的吸引着，迈着夜游人那种软绵绵的步子，奇奇怪怪地把我推进那个小圈子。突然，我下意识地站到了里边，离他只有一尺，置身于其他人中间，那些人同样也很入迷，对我或别的什么东西都视而不见。我注入了讲演的语流里，被它的滚滚洪流带走，却连它的发源地都不知道。显然是有一个大学生把莎士比亚赞颂为一颗流星，这促使坐在上边的那个人指出，莎士比亚只是整整一代人最强有力的标志，这一代人心声的陈述者，也是一个变得充满激情的时代的感性的标志。他以简洁的画面描绘了英国的那一非同寻常的时刻，那个唯一的极度兴奋的瞬间，在每个民族的生活中如同在每个人的生活中这种心醉神迷的状态都会意想不到地出现，积聚全部力量向永恒猛烈冲击。地球突然变得广阔了，发现了一个新大陆。与此同时，旧大陆的最古老的权力——罗马教皇的统治濒临崩溃：在属于他们的那些大海的后边，自从西班牙的无敌舰队毁灭在大风浪中以来，就开始出现新的发展契机，世界变广阔了，心灵不由得紧张起来，以便与这个世界同步——心灵也想变得广阔，它也想进入善与恶的极限。它想要像那些征服者一样发现、征服，它需要一种新的语言，一种新的力量。一夜醒来，这种语言的代言人，诗人，就出现了，十年中产生五十个、一百个放荡不羁的年轻人，他们不像宫廷小诗人那样在自己面前侍弄风光秀丽的小花园，编造精美的诗体神话——他们抢占剧院，在昔日只有斗兽和凶杀剧目肆虐的木板戏台上开辟他们的战场，然而他们的作品中仍然存在着对血的渴望，他们的剧本本身就是这样的一台最大的马戏，在这里感情的野兽饿得相互猛扑。那些控制不了这类炽烈激情的人，像雄狮一样咆哮，在狂暴和感情洋溢方面一个想超过另一个，一切都可以描写，一切全都允许：乱伦、谋杀、行为不轨、犯罪，人性的无节制和人性的放纵都尽情地登场表现；像过去那些饥肠辘辘的恶棍冲出监狱，现在则是这些醉醺醺的感情激昂的人吼叫着、不无危险地冲进围着木栏的竞技场。唯一的一次感情迸发，像炸药筒一样，爆炸了，持续了五十年之久，像一次大咯血、一次射精、一次猛然抓住并撕碎整个世界的野蛮行径：在这力量的纵情妄为中，人们几乎感觉不到个人的声音，个人的形体。一个人总是借助于另一个人燃起热情，每个人都在学另一个人，每个人都在偷另一个人，每个人都力争制服别人，超越别人；然而所有的人只不过是唯一的节日的精神斗士，砸碎了锁链的奴隶，被时间的守护神鞭挞着向前走。他把他们从歪斜、黑暗的郊区小房子里叫来，又从宫廷里请来泥瓦匠的孙子本·琼森，鞋匠的儿子马洛，宫廷侍从的后裔马辛杰，那位富有而博学的政治家菲利普·锡德尼，① 但热情的旋涡把所有的人都卷到了一起：今天他们备受赞扬，明天他们就会死亡。基德、海伍德，② 在水深火热之中受尽熬煎，像斯宾塞③ 一样饿死在国王大街，所有的人都不是守规矩的市民，而是暴徒、皮条客、喜剧演员、骗子，但他们都是诗人，诗人，诗人。莎士比亚只是他们的中心："恰是时代的骄子。"④ 但是人们没有时间把他从中区分开来，于是这些人喧腾起来，于是作品连着作品，激情接着激情，飞快地出现。突然，人性的这种灿烂的喷发，像它的出现一样，又颤抖着崩溃了，戏剧结束了，英国精疲力竭，而泰晤士河灰蒙蒙、湿漉漉的迷雾又在精神上笼罩了几百年：在唯一的一次突进中，整整一代人登上一切激情的峰顶，充溢的狂热的情感从胸中猛烈地倾泻出来，现在，国家就躺在这里，疲惫不堪，精疲力竭；吹毛求疵的清教主义使剧院关闭，从而锁住了慷慨激昂的言论。圣经又开始发言了，那是神的言辞，最有人性的言辞说出各个时代最热烈的忏悔，唯一热情的一代人曾为千百代人而历尽人生。

突然话锋一转，他出其不意地把话题对准我们："为什么我

---

① 本·琼森（1572—1637），英国戏剧家、诗人；马洛（1564—1593），英国戏剧家、诗人；马辛杰（1583—1640），英国剧作家；锡德（1554—1586），英国诗人、学者。
② 基德（1558—1594），英国剧作家；海伍德（1497？—1575），英国剧作家。
③ 斯宾塞（1552？—1599），英国诗人。
④ "恰是时代的骄子"，原文为英文。

的讲授不按历史顺序从头开始，不从亚瑟王和乔叟①开始，而一反常规从伊丽莎白一世时代的人开始，你们明白吗？我要求你们首先熟悉他们，熟悉这最活跃的力量，你们明白吗？因为没有体验，就不会有文字上的理解，不认识它们的价值，就不懂合乎语法的言辞，你们年轻人想要征服一种语言，就应该首先看到语言的最美的形式，你们想要征服一个国家，就应该首先看到它的强壮的青年时期和它的最大的热情。你们必须首先在创造和完成语言的诗人那里听到这语言，你们必须先在心中感受一下文学作品的呼吸和温热，然后我们再开始解剖它。因此，我总是从诸神讲起，因为英国就是伊丽莎白，就是莎士比亚和莎士比亚时代的诗人，此前的一切都是准备，此后的一切都是一瘸一拐地尾随这种向永恒所做的奇特而勇敢的飞跃。但在这里，你们年轻人，我们这些世上最有生气的青年人，去体会吧，自己去体会吧。人们只能在其火热的形式中认识每个现象，只能在其热情中认识每个人。因为一切精神来自天性，一切思想来自激情，一切激情来自热情——因此，首先讲莎士比亚和他的同代人，他们会使你们年轻人真正年轻！先是狂热，然后才是勤奋，先学习他，学习这位最崇高的人，这位登峰造极的人，先学习这部重现世界的最出色的教科书，然后再研究语言！

"今天就讲到这里——再见！"他的手突然一拱，做了个结束的动作，专断而出人不意地向下打了个终止的拍子，同时从桌子上跳了下来。突然，这群紧紧挤在一起的大学生犹如互相摇了几摇，就散开了，椅子稀里哗啦地响，桌子在移动，二十个紧锁的嗓子突然开始说话，低声咳嗽，大口呼吸——现在人们才看到，使所有喘气的嘴紧闭起来的魔法师般的讲演多么有

---

① 亚瑟王，中世纪传奇中的英国国王；乔叟（约1343—1400），英国最早的著名诗人。

吸引力。现在，在这个小房间里，这杂乱的人群越发激昂，越发无拘无束；有几个人走到教师跟前道声谢或说句别的什么话，其余的人则热情地相互交换着感想；没有一个人安安静静地站着，没有一个人不被这电压所触动，电压的接触已被猛烈分开，但从它那里发出的烟和火好像还在密集的空气里咝咝作响。

我自己倒动弹不了啦：我的心口好像中了一箭。我本人充满激情，能够热情地调动一切感官去理解一切，我第一次感到被一位教师、被一个人吸引住，感觉到一种优势，屈服于这种优势必将是一种责任和欢乐。我感觉到热血在我的血管里奔流，我的呼吸变得更快，这种疾驰的节奏一直撞击我体内，并急躁地撕扯我的每个关节。我终于让步了，慢慢地挤进前排，去看那个人的脸，因为——很奇怪——他讲话时，我压根儿就没看见他的脸上的样子，他的表情全消失了，全渗入到讲演中去了。就是现在，我也只能看见一个模糊的侧面头影：他半身侧向一个大学生，亲切地把手放在学生的肩上，站在暮色朦胧的窗前。但就连这瞬时的动作也使人感到亲切而优雅，我以前一直以为这种气质在教员身上是绝对不可能有的。

这时，有几个大学生注意到了我；为了使他们不把我当作不请自进的闯入者，我又向教授身边迈了几步，直等到他结束谈话。现在我才看见他的脸：一个罗马人的脑袋，大理石般的前额成拱形向前凸起，闪亮的、浓密的白发从头的两侧向后梳成波浪形；这种大胆的智慧超群的上部结构是令人难忘的——在深陷的眼窝下面，光滑而圆润的下巴使面部突然变得几乎像女人似的柔和；不安静的嘴唇四周的神经不停地颤抖，时而露出一丝微笑，时而稍稍一咧。前额上的一切都显出阳刚之美，掩盖了那略显松弛的面颊上有些松软的肌肉和一张不安定的嘴；刚才看，他仪表堂堂，颇有王者之风，现在从近处看，他的面孔却是吃力地绷紧在一起的。就连身体的姿势也显示出类似的双重性。他的左手随意地放在桌子上，或者说至少像是在休息，指节骨上不停地轻微颤动着，那细长的、对一个男人的手略显纤细略显柔软的手指，急躁地在空桌面上画出看不见的图形，与此同时，被沉重的眼皮遮盖着的眼睛十分关注谈话。是他很不安，还是他的激动仍在那膨胀的神经里继续震颤呢：不管怎样，那手上控制不住的急躁与他脸上的细听和静候的表情正好相互矛盾，那张脸好像疲惫、但又留心地沉浸在他和那个大学生的对话里。

终于轮到我了，我走上前去，说了我的名字和意图，他那几乎闪着蓝光的瞳孔里眼仁立刻亮闪闪地对着我。这闪光围着我的脸，从下巴到头发疑惑地看了两三秒钟：我大概脸都红了，不过我是处在这温和的审视下，因为他以一个一闪即逝的微笑消除了我的慌乱。"您想听我的课，那我们还必须详细谈一谈。请原谅，我不能马上跟您谈。我现在还有几件事要办：您可以在下面的大门口等我，然后陪我回家。"说着话，他把那柔软而瘦削的手伸给我，那手放在我的手指上简直比一块手帕还要轻，同时亲切友好地转向下一个等着跟他说话的人。

我的心怦怦地跳着，在大门口等了十分钟。如果他问到我的学习情况，我说什么呢？怎么能向他供认，一切诗人的作品，不管学习时间还是闲暇时间我都没看过呢？那样一来，他不会瞧不起我吗？或者他会不会一开始就把我排除出那个今天曾魔法般的固定过我的火热的圈子呢？但他刚刚快步走近，面带善意的微笑，来到我面前时，就已经驱走了我的一切畏缩，甚至没等他催问，我就承认（在他面前我不能有所隐瞒），说我的第一学期几乎全给耽误了。那种温暖同情的目光又包围了我。"音乐里边有休止。"他微笑着鼓励我说，显然是为了使我不再为我的愚昧无知感到羞愧,他便只询问一些个人的事,他问到我的故乡,还同我打算住在什么地方。当我告诉他,我还没有找到住处时,他对我伸出援助之手,他劝我先到他住的那座房子里去打听打听,那里的一位半聋的老妪有一间小房间出租,过去他的每个学生往往都对这小房间很满意。别的事全由他管:如果我真的有志认真学习,那么他就会想方设法帮助我,而且认为这是他最愿意承担的义务。走到他的住所的门前,他又把手伸给我,并且邀请我明天晚上到他家里去,我们好一起制定一个学习计划。他的好心竟如此出人意料,我心里的感激之情是这样的强烈,弄得我只敬畏地碰了碰他的手,慌乱地摘下帽子,竟忘了说句感谢他的话。

不用说,我当即租下了同一座房子里的那个小房间。即使这房间完全不中我的意,我也会把它租下来。这仅仅是出于我的天真的感激心理,况且这在空间上也离我这位有魔力的老师更近,他在一小时内给予我的比所有其他人给的还要多。但这个小房间也是很有诱惑力的:那是我的老师住房上面的阁楼,由于头上悬着一个木质三角墙,室内略显昏暗,透过宽大的圆形窗可以看到邻舍的屋顶和教堂的尖塔;再往远望,便是一片方形的绿地,天上飘浮的云像家乡的云一样可爱。一位全聋的小老太太以感人的母爱照料着她当时的房客;只用了两分钟,我就跟她谈妥了,一小时以后我的箱子便从嘎嘎作响的楼梯搬了上去。

那天晚上,我没有再出门,我甚至忘了吃饭,忘了吸烟。我打开箱子,一伸手就把偶然装进去的莎士比亚作品汲取了出来,急不可耐地(几年来又是第一次)读起来;我的好奇心被那热情的报告所点燃,而我读那诗句,犹如我从未读过它一般。谁能解释这样的变化呢?一个文字的世界突然在我面前出现,字句闪动着向我走来，好像它们几百年来就在寻找我，那诗行掀起火热的巨浪拖着我，一直流到我的血管里，使得我像做了飞翔的梦一样觉得太阳穴里有一种奇特的轻松感。我抽搐，我颤抖，我感觉到血液更热地起伏波动，通过我全身，我好像是突然得了寒热病——所有这一切我觉得从前都没有发生过，我只不过听了一次热情洋溢的演讲罢了。但这次讲演肯定使我心中产生了一种陶醉感，每当我大声重复一行诗句时，我就听到我在不自觉地模仿他的声音，句子以同样疾驰的节奏飞奔，我的双手也感染了巨大的喜悦，像他的手那样做成拱形——像施了魔法一样，我在一小时内便冲破了直到今天还隔在我和精神世界之间的那道墙。我发现，那位热情洋溢的演讲者给了我新的热情，这热情直到今天还忠实于我：这是在充满生气的字句里共同享受一切人间快乐的巨大喜悦。我偶然读到了《科利奥兰纳斯》①，我感到一阵狂喜，我发现我身上具有这个最奇特的罗马人的一切要素：骄傲、自大、愤怒、讽刺、嘲笑，感情的一切盐，一切铅，一切金，一切金属。一下子就魔术般的感觉并理解这一切，这是怎样一种喜悦啊！我读啊读，直读到两眼发疼；我一看表，已经凌晨3点半了。我大吃一惊，这新的动力竟使我的一切感官激动和麻醉了六小时，我立刻熄了灯。但那些画面仍在我心中继续闪动，由于渴望和期待着第二天，我几乎一点儿也睡不着。这一天将为我扩展那如此奇妙地展开的世界，使它完全属于我自己。

但第二天早上带给我的却是失望。我怀着焦急的心情随着第一批人来到教室，我的老师（从现在起我想这样称呼他）将在这里讲授英语语音学。他一走进来，我便大吃一惊：难道这

---

① 莎士比亚悲剧。

是昨天那个人吗，或者是我激动的情绪和回忆激励他变成了一个科利奥兰纳斯，他在讲坛上说的话像闪电那样勇敢果断，镇定自若，战无不胜？现在这位悄悄地迈着拖沓的脚步走进来的，却是一个疲惫的老人。仿佛有一层闪亮的毛玻璃从他面孔上揭了下来似的，我现在从第一排座位发现，他脸上几乎都是病态的轮廓，像犁过的田地上的垄沟，处处是深深的细纹和很宽的皱褶；蓝色的阴影凿出涓涓小溪横流在松弛的灰色面颊上。过于沉重的眼皮在这位讲课人的眼睛上形成一道暗影。就连那有着太苍白太瘦削的唇的嘴也使他的话失去金属敲击的铿锵声：他的欢快，他从心底发出的洋溢的热情哪里去了呢？就连那声音我都感到很陌生；好像是语法题目起了冷静的作用，这声音像是迈着单调的、令人困倦的步伐呆板地行走在沙沙作响的干沙子上一样。

我感到不安了。这根本不是我从今天第一刻起就等待着的那个人：他的容貌哪儿去了，他昨天灿若星光般照亮我的容貌哪儿去了？今天这位精力耗尽的教授干巴巴地机械地讲授他的题目，我一直怀着新的恐惧心情倾听着他的话，不知昨天那声调，那温暖的颤音，那像一只发出声响的手搅动了我的感情，并使它上升为激情的颤音是否还会回来。我死死地盯着他看，我的目光变得越来越不安，无限失望地在那张变得陌生的脸上扫描：这里的这张面孔，不可否认，仍然是昨天那张面孔，但却像是没了生气，被挖空了，失去了一切生命力，衰弱，老迈，戴上了一个羊皮纸做的老年人的面具。这种事可能吗？一个人有可能在这一小时里这么年轻，在下一小时里就那么不年轻吗？一种通过语言产生的精神的突然波动，真的能使一个人的面孔年轻几十岁吗？

这个问题折磨着我。就像一种渴望在我心里燃烧，我想更多地知道一些有关这个内心分裂的人的情况。我突然灵机一动，在他刚从我们面前过去离开讲台看不见我们的时候，我赶快跑进图书馆，去找他的著作看。也许他今天只不过是疲倦了，他身体的不适压抑了他的激情；但在这里，在这些已完成的著作里，必定存在着解释那使我感到惊奇的现象的入门和钥匙。管理员送来了书：我很惊讶，书竟这么少。在二十年里，这位逐渐变老的人只发表了这么一些散本小册子，导言，前言，一篇关于莎士比亚的《佩里克利斯》的真伪问题的讨论发言，一篇关于荷尔德林和雪莱的比较文章（这篇当然写于两位诗人都未被各自的民族视作天才的时代），以及一些没有多大价值的语言学的小文章，自然，在所有的文章中都有关于一部两卷本著作的预告《环球剧院，其历史、演出及其诗人》，尽管从第一个预告算起已经过了二十年，但我再次询问时，图书馆员则向我确认这部书从来没有出版。我多少有点犹豫，只以一半勇气浏览这些文章，渴望从中重新找到那沙沙作响的声音，那奔腾的节奏。但这些文章的步子始终严肃地摆动，没有一个地方出现过那次奔腾咆哮的讲演中那种波涛翻滚、热情洋溢的节奏。多么遗憾呀！我的心在叹息，我恨不得自己揍自己一顿，想到我过于迅速、过于轻信地把自己的感情奉献给他，气愤和不信任使我全身颤抖。

　　但在下午的讨论课上，我又认出了他。这一次他首先不是自己说话。按照英国大学的习惯，这一次在新近确定的他喜爱的莎士比亚的一部作品作为讨论题以后，参加讨论的二十多人便分成正方和反方。这个题目是：是否可以说《特洛伊罗斯与克瑞西达》（他喜爱的作品）是讽刺嘲弄性的人物，这部作品是滑稽剧还是一部嘲讽掩盖下的悲剧。很快，在他灵巧的手的煽动下，纯精神的谈话中点燃起一股电光飞溅的激情——一些随意的说法遭到有力的反驳，高声的插话尖利地刀割般地刺激着讨论，使它更趋激烈，直至那些年轻人几乎相互敌对起来。随后，当火花噼啪直响的时候，他才跳到中间来，使过于激烈的争论缓和下来，巧妙地把讨论引回正题，同时通过悄悄往无时间性方向一推，便赋予讨论以更强的精神活力。他就这样突然站在这场辩证法火焰般的论争的中央，自己情绪激动，对这场不同意见的激烈争论既给以激励，又加以控制，他既是掀起这青春热情的汹涌波涛的能手，自己也被这波涛所淹没。他靠在桌子上，把胳膊交叉在胸前，看看这个，又看看那个，朝这个笑笑，又悄悄给予那个以暗示，鼓励他进行反驳，而他的眼睛激动得像昨天那样闪闪发光：我感觉到，他在克制着自己，以免从他们大家嘴上一下子把话抢了过来。但他使劲控制住了自己，我看见他的双手像夹板似的压在前胸，越压越紧，我从他那咧开的嘴角猜到，那是在用力把滚到嘴边的话压下去。突然他对自己的控制失败了，他像游泳者跳入水中风风火火地投身到讨论中来——松开的手打了一个有力的手势，像指挥棒把混乱骚动压了下去：所有的人都立刻沉默不语了，现在他做着拱形的手势，总结所有的论点。在他说话的同时，他昨天的那张脸渐渐浮现出来，皱褶消逝在颤抖不停的神经活动背后，在做着凌驾众人的手势的同时，还伸展着脖子和身体，他从原本细心倾听时向前俯身的姿态投入讲话，犹如投身到奔腾向前的大江大河。即席演讲使他神往：现在我开始预感到，他在单独面对自己时，在干巴巴的课堂上或在孤单的写字间里是缺乏那种引燃材料的；而在这里，在我们屏息静听的神魂颠倒状态中，这引燃物则炸开了他内心的墙；啊，正如我所感觉到的，他需要我们的狂热来激发他的狂热，他需要我们开口说话以引发他滔滔不绝的演说，他需要我们青年人点燃他青春的激情。像一个敲钹的人陶醉于狂热的手击出的越来越疯狂的节奏，他的演讲也变得越来越好，越来越火花四溅，其热烈的言辞越来越色彩斑斓，而我们沉默得越深（人们都不由自主地觉得我们在教室里几乎停止了呼吸），他的讲述就飞跃得更高，更紧张，更具赞歌风韵。在这几分钟内，我们大家都是属于他的，都听得完全入神了，都沉浸在他那热情洋溢的演讲里了。

当他突然用歌德关于莎士比亚演讲里的一声呼唤作为结束时，我们的激情便又迅速消退。又像昨天一样，他精疲力竭地靠在桌子上，脸是苍白的，但神经还在抽动和微颤，就像刚刚放开紧紧拥抱着的女人，眼睛里明显流露出依然涌动得到宣泄的喜悦。我不好意思现在就跟他说话，但他的目光突然与我的目光相遇了。显然他感觉到了我充满激情的谢意，因为他友好地朝我微笑，微微向我探身，用手臂搂着我的肩头，提醒我今晚如约到他家里去。

准7点，我到了他家；我这个孩子战战兢兢地第一次迈过这门槛！是的，没有什么比一个年轻人的尊敬更充满激情的了，没有什么比这种尊敬的不安的羞愧更怯懦，更女人气了。我被领进他的工作室，一个半暗的房间。开初我只能透过玻璃窗看见许多五颜六色的书脊。在写字台的上方悬挂着拉斐尔的《雅典学院》，一幅他特别喜欢的画（他后来跟我说过）；因为教学的一切方式，思想的各种形态，在这幅画上都象征性地构成了完美的整体。我第一次看见这幅画，我情不自禁地以为在苏格拉底固执的脸上发现了一个跟他相似的前额。后面有件东西闪着白色大理石似的光，那是一座缩小的巴黎酒童的精美胸像，旁边是出自一位古德意志大师之手的圣塞巴斯蒂昂[①]，悲剧美与享受美并列在一起恐怕

[①] 圣塞巴斯蒂昂（？—约288），早期基督教徒，在罗马皇帝军队中服役，因引领许多士兵信奉基督教，被皇帝下令用乱箭射他，未死，后被乱棍打死。后来的艺术家常以塞巴斯蒂昂的殉道事迹为题材。

不是偶然的吧。我怀着一颗怦怦跳动的心等待着,像周围这些珍贵的沉默的艺术形象一样屏息静立;这些形象象征性地表现出一种新的精神美,这种美我非但从未想象过,而且也不大清楚,尽管我感觉到与它有着手足之情。不过这观察只延续了片刻,因为恰在此时我等待的人进了门,向我走来;像隐蔽的火焰那样温柔地包围着我的、无焰地燃烧着的目光又在触摸我,这目光在惊异中融化了我心中最大的秘密。我立刻像对朋友似的无拘无束地跟他说话,当他问到我在柏林的大学生活时,突然——我此刻也很吃惊——关于我父亲去看我的那段故事涌到我的唇边,于是我向这个陌生人强调说明了我的秘密的誓言:我要以最严肃认真的态度全身心投入大学的学习。他十分感动地望着我。"不只要严肃,我的孩子,"他接着说,"首先要有热情。不充满热情的人,顶多是一个教书匠——必须从内心深处去做事,去做学问,永远,永远从热情出发。"他的声音越来越温暖,房间越来越黑暗。他讲了许多他青年时代的事,他开始也干过傻事,后来才发现了自己的爱好,他鼓励我要有勇气,只要需要他,他会随时帮助我;不必有顾虑,我有什么愿望和问题都可以去找他。我有生以来,谁也没有这样富有同情心,这样善解人意地跟我说过话;我由于感激而颤抖起来,我很高兴这黑暗,它隐蔽了我湿润的眼睛。

我没有注意时间,大概这样过了总有一两小时,听见有人轻轻地敲门。门开了,一个细长身材的人走进来,站在阴影中。他站起来,给我介绍:"我的太太。"这身材修长的黑影难以辨认地走过来,把一只瘦瘦的手放在我的手里,然后转身提醒他:"晚餐准备好了。""好,好,我知道了。"他急匆匆地(我至少觉得是这样)回答,有点生气的样子。仿佛有股冷气突然钻进他的声音里,好像现在电灯突然一闪,亮了起来,好像那人又变成了普通学校大厅里的那个年迈气衰的老人,他做了一个懒散的动作跟我告别。

此后的两周我是在狂热的读书和学习中度过的。我几乎没有离开房间，为了不浪费时间，连用餐都是站着，我刻苦学习，没有中止片刻，也不休息，几乎连觉也不睡。我的情形，就像东方神话里的那个王子一样，他从锁着的房门上揭去一张张封条，每个房间里总能找到成堆的珠翠和宝石，于是越来越贪婪地查找这些房间，急切地想到达最后一个房间。跟这情状一样，我也是从这一本书奔向另一本书，被每一本书迷住，对每一本也不知足：我的放荡不羁现在表现为对精神的东西的追逐。我首先想到：精神世界是无比广阔而且没有现成道路可走的；同样，诱惑着我的，除了城市的那些冒险生活，同时也有不能驾驭的孩童的恐惧；因此，为了利用我第一次视为珍宝的时间，我少睡觉，不娱乐，不谈话，拒绝任何分心的活动。然而激励我如此勤苦的首先是这样的一种虚荣心：要经得住我的老师的考验，不使他的信任落空，博取一个赞赏的微笑，让他像我感觉到他那样感觉到我。每一次一闪即逝的时机都是试验；我不断地激励那迟钝的、但现在却明显敏捷的感官，争取给他一个好印象，使他感到惊喜：每当他在报告里提到我不熟悉的一个诗人及其作品，我下午就去找来阅读，以便第二天在讨论会上炫耀我的知识。一个偶然表示的愿望，别人尚未觉察，就变成了对我的命令：一个随便说出来的反对大学生不停地吸烟的简短意见就足够使我立刻扔掉正燃着的香烟。一下子永远除掉了这个不良习惯。他的话像一个传播福音的教徒的话一样，对我既是恩惠又是法则。在不停的守候中，我的极度紧张的注意力贪婪地抓取他漫不经心抛出来的每个注解。每句话，每个手势我都贪婪地装入脑海，回到家里使用一切感官，热情洋溢地将它触摸并保存起来；正如把他当作唯一的领袖一样，我的褊狭的热情使我把所有的同学都当作敌人，我的嫉妒心天天都发誓要压倒和超过他们。

如果他现在感觉到他对我有多么重要，或者说如果他慢慢地喜欢上了我的性格的这种狂热——那么，无论如何我的老师也会很快用他的明显的同情心对我大加赞扬的。他对我的阅读提出建议，几乎是有失礼貌地把我这个新生推到课堂讨论课的前台，而我则可以常常在晚上去拜访他，跟他促膝谈心。然后，他常常从墙上取下一本书，用他那激动时总是高出一度的洪亮而动听的声音朗读诗歌和悲剧，或解释争论不休的问题；在完全陶醉的这两周里我学到的有关艺术本质的知识，比我在十九年里所学到的还要多。在这对我说来太短的一小时里，我们总是单独待在一起。大约8点钟，便是轻声的敲门：他的太太提醒去吃晚饭。但她再也不走进房间里来了，显然是遵从一个指示，不打断我们的谈话。

十四天就这样过去了，充实的，激情满怀的初夏的日子就这样过去了，这时，在一天早上，我的精力好像一根绷得过紧的钢弹簧突然一下弹了出去。此前我的老师就告诫过我做事不要过分狂热，要间或中断一天，到户外去走走——现在，那预言突然变成了现实：我昏昏沉沉地从昏沉的睡眠中醒来，只要我一看书，字母就像大头针的头似的忽隐忽现。我立刻决定像奴隶那样忠实地听从老师的最微不足道的话，在追求深造的日子中间安插进自由自在地游乐的一天。一大早我就出门了，第一次参观了古城的一些名胜，为了增强体质，我爬了几百级台阶，登上教堂的尖塔，从那里的平台上我发现一片绿油油的草木中有一个小湖。我这个滨海地区的北方人是喜爱游泳运动的，在这尖塔上恰恰看到色彩斑斓的草地上绿色的池塘闪着微光，好像吹来了一阵家乡的风，我心中突然产生了一个难以克制的愿望：再投身到找所喜爱的水里去。一吃完饭我便找到那个浴场，跳到水里游了一阵子，我的身体开始又感到无比舒适，两臂肌肉的伸展恢复了几周前的刚健有力。阳光和劲风抚摩着我赤裸的皮肤，使我在半小时内又变回从前的那个生龙活虎的小伙子，那个曾疯狂地跟同学一起滚打、为了显示自己的勇猛，敢于去拼命的小伙子；我疯狂地伸展四肢奋力击水，把书本和科学完全抛到了脑后。现在，怀着我固有的迷醉心态又坠入很久未有的激情中。我在这重新找到的水里泡了两个小时，为了在坠落中消耗过分充沛的力量，我差不多从跳板上跳了三十次，又两次横渡这个湖，但我的蛮劲依然没有耗尽。我鼻子喷着气，抖动全身绷紧的肌肉，四处搜寻某种新玩意儿，急不可耐地想去做点强劲的，鲁莽的或放肆的事。

这时，从女浴场那边传来跳板的嘎嘎声，我感到那有力的撞击的振动一直颤悠悠地传到这边的木架上。从跳跃的曲线到坚挺的半弧形活像一把土耳其弯刀，一个修长的女子身体高高地跃起，头朝下跃了下去。霎时，那一跳跃把水击拍得啪啪直响，水中立刻泛起白色泡沫的旋涡，接着那绷紧的身躯又从水里浮上来，奋力向湖心岛游去。"跟着她！赶上去！"——运动的喜悦牵动我的肌肉，我一个猛冲跃进水里，用肩头向前顶着，以惊人的速度，从后面跟着她的尾迹猛冲。但显然这追踪被对方觉察到了，同时也是充满运动乐趣的被追踪者勇猛地利用她的领先优势，巧妙地贴着小岛斜游过去，想要随后急速转身往回游。我一眼识破她的意图，也向右转，用力划水，使得我向前拍水的手已经够到她的尾波了，我们之间只差很短的距离了。

这时，那个被追踪者突然十分狡猾地沉入水中，片刻之后便在女浴场的栅栏边上浮了上来，挡住了我，使我无法继续追踪。那个胜利的女子浑身滴着水从阶梯爬上去：转眼间她又不得不停下来用一只手抚着胸口，显然她有些喘不过气来；接着，她转过身来，当她看见我被挡在栅栏外时，便露着闪光的牙齿朝我这边哈哈大笑。由于正对着太阳,还戴着游泳帽,我看不清她的脸,只有笑声含着无所顾忌的嘲讽向我这个被战胜者示威。

我又生气又高兴:自从离开柏林以来,我还是第一次又感觉到一个女人的那种赞许的目光——也许这里暗示着一次艳遇。我挥动胳膊,三两下便游到那边的男浴场,飞快地把衣服穿在还很湿的身上,以便及时到出口处去等候她。我不得不等了十分钟,然后我的傲慢的女对手——由于体形像孩子似的细瘦决不会弄错——迈着轻盈的脚步走来;她一看见我守候在那里,便加快了脚步,看得出她的意图是不给我攀谈的机会。她肌肉灵活地快步走着,像刚才游泳时一样,所有的关节都听从这肌肉发达,但却像少年一样瘦削的、也可以说太瘦了的身体:而我却上气不接下气地追赶这健步如飞的女子,尽量不引起她的注意。我终于成功了;在拐弯的路口我横越过去,走在她前边,按大学生的方式摘下帽子拿在手里,往旁边一伸,还没仔细看看她,就问,我是否可以陪她走一程。她从侧面朝我讥讽地瞥了一眼,脚下没有放慢速度,几乎以挑衅的嘲讽口气回答我:"如果您不嫌我走得太快,为什么不!我有急事。"这种毫不拘谨的态度给了我鼓励,我纠缠不休地提了很多好奇的、太多无知的问题,但她却热心地、极其坦率地给以回答,我的意图与其说是得到了鼓励,不如说是给弄得模糊不清了。因为我的柏林的攀谈方式应付得了反抗和嘲讽,却应付不了这种快步行走时的坦率的交谈:这样,我便第二次感觉到我是极不明智地碰到了一个占优势的女对手。

不过,还有更糟的呢。因为当我的轻率的决心逐渐增强,问她住在哪儿时——那两只傲慢的褐色眼睛突然锐利地转过来一闪,不再掩饰地一笑:"在您最近的地方。"我惊愕地抬头凝视她。她又斜睨了一眼,看这支回马箭射中我没有。一点不假,这一箭射中了我的咽喉。柏林的那种粗野无礼的说话声调一下子不见了，我一点信心都没有了，我甚至低声下气地结结巴巴地问，她是不是很讨厌我的陪同。"那怎么会呢，"她又微笑了，"只有两条街我们就到了，我们可以一起走过去。"此刻，连我的血液都在咕咕地响，我几乎迈不动步了，但有什么办法，改变主意岂不更难为情：这样，我就不得不跟她一起走到我住的房子跟前。这时，她突然站住，把手伸给我，顺便说："谢谢您的陪同！您今晚6点钟到我丈夫这儿来吧。"

我很可能羞得满脸通红。但我还没来得及向她道歉，她已经飞快地上了楼梯，我站在那里，心怀疑惧地思考着我冒冒失失地说出的那些蠢话。我这个胡说八道的傻瓜曾用老掉牙的方式称赞她的身段，接着又说了一阵孤独的大学生多愁善感的胡说，像对缝纫女似的邀请她下星期天去郊游。我觉得，我似乎羞得要呕吐了，憎恶感几乎使我窒息。她现在一定是得意忘形、笑容满面地走向她的丈夫，把我的愚蠢行为告诉他，他对我的评判比任何人都重要，在他的面前我将显得那么可笑，这比赤身裸体在市场上被鞭笞还要痛苦。

黄昏以前是可怕的几小时：我千百次想象着他怎样带着那高贵的嘲弄的微笑接待我——哦，我甚至知道，他善于运用讥讽的词语，善于使一句玩笑话尖锐得刺入骨髓。一个死囚被吊上断头台，也不会像我当时上楼梯时那样觉得脖子被勒得更紧，我像在使劲把一个粗硬的东西往下咽似的走进他的房间。我的慌乱的心态仍然有增无已，但我觉得，我好像听到隔壁房间里传来女人衣裙的低语般的窸窣声。这个傲慢的女人，她肯定在那里偷听呢，对我的窘态竟幸灾乐祸，拿一个大言不惭的孩子的出丑开心。我的老师终于来了。"您这是怎么了？"他担忧地问，"您今天脸色这样苍白。"我婉言遮掩，但心里却企盼着爱抚。我所担心的判决解除了，他与往常一样地谈论学问。尽管我小心地倾听他的每一句话，但没有一句话暗含影射和嘲讽——先是惊异，后是幸运——看得出：她什么也没说。

8点整，又来敲门了。我起身告别：我的心又放回胸口了。等我走出门，她正打门前经过：我向她致意，她的目光朝我轻佻地微笑着，我热血沸腾了，把这当作许诺继续保持沉默的信号。

从那一小时起，我的注意力开始了新的转移：直到现在，我孩童般虔诚的崇敬心把这被神化了的老师当作另一个世界的守护神，以致我忘记去注意他的个人的，他的世俗的生活。在这种包含各种真正梦想的过分夸张的行为中，我把他的生活完全排斥在我们这个秩序井然的世界的一切日常活动之外。一个初恋的人不敢在想象中使神圣的女孩脱去衣裙，像欣赏其他上千名穿着衣裙的女人一样很自然地看她，因此，我也不敢诡计多端地向他的私人的生活里瞥上一眼：我总是把他理想化，认为他作为语言的使者和创造精神的体现者没有半点具体的普通的东西。现在，那次悲喜剧的奇遇使他的妻子挡住了我的去路，我就不得不更密切地观察他的家庭生活，观察他的饮食起居了；一反我的意愿，一种不安的探察的好奇心使我瞪大了眼睛。我心中的这种窥探的目光刚一开始，就有点显得慌乱，因为这个人在自己的小天地中的生活是独具特色的，几乎是一个令人恐惧的迷。在那一次邂逅以后不久，我头一次被请去吃饭，看见的不是他一个人，而是他跟他夫人在一起，这时，我心中开始明显地怀疑这是一个特殊的、混杂的生活集体，此后我越深入地观察这个家庭的内在生活，我的感情就变得越混乱。这倒并非两人之间在言语和表情上不是表现出紧张或不和谐，相反，这里什么都没有，相互间不存在任何的紧张。这种什么也没有的情形如此不可思议地把他俩蒙了起来，使人看不透他们，这是感情上的一种压抑的、燥热的平静，它使整个气氛变得比一次争吵的风暴或一次隐蔽着恼怒的闪电更加沉闷。表面上没有流露出丝毫激动或紧张；只感到内心的距离越来越大。在他们很少的谈话中的问与答都只是蜻蜓点水似的，谈话从来都不是心心相通，亲密无间；就是在吃饭时当着我的面，他说起话来也是结结巴巴，言辞不畅。有时，只要我们没有再回去工作，谈话就像冻成一块沉默的坚冰，谁也不敢去碰，它那冰冷的重负在我的心上一压就是几个小时。

首先是他的彻底孤独状态使我大为惊恐。这个思想开放、渴求新知识的人没有一个朋友，他的学生只不过是他的交往对象和安慰。跟大学同事之间，除了那种客客气气的正常应酬，没有任何关系。他从不参加社交活动；他常常整天不在家，只是去距离二十步远的大学，不去别的地方。他把一切都默默地埋在心中，既不对别人说也不用文字写下来。现在我也理解了在大学生圈子里他的语言的那火山喷发的气势，那狂热如潮水奔流的激情：这时，从数日的缄默堵塞中涌现出健谈，所有他在沉默中隐藏于内心的思想，毫无羁绊地冲了出来，带着骑者意味深长地称作"马厩失火"的那种遏制不住的气势，咆哮着从沉默的围栏冲进语言的竞技场。

在家里他很少说话，至少跟他太太是如此。就连我这个少不更事的年轻人，也怀着一种战战兢兢乃至羞惭难当的惊异心理，发现了他们两人之间飘浮着的一个阴影，一个由感觉不到的材料组成的、飘荡的、永远在场的阴影，但它却使这个人和那个人完全隔离，于是我第一次意识到一个婚姻对外隐藏着多少秘密。好像门槛上画了一个避邪的五角星，没有特殊的要求这位太太从不敢走进工作室：这就表明她完全被隔绝在他的精神世界之外。我的老师从不当着她的面谈论他的计划和工作；她刚刚进来，他就一下子把他的热情洋溢的一句话中途打住，我觉得这样做太让人难堪了。这几乎是侮辱和明耳张胆的歧视，连一点客气的婉转掩饰都没有，他粗暴而公开地拒绝她的参与——但她好像对这侮辱并不介意，或者说已经习以为常了。她总露出一张年轻人欢乐的面容，楼上楼下跑个不停，轻盈敏捷，全身放松而有弹性，手上老是有做不完的事，同时又老是有时间去剧院，不错过任何一次体育活动——反之，对书籍，对家务，对一切封闭的、安静的和从容不迫的事物，这位大约三十五岁的女人没有任何兴趣。只要她——总是独自哼唱着，随便哈哈笑着，随时进行尖刻的谈话——能在跳舞、游泳、奔跑时，在任何一种激烈活动中舒展她的肢体，好像就满足了。她从不跟我严肃地说话，她总是像对待一个半大的孩子似的拿我开心，顶多把我当作纵情较量的对手。她的这种活泼开朗的性格，跟我老师那阴暗的、完全内向的和只被精神活动激励的生活方式形成如此混乱的、矛盾的对比，弄得我一再怀着新的惊异自问，过去这两个完全不同的性格怎么会结合在一起呢。当然，这奇特的对比对我倒只有好处：如果我在精神高度紧张的工作之后跟她交谈一次，就觉得好像从我的头上取下了一个沉甸甸的头盔；所有的东西又都脱离狂迷的热情，返回平淡无奇的世俗之中，生活的这种快活的、平易近人的东西顽皮地要求自己的权利，由于当着他的面总是精神紧张，我几乎都不会笑了，而这笑却能减轻过重的精神压力，使人感到舒畅。她和我之间结成了一种年轻人的友谊：正因为我们总在一起随便谈些无关紧要的事，或一起去看戏，我们在一起就没有任何紧张气氛。唯有一件事令人难堪地打断我们无忧无虑的谈话，每一次都使我很慌乱：这就是提到他的名字的时候。这时，她必然激愤地沉默，挡住我探问的好奇心，或是当我狂热地说话时，对我报以奇怪的躲躲闪闪的微笑。但她始终闭口不语：她以另一种方式，但态度同样坚决地把这个男人排除在她的生活之外，像他把她从他的生活中排除出去一样。然而，他们两人却在同一沉寂的屋顶下生活了十五年。

这个秘密越看不透，它对我这颗热烈的焦躁不安的心越有诱惑力。好像一个影子，一块面纱，我感觉到说话的气流使得它在摆动，我曾多次以为抓住了它的踪迹，它却又滑掉了，这令人困惑的织物，下一刻又重新静静地向我走来，从来没有摸得着的话语和抓得到的形式。对于一个年轻人来说，没有什么比胡乱猜测这种伤透脑筋的游戏更扰乱人心，更让人惊醒的了；想象，它平时只是闲散地四处游荡，现在突然发现了它的捕猎目标，因而怀着这新出现的潜随捕猎的欲念而兴奋不已。在那些日子里，我这个至今仍很迟钝的青年长出了全新的感官，长出一层能奸诈地截获每一种语调的窃听的薄膜，长出一种善于侦察的猎人的狐疑而敏锐的目光，生出一种在黑暗里四处搜索的好奇心——每根神经都灵活地伸展，直至感到痛苦，总是为想抓到一个预想的东西而激动不已，从未平息为一种清晰的感觉。

但我不能斥责它，我不能斥责我的防不胜防的好奇心，它是纯洁的。使我的所有感官如此兴奋的，并不是喜欢幸灾乐祸地在一个优越的人身上捕获低级人性的邪恶的好奇心——相反，这种好奇心具有隐秘的恐惧的色彩，是一种犹豫不决的同情，这种同情惴惴不安地预感到这位沉默者的痛苦。因为我越走近他的生活，那罩在我老师可爱的脸上的清清楚楚的阴影就越使我感到压抑，那是一种高尚地克制着的高尚的伤感，它从来都没有降低为过分粗暴的怨天尤人或无来由的愤懑；如果说他在第一个小时里吸引我这个陌生人的是他的语言的那种类似火山爆发前的红光，那么他现在使我这个知己更加感动的则是他的沉默，是飘浮在他的额头上的愁云。什么也不能像高尚男人的阴郁这样有力地打动一个青年人的思想：米开朗基罗的俯视自己内心的沉思者，贝多芬那痛苦地向里收敛的嘴，这些悲剧性的面部模型比莫扎特的银铃般的旋律和达·芬奇的人物周围的明亮的光线会更加强烈地感动一个未定型的人。青春本身就是美，青春是无须美化的：由于生命力过于旺盛，它向往悲剧的东西，让忧郁甜美地吮吸它还不成熟的血液。因此，所有的青年人都永远情愿铤而走险，愿意向每一个精神上的痛苦表示亲切的同情。

这样一张真正受难者的面孔，我有生以来还是头一次看见。我是一个小人物的儿子，在市民的舒适环境中平平安安地长大，我只在日常生活的可笑的假面具上认识什么是忧虑，装作懊恼，或披着黄色的忌妒的外衣，几个小钱叮当作响——现在，我立刻就感觉到，这张面孔之所以惘然若失，是出自更为神圣的因素。这个阴暗的表情来自忧郁的心理，一枝残忍的画笔从里边把褶皱和裂纹画在早衰的面颊上。有时，当我走进他的房间（总像一个孩子走近住着妖怪的房子那样胆战心惊），他由于全神贯注而没有听见我敲门，当我后来突然羞涩而惊慌地站在这位忘我者的面前时，我觉得坐在这里的只能是戴着瓦格纳的面具的躯体，身上穿着浮士德的长袍，而灵魂却在神秘的悬崖上、在令人战栗的瓦尔普吉斯之夜①里到处游荡在这样的时刻，他的感官完全闭锁了，他既听不见走近的脚步声，也听不见腼腆的问候。如果说他突然恢复了知觉，惊跳起来，他就会试图赶紧说话以掩盖他的窘态：他来回踱着步，竭力通过问话来转移对他审视的目光。但阴影却长时间地悬在他的额头上，只有热情的谈话才能驱散这从内心积聚起来的云团。

他不得不时常经历这种场面，他的一瞥是多么令我感动。他也许从我的眼睛，从我不安的手能感觉到我的嘴似乎隐约地在请

---

① 传说每年4月30日夜晚，德国海登海姆女隐修院院长瓦尔普吉斯在哈尔茨山布罗肯峰设宴招待魔鬼与巫婆狂欢作乐。《浮士德》第一部中描写了瓦尔普吉斯之夜。

求他信任我，或者能从我的探问姿态看出我要把他的痛苦变成我的痛苦的隐秘的热情。无疑，他一定感觉到了这一层，因为他意想不到地中断了活跃的谈话，颇受感动地望着我，甚至那十分温暖的、因内心知足而变得模糊的目光把我整个儿吞没了。随后，他往往抓住我的手，长时间不安地握着——我总是等待着：现在，现在，现在他要跟我说了。但他没有说话，大半代之以一个粗暴的姿态，有时来一句冷冷的、故作冷静的或嘲弄的话。他这个生活在热情中的人，在我心中培育和唤醒了热情，随后又突然把我的热情抹去，就像抹去一篇写得不好的作业里的一个错误，他越多地看到我的内心的思绪，看到我渴望得到他的信任，他就气冲冲地冒出这样一句冷冰冰的话："这您不明白"或者"您别这样言过其词"。他用这些话刺激我，使我绝望。在这个闪电般耀眼地从热变到冷的人的手下，我多么痛苦呀，他下意识地燃起我的热情，突然又用冷水浇我的头，他以他的狂热激起我的狂热，随后又突然抓起一条讽刺挖苦的鞭子——是的，我有这样一种强烈的感觉，我越接近他，他就越坚决地、甚至无比恐惧地推开我。什么也不能，什么也不许接近他，接近他的秘密。

我意识到，那秘密越来越灼人，那秘密驻留在他那具有魔力般吸引力的内心深处是那么奇异反常，那么阴森可怖。我从他那奇怪地逃避的目光中猜到他心里有一种存心隐瞒的东西。每当人们心怀感激之情沉浸在那目光中时，那目光便热烈地冲向前，又胆怯地逃避开；从他妻子紧闭的嘴唇上，从全城人十分冷淡的观望中，我感觉到了这一点，每当人们称赞他时，城里的人几乎都愤怒地瞪着眼睛——我也从千百种特殊的现象和突如其来的惘然若失的表现上感到这一点。误以为已经进入这样一种生活的内部，但又像在一个迷宫里迷失了方向，找不到那条通向它的本源和内心的道路，处在这样的境地多么叫人痛苦啊！

他的越出常规的行为对我来说是最不可思议、最令人恼怒的事。有一天，我去听他讲课，教室门前贴了一个条子，写着：讲课暂停两天。大学生们好像并不感到惊异，但是我昨天还跟他在一起呢，我赶紧跑回家，生怕他得病了。我显得很着急地闯进他家，他的夫人却不动感情地微笑。"这种事常发生，"她冷淡地说，"只有您还不知道。"事实上，我从同学们那里得知，他常常这样消失一夜，有时只打个电话来请假：有一次，一个大学生早上4点钟在柏林的一条街上碰到过他，另一个人则曾经在别的城市的饭馆里跟他相遇。他突然跑出去，像一个软木塞从一个酒瓶里弹出，然后他又回来了，谁也不知道他到达哪里。他突然的逃走使得我像得了一场大病：这两天我神不守舍、激动不安地四处游荡。没有他像平时那样在场，我觉得学习突然变得空空洞洞，毫无意义。我在种种混乱的妒忌的猜测中苦受煎熬，甚至在我心中滋生出某种对他性情孤僻的憎恨和愤怒。因为他竟像对待一个饥寒交迫的乞丐一样把我这个热心的追随者排斥在他的真实的生活之外。我劝慰自己，我一个孩子，一个学生根本无权要求什么解释和说明，因为他的善心给予我的信任比一个只尽义务的大学老师要多一百倍。但这样的劝慰也无济于事。理智控制不住炽热的激情：我这个傻头傻脑的小伙子一天要去问十次他回来没有，直到最后感觉到他夫人的一向粗暴的否定发展到恼怒为止。我直到半夜都没睡，侧耳细听他归来的脚步，一大早就不安地悄悄围着门口转，再也不敢去询问了。当他第三天终于出人意料地走进我的房间时，我大大地舒了一口气：我的惊恐一定是太过分了，至少我能从他的窘迫的惊异的表情上看出这一点，他急匆匆地一个接着一个提了几个无足轻重的问题。他的目光在躲避我。我们的谈话第一次转弯抹角地兜起圈子来了，话与话相撞相绊，当我们二人都竭力避免说出任何影射他外出的话语，正是这种尽在不言中的话封锁着每个发音的通道。当他把我一个人留下时,我的好奇心像火焰一样,从我心中熊熊升起,渐渐地,它使我感到坐立不安。

这场谋求说明和深刻认识的斗争持续了几个星期:我顽固地探索那火热的核心,我以为我已感觉到这个核心在岩石般的沉默下就要像火山那样爆发了。终于,幸福的时刻到来了,我第一次成功地闯进他的内心世界。我又一次在他的房间里待到暮色降临,其间他从锁着的抽屉里拿出几篇莎士比亚的十四行诗,他先是按照自己的译文读了读这些像青铜铸就的简洁的作品,然后那么神奇地把诗里看似捉摸不透的文字暗码解释清楚,不过我在由衷的喜悦中不免感到遗憾,因为这位心潮澎湃的人所给予的一切,可能都要在短暂流动的语词中消失。这时,不知从哪儿来了勇气,我突然大胆地问他为什么没有完成《环球剧院的历史》那本大部头的著作。但我刚说出这句话,我便惊恐地发觉,一反我的意愿竟很重地触到了一个秘密的、显然十分痛苦的伤口。他站了起来,扭过身去,沉默了很久。这房间突然好像只充满暮色和沉默。最后他向我走来,严肃地望着我,而嘴唇抽搐了好几次,才微微张开口;然后痛苦地供认说:"我不能写大部头作品了。这事已成为过去:只有青年人才会有这样大胆的计划,我现在再也没有毅力了。我为什么要隐瞒呢?——我变成了一个没常性的人,我不能坚持到底。过去我精力多的是,现在没有了。我只能讲话了:说话有时我还办得到,说话时总有点什么东西吸引着我。但静静地坐着工作,永远是独自一人,永远是单独工作。这我做不到了。"

他那听天由命的眼神使我震惊。我内心深处对他充满信心,我极力劝他最好把他每天松手撒给我们的东西紧紧地攥在拳头里,不要总是只管发放,而要把自己的东西成型地保存起来。

"我不能写了。"他倦怠地重复着,"我的精力集中不了啦。""那您就口授!"为这种想法所吸引,我走向他,几乎祈求地说,"那就您口授我记录,您就试一试吧。也许只开个头——然后您自己也不会再退缩了。您就试试这种口授笔录法吧,我请求您给我这个荣幸!"

他抬头望着我,先是有些困惑不解,接着便更加若有所思了。这个想法似乎使他有些动心了。"给您这荣幸?"他重复着,"您真的以为,我一个老年人从事点什么,还能给什么人带来快乐?"我感觉到,一次踌躇不决的让步已从这里开始,这是我从他的目光中觉察到的,那目光刚才还向内遮着一层云雾,但现在云雾被热切的希望驱散了,目光渐渐突现出来,变得明朗了。"您真这样想吗?"他重复着;我感觉到,他的意志里出现了一种打算采纳我的建议的迹象,接着便当即决定:"那么我们就试试吧!青年人永远是正确的。向他们让步是明智的。"我狂热地爆发出来的快乐,我得意扬扬的神情,仿佛使他复活了。他急匆匆地走来走去,几乎充满青春的激情,我们商定:晚上9点钟,一吃过晚饭,我们每天先试一个小时。第二天晚上口授笔录便开始了。

这几个小时,我怎样描述它们呢!为了迎接它们,我整整等了一天。下午就有一种压抑的、耗损精神的不安像通电似的压在我的焦躁的感官上,我几乎忍受不了那几个小时了。夜晚终于到来。晚饭一过,我们立刻走进他的工作室,我在写字台前坐下,背对着他,这时,他在屋子里不安地踱着步,直到在他心中好像找到了旋律,从高尚的语言里跳出最初的音节。因为这个古怪的人创造的一切都是来自一种音乐感。开始时他总需要推动,以便使他的思想运动起来。这大多是一幅画,一个比喻,一个形象的环境,在激情的、不知不觉地快速前进中他能把这环境扩大为一个戏剧场景。接着，一切宏伟而自然的创造往往是从这种即兴创作所迸发的火花中闪现的：我记得，有几行，好像是一首抑扬格体的诗中的几节，另几行如同瀑布奔腾飞泻，一个紧接一个出色的排列，就像荷马史诗中的战船目录和沃尔特·惠特曼的粗犷的颂歌。作为一个正在成长的年轻人，我第一次看清这种创作的秘密：我看到，那思想本是没有色彩的，只是一种纯粹的流动的热情，就像浇铸钟的铜从情绪激奋的大坩埚里流出来一样，冷却后才渐渐成型，而后它浑圆丰满起来，直至清楚地从中迸发出语言，犹如钟锤敲响大钟，奏出响亮的声音，赋予诗人的感受以人的语言。正如每个段落来自节奏，每个描写来自场景的画面，这整部巨著完全不用语言，是从一首颂歌发展而成的。在这首颂歌里，大海象征着人世间看得见、摸得着的永恒。大海无边无际，波涛汹涌，仰视苍穹，遮掩万壑，游戏着尘世的命运，游戏着人类颠簸动荡的小船：面对这大海的形象，在奇妙的对比中产生出悲剧的描写；作为自然力，这悲剧气势雄伟地、颇具破坏性地控制着我们的天性。随后，这形象的滚滚波涛涌向一块单独的陆地：英吉利出现了，这个海岛的周围永远被不平静的自然力所冲击，这自然力充满危险地包围着大地的所有边缘，地球的所有地带和地区。在英吉利那里形成了一个国家：在那里，这自然力的冷漠而明澈的目光一直渗到人的眼睛的玻璃体里，渗进灰色的、蓝色的眼睛里。每个人既是海员，又是岛屿，像他的国家一样。这一种族在同诺曼人数百年的争战中不断考验自己的力量，风暴和危险使他们忆起强烈的暴风雨般的激情。但是现在，和平的云雾笼罩着这个四面激浪拍击的国家。然而，他们已习惯于风暴，他们仍然向往大海，向往事件的骤变和日常的危险，于是他们又一次在血腥的游戏中为自己制造出使人兴奋的紧张。先是搭起了斗兽和格斗的木台。熊流血而死，斗鸡残忍地激起人们在恐惧中的欢乐；不久，鉴赏力提高了，人们更希望看到纯粹人类英勇斗争的激动人心的紧张。这时，从虔诚的舞台、从教会的神秘剧中产生了另一种关于人的伟大的波澜壮阔的戏剧。这是所有那些冒险和航行的再现，只不过现在是在内心的海洋上；这是新的无穷，另一个激情汹涌、精神振奋的海洋。激动地驾驭这个海洋，气喘吁吁任其四处抛掷，则是这些依然强大的盎格鲁—撒克逊民族后裔的新的欲望：于是产生了英国民族的戏剧，伊丽莎白时代的戏剧。

他狂热地投身到这个野蛮的原始世界开端的描述中，那形象的词语响亮地飞腾而出。他的声音，开始时如低声细语，急速快捷，尔后由于绷紧发出洪亮声音的肌肉和韧带，变成了银光闪闪的飞机，越飞越自由，越飞越高：这个房间，这被回音冲击的四壁，对它来说显得太狭小了，这声音需要一个广阔的空间。我感觉到暴风就在我头顶上逞狂，那海涛般咆哮着的嘴发出隆隆作响的呐喊：我缩背俯身在写字台上，好像我又站在故乡的沙丘上，听到千万层波浪和喷射而来的海风震耳欲聋的声响。一切震颤都像一个人的诞生和一句话的诞生一样都痛苦地伴随着种种恐惧，那时，正是他第一次闯入了我惊恐不已、却又充满幸福的心灵。

在口授中，强有力的灵感夺走了科学表述的语言，思想变成了文学创作，我的老师一结束口授，我便晕晕乎乎地站了起来。极度的疲倦感沉重而强烈地传遍我全身，这是一种跟他的疲惫完全不同的疲劳，他的疲乏是一种精疲力竭，一种如释重负的感受，而我这个过分激动的人还因自己心里涌进的充沛情感而震颤不已。但我们两人随后总还需要一次轻声细语的谈话，然后才回去睡觉或休息；通常我还要念一遍记录稿；奇怪的是，那些符号一旦变成语言，说话也好，呼吸也好，发声也好，从我口里却发出另一个人的声音，好像一个人换去了我嘴里的语言。接着我辨认出：我是在重复吟诵，我是在那样投入地模仿他朗诵的腔调，那腔调跟他的一模一样，以致使我感到，好像是他通过我的嘴在说话，不是我自己在说话——我简直变成了他的共鸣器，他说话的回响。这一切已经过去了四十年；但在今天，只要是做报告，只要演讲词脱离我的口发生振动，我就会突然羞怯地感觉到不是我自己在说，而是好像另一个人在借我讲话的嘴在说话。接着我听出这是一个尊贵的死者的声音，这位死者的声音，这位死者唯有呼吸还留在我的嘴唇上：只要狂热的精神征服了我，我就是他，永远如此。我知道：这是那些时光对我的影响。

工作成果在增长，它像一片树林似的在我周围生长，渐渐遮住了我观察外界的视线；我只生活在那所房子的黝黯里，生活在这部不断扩展的著作的沙沙作响而又不停呼啸的枝叶当中，生活在这个温暖慈爱的人的身边。

除了大学里很少的几个课时以外，我整天都属于他。我在他们那里用餐，从他们住处来的消息白天晚上都顺着楼梯上上下下传到我的房间；我有他们的门钥匙，他也有我的门钥匙，这样一来，他就可以随时找到我了，无须事先去喊那个半聋的年老的女房东。我跟这个新的集体结合得越紧密，我就跟外面的世界越疏远：我在分享这种温暖时也分享着他们封闭生活的冰冷的孤独。我的同学一致对我摆出冷淡和蔑视的态度：也许他们私设了一个特别的秘密法庭，或只是对我明显受宠的一种神经过敏的嫉妒——不管怎么说，他们是把我排除在他们的交往之外了，而在课堂讨论中，他们像约定好了似的，都不跟我打招呼，不跟我寒暄。就连那些教授也不掩饰他们充满敌意的嫌恶；有一次，我向一位教罗马语文学的讲师请教一个不很重要的问题，他竟嘲讽地搪塞我："您是……教授的亲信，怎么连这个也不知道。"我曾试图为自己这种无辜地被排斥进行解释，但是自费气力。他的言辞和目光都避开任何解释。自从我完全跟这两个孤独的人在一起生活以来,我自己也变得完全孤独了。

只要把我的注意力完全放在这种精神活动上,这种社会的排斥也就不会使我伤心了。但我的神经渐渐地承受不住这样持续的绷紧状态。一个人几周内都这样不间断的用脑过度,不可能不受到惩罚,再者,我是突然把我的生活彻底翻了一个个儿,我过猛地从一个极端走到另一个极端,不会不危及那神秘地形成的自然平衡。过去在柏林时,我懒散地东游西逛,使我的肌肉舒适放松,跟女人的艳遇在嬉戏中释放了我精神上的焦躁不安;而在这里,沉闷的气氛则不断压迫我昂奋的感官,使它们带着通电的触角在我全身战栗,流动;我失去了深沉的健康的睡眠,尽管也许是因为我总把抄写每天晚上的听写当作个人的乐趣一直写到第二天大清早的缘故(由于沾沾自喜的急躁情绪,狂热地抄写着,以便尽早把抄好的文稿交给我的老师)。

接着,大学里有些材料要赶忙看完,这就要求我付出更多的精力,而跟我老师的谈话也使我的情绪十分激动,因为甚至每根神经都绷得紧紧的,我从来不敢冷漠地出现在他面前。被损害的身体对这种过分紧张的活动没过多久就进行报复了。我多次短时间地昏迷过去,这是我疯狂地超越身体负担的危险的报警信号——但像被施以催眠术的疲惫在增长,每次感情的表达都变得非常激烈,变敏感了的神经向每根神经末梢内部伸展,扯断睡眠,使一直混乱的思想更加混乱。

第一个注意到我的身体处在明显的危险状态的,是我老师的夫人。我常常感觉到她那抚慰的目光向我探索,她总是故意把那些提起我注意的想法随便掺杂在我们的谈话里,诸如劝说我不能希望在一个学期里征服世界。最后她就明明白白地说了。"现在够了,"一个星期天她走到我身边,见我在美丽的阳光照耀下埋头研究语法，便一把将书从我手中夺走，说，"一个年轻的活蹦乱跳的人怎么能做功名心的奴隶呢？您不要老把我丈夫当作榜样：他老了，您还年轻，您得按别的方式生活。"每当她谈到他时，她总是操着这种表示蔑视的压低的声调，我作为一个献身于我老师治学的人，则一再愤怒地反对她的这种腔调。我觉得，她是故意地，甚或怀着一种邪恶的嫉妒心理，越来越试图让我离开他，试图以嘲讽的手段阻止我的过火行为；如果我们晚上口述笔录的时间过长，她就一个劲儿地敲门，不顾他的愤怒的驱赶，迫使我们把工作中断。"他会毁掉您的神经的，他还会把您完全毁掉的，"有一次当她发现我倒下时，她愤慨地说，"这几个星期他把您折磨成什么样子了！我可不能再眼巴巴地看着您跟自己过不去了。而且在这里……"她说到这儿停顿下来，没把整句话说完。但她的嘴唇颤动着，由于压抑着的愤怒而变得毫无血色。

的确，我的老师给我的工作并不轻松：我越是热情地为他服务，他对我殷勤的尊敬表现得越冷漠。他很少表示感谢；如果我在早上把熬夜完成的文稿带给他，他就干巴巴地表示拒绝："明天也来得及。"如果我的追求虚荣的热心努力超出了他要求的范围，在谈话中他的嘴就会突然撇得老长，一句嘲讽的话就会逼得我直往后退。当然，如果随后他看见我忍受着侮辱惶惶不安地退缩了，他那温暖可亲的目光就会又闪现出来，打消我的绝望，但这种情况太少了，太罕见了！他的性情的这种热与冷，这种时而激动的亲切，时而恼怒的顶撞，使我难以控制的充满渴望的感情混乱不堪——不，那时我真说不清，我究竟渴望什么，我希望什么，我要求和谋求什么，我的狂热的献身期望得到他什么样的同情。因为如果一种崇敬的热情即使以纯真的方式献给一个女人，那么它也要不自觉地力图得到一种肉体上的满足，在占有身体的同时自然会为这种热情形象地塑造出一种最高的结合——但这种精神上的一个男人献给另一个男人的热情，它怎能企望得到不可能满足的、完全的满足呢？它心神不定地围着这位可尊敬的人转，永远为新的狂喜而闪闪发光，却从未因为最后的奉献而变得平静。它永远在涌流，从不完全溢出，永远像精神一样从不知足。同样，在长时间的谈话中，我从来也不觉得他与我很近，他从不完全敞开心扉，吐露一切；即使他充满信任地摆脱一切拘谨，我也知道，霎时他就会斩钉截铁地把这亲密的联系切断。这种变化无常一再重新搅乱我的情感；如果我说我在过度受刺激时常常几乎干出蠢事，这一点儿也不夸张，那只是因为他把我介绍给他的一本书松松地拿了一下就随随便便地推到一边，或者，当晚上深入的谈话把我们拴住，我完全被他的思想里所吸引，他会先轻轻地把手放在我的肩上，然后突然站起来，粗暴地说："现在您走吧！已经很晚了，晚安。"这样的一些无足轻重的小事也就足以搅得我几小时、几天都不得安宁了。也许，在不停的激动中，我的过度兴奋的感情也会看到这些侮辱，虽然他不是故意的——但一切抵制干扰我心境的、暗示我自己如何重要的言行，又有什么用处呢？这种事天天重复出现：他亲近时我忍受他的热，他疏远时我感受他的冷。他的态度永远令人失望，没有半点迹象能使我安宁，每一个偶然的言行都使我感到迷惘。

　　奇怪的是，每当我感觉到我的感情受到了他的伤害时，我就逃到他夫人那里去。也许是一种冲动，想找一个同样受这种无言的冷落的人，也许只是一种需要，想能够跟随便什么人说说话，即使不能得到帮助，也能得到理解——不管怎么说，我像去找一个乡亲似的跑到她那里去。她往往拿我的敏感开心，或耸耸肩膀冷淡地劝我要习惯这些使人烦恼的怪事。有时，当我突然感到绝望，一下子就结结巴巴地把责难、眼泪和话语甩在她面前，她便十分严肃地、简直是用一种令人惊异的目光凝视我，但一句话也不说；只是在她的嘴唇周围显现出遏制的愤怒，我觉得，她需要使出全部力量，才会不表现出她的愤怒或轻率。无疑，她也有什么话要对我说，她也隐藏着一个秘密，也许这与他是相同的。但我的话一经触犯了他，他便以粗暴的拒绝把我顶回来；而她却通常是说一句笑话或做一个临时想到的恶作剧，跳过任何继续下去的话题。

但只有一次我差点儿套出她的话。我早上把听写送去，坦率而热烈地对我的老师说这篇描述（那是对马洛的描述）使我感动至深。我感情洋溢，热血沸腾，赞叹不已地补充说，没有谁能像他那样描绘出这样杰出的肖像；这时，他尖叫一声表示拒绝，紧紧地咬住嘴唇，把那张稿子扔掉，轻蔑地喃喃地说："请您不要说这种蠢话！您懂得什么叫杰出。"这句粗暴无礼的话（匆忙戴上的假面具大概只是为了掩饰无可奈何的羞惭）足够打破我一天的安宁了。下午，我单独和他夫人在一起待了一小时，像歇斯底里发作似的我突然冲到她身边，抓住她的手，说："请您告诉我，他为什么这么恨我？他为什么这么瞧不起我？我怎么得罪他了？为什么我的每句话都这样刺激他？我该怎么办，您帮帮我吧！为什么他容不得我——请您告诉我，我求您了。"

我这粗野发作的突然袭击，惹得她用一种尖锐的目光凝视我。"容不得您？"——她牙缝里挤出一阵笑声，这是一种恶意讽刺的刺耳的笑，我听了不由得往后退缩。"容不得您？"她又重复一遍，无比愤怒地直视我慌乱的眼睛。但随后她便挨近我，俯下身来——她的目光渐渐地变得柔和，更柔和了，几乎是怀着同情——突然，她（第一次）抚摸我的头发。"您真是一个孩子，一个愚蠢的孩子，什么也没发觉，什么也没看见，什么也不知道。但这样更好——否则您会更不安的。"

她猛地转过身去。我徒劳地寻找着安慰：像被捆在一场扯不断的吓人的梦的黑口袋里，我拼命寻找一种解释，拼命挣扎着，想从这种互相矛盾的情感的无比神秘的混乱中醒来。

　　四个月就这样过去了，这是最难以预料到的自我提高和改变的十几个星期。这学期转瞬跳到了它的终点，我怀着恐惧心理面对这临近的假期，因为我爱我的炼狱，我家乡那平淡的没有文化气息的家庭生活，像流放和劫夺一样威胁着我。我已私下计划，向我父母谎称这里有重要的工作拖住了我。我已巧妙地把谎言和借口编织在一起，以便延长这消耗我精力的现状。但我的时间早就被安排在另一个空间里了。这个时刻无形地悬在我的头顶上，就像正午报时的钟声蕴藏在铜钟里，到时会意外地严肃地召唤那些闲散的人去工作或辞行。

　　那个决定命运的晚上，开始时多么美好啊！简直是像要泄露什么真情似的美好！我跟他们两人坐在一起吃饭——窗户都开着，天上飘着白云，朦胧的暮色从发暗的窗框悠悠进入室内：一种温和、明澈的光从白云庄严飘过去的反光中散播开来，进到人们的心底。太太跟我，我们谈得比往常更随便，更平和，更不知疲倦。我的老师沉默着，不参与我们的谈话；但他的沉默却像用静静合拢着的翅膀罩在我们的谈话上。我偷偷地斜眼看着他：他今天的神态有一种奇异的明朗的东西，一种不安，但绝无慌张的神色，犹如在那夏日的云彩里。有时他举起酒杯，拿着它对着灯光看，见了那颜色显得很高兴；而当我的目光快乐地随着他的姿态转来转去时，他便微微一笑，把杯子举起来对我致意。我很少看见过他的脸这么明朗，他的动作这么完美，镇静：他几乎是愉快地正襟危坐，好像在欣赏从大街上传来的音乐或在倾听看不见的谈话。他的嘴唇，平时周围一向都有细小的皱纹，现在却又安静又柔和，好像一个削了皮的果实。他的前额稍稍转向窗户时，便反射出那种温柔的光亮，我觉得从来没有这么美。看到他如此平静，真是奇妙：那是纯洁的夏天晚上的反光，是从柔和的空气中涌进他心里的安逸，还是来自他内心的慰藉——我也说不清楚。看他的面孔，就像读一本打开的书，我只觉得：今天有一位宽厚的神抚平了他心上的皱褶和裂纹。

他现在站起来，像通常那样甩头邀我跟他到工作室去，那样子也是无比庄重的：这位平素一向匆匆忙忙的人，现在走路特别稳重。走着，他又转身——这也是一反常习的——从橱里取出一瓶未开盖的葡萄酒，从容不迫地把它带过去。同我一样，他的夫人也好像注意到了他的行为有些古怪，她放下针线活，抬头用惊异的目光看看，好奇地默默观察着他那非比寻常的徐缓而庄重的姿态，这时我正走过去工作。

那房间，好像完全暗了下来，正带着亲切的暮色等待着我们，只有那盏灯在等候在那里的一堆白纸周围画出一个金黄色的圆圈。我坐在我往常的位置上，重复读了一遍草稿里最后的几个句子；他总是需要像用音叉定调那样在内心找准节奏，然后才能让言辞倾泻出来。但他平时都是直接从那正在消失的句子开始，这一次却没听到接下去的声音。沉默扩散到了整个空间，沉默从四壁反弹回来的压力压迫着我们。他的精神好像不怎么集中，因为我听见我背后有他神经质地来回走动的脚步声。"请您再读一遍！"——不可思议，他的声音竟突然不安地抖动起来。我重新读最后几段：现在他紧接着我的话开始了，冷不防地就开始了，口述得比平时更快更完整。五个句子过去以后，场景就建造起来了；他至此所描述的一切，全是戏剧文化方面的前提条件，是一幅当时的壁画，是历史的轮廓。现在他突然急转直下，转向了剧院本身，它从中世纪流浪艺人乘着小车四处表演的形式终于变成定点的剧院，为自己建造了一个家园，有了保证自己权利和特权的书面文件，起初是"玫瑰剧院"和"幸福之神"剧院，都是简陋的木板棚，演出简单的戏剧；但后来诗剧勇敢坚定地向前发展了，工匠们便根据它的更大的胸围制作了一件新的木衣裙：在泰晤士河畔，在潮湿的不值钱的泥浆土地上，出现了那座粗笨的、带有六角塔楼的木头建筑，即环球剧院，在它的舞台上出现了莎士比亚这位大师。像被大海抛出来的一只古怪的船，在最高的桅杆上挂着海盗式的红旗，牢牢停泊在那泥泞的土地里。剧场的大厅里，像在码头上似的拥挤着吵吵嚷嚷的低贱的人群，那些上流社会的人则从高层楼座上俯视下面的演员，沾沾自喜地微笑着，闲聊着。他们不耐烦地要求开演。他们踏步顿足，大叫大嚷，剑柄碰撞舞台发出叮当的声响，直至几支闪烁的火光第一次照亮前面低低的舞台，人物都草率地化了装，演出显然是即席创作的喜剧。就在今天，我还记得他的话："语言的风暴突然咆哮起来，那个大海，那个充满无限激情的大海，从这木板的边界冲出去，直达人类心灵的一切时代和地区，掀起血红的波浪，它是不会枯竭的，深不可测的，快活的和悲惨的，多种多样的，是人类最独特的画像——这就是英国的戏剧，莎士比亚的戏剧。"

  演讲就在说到这些崇高的言辞处突然中断了。接着是长时间郁闷的沉默。我不安地转过身来：我的老师一只手紧紧地抓着桌子有气无力地站在那里，他的这种姿态我太熟悉了。但这一次在这呆滞的状态里却有着某种令人吃惊的东西。我一跃而起，担心他有什么不适，然后小心翼翼地问他我要不要停止工作。他起初只是屏住呼吸，目不转睛地呆呆地望着我。随后，他的眼睛又放射出蓝色的光来，他嘴唇松松地朝我走来——"喏，您什么也没发现吗？"——他殷切地凝视着我。"究竟是什么？"我毫无把握地结结巴巴地说。这时，他深深地喘了一口气，露出淡淡的微笑；几个月以来，我又感觉到了那种丰富的，柔和的，温情的目光。"第一部完成了。"我强忍着才没兴高采烈地欢呼，这惊喜热乎乎地流过我全身。我怎么竟会视而不见呢，是的，这是完整的构筑，非常出色地从过去的原始基础一级一级升到建造成型的门槛：我赶紧跑过去数那些稿纸。这最重要的第一部共有写得密密麻麻的一百七十面；因为接下去要写的，是自由的模仿的描述，而到现在为止的叙述则是与历史的见证紧密相连的。毫无疑问，他将完成他的著作，我们的著作！

当时我欣喜地叫喊了，因为高兴、自豪和幸福而翩翩起舞了？我不知道。但我的兴奋感情一定表现出种种出乎意料的激情澎湃的形式，因为他的目光微笑着慢悠悠地追随着我，这时我时而草草浏览最后几句话，时而匆忙地数稿纸，捧着，掂量着，充满爱心地抚摸着，急不可耐地估算着，想象着我们何时才能完成整部著作。他积聚已久、深藏不露的自豪感，在我的快乐情绪中反映了出来：他深受感动地看着我。接着，他慢慢地伸着双手走到我跟前，抓住我的手，毫无表情地凝视着我。他的瞳孔平时只是颤动着间歇地闪出蓝光，现在则充满了明亮的、热情奔放的蓝色的光，在所有的元素中只有海底和人的感情的深处才能构成这种蓝色。这种闪光的蓝色从眼仁里升上来，向前放射，渗入我的体内；我感觉到，他这温暖的眼波轻柔地流到我的内心深处，在那里涌动着，扩展着，使我感情激荡，产生古怪的欲望：由于存在着这种奔涌膨胀的力，我的整个的心胸都变得宽阔了，于是我心中感到明快和温暖。"我知道，"现在他的声音越过了这眼神的闪光，"没有您，我就不可能开始这项工作，为此我永远也不会忘记您。您把我从疲惫无力中拯救了出来，您拯救了我的破碎衰败的余生，您一个人！没有一个人比您为我做得更多，没有一个人这样忠诚地帮助过我。因此，我不说我要感谢您，而说……我要感谢你。来！让我们完全以兄弟相称。待上一小时！"

他轻轻地把我拉到桌旁，拿来准备好的那瓶酒。两个酒杯也已摆在那里：他是想用这象征性的饮料公开向我表示感谢。我高兴得全身战栗，再也没有什么比一个热烈愿望的突然实现能更强有力地撼动我们的心旌了。这是最明显的信任的象征，我曾无意识地渴望得到它；他的感谢真是找到了最美好的象征：这个亲如兄弟的"你"，它表明超越年龄的鸿沟，它由于经历了如此艰难的过去而显得无比宝贵。这个酒瓶发出叮当的响声，它现在充当着施洗礼者，它将用信任永远抚平我这颗忧虑不安的心，此刻我心中也响起同样的颤抖、明快的声音，一个小小的障碍延缓了这庄严时刻的到来：酒杯的软木塞还没有开，手头没有瓶起子。他想站起来，去取瓶起子，但我猜到了他的意图，就急忙冲出去奔向餐室——然而我心急如焚地等待这一时刻的到来，这得是我的心最终得到平静的时刻，他对我的好感得到最明显的证明的时刻。

当我飞快地穿过门向有灯光的过道走去时，在黑暗中我跟一个什么软的东西撞在了一起，那软的东西急忙让开：原来是老师的夫人，她显然是在门边偷听呢。但是奇怪的是，我这么有力地跑着跟她撞了个满怀，她却一声没吭，她只是默默地避开了，而我则吓得一动不动地哑口无言。这情景只延续了一瞬间；我们俩都默默地站着，都在对方面前显得很难为情，她是因为在偷听时当场被捉，我则是因为被这太出人意料的发现惊呆了。随后是悄悄的脚步走在黑暗中，灯亮了，于是我看见她脸色煞白，挑衅般地背靠着木柜；她的目光严肃地打量着我，而从她僵硬的态度上可以看到一种可疑的阴暗的东西，一种警告和恐吓。但她一句话也没有说。

当我经过较长时间烦躁的、半盲的摸索，终于找到瓶起子的时候，我的双手颤抖起来；我必须两次从她面前经过，每当我抬起眼睛，总碰上她那呆滞的目光，那目光就像抛了光的木头似的闪着一种冷冷的阴暗的光。在她身上没有任何东西透露出门边偷听被人察觉的羞涩；相反，她的眼睛现在粗暴而坚定地闪射出一种令我不解的威胁的光芒，她那倔强的神情表明她已经打定主意不离开这个不适当的地点，还要继续窃听。这种意志上的优越使我感到迷乱，在这种坚定而警告的目光逼视下，我不自觉地低下头来。我终于迈着不稳的步子溜进房间。我的老师在那里焦躁不安地双手握着酒瓶，这时，刚才的极度愉快完全冻结成了一种奇特的恐惧。

然而他是怎样无忧无虑地等待着我，他的目光怎样欢快地瞅着我啊：我一直梦想能有一天看见他这个样子，乌云从他忧郁的额头散尽！现在这前额第一次闪着这样平和的光，直射进我的内心，我倒说不出话来了，全部隐秘的喜悦犹如穿过隐秘的毛孔缓缓地向外流淌。我心慌意乱地甚至面带羞涩地听见他再一次向我表示感谢，现在他又用亲密无间的"你"称呼我，两个酒杯碰在一起，发出银铃般的声响。他用一只胳膊友好地搂着我，把我带到扶手椅那里，我们相对而坐，他的手松松地放到我手里：我第一次感觉到他的感情完全自由地流露出来了。但我一句话也说不出来；我下意识地用目光扫视着门边，非常害怕她又站在那里偷听。我不停地想，她在偷听，偷听他对我讲的每一句话，还有我讲的每一句话：为什么恰恰在今天，为什么恰恰在今天？他用那种温暖的目光深情地望着我，突然说："今天我想跟你讲一讲我，讲一讲我自己的青年时代。"听到这话，我吓得站起来，摆着手求他不要讲，他惊奇地抬起头来望着我。"不要在今天，"我结结巴巴地说，"不要在今天……请原谅。"在我看来，他的这个想法太可怕，他很可能把自己暴露给一个窃听者，而关于窃听者这一层我又不得不对他守口如瓶。

我的老师疑惑不解地望着我。"你究竟怎么啦？"他略带愠色地问。"我累了……请原谅……我过分激动了……我想,"我一边说,一边颤抖地站起来——"我想,我还是现在就走吧。"我的目光从他身旁掠过去瞥向那扇门,我估计,那里一直有一个心怀嫉妒和敌意的窃听者好奇地潜伏在门框旁边。

现在他也慢腾腾地从扶手椅里站起来,一个阴影飞上他那突然变得疲倦不堪的脸。"你真的想走……今天……恰恰在今天?"他握着我的手:很不明显地重重地拉着我的手。但他像拿着一块石头似的突然粗暴地让它落下去:"很遗憾。"他失望地脱口而出,"我本希望跟你坦率地谈一谈!遗憾!"那深深的叹息像一只黑蝴蝶似的飞过整个房间。我满面含羞,心中有一种无可奈何的难以说清的恐惧,我步履蹒跚地退出去,回手轻轻地关上了门。

我吃力地摸索着上楼走进我的房间,一头扑在床上。但我睡不着。我从来都没有这样强烈地感觉到,我的房间就在他的房间上边,只隔着一堵薄薄的墙,只笼罩在那不透光的黑暗的框架里。现在我以磨得敏锐的感官神奇地感觉到此刻他们俩在底下也没有入睡,我不用看就看得见,我不用听就听得到,他此刻在底下他自己的房间里不安地走来走去,而她却在别的什么地方默默地坐着,或边听边像幽灵似的游荡。我感觉到她的两只眼睛大睁着,一想到她的这种警觉的样子,我心里便不寒而栗:像做了一场噩梦,这整栋沉重的默默不语的房子竟阴影幢幢地突然压在我身上。

我掀去毯子。我的手滚烫。我陷在什么地方了?本来我已经感觉到那秘密离我很近,已经感到它热烘烘的呼吸紧挨着我的脸,现在却又很遥远了,但它的影子,它的沉默的难以辨认的影子,仍在飒飒地四处游荡。我感觉到它在屋里十分不祥,它像猫跷着爪子潜行着,永远在那里跳过来跳过去,总用它那带电的毛皮擦身而过，令人眼花缭乱，虽然温暖却又阴森可怕。我总感觉到他那感情丰富的目光从黑暗中射出来，像他伸过来的手那样柔和，同时感觉到他妻子的另一种锐利的、恐吓的和可怕的目光。我干吗要陷在他们的秘密之中？这两个人蒙起眼睛把我放在他们激情的中心干什么？他们为什么把我赶到他们的不可捉摸的纠纷里去？每个人都把一团愤怒和憎恨的烈火塞进我的心里干什么？

我的前额一直在发热。我跳下床，打开窗。外面，夏日的云雾笼罩着宁静的城市，不少窗子还闪耀着灯光，他们坐在那里，心情平静地谈话，闲适地看书或听家庭音乐。凡是白色窗框后面一片黑暗的所在，肯定人们已安然入眠。像月亮在银色的薄雾里一样，在所有这些静息的屋顶上，飘浮着一种柔和的安谧，飘浮着一种微微向下飘落的轻松的宁静，而钟楼报时的十一响则悠悠地送进他们大家偶然竖起或已在梦乡的耳朵里。这座房子里只有我觉得自己还醒着，觉得被奇异的思想恶狠狠地包围着。一个内在的思想狂热地要弄清楚这杂乱无章的低语。

突然，我吓了一跳。这不是楼梯上的脚步声吗？我边听边站起身来。一点不假，那里是有人在踏步上楼，像盲人似的迈着小心翼翼、踌躇不前、摇摇晃晃的步子：我熟悉这被踏坏的木楼梯发出的吱吱嘎嘎的叹息声。这脚步只能是朝着我这里来的，只能是朝我而来，因为在阁楼上除了那个盲老太婆根本没有别人，她早已睡下，谁也不接待。这是我的老师吗？不，这不是他那踉跄而匆促的步伐；现在这脚步每走一级梯阶都犹疑不前，胆怯地蹒跚而行——现在又来了！一个小偷，一个罪犯才会这样走过来，决不会是一个朋友。我紧张地听着，我的耳朵里嗡嗡直响。突然，好像有一股冷气袭上我的裸露的大腿。

这时，锁头轻轻地咔嗒响了一声：他，这个可怕的客人，肯定已经到了门口。吹到我赤裸的脚趾上的一股微小的气流，说明外面的门已被打开，然而，只有他，我的老师，有钥匙。既然是他——为什么这样畏缩，这样反常？是因为他有些不放心，想来看看我吗？那为什么这个可怕的客人现在还在外面的前厅里犹豫不决呢？那窃贼般潜行的脚步突然停住了。我自己也因恐惧同样呆呆地站住了。我觉得，我好像要叫喊，但嗓子眼里似乎有什么黏的东西粘在那里。我想把门打开；我的双脚却像牢牢地插在地里了。现在，我和这个可怕的客人之间只隔着薄薄的一堵墙了，但他和我谁也不向前迈一步。

这时，塔楼的钟敲响了：只敲了一下，是夜里 11 点一刻。但这钟声解除了我的僵直状态。我一把拉开了门。

一点不假，门口站着我的老师，手里拿着蜡烛。猛然拉开的门带起一股气流，使那蜡烛蹿起蓝色的火苗。他僵直地站在那里的影子像一个巨人似的在他身后跟跟跄跄地颤动，活像一个醉汉要横穿这堵墙。但他本人一见到我也动了一动；他缩起身子，仿佛气流突然使他从睡梦中惊醒，他不由得打着寒噤往身上拉了拉毯子。接着又朝后退了一步，蜡烛摆动着把烛油滴在他手上。

我吓得要死，全身颤抖："您怎么啦？"我只能结结巴巴地这样说。他一言不发地凝视着我，他的喉咙也像被什么卡住了似的说不出话。最后，他把蜡烛放在五斗橱上，于是那像蝙蝠似的在空间晃来晃去的影子立刻安静下来。他最后口吃地说："我想……我想。"

他的声音又卡住了。他站在那里，瞅着地面，像一个被捉住的小偷。这种恐惧，这种呆立，是令人难以忍受的，我穿着衬衫，冻得发抖，他呢，俯身缩背，羞惭而迷惘。

这个虚弱的身形忽然耸动了一下。他向我走来：面带凶恶的淫荡的微笑，一种只从眼睛里险恶闪现而双唇紧闭的微笑，这微笑就像一个陌生的假面具似的呆呆地对着我停顿了一刹那——

然后，像蛇的带分叉的舌头往回一卷，发出尖厉的声音："我只想对您说……我们最好还是放弃这个'你'的称呼吧……这——这……在一个大学新生和他的老师之间不合适……您明白吗？……我们必须保持距离……距离……距离。"

说话时，他一直凝视着我，充满憎恨，充满侮辱人的、想打耳光的恶意，以致他的手不由自主地紧紧地攥了起来。我向后趔趄了一步。难道他疯了吗？难道他喝醉了？他站在那里，攥着拳头，好像他想朝我扑过来或者想照我的脸来一拳。

但这恐怖局面只延续了一秒钟，随后，这种咄咄逼人的目光就收回去了。他转过身去，嘟囔了一句什么，听起来好像是在道歉，抓起那支蜡烛。一个黑色的热心职守的魔鬼，那个已经朝着地面俯身缩背的影子又出现了，它在他前面旋转着走向屋门。接着是他自己走过去，我都没来得及打起精神想出一句话来。门啪啦一声锁上了；于是楼梯在他那仿佛向下冲去的脚步下发出沉重的痛苦的嘎吱嘎吱的声音。

我不会忘记这一夜；阴森可怖的愤怒和炽烈无奈的绝望疯狂地互相更替。我的思想杂乱无章像火焰一样耀眼地向四处射去。我怀着揪心裂肺的痛苦成百次地问：他为什么折磨我，他为什么这么恨我，特意在夜里偷偷地爬上楼梯，只是为了当面充满敌意地侮辱我？我怎么惹着他了，我该怎么办？我不知道我怎么伤害了他，我该怎样平息他的怒气？我浑身发热地扑在床上，又起床下地，又盖上毯子冥思苦想，但那个幽灵似的形象，我的老师，永远站在我面前，他蹑手蹑脚地潜行，见了我又心慌意乱，而在他身后那个巨大的影子则异常神秘地沿着墙踉踉跄跄地走去。

后来，大清早，我眯了一会儿醒来，起先我还以为那是一场梦呢。但在五斗橱上还粘着一些圆形的黄色蜡烛油。讨厌的记忆一再提醒我，夜里那窃贼似的偷偷爬上来的客人进入了这间亮着灯光的房间。

　　整个上午我都没出门。一想到会跟他相见，我就浑身没劲。我试图写东西，读书，但都没办到。我的神经完全崩溃了，它们每时每刻都可能痉挛地颤动，发出一阵啜泣，一声怒吼——我看见我的手指像树上的陌生的树叶一样颤抖，没法让它们不动，而膝头则摇摆不停，好像膝头肌腱已被割断。怎么办？怎么办？我反复问我自己，问得我精疲力竭；血液在我的太阳穴里嗡嗡响，我感到头晕目眩。只是在我没有安全感，没有恢复精神活力之前，不要出门，不要下楼，不要突然站在他面前。我重新扑倒在床上，饥肠辘辘，昏昏沉沉，没有洗漱，心慌意乱，我又一次试图透过那堵薄薄的隔墙想象那边的情景；他现在坐在哪里？他在做什么？他像我一样醒着吗？像我一样感到绝望吗？

　　中午了，我还心烦意乱地躺在床上辗转反侧。我终于听到了楼梯上的脚步声。所有的神经都警觉起来：然而这脚步很轻，显得无忧无虑，一步两个梯阶往上跳跃——现在有一只手在敲门了。我跳起来，没开门就问："谁呀？"——"您怎么不来吃饭呀？"他的夫人有点生气地应声道，"您病了吗？"——"不，没有，"我慌乱地吞吞吐吐地说，"我就来，我就来。"我毫无办法，只好赶快穿上衣服走下楼去。但我不得不扶住楼梯栏杆，因为我的肢体是那样跟跄不稳。

　　我走进餐室。我老师的夫人坐在两副餐具中的一副前面等候，并轻描淡写地责备我吃饭还要人催，以此表示打了招呼。他的专用座位是空的。我觉得我的血液一下子涌到了头上。这次出人意料的离去意味着什么呢？难道他比我自己还要害怕相见？他是羞于还是不愿意跟我共同进餐？最后我决定问一问，教授是不是不来。

　　她惊讶地抬起头来，望了一眼说："难道您不知道他今天一早就出远门了?"——"出远门了,"我口吃地说,"到哪儿去了?"她的脸立刻绷了起来,"这我的丈夫可没屈尊告诉我,也许——又去做他的寻常的旅行了。"说完,她便突然严厉地怀疑地转向我。"这连您也不知道吗?昨天夜里他还亲自上楼到您那儿去了呢——我以为,这是去向您辞行呢……奇怪,真奇怪……他对您也什么都没有讲。"

"跟我讲?"——我只能这么叫了一声。这一声叫喊把我感到羞愧和受辱的这几个小时内如此危险地堵在心里的一切都呼了出来。突然我啜泣起来,我号叫着剧烈地痉挛起来——我咕噜噜滔滔不绝地一句句地说,一声声地喊,流露出搅成一团的混乱的绝望,我哭泣,不,我全身抖动,我在歇斯底里的啜泣中让整个压在心底的痛苦从我颤动的口中倾泻出来。两个拳头像打鼓似的在桌上乱敲,像一个受了刺激的狂躁的孩子,我脸上眼泪横流,把几个星期以来像雷雨一样压在我头上东西倾吐出来。经过这样剧烈的冲动,我觉得轻松了,同时也为在她面前如此泄露了自己的感情而感到无比羞愧。

"您怎么了!天哪!"她跳了起来,有些张皇失措。随后,她便快步跑过来,把我从桌旁领到沙发前。"请您躺下!您要静一静。"她抚摩着我的手,她抚摩我的头发,激奋的余波一直都在摇动着我的颤抖的身体。"不要折磨自己,罗兰德——请您不要折磨自己了。我了解这一切,我早就感觉到这一切会来的。"她还一直在抚摩我的头发。但她的声音突然变严厉了。"我可知道他能把一个人的感情搅乱,谁也不像我知道得这么清楚。但您要相信我,当我看见您完全依附于他这个靠不住的人的时候,我总想提醒您——您不了解他,您很盲目,您还是一个孩子——您什么也没预感到,甚至到今天,到今天您还是什么也感觉不到。也许今天您第一次开始明白点什么了——这对他对您都更好。"

她弯着腰亲热地俯在我身上,我感到她的话好像发自玻璃般透明的内心深处,她的手的抚摩能减轻我的痛苦。这真好,终于,终于又一次感到一丝同情,接着也终于又一次感觉到一只女人的手那么亲近,那么富有柔情,简直像母爱一样。也许是我长时间以来太缺乏母爱了,现在我通过这抑郁的面纱接受一个竭力显得温柔的女人的同情时,我感到在痛苦中增加了一种愉快。但是,我是多么害羞啊,我是多么为这泄露一切的突然发作,为这暴露无遗的内心绝望感到害羞啊!一反我的本愿,我吃力地站起来,时而滔滔不绝时而断断续续地,又一次抱怨他不公平待我的种种行径——他怎样拒绝我,迫害我,然后又吸引我,他怎样毫无理由毫无原因地冷酷地反对我——他是个折磨人的魔鬼,我却恋恋不舍地依附于他,我恨他时怀着爱心,我爱他时也心怀憎恨。我又开始激动起来,她只好重新来安慰我。我从沙发上跳了起来,那柔软的手又轻轻地把我按回沙发里。我终于变得平静些了。她显得是若有所思地沉默着:我觉得,她明白一切,也许比我自己更明白……

我们沉默了好几分钟。然后,那女人站了起来。"好了——现在您已经当够孩子了,现在您应该又是大人了。您坐到桌子边来,吃饭吧!并没有什么可悲的事情发生——只不过是误会,这是可以澄清的,"看我有些不同意,她愤激地补充说,"这是可以澄清的,因为我不能让您再这样被牵制被迷惑了。现在必须结束了,他总得学会克制一些。您太善良了,不要涉入他那离奇的游戏。我要跟他说的,请您相信我。不过现在您来吃饭吧。"

我羞涩地任凭她把我拉回饭桌前。她匆忙而急迫地说着一些无关紧要的事,我打心眼里感激她,因为她对我失去自制时的感情发作好像听而不闻,似乎转眼就都忘记了。她敦促我说:明天是星期日,她要跟 W 讲师和他的未婚妻一起到附近的一个湖边去郊游，我也应该一块去散散心，从书本里解放一下。我所有的不适只不过是工作过于繁重神经过度紧张所致；在水里活动活动，到郊外走一走，我的身体就会立刻恢复平衡。

我答应去郊游。什么都行，只要不孤独，只要不闷在我的房间里，只要不在黑暗里胡思乱想。"今天下午您也不要待在家里！您去散散步，到外面去跑一跑，去消遣消遣吧！"她赶快补充说。"奇怪，"我想，"她猜得出我内心深处的感觉，我虽觉得她陌生，她却总知道我需要什么，什么使我痛苦；而他尽管熟知我，却总误解我，摧残我。"这个建议我也答应她了。我心怀感激地抬头一看，竟发现了一张全新的面孔：平时像顽皮少年的那种嘲弄和傲慢，现在却不见了，换成了一种脉脉含情的怜悯的目光：我从未见过她如此真诚。"为什么他却从未如此善意地看过我呢？"我充满渴望地自问，内心充满混乱的感情。"他使我痛苦，为什么他就从未感觉到？为什么他不用这样关切、这样温柔的手抚摩我的头发，不把他的手放在我的手里？"我感激地亲吻她的手，她不安地、几乎是激情地把手抽回去。"您不要折磨自己了。"她又重复一遍，她的声音是她弯着腰那么近地传进我的耳中的。

随后，那坚强的表现又在她的嘴角浮现；她挺直身子，轻声说："您要相信我，他不值得您那样。"

而这句几乎听不见的耳语般的话，又将痛苦撞到我那本已平静下来的心上。

我那天下午和晚上的种种行为，看来是那样的幼稚可笑，我在几年里都羞于想起它——甚至一次内心的反省都会立刻使我的每一个回忆渐渐隐去。今天我已不再为那愚蠢透顶的行为感到羞愧了——相反，我现在非常理解当年那个无拘无束、感情混乱的少年，他是想要强行摆脱他那特殊的情感风险。

好像从一个极长的通道的终端，好像通过一架望远镜，我看到了我自己：那是一个精神涣散、完全绝望的少年，他上楼走进自己的房间，不知道该怎样打发他自己。他突然穿好上衣，变了一种步态，摆出极为坚定的神情，然后就猛然迈起强劲的步子走到街上去了。是的，这就是我，我认出了我，我知道那时的那个愚蠢、苦恼而又可怜的少年的每一个想法。我知道：我突然挺直了腰板，甚至还照着镜子，对自己说："我才不屑于理他呢！让他见鬼去吧！我干吗要为这个老傻瓜折磨我自己！她是对的：要高高兴兴地消遣一回！前进！"

真的，那时，我就这样走到大街上去了。这是为了解放我自己的一次冲击——然后就是奔跑，唯一的一次怯懦的逃离，同时意识到这种强烈的愉快压根儿不那么愉快，那个大冰块，那个坚硬的大冰块，仍然那样沉重地悬在我的心上。我还知道我当时走路的样子：手里紧握沉重的手杖，严厉地凝视着每个大学生；一个危险的念头在我心中蠢动，总想故意跟随便什么人挑起争端，把无处发泄的愤怒向路上遇到的第一个人发泄。好在没有人注意到我。于是，我便转而奔向我的同班同学一向聚集的那个咖啡馆，想主动地坐到他们的桌旁，打算抓住最小的挖苦话当作我挑衅的导火线。但我的好斗的准备又一次落空了——这一天风和日丽，大多数人都郊游去了，两三个同学坐在那里很客气地跟我打招呼，不给一点借口让我发泄狂怒。很快我便恼怒地站起来走了，这回是到郊区一个我忽然以为不那么低俗的酒馆去，那里有女子小乐队在演奏闹哄哄的音乐，那些寻欢作乐的游手好闲的小城里的人成堆地挤在啤酒和烟雾之间。我急匆匆饮下两三杯啤酒，邀请一个声名狼藉的娘儿们和她的女友，同一个满脸脂粉、骨瘦如柴的"半上流社会"的女人，到我的桌边来，而引起人们对我的注意，正是我病态的欢乐。小城里的每个人都认识我，每个人都知道我是那个教授的学生；那些人则因服装怪异和举止非凡而显出他们不同的身份——我就这样享受着这种无聊的自欺欺人的乐趣，以此败坏我自己和他的名声（我愚蠢地以为如此）：我想让他们看看，我并不把他放在眼里，我并不关心他——而且我当着众人的面以最不得体的、最不知羞耻的方式向那个胸脯丰满的娘儿们献媚。那是一种对愤怒的恶行的陶醉，不久也就真的醉了；我们胡乱地狂饮起来，葡萄酒、烧酒和啤酒什么都喝，我们放荡地推推搡搡、搂搂抱抱，弄得椅子倒地，邻座小心地移位。但我并不感到羞愧；相反，他应该知道，我这个傻瓜发怒了，他应该看到，他在我眼里是无足轻重的，啊，我不悲伤，我没有受辱——相反，"拿酒来，酒！"我用拳头把桌子敲得哐哐乱响，酒杯直颤。最后，我拉着两个女人，一个挎在右胳膊上，一个挎在左胳膊上，横穿过主干街道，在这惯常的节日彩车经过的9点钟，大学生和少女、市民和军人都在那里悠闲地漫步，活像摇摇摆摆的、肮脏透顶的三叶草，我们在快车道上随意高声喧嚷着走了过来，最后惹得一个巡警气哼哼地来到身边，严厉命令我们安静。后来发生了什么事，我就不能准确地描述了。一团蓝色的酒精烟雾使我的记忆变模糊了，我只知道，我开始讨厌那两个烂醉如泥的娘儿们，我再也不能控制自己了，我便给了点钱打发她们走了。我又到一个地方去喝了咖啡和白兰地。为了使跑过来的年轻人高兴，我在大学生的主楼前作了一次抨击教授的演说。然后，出于抑郁的直觉，我还想更多地玷污自己的名声——这是从混乱的强烈的愤怒中产生的一个荒唐的想法——想再侮辱他一次，于是我想走进一家妓院，但我没有找到路，最后我气恼地跟跟跄跄地回家了。为开大门把我的不听使唤的手累碍生疼，我费了九牛二虎之力才爬上头几个台阶。

但随后到了他的门口，我的头好像突然浸在冰冷的水里，我的整个沉沉的醉意就全消散了。突然清醒过来，我从我那张扭曲的脸上看见我在狂怒中昏昏沉沉干的蠢事，我羞愧得低下头去。为了不让人听见，我像一条被殴打过的狗悄悄地爬上楼溜进我的房间。

我睡得像死人一样；我醒来时，阳光已经覆盖了地面，并且慢慢地升到床边，我猛然冲了出去。在疼痛的头脑里渐渐抽筋似的浮现对昨晚一切的回忆；但我把羞愧感压下去，我再也不想有羞怯感了。我故意说，这不过是他的罪过，如果说我如此放荡，那也只能是他的罪过。我抚慰自己，说昨天的一切只不过是一场真正的大学生的玩乐而已，对于一个周复一周地只知工作再工作的人是可以允许的；但我恐怕不能证明自己正确，我相当惊恐不安地、畏葸不前地下楼到我老师的夫人那里去，心里想着我昨天答应过的郊游。

奇怪的是：我刚摸到他的门把手，他便又浮现在我的脑海里，随之而来的是那火烧火燎、抓心搔肝的痛苦，那令人气恼的绝望。我轻轻地敲门，他的夫人朝我走来，耳光无比温柔："您都干了些什么蠢事，罗兰德？"她说，与其说是责备，毋宁说是同情，"您干吗这样折磨自己！"我惶恐地站在那里，可见她已经听说我干的那些傻事了。见我窘迫，她立刻鼓励我说："不过今天我们可要放理智些。10点钟，W讲师和他的未婚妻来，然后我们乘车出去划船、游泳，忘掉所有的蠢事。"我壮着胆子十分小心地问了问教授回来没有。她注视着我，没有回答，我心里明白，这个问题是多余的。

准10点，那个讲师来了，他是一个年轻的物理学者，作为一个犹太人在大学教师的圈子里相当孤立，事实上他是剩下来唯一与我们这些离群索居者来往的人；他的未婚妻，也许称他的情人更恰当，陪着他，那是一个年轻姑娘，嘴上老是带着笑，天真而略显调皮，她正是我们这次临时组织的超越常轨活动的合适的伙伴。我们先乘电车到邻近的一个小湖那里去，在车上我们吃啊，聊啊，说笑不停。艰苦严肃地工作了几个星期，我变得不会说笑了，这一小时像喝了一杯低度的有刺激性的葡萄酒，我有些微醉了。真的，他们的幼稚可笑的纵情游乐是完全成功的，它把我的思想从黑色蜜汁不断涌流的蜂房里引了出来，这些思想平时一直围着这个蜂房嗡嗡地盘旋，当我刚刚走到户外，在跟那个年轻姑娘突发异想地赛跑时，我又感到我的肌肉的强劲，这样，我就变成从前的那个无忧无虑、活蹦乱跳的小伙子了。

在湖边，我们租了两只划艇，我老师的夫人驾驶我的这只小船，那一只船上是那位讲师和他的女友 d 各据一个划船的位置。刚一离岸，那种体育竞赛的热情便控制了我们，人人都想超过对方；我当然处于劣势，因为那两个人已经划出去很远了，我不得不单独跟两个人对抗。我甩掉了外衣，我这个训练有素的划船运动员，身子一俯一仰那么用力地划着双桨，这样我就一再重重地击水划在我的邻船的前面。呐喊助威的、揶揄取笑的话语像冰雹般飘过来甩过去，一方朝另一方挑衅，都毫不在意火热的七月阳光的蒸烤，也毫不理会全身大汗淋漓，为了运动的快慰我们相互都像不带枷锁的划桨囚徒一样努力干着苦役。终于接近目的地了，那是湖边的一个树木葱茏的半岛：我们划得更卖劲了，我的同伴也沉溺在这竞赛的游戏中了，她一边欢呼着胜利，我们的船嘎嘎响着首先触到沙滩。我走下小船，全身发热，汗流浃背，陶醉于不同寻常的阳光，陶醉于沸腾的热血，陶醉于胜利的喜悦：我的心都要从胸口跳出来了，汗透的衣衫紧紧贴在我身上。讲师的情况也不比我好，我们非但没有受到称赞，我们这两名顽强的斗士反而因为气喘吁吁的狼狈样子被两个自负的女人尽情地嘲笑了一番。最后她们倒是给了我们一段时间使身子凉快下来；我们一边开着玩笑，一边分成两组，构成临时的男女浴场——用灌木丛隔开的左右两边。我们很快穿上游泳衣，在灌木丛后发亮的衬衣和裸露的臂膀闪着光亮，我们正在作准备时，两个女人已经钻进水里舒适地拍击着湖水了。那位讲师不像我那样疲乏，现在是他一个人对抗她们俩，立刻跟着她们跳下去。我呢，因为划船划得太猛，感到心对着肋骨激烈地跳动，就先从容不迫地躺在阴凉里，舒舒服服地让云彩在我头顶飘过去，通过血液的滚滚流动愉快地体味那甜丝丝嗡嗡响的倦意。

没过几分钟，就从水面传来急促的喊声："罗兰德，快来！参加游泳比赛！有奖游泳！有奖潜水！"我没有动弹：我觉得我可以这样躺上一千年，从枝叶间透射进来的阳光微晒着皮肤，同时又有柔情拂面的清风送爽。但又飘过来一阵笑声，听到讲师说："他罢工了！我们把他彻底打垮了！您去把那个懒汉弄来吧。"于是，我果真听到近处的击水声了，现在离得很近的是她的声音："罗兰德，快来！参加游泳比赛！我们必须给他们点颜色看！"我没有回答，让人寻找，那才开心哪。"您究竟在哪儿？"鹅卵石已经在嚓嚓地响了，我听见光脚板在沙滩上走动，突然，她站在我面前，那湿淋淋的游泳衣紧紧地箍着那孩子般细长的身躯。"您在这儿呀，嘿，多么懒！但现在，快来，懒家伙，别人现在已经快到对面的岛子上了。"我舒舒服服地仰面躺着，我懒洋洋地伸展着四肢说："在这儿要美多了，我随后就来。"

"他不愿意，"她拢起手笑着向湖对岸喊道，"让那个夸海口的人下水！"从远处传来讲师的声音作为回答。"您还是来吧，"她不耐烦地催促着，"您别让我出丑啊。"但我只是懒洋洋地打着哈欠。这时她半开玩笑半生气地折了一个灌木枝。"快来！"她果断地重复说，同时用小树条打了我胳膊一下催我快走。我猛地坐了起来：她打得太狠了，我的胳膊起了一道微红的条痕。"现在就真的不来了。"我说着，既是玩笑的口吻，又稍带愠色。但现在她倒真的生气了，她命令道："您来吧！马上！"见我顽固地动也不动，她又打了我一下，这回可打得我火辣辣的疼。我霍地愤怒地跳起来，去夺她手里的小树条；她向后退了一步，但我抓住了她的胳膊。为了争夺那根小树条，我俩半裸的身体不自觉地靠得极近。我抓住她的胳膊，扭动她的手腕，想迫使她放下细树条，这时，她向后躲避着使劲一弯腰，突然，发出撕裂的声音——她的游泳衣的腋下带扣被撕断了，左衣片从她赤裸的胸部上掉了下来，她那硬硬的红红的乳头露了出来，直刺我的眼帘。我下意识地朝那儿看了一眼，只有一刹那，但这已使我心慌意乱了：我颤抖着羞怯地放开她的被攥住的手。她红着脸转过身去，拿一个发卡凑合着把被撕断的带扣夹在一起。我站在那里，不知说什么好。她也一声不吭。从这一刻起，在我们两人之间便出现了一种令人憋闷乃至窒息的不安。

"喂……喂……你们究竟在哪里？"——在小岛前边传来这样的喊声。"哎！我来了。"我连忙回答，很高兴摆脱这新的慌乱，一跃跳进水里。几次潜水前冲，向前冲击的内心喜悦，感觉不到的湖水的清澈和凉意，强烈的明快的欢乐，这一切把我血液的危险的嘶嘶的流淌声冲刷得无影无踪。很快我就赶上了他们俩，向那个体质很差的讲师挑战，我要在比赛中战胜他。我们往回游到沙嘴，留下来的人在那里已经穿好衣服等待我们，准备从带来的小筐里取出食物在露天举行野餐。但我们四个人是那样欢畅地说了一通笑话，而我们俩却避免相互接话：我们说，我们笑，只是躲开我们自己。一旦我们的目光无意中相遇，它们就会在无言的同感中避开：那个意外身体相撞的难堪心境还没有平静下来，谁都会感到对方的回忆里隐藏着羞怯的不安。

下午伴随着再一次的划船活动很快过去了，但运动激情的冲动越来越让位于一种舒心的疲倦：葡萄酒浆，温暖的空气和晒在身上的阳光经过过滤渐渐地更深地渗入血液，使毛细血管全都涨得通红。讲师和他的女友毫无顾忌地做着亲昵的小动作，对这一切我们俩则不得不相当烦恼地忍受，他们越凑越近，我们则更加小心地保持距离。于是自然而然地形成这样的局面：那两个纵情欢乐的人在林中小径上甘愿落在后面，显然是为了更不受干扰地亲吻，而我们单独在一起时，总感觉拘谨，很难交谈。最后我们四个人都很满意地又合在一起，他们充满着对新婚之夜的预感，我们呢，也终于摆脱了那苦不堪言的处境。

讲师和他的女友一直把我们送到家门口。我们单独走上楼梯，刚刚进屋，我就又感觉到，环境令人痛苦地、极其迷惘地向我提醒他的存在。"他若是回来了，该多好！"我焦急地想。好像她从我的嘴唇上读到了我这无言的慨叹，她说："让我们瞧一瞧他回来了没有。"

我们走了进去。住宅里是静悄悄的。在他的房间里，一切都被遗弃在那里：我的激动的感情不自觉地描绘着他坐在空椅子里的那抑郁悲观的形象。但那些稿纸一动不动地放在那里，像我本人那样在等待着。这时，气愤又来了：他为什么逃走呢？他为什么把我一个人留在这儿呢？嫉妒的愤怒越来越强烈地上升到我的喉咙口，我心中又模模糊糊地波动着那种对他发狠和报复的欲望。

夫人跟在我身后。"您留在这儿吃晚饭吧？您今天不要一个人待着。"她怎么会知道我害怕空荡荡的房间，害怕楼梯的吱嘎声，害怕苦苦思索回忆呢：她总能猜到我心中的一切，我的每一个没说出口的思想，我的每一个邪恶欲念。

一种莫名的恐惧向我袭来,我害怕起我自己和我内心中那七上八下的仇恨来了,我想拒绝她。但我很怯懦,没敢说"不"。

我向来憎恶通奸,倒不是为了维护一种固执己见的伦理道德,不是由于假正经的贞洁观念,更不是因为它意味着暗中偷窃,占有别人的肉体,而是因为每个女人在这种时候总要泄露她丈夫最隐秘的东西——每一个女人都是一个大利拉[①],她把受蒙骗的男人完全合乎人情的最深的秘密偷去,抛给一个陌生的人,不管是他的力气还是他的虚弱的秘密。不是因为女人的献身在我看来是背叛,而是因为她们为了证明自己正确,几乎总是从丈夫的羞耻处揭去遮羞布,把那个恍若睡梦中的蒙在鼓里的人展览出来,以引起异样的好奇和作为嘲讽的笑料。

不是因为我那时被盲目愤怒的绝望搅得不知所措,开始只是同情地、然后才是温情地拥抱他的妻子,以寻求保护——一种感情无比迅速地滑向另一种感情——就是在今天我也没感到这是我的生活的最卑鄙的低级趣味(因为这事的发生不是受意志支配的,我们俩都是不知不觉地跳进这灼人的深渊),而是因为我让她在温暖的枕头上给我讲述他的那些亲昵温存的行为,我允许这个被激怒的女人泄露她的婚姻的最大秘密。为什么我忍耐着,没有把她推开,反倒让她告诉我,多年来他就不接触她的身体,而且容忍她不停地作隐约的暗示;为什么我不强令她不要讲他的性生活的秘密呢?我是心急如焚地想知道他的秘密,我渴望知道他对我、对她、对所有的人的过错,以致我迷迷糊糊地接受了她遭冷落的愤怒的表白——那简直跟我自己遭拒斥的感觉一模一样!所以我们俩才会出于混乱的、共同的仇恨干出某种如同爱情的举动来:在我们的身体相互寻找并紧紧结合在一起时,我们想着

---

① 大利拉,出卖情人参孙的女子。见《旧约·士师记》第十六章。

他，我们一再谈他，只谈他。有时她的话刺伤了我，我也感到害臊，因为我被卷入了我所厌恶的事情里去了。但我下边的身体不服从我的意志，它疯狂地寻求自己的欢乐。我战战兢兢地亲吻着那背叛我最敬爱的人的嘴唇。

第二天早上，由于厌恶和羞耻，我的舌头都有些发苦，我悄悄上楼溜进我的房间。在她身体的温热不再使我销魂荡魄的这一分钟内，我感觉到这鲜明的现实和我的背叛的可憎。我立刻就知道，我绝不能再出现在他面前了，再也不能握他的手了：我偷的不是他的，而是我自己的最美好的东西。

现在只有一个解救办法：逃走。我情绪亢奋地把我所有的东西都装进了箱子，摞起我的书，向我的女房东付了房租：不能让他再找到我，我也应该消失，毫无理由地极端秘密地消失，完全像他在我面前消失一样。

但我正在整理东西的时候，我的手突然僵直不动了。我听到了木楼梯吱吱嘎嘎的声响，听得见匆匆地上楼的脚步声——是他的脚步声。

我的脸色一定变得死一样的惨白。刚一进门，他便大吃一惊。"你怎么了，孩子？你生病了吗？"

我向后退缩。当他要走近我，想要关切地抓住我的手时，我躲开了他。"你怎么了？"他惊恐地问，"你出了什么事？或者……或者……你还生我的气吗？"

我猛地奔向窗口，我不能看他。他那温和的同情的声音好像在我心中撕开一个伤口：接近于昏迷过去，我感觉到有一股热流在我心里流动，非常热，炽烈的热，像烧焦了似的热，那是羞耻的浇铸。

他也惊奇地慌乱地站在那里。突然——他的声音变得很小，怯生生的——他低声提出一个奇怪的问题："对你……有谁对你讲了我的什么事吗?"

我做了一个否定的动作,连身子也没向他转过去。但好像有一种胆怯的思想控制了他,他执拗地重复说:"告诉我……坦率地告诉我……有谁讲了我一些什么……随便哪个人,我不问究竟是谁。"

我再次否定。他不知所措地站在那里。但他突然好像发现我的箱子装起来了,我的书堆到了一起,他的到来打断了我旅行的最后准备。他心情激动地走近说:"你想走,罗兰德,我看出来了……把真情告诉我。"

这时,我已振作起来。"我必须走……请您原谅我……但真情我不能说……我会写信告诉您的。"从被夹紧的喉咙里我再也挤不出话来了,每说一句话我的心就怦怦跳一阵子。

他怔怔地站着。接着,他又突然显出那种疲倦的神态。

"这样也许更好些。罗兰德,是的,当然,这样更好……对您,对大家。但在你走之前,我还想跟你谈谈。7点钟,在往常的钟点,你来吧……然后我们告别,男人跟男人……只是不要逃避自己,不要写信……那太幼稚,跟我们不相称……我想跟你说的一切,一个字我也不想写下来……那么你来,不是吗?"

我只点了点头。我的目光一直都不敢离开窗口。但在明亮的晨曦中,我却什么也看不见,一层浓厚的黑暗的烟雾遮在我和世界之间。

7时整,我最后一次走进那可爱的房间:早来的暮色透过门帘,可以隐约地看见那些大理石雕像的溜光水滑的石头从深处闪着光辉,所有的书都黑压压地躺在珍珠母闪光玻璃的后面。在我的记忆的秘密所在,我感到那话语也变得富有魔力了,我在什么地方也没有经历过这样的精神上的陶醉与狂喜——在这告别的时刻,当那形象慢慢地、慢慢地离开软椅的靠背,影子一样迎面向我走来时，我一直看着你，一直看着你这可尊敬的形象：只有前额像一盏雪花石膏制的灯一样在黑暗中闪着灿烂的光芒，在那上面有一股飘动的云烟，那是老人的白发在起伏波动。现在，他从下面吃力地抬起一只手，想要寻找我的手，这时我才看清他的眼睛正对着我看，于是我感到我的臂膀被他轻轻按住，他让我坐在一把椅子上。

"你坐下，罗兰德，让我们把话说清楚。我们是男人，必须真诚相见。我不强求你——但在最后的时刻，把我们之间的一切都说清楚，岂不更好？说吧，你为什么想离开？是因为每一次无意义的伤害，你生我的气吗？"

我打了一个手势表示否定。我惊异地想：他，这个被欺骗者，这个被出卖者，怎么还想自己承担罪过！

"过去我有意无意地伤害了你，是不是？我有时很古怪，这我知道，不过我激怒你、折磨你，是违背我的本意的。对于你的一切关怀我对你没表示应有的谢意——这我也知道，我知道，我始终都很明白，即使在我使你难过的那几分钟里。是这个原因吗？——告诉我，罗兰德！因为我希望我们能体面地分手。"

我又摇了摇头：我不能说呀，他的声音本来是很坚定的，现在却略微有些慌乱了。

"要么就是……我再问一遍……是不是有人偷偷地向你说了关于我的什么事了？说了你认为粗俗的、讨厌的事，让你瞧不起我的事？"

"不！不！……没有！"像一声抽泣，我脱口提出抗议：我岂能鄙视他！我岂能瞧不起他！

这时，他的声音变得急躁起来。"那又是怎么回事呢？……那究竟可能是怎么回事呢……你觉得工作太累吗？……要么是什么把你吸引住了？……一个女人……是一个女人吗？"

我没吭声。这次沉默是那样的不同，乃至他感到一种肯定。他弯腰凑近我，把声音放低，但一点也不激动，不激动也不生气地小声说：

"是一个女人吧？……是我的女人？"

我仍然一声没吭。他明白了。我全身发抖：现在，现在，现在他可能要说话了，要攻击我，痛打我，惩罚我了……于是……我几乎渴望他鞭挞我，我这个窃贼，叛徒，渴望他像对待一条癞皮狗一样把我从他的被践踏的家里打出去。但是很奇怪……他十分安静……他好像卸下一副重担似的，若有所思地喃喃自语道："这我本来早该想到的。"他在房间里来回走了两趟。然后他在我面前站住，我觉得他有些轻蔑地说：

"这个……你认为这很严重吗？难道她没对你说过她是自由的，她想干什么就干什么，一切都随她的便，我无权干涉她？……无权禁止她做任何事，也不能把最小的喜好强加给她……讨谁喜欢，特别是对你，她何必控制自己呢？……你年轻，聪明，漂亮……你跟我们这么近……她怎么能不爱你呢……我……"突然他的声音颤抖起来。他很近地弯着腰，近得连他的呼吸我都能感觉到了。我又感觉到他的目光的温暖的包围，又感觉那奇异的光，正如在他和我之间的那些罕见的奇异的时刻里。他越来越近地靠近我。然后，他轻声地，几乎嘴唇不动地说："我——我爱你呀。"

我冒火了吗？这话无形中使我恐惧了吗？但我肯定做了一个什么惊异和逃走的动作，因为他像一个被顶撞回去的人一样踉踉跄跄地远离我。一个阴影昏暗地罩在他的脸上。"你现在鄙视我吗？"他声音极低地问，"你现在觉得我讨厌吗？"

当时我为什么找不出话说呢？为什么我只是默默地坐在那里，又窘迫又麻木，而没有向这位可爱的人走去，解除他内心的忧虑呢？但一切往事的回忆在心中像波涛一样汹涌澎湃；好像有一个密码突然解开了所有那些不可捉摸的信息的语言，现在无比清楚地明白了一切，明白了他心怀温情的到来，他那粗暴无礼的辩解，我心情激动地明白了那次深夜来访和在我激情突发时他的毅然离去。爱，我永远都在他身上感受到爱，那温情的羞怯的爱，时而很随便，时而又很拘谨，我喜欢这爱，我在每一束飞快向我投来的感情之光中享受这爱——但是，像爱这个字眼现在出自一个胡子拉碴的老人之口，听起来还充满欲望和柔情，倒委实叫我感到悚惧，太阳穴都同时麻得要命。尽管我对他百般恭顺而又十分同情，我这个心慌意乱的、瑟瑟发抖的、遭到突然袭击的孩子，对他向我出其不意表露出的激情，还是找不到一句话来回答。

　　他像被摧毁了似的坐在那里，直勾勾地望着我的沉默。"你觉得这么难以忍受，这么令人恐惧，"他喃喃地说，"你也……你也不原谅我，对你我也要把嘴闭紧，逼得我几乎闷死……我躲起来不让你发现，但我不在任何人面前都躲藏……不过现在你知道这一点更好，现在不要再让我闷得喘不上气来了……因为这对我已经太过分了……哦，太过分了……来一个结束比这样沉默和故意隐瞒要好得多。"

　　好像是这里充满了悲伤，充满了温情和羞涩，那微微颤抖的声调一直钻入我的心底。我感到害羞，我是这样冷漠，这样像冻得失去知觉似的在这个人面前保持沉默，我从这个人这里得到的比从任何其他人那里得到的还要多，而他却这样无谓地贬低自己。我的灵魂在燃烧，我的心急于对他说一点安慰的话，但嘴唇，我这发抖的嘴唇，却不听话。我那样尴尬，那样悲伤地蜷缩着身子坐在那里，在椅子上左摇右晃。他几乎是很不情愿地鼓励着我："你不要光这样坐着，罗兰德，不要这样可怕地沉默地坐着……你要镇静……你觉得这真的那么可怕吗？你为我特别感到害羞吗？现在，一切都过去了，一切我都对你讲了……至少让我们很有礼貌地分别吧，像两个男人，符合两个朋友的礼节。"

但我还是一直不能控制自己。他碰了一下我的胳膊："来，罗兰德，到我这儿来坐！……自从你知道了这一切，自从我们之间的一切都明朗化以来，我觉得轻松多了……起先，我一直担心你知道我是多么爱你……后来，我又希望你自己能感觉到这一点，只是为了省得由我来挑明……现在已经挑明了，现在我自由了……现在我可以跟你说了，我跟别的什么人也不能说啊。因为在这些年里你跟我比任何人都亲近……我只爱过你一个人，孩子，没有一个人像你这样唤醒我生命最后的一点精神。所以，你在离去时也应该比别人更多地知道我，甚至在那些我们共同撰稿的钟点里我都清楚地感到你要问，你默默地想问……唯有你应该了解我的全部生活。我现在讲给你听，你愿意吗？"

从我的目光里，从我的慌乱而震惊的目光里，他看到了我的肯定的回答。

"那就走近些，到我这儿来……这些事我不能大声说。"我哈下腰——应该说这是很虔诚的样子。但我刚刚坐在他对面等待倾听，他又站了起来。"不，这样不行……你不可以同时看着我……否则……否则我就说不出来了。"他一下子把灯熄了。

黑暗罩住了我们。我感觉到他很近，这是我从他的呼吸感觉到的，在看不见的所在，他的呼吸很沉重，他的喉咙里好像呼噜噜作响。突然，在我们中间有一个声音升了起来，向我讲述他的一生。

那天晚上，这位可尊敬的人，像启开一个坚硬的贝壳一样，向我展现了他的命运。从四十年前这个夜晚起，我一直觉得，我们的作家和诗人在书里作为不寻常的东西描述的一切，舞台上的戏剧作为悲剧所演出的一切，都是儿戏，都无足轻重。在生活的上面被照亮的光圈里，感官在公开而有规则地嬉戏，同时在下面拱顶地窖里，在心灵的岩洞底层和阴沟里，真实而危险的激情猛兽像闪着磷光似的四处游动，千姿百态地交媾和撕咬——他们永远只描绘这生活上面的光圈，这是不是懒散，怯懦，过于目光短浅？是这气息，这疯狂情欲的热乎乎的、消耗体力的气息，这灼热血液的气味把他们吓呆了吗？他们怕不怕在人类的疮疖上把一双过于细嫩的手弄脏？抑或他们的眼睛已习惯于暗淡的光，不能在底层发现这些黏腻的、危险的、腐烂得直掉渣的阶梯？然而知情者的内心喜悦和隐蔽者的喜悦毫无相同之处，没有任何恐惧比得上遇到危险时的不寒而栗，没有哪种痛苦比不能摆脱羞耻更痛心疾首。

在这里，一个人毫无保留地向我敞开了心扉，在这里，一个人撕开最内在的心胸，热切地准备把那颗被击碎的、被毒害的、被烧焦的、化了脓的心掏出来。一种野蛮的性欲在这年复一年被压抑的自供中像自鞭教徒那样任意折磨着自己。只有一生都羞惭、屈从、遮遮掩掩的人会如此忘形地对自己作无情的剖白。一个人在这里一段段地从心里把他的生活吐露出来，而此时此刻我这个孩子第一次看到了尘世感情难以想象的深奥。

起先，他的声音只是无形地在屋子里震响，如感情激动的浑浊的浓烟，秘密事件的信心不足的暗示，然而一个人恰恰在拼命控制激情时感觉到这激情到来的威力，正如一个人在急速的节奏之前那种特别放慢的节拍中预感到神经中的激奋。随后，图像开始闪动，这些景象被内心激情的风暴撕扯着颤巍巍地升起，渐渐地明朗起来。我先是看见一个男孩，一个羞涩的畏首畏尾的男孩，他不敢跟同学说话，但他却在一种混乱的身体本能的欲求驱使下,恰恰对学校里最漂亮的男孩产生了爱恋之情。在他过分温存地表示亲近时,那孩子愤怒地往后一推,把他赶走了,第二个孩子则用露骨的难听话嘲笑他,更糟的是,他们俩把这不正当的欲望当作耻辱行为告诉了别人。于是,出于嘲弄和鄙视,全体同学一致决定把他这个感情迷乱的孩子驱逐出他们快乐的团体,像对待一个麻风病患者一样。上学的路于是成了他每天苦难的行程。由于自我鄙视,这个过早被打上标记的孩子夜夜不得安宁:这个被排斥的孩子认为他的荒谬的、但最初只在梦中暴露真相的欲望是一种荒唐的妄想和肮脏的罪恶。

那讲述的声音不安宁地起伏波动:有那么一瞬间,那声音好像消逝在黑暗中了。但它又在一声叹息中升上来,此刻,从弥漫的烟雾中闪现出新的图像,影影绰绰,像幽灵一样。这个男孩成了柏林的大学生,这个隐晦的城市使他长时间克制的嗜好得到了满足,但在昏暗的街角、在火车站和大桥的阴暗处的这些幽会,因厌恶变得多么肮脏,被恐惧毒化得多么厉害,在震颤的欢快中显得多么可怜,由于存在危险又多么可怕,这些幽会大多以卑鄙无耻的敲诈勒索而结束,而每一次幽会后几星期之久都一直留着一个不寒而栗的粘腻腻的蜗牛痕迹!这是黑暗与光明之间的地狱之路:白天工作时,他作为研究人员因受到脑力劳动纯正因素的影响而得到净化,夜晚他的嗜好则一再把他推到城郊的垃圾堆里去,使他加入那些可疑的、一见巡警的尖盔便急忙逃窜的青年人的行列,走进阴暗的啤酒馆,那不信任的门只向某种微笑的面孔开启。他必须保持坚强的意志。小心地掩藏日常生活的这种双重性,对陌生的目光掩盖这美杜莎式①的秘密。白天无可挑剔地保

---

① 美杜莎,希腊神话中的女妖。她头上无发,而缠绕着许多条蛇,任何人见到她的头都要化成石头。

持着一个讲师的尊严，以便夜间到底层世界去游荡，在那里不为人知地躲在昏黄街灯的阴影里羞羞答答地干那种见不得人的冒险勾当。这个备受折磨的人一再绷紧神经，用自我克制的皮鞭把脱离常规的热情赶回围栏里去；而内心的冲动又一再把他拉到黑暗的危险的境地。

为对抗那不可医治的嗜好的无形的强大吸引力而进行的十年、十二年、十五年的殊死搏斗，像一次痉挛的发作，转眼就过去了。没有快感的享乐，透不过气来的羞臊，渐渐地，那含羞地藏在内心的昏暗的目光对自己的激情也产生了恐惧。

后来，他在三十岁以后，终于吃力地试图把这辆马车拉到正道上来。在一个亲戚那里，他认识了他后来的妻子，一个年轻的少女，她糊里糊涂地被他性格上的神秘莫测所吸引，对他表露了真诚的爱慕。她那孩子般的身躯和她那年轻的狂热举止，第一次短时间使他的热情受到诱惑。短暂的相爱消除了对女人的抵触情绪，他第一次被战胜了，他希望这次正当的关系能使他控制住误入歧途的嗜好。他迫不及待地要紧紧地锁住自己，紧紧地抓住他头一次找到的对抗这种内心危机的支撑物，于是他——在坦白了他过去的行为之后——很快就娶了这个少女。这时，他以为回到那可怕境地的归路已被堵死。很短的几星期里他生活得无忧无虑；但新的刺激很快就失灵了，那天然的要求显出它的顽固和无比强大。从此刻开始，那个大失所望的女人只被当作摆设，用来掩饰他在社会上累犯的嗜好。他又冒着莫大的危险，沿着法律和社会的边缘，走进危险重重的黑暗。

而在内心的混乱方面又增添了特殊的烦恼：他选的职位使他的嗜好遭到诅咒。跟年轻人经常交往成了这位讲师和很快被任命为教授的职业上的义务，新的风华正茂的青年一再把那种诱惑带到他身边，好像那都是普鲁士僵化世界内部一个个看不见的古希腊竞技场上的少年。这真是新的灾难！新的风气败坏！——所有的人都热烈地爱他，却看不出他在教育者面具下的性爱的面目；当他的手（那暗中发抖的手）亲切地触摸他们时，他们都无比愉快，他们把自己的热情滥用在一个不得不经常对他们控制感情冲动的人身上。这是坦塔罗斯的磨难[①]：他要冷酷地对待蜂拥而至的热情，又要不断与自己的弱点进行永无休止的斗争！每当他感觉到几乎要屈服于一种诱惑时，就突然采取逃跑的策略。这就是他那些使我感到迷乱的闪电般消失和归来的越轨行为：我现在看到了这条逃避自我的可怕的路，这是一条逃进陋巷和深渊的恐怖之路。后来，他总是到一个大城市里去，在那里的偏僻地方找到知己，那都是社会底层的人，他会见的对象是淫乱的青年，代替了为神圣事业献身的青年，但他需要这种讨厌的人，这种烂泥潭，这种使人反感的事，这种失望的毒汁，以便随后回到家中在成群可信赖的大学生圈子里又能坚定地抵御自己本能的欲求。哦，那是一些什么样的相会呀——他发誓向我供认的，那是一些什么样的幽灵般的散发着恶臭的人间形象啊！这个才智出众的人，这个天生就离不开形象美的人，这位一切感情的真正的大师，他一定是在那些只准知情者进入的烟雾缭绕的下等小酒馆里遇到了那些人间的世界末日的屈辱：他了解那些涂脂抹粉的游荡街头的少年的无理要求，那些散发香水气味的理发师助手的甜言蜜语的亲昵，那些身穿女人衣裙的男扮女装者激动的咯咯笑声，那些无所事事的戏子对金钱的疯狂贪欲，嚼着烟草的海员粗鲁的温柔——他了解所有这些扭曲的、惊恐的、颠倒的和离奇的行为，人们可以在城市最底层的这些行为中寻觅和认出那迷途的性。所有的贬

[①] 坦塔罗斯的磨难，意指知道接近所希望的目的又不能达到这个目的所带来的难以忍受的痛苦。

损，所有的凌辱和残暴他都在这些黏腻的路途上碰到过：他多次被偷得精光（他太软弱，太高贵，不能跟一个马车夫扭打），没有表，没有大衣，又在回家的路上被那个城郊的下等小旅馆里喝醉酒的伙计嘲笑了一番。一伙勒索钱财的人紧紧地跟上了他，其中的一个人经过数月之久对他步步紧逼，一直跟踪到大学里，放肆地坐在听课生的头一排座位上，然后面带下流的微笑抬头盯视这位全城知名的教授，教授见他神秘地眨着眼睛，便哆哆嗦嗦地使足最后一点气力勉强结束了讲座。有一次——我的心差点儿没停止跳动，因为他连这件事也跟我说了——半夜在柏林的一家声名狼藉的酒吧里他跟一个团伙被警察一网打尽；一个肥胖的红脸颊的警官面带下级官员那种趾高气扬的嘲弄的微笑，自以为高出知识分子一头，把这个全身战抖的人的名字和身份记了下来，最终对他大发慈悲，这一次把他无罪释放了，但从此他的名字却留在了某种人的名单里。正如一个人长时间坐在有劣等烧酒的房间里，最后衣服上附着的酒味都能嗅得出，想必在这个独特的小城里也不知从哪里开始渐渐窃窃私语地传开有关他的闲话，因为完全像从前在中学班级里一样，现在在同事的圈子里对他冷冷地说话和打招呼的情况越来越明显，直至最后那间异样的透明的玻璃房间把这个永远的孤独者与所有的人隔离开来。在他的完全隐居、绝对闭锁的房子里，他仍然感到有人窥探他，把他识破。

这颗受尽折磨的吓怕了的心从来也没有感到过来自真正朋友的、来自思想高尚者的怜悯，也没有感受过男性强烈温柔的庄严回报：他不得不总把他的感情分成上层和下层，就是分给与大学里那些有文化教养的年轻同伴亲切友好的交往，分给黑暗中争取来的而在清晨又使他震颤的伙伴。这个衰老的人从未受到过纯真的爱慕，从未体验过一个青年深情的爱慕；况且，这个听天由命的人已经精力耗尽，心灰意懒，每根神经都在布满荆棘的苦难生活中受过刺伤，觉得自己已快入土——这时，一个年轻人又一次闯进他的生活。他热情地向这衰老的人走来，用言语和行动，无私地向他献出一切。他对这个不知不觉被征服的人抱着满腔的热情。老人惊愕地面对这早已不再期望的奇迹，觉得自己不配接受这份如此纯洁的、如此无意识地奉献出的礼物。就这样又来了一个青春的使者，这青年形象美丽，感情奔放，对他怀有炽烈的热情，通过一条心心相通的纽带同他相连，渴望博得他的好感，却一点也没有感到这种好感的危险。这青年在无知的心灵里燃烧着性爱的火焰，大胆而一无所知，像那个傻瓜帕西法尔[①]一样：当时帕西法尔弯下腰，凑近国王中毒的伤口，他并不会施展魔法，仅只他的到来就是治疗的良方——这是他一生长久企盼的人，不过太晚了，此人在暮色降临的最后时刻才走进这所房子。

　　随着这个被描绘的形象，他的声音又从黑暗里升上来。好像有一束光净化了这声音，一种发自内心、引起共鸣的温情使它有了音乐感，因为这个能言善辩的人正在谈论那个年轻人，那个迟来的恋人。我怀着激动而又有同感的愉快心情全身颤抖，但突然间——像有一个锤子锤在我的心上。因为我的老师说的这个热情的年轻人，这正是……这正是……羞涩浮现在我的两颊……这正是我本人啊：我好像在火热的镜子里看见自己凸现出来，被笼罩在一道意想不到的爱的光辉里，它的反光还在烘烤着我。是的，这是我——我越来越清楚地看见了我，看清我那激奋的情状，那狂热的想接近他的愿望，那不满足于精神东西的贪婪的心醉神迷状态，看清我这个愚蠢、粗野的孩子，对自己的力量一无所知却又一次在这位被封锁者的心中激发创造者的不断膨胀的种子，再

[①] 帕西法尔，中世纪传说中的骑士，因憨厚、纯真被称为"纯洁的傻瓜"。他历尽艰辛，经受了种种考验，最后成了国王。他最后来到圣杯堡，带来了神圣的长矛，治好了前国王的伤。

一次点燃他灵魂中无力地倒下的性爱的火炬。我现在惊异地认识到，我这个羞怯的孩子对他有什么意义，他把我的过于兴奋的激情当作他晚年的最神圣的赠品来热爱——我同时十分震惊地认识到，在我面前，他的意志力是多么坚强：因为他恰恰不想看到在我这个纯洁的恋人被嘲弄、被顶撞和在受辱时的全身震颤，恰恰不想使耽于享乐的感官得到这愤慨命运的最后恩赐。因此他才激烈地抗拒我高度的热情，用猛然浇在头上的冷冰冰的嘲讽把我不断高涨的感情吓走，把亲切温柔的言辞变成尖刻生硬的冷言冷语，控制那温情地攥着的手——仅只为了我的缘故他才强迫自己做出一切使我清醒而使他得到保护的粗暴举动，而这一切搅得我好几星期都心神不宁。那一夜他受感情的控制像梦游者似的爬上吱嘎作响的楼梯，用那句伤人的话挽救他自己，挽救我们的友谊，对那一夜的无端的混乱我现在也觉得惊人的清楚了。我战栗，我感动，像发烧一样激动，溶化在同情里，我明白了他为我忍受了多少痛苦，他为我多么果敢地控制着自己。

　　这黑暗里的声音，这黑暗里的声音，我多么真切地感觉到它一直渗入我的心底！这声音里有一种语调是我以前从未听到过的，从前没听见过，以后也不会听见——那是一种发自内心深处的，常人决不会有的语调。一个人一生中只能这样对一个人说一次，为的是今后永远沉默，就像神话里讲的那只天鹅，它只在临死前才用沙哑的声音高唱一次。我战栗地、痛苦地把这热乎乎冲来的，无限恳切的声音纳入我的内心，好像一个女人接受男人一样……

　　突然，这声音沉寂了，现在在我们之间只有黑暗。我知道他就在近处。我只好举起一只手，让这伸出去的手去触摸他。

　　我心急火燎地想要安慰这个受煎熬的人。

　　这时，他动了一下，灯一闪，亮了。一个身影显得很疲倦，很苍老，很痛苦，从软椅里站起来——一位年老的、精疲力竭的人慢悠悠地向我走来。"再见，罗兰德……现在我们都不要再说什么了！你来了，这很好……你走，这对我们两个人都很好……再见……那就让我在告别时吻吻你吧！"

像被魔力牵引一般，我摇摇晃晃地向他走去。那平时像被弥漫烟气遮没的微燃的光，现在毫无阻挡地在他的眼睛里闪现：灼热的火苗从那双眼睛里向上升腾。他把我拉近，他的嘴唇如饥似渴地压住我的嘴唇，他强有力地、颤抖地抽搐着，把我的身体紧紧搂在他的怀里。

那是我从女人那里从未经历过的一个吻，一个像临死前的叫喊那样野蛮和绝望的吻。他身体的那颤抖的抽搐传到了我身上。我由于被一种异样的可怕的感觉抓得死死的，全身都在发抖——我一心一意地作了奉献，但在心里却因怀着对男性身体接触的反感而万分惊恐——这是激情的极端迷乱，一瞬间的压抑发展成我长久的心醉神迷。

这时，他放开了我——那猛地一动就像一个身体被猛力拉开了一样——他吃力地转过身去，一下子坐在软椅里，背对着我：他呆呆地靠在那里，直勾勾地朝前望了几分钟。但是，他的头渐渐地变得沉重起来，他先是疲倦而虚弱地低下去。然后就像一个过重的东西，一个长时间摇摆的东西，突然往下坠，咕咚一声，朝下的前额重重地跌落在写字台上。

我感到一种无限的同情。我不由自主地走近他。但是，那前倾的背突然抽搐起来，从被夹紧的双手的缝隙里发出沙哑的沉闷的呻吟，他威胁地拉着长声说："去……去！不要——不要走近我！……看在上帝的分上……为了我们两个人……现在就走……走吧！"

我明白了。我吓得直往后退：我像一个逃犯似的离开了这可爱的房间。

  此后我再也没有看见过他。没有收到一封信,也没得到一点儿消息。他的著作没有出版,他的名字已被人遗忘;关于他,谁也没有我知道得多。但即使在今天,我还觉得,我仍像那个无知的少年:他上有父母,下有妻子儿女,但我不再感激任何人,也不再去爱任何人了。

枢密顾问 R.v.D. 的私人笔录

(关惠文 译)

一个女人一生中的二十四小时

战争爆发[①]前十年,我有一回在里维耶拉[②]度假期,住在一所小公寓里。一天,饭桌上发生了一场激烈的辩论,渐渐转变成愤怒的争吵,几乎闹到结怨动武的地步,这真是万没料到的。世上的人大多数幻想能力十分迟钝,不论什么事情,若不直接牵涉到自己,若不像尖刺般狠狠地扎进头脑里,他们绝不会昂奋激动的,可是,一旦有点什么,哪怕十分微不足道,只要是明摆在眼前,直截了当地触动感觉,便立刻会使他们大动感情,往往超出应有的限度。于是他们一反平日少管闲事的习惯,趁着机会大大发泄一通。

那一次,我们这群十足中产阶级的餐友所表现的,正是这种情形。平常,大家在饭桌上一团和气,偶尔来一场smalltalk[③],彼此开开不痛不痒的小玩笑,多半总是吃罢饭马上分道扬镳:德国人夫妇俩外出游览访胜摄影,胖嘟嘟的丹麦人忙着去干他那无聊的钓鱼玩意儿,娴雅的英国太太回到她的书

---

① 指第一次世界大战。
② 欧洲南部法、意两国接壤处地中海海滨地区的总称。
③ 英语:闲谈。

堆里,那对意大利夫妇急急赶往蒙特卡罗[①],我呢,或者躺进花园中的藤椅里消磨时辰,或者立刻开始工作。可是这一回起了一场很不痛快的争论,把我们这群人紧紧纠缠在一处,无法分开了。要是有谁一跃而起,那绝不是要像平时那样彬彬有礼地表示告退,而是由于脑袋发热心中恼恨,这恼恨,我在上面说过,已经化成愤怒了。

将我们一桌人套上缰索羁缠得难解难分的那桩事,说起来委实离奇。我们七个人寄居的那所公寓,外面看着确像一座单独的别墅——啊,从窗口遥望海边巉岩鳞鳞,景致多么美妙!——实际上它却是"皇宫大饭店"收费较廉的分部,中间的花园两边通连,我们这些住客与大饭店的住客们经常彼此来往。前一天,大饭店里出了一桩不容置疑的风化案。原来,有一位年轻的法国人,搭乘午班火车,于12点20分来到这里(我不得不把准确的时间记下来,因为这对案情本身、对那场激烈争论中的症结问题,同样十分重要),他租下了一间靠海的房间,这说明他是相当阔绰的。可是,使他在人前产生好印象的不只是他的风度高雅,尤其还在于他的异常动人的俊美:一副略长的少女型的脸,热情的嘴唇上生着柔丝般晶莹的短髭,洁白的前额上摇曳着棕黄色轻柔的波形卷发,盈盈的双眼亲切妩人——处处都显得柔媚倩巧,丰姿楚楚,而又丝毫不矫揉造作。远远里乍一望见他,会使人联想到大时装店橱窗里昂然作态的玫瑰色蜡人,握着华贵的手杖,代表着理想的男性美。然而,近看之下却绝无半点浮薄气,因为(实在罕见!)他的可爱之处确是天然生成,恰像是从肌肤里面长出来的。打从我们面前经过时,他对大家逐一点头挨个问好,神情谦抑而又恳挚,他

---

① 世界有名的赌城,在地中海滨摩纳哥国境内。

随处涌现的潇洒风度，每一回都表露得毫不勉强，教人瞧着着实愉快。见到某位太太走向存衣室，他就赶紧上前代她接过大衣；对于每个小孩，他都要报以和蔼的一瞥，或说一句逗趣的话，显得既长于交际又明白分寸——简单说，看来他正是那种幸运儿，这种人既年轻又美貌，仗了这点魅力就足以取悦于人，他从屡验不爽的感觉里生出自信，而自信心又给他增添了新的魅力。在饭店里许多年老或有病的客人之间，他的出现竟仿佛给大家施了恩惠似的，他的每一个胜利的青春步态，每一阵活泼清新的生命力的表现，都使很多人心旷神恰，他不容抗拒地在人人心上赚取了最大的同情。他来了不过两小时，便同十二岁的安纳特和十三岁的勃朗希打起网球来了，她俩是那位里昂来的有钱的胖工厂主的女儿，母亲亨丽哀太太是一位秀丽、纤弱、不爱接近人的女人，她微微含笑地站在一边，看着两个小鸟般的女儿如何不自觉地卖弄风情，竞相讨好这个年轻的陌生人。黄昏时，他在我们的棋桌旁待了一小时，一边看棋，一边悠闲地讲了两个有趣的小故事，然后又陪着亨丽哀太太在海边平台上来回踱了很久，她的丈夫像平时一样，正同一个生意上的朋友在玩骨牌。晚上，我又注意到他在办公室里，在朦胧的灯影下跟饭店的女秘书促膝谈心，亲密得令人生疑。第二天早上，他陪着我那位丹麦同伴出去钓鱼，显出他对这方面的知识丰富得令人惊羡，随后，他又跟那位里昂来的工厂老板谈了半天政治，他在这方面也同样证实自己很是在行，因为大家听出，胖子先生的朗朗大笑声竟超过了海涛的声响。午饭后——我这么详尽地依次按时记述他的行动，对于明了实际情况是完全必要的——他又一次独自陪着亨丽哀太太喝黑咖啡，在花园里坐了一小时。这之后，他再跟她的女儿们在一起打了一场网球，同那对德国夫妇在客厅里闲聊了一阵。6点钟左右，我出去寄信，在火车站那儿又遇见了他。他急忙走过来告诉我，说他必须向我告辞，因为有朋友突然来信要他去，不过，两天后他还要回来的。果然，黄昏时餐厅里不再见到他了，不过，这也只是就他的形体来说罢了。因为，所有的饭桌上异口同声都在谈论着他，都在喷喷称道他的快乐舒坦的生活态度。

半夜里，约莫 11 点钟光景，我正坐在自己房间里，打算读完一本书，忽然听见花园里有急迫的嚷叫声从开着的窗子外面传来，又看到对面大饭店里人影忙乱。我惊惶不安，倒不一定为了好奇，马上匆匆地跨过这五十步路程，赶到饭店那边，发现所有的客人和工作人员都慌慌张张乱成了一团。原来当丈夫按照习惯准时陪着拉穆尔来的朋友玩骨牌的时候，亨丽哀太太独自前往海边平台去作每晚例行的散步，这时还不见回来，大家担心她遭了意外。那位胖丈夫，平日懒得动的，这时活像一头野牛，一再奔向海岸，朝着夜空高声喊叫"亨丽哀！亨丽哀！"由于慌乱，声音都变了，听来很是可怕，像是原始时代某种巨兽临死前的哀号，侍役们和小厮们也都慌慌张张的，一会儿跑上楼，一会儿跑下楼，全部客人都被惊醒，给警察局也打过了电话。可是那位胖子丈夫，只穿一件敞开的背心，还在一刻不停地来回跌跄着、蹭蹬着，朝着夜空一边抽噎一边叫嚷，木然地喊着："亨丽哀！亨丽哀！"楼上两个女孩这时也被吵醒了，都穿着睡衣站在窗口，对着楼下叫母亲，那位父亲又急忙赶上楼去安慰她们。

接着出现了触目惊心的一幕，简直无法描述，因为人遇打击过重难以承受时，那瞬间所产生的非常强烈的紧张情绪，从外表看来极富悲剧意味，具有迅雷似的力量，不论图画或文字，都不能按照原样将它重绘出来。那个胖丈夫突然迈着那在他足下呻吟不绝的梯级走下楼来，脸也变了，神色倦怠而凶狞，手里拿着一封信。"您叫大家回来吧！"他对工作人员的领班说，声音几乎听不见。"请您把所有的人都叫回来吧，用不着四处寻找了。我的太太已经撇下我走掉啦。"

这个受了致命打击的人，性格里存在着超过常人的坚忍，使他当着许多人还能竭力自持。所有的人由于好奇，都围拢来看他，此刻个个吃惊，面子上不好意思，脑子里满是疑团，又纷纷离开了他。他还有足够的自制力，能够悠悠晃晃目不旁视地走过我们身边，踅进阅览室随手关掉了电灯。随后我们听见他的笨重庞大的躯体倒进靠椅时发出的声响，紧跟着便听到一阵野兽狂嗥似的哭声，只有从来不曾哭泣过的人才会这样哭。对于我们每一个人，即使是最鄙陋的人，这种发于自然的哀伤都有着某种带麻醉性的力量。那些侍役，那些怀着好奇心悄悄走来的客人，谁都不敢吐出一声轻笑，也不敢说出一句惋惜的话。大家默默无言，对着这场粉碎一切的情感迸泻，我们似乎感到羞愧，只得一个跟着一个，分别溜回自己屋里，留下这个被击倒的人，在那间黑黝黝的屋子里独自啜泣。最后，整座楼里的灯光相继熄灭，才渐渐地透出嘁嘁喳喳的议论声。

不用说，这么一桩奇事，闪电一般自天而降，近在眼前触动感觉，自然会使平日只惯闲散优游的那班人受到强烈的刺激。不过，我们饭桌上猛然爆发、闹得几乎动武的热烈争论，虽然起因于这桩惊人奇案，实质上却可以说是一场关系着原则问题的论辩，是一场牵涉着不相容的人生观的愤怒冲突。那位万念俱灰的丈夫，由于恼恨，一时神志昏乱地将手里的信揉成一团扔在地上，给一个女仆看到了，她这人不知谨慎泄露了内情，马上弄得无人不晓。原来亨丽哀太太不是单独一人出走，而是跟了年轻的法国人去的（这一来，许多人原先对那位法国人的赞赏顿时化为乌有了）。乍一看来不难明白，总是这位小小的包法利夫人存心要抛掉肥胖世俗的丈夫，另换一位风流年少的美男子。可是，那位工厂主、他的两个女儿，还有亨丽哀太太本人，过去都不曾跟这位花花公子会过面，但凭黄昏时平台上一次两小时的交谈，再加上一小时在花园里同喝咖啡，就足以教一个三十三岁上下、声誉清白的女人动了热情，一夜之间变了心，撇下自己的丈夫和两个孩子，跟随一个素不相识的登徒子远走天涯吗？这种特殊情形不免使每个人都大感不解。终于，我们全桌的人一致断定，这些表面上的公开事实不足为凭，那只是这对情人为掩人耳目而故弄玄虚：亨丽哀太太跟那个年轻人准是暗中早有来往，迷魂精这次来到仅仅为了商定逃走的最后细节而已，因为——大家推断说——一位极有身份的太太，跟别人认识了不过两小时，听到一声呼哨立刻相随私奔，这是绝不可能的事。大家说到这里，我忽然觉得，试提一个相反的看法倒也十分有趣，便竭力为另一种可能性，甚至为它的可靠性作辩护。我说，有一种女人，多年来对婚后生活深感失望，内心里因而已有准备，逢到任何有力的进攻就会立刻委身相从。我一提出这个出人意料的反面意见，便马上掀起了普遍的争论，在座的两对夫妇尤其激动，这两位德国人和两位意大利人同声拒斥，竟表示出令人难堪的侮蔑态度，他们说，若认为世间真有 coupdefoudre[①] 未免太愚蠢，那原只是低级小说里面的无聊幻想。

　　这场桌上纠纷从上汤时开始，直闹到吃完布丁为止，其间种种狂风急雨，没有必要在这儿详细追述，只有长年在公寓里吃饭的人才会这样争论，平常的时候，他们在一次偶然爆发的纷争里，一时昂奋，所持的议论多半内容空泛，都只是急忙中胡乱拣来的

[①] 法语：电击，意即"一见钟情"。

陈腔滥调而已。我们这次的争论何以竟会急转直下有了恶声相向的形势，这也是难以解释清楚的，我相信，开始动意气是由于那两位做丈夫的不自禁地急于要将自己的太太划在一边，不让她们也被算在这种浅薄危险的可能性里面。可惜的是，这两人找不出有力的论据来反驳我，只是宣称，唯有单凭一件很偶然的、极下流的、独身男子骗取爱情的例子来判断妇女心理的人，才会说出那样的话。这种论调已经使我多少有些着恼，那位德国太太竟还接着开火，教训口气十足地加重斥责说，世上固然有着正派女人，另一方面也还有些"天生的贱骨头"，照她看来亨丽哀太太准是这类人。这一来我可完全忍耐不住了，便立刻采取了攻势。我指出，一个女人一生里确有许多时刻，会使她屈服于某种神秘莫测的力量之下，不但违反本来的心意，又不自知其所以然，这种情形实际上明明存在着；硬不承认这种事实，不过是惧怕自己的本能和我们天性中的邪魔成分，想要掩盖内心的恐惧罢了。而且，许多人觉着这么做很可自慰，要这样才感到自己比"易受诱惑的人"更坚强、更道德、更纯洁。按我个人的看法，一个女人与其像一般常见的那样，偎在丈夫怀里闭着眼睛撒谎，不如光明磊落地顺从自己的本能，那倒诚实得多。我所说的大致都是这一类的话，这时谈话渐带火性，而别人越是诋毁可怜的亨丽哀太太，我为她辩护得越热切（其实已远远超出了我内心的真正感情）。对于那两对夫妇，我这么慷慨激昂无疑是——像大学生们常说的——吹起了战斗号角，他们四个人仿佛一组不很和谐的四重奏，愤恨切齿地向我大肆反击。那位丹麦老头一直满脸含笑坐在一边，像个握着马表的足球赛裁判员似的，每当形势不妙，他就要抓起骰子在桌面上敲几下表示警告："Gentlemen, please！"[①] 结果也总只能

---

① 英语："先生们，算了吧！"

安静一会儿。一位先生面红耳赤，已经从桌上跳起来三回了，他的太太费了好大的劲才按住了他——简单说，再过十来分钟，我们的争论就会以大打出手收场，幸亏C太太说话了，像是加了一滴润滑油，这场口舌之争才逐渐平静了。

　　C太太是一位白发苍苍的娴静高雅的英国籍老妇人，我们大家一向默认她为全桌的主席。她端庄地坐在那里，对人人都同样和蔼可亲，她很少说话，不过对别人的讲话总显出兴味盎然的样子，单是她的神情体态就给人一个爽心悦目的印象：她那雍容高贵的仪表流露出一种心敛意宁的奇妙丰采。她对所有的人都保持着一定的距离，同时又很巧妙地让人人觉得跟她特别亲近：大部分时间她坐在花园里看书，常常弹奏钢琴，很少见她跟别人同在一处，或者热切地参加我们的谈话。我们都不怎么留意她，然而她自有一种奇特的力量笼罩着所有的人。譬如此刻，她刚刚加入论辩，大家马上就获得一个痛苦的感觉，一致感到争吵得过了分。

　　当时正是德国先生猛然跳起身来，接着又被按在桌边重坐下去的当儿，C太太就趁着这令人难受的间歇加入了谈话。她出我意料地抬起一双晶亮的灰色眼睛，迟疑地对我望了一会儿，然后才以冷静客观的口吻开始发言，想要一下抓住主要问题。

　　"这么说，如果我了解正确的话，您真的相信亨丽哀太太，相信一个女人，会完全无辜地被卷进一场突如其来的冒险，相信确实有些行为会使一个女人做出一小时以前还认为自己绝不可能做出，也无法负责的事情来吗？"

　　"我绝对这样相信，尊贵的太太。"

　　"这么一来，任何道德评判都是毫无意义的了，任何伤风败俗的事都是于理有据的了。如果您真的认为，法国人所说的

crimepassionnel[①]算不得什么 crime[②]，国家的司法机关还有什么用处呢？一切就该凭着并不多见的好意来判断了——您的好意却是多得惊人，"她轻轻一笑补充一句说，"这样，才能在每一桩犯罪行为里找出热情，根据热情就可以宽恕一切了。"

她说话时那种清晰而又几乎很愉快的声调，我听来感到分外舒适，于是我也不自禁地模仿着她的冷静口吻，同样半说笑半严肃地回答说："判断这类事情，司法机关当然比我严厉得多，毫不徇情地维护一般的风俗习惯，那是它们的职责：它们必须做的是判决，而不是宽恕。可是我，作为一个平民，却看不出为什么非要自动担任检察官的职务不可：我宁愿当一个辩护人。我个人最感兴味的是了解别人，而不是审判别人。"

C太太睁大晶亮的灰色眼睛，直瞪瞪地对我逼视了好一会，显得很是犹疑。我担心她没有听明白我的话，打算用英语再重说一遍。突然，她又接着发问了，态度非常严肃，简直像个考官。

"一位太太撇下自己的丈夫和两个孩子，随随便便跟人走了，根本不知道那人是否值得她爱，这样的事您不觉得可鄙或可厌么？一个女人，已经不算很年轻了，为孩子们着想也该自己尊重，却做出如此不知检点的事，难道您真的能够原谅她？"

"我再说一遍，尊贵的太太，"我坚持道，"遇着这类事我既不愿审问，也不愿判决。在您面前，我可以平心静气地承认，我先前的话有点言过其词：这位可怜的亨丽哀太太自然算不上女中豪杰，既不是天生的浪漫人物，更不是什么grandeamoureuse[③]。她在我的眼里，据我所见到的，只不过是一个

---

① 法语：热情造成的罪行。
② 法语：罪行。
③ 法语："伟大的情人。"

平庸而又软弱的女人,我对她多少怀着敬意,那是因为她勇敢地随顾了自己的意愿,可是我对她怀着更多的怜悯,因为她明天,如果不是在今天,一定会深深陷入不幸。她的举动也许很愚蠢,失于轻率,却绝不能称为卑劣下流,我始终极力争辩的是,谁也没有权利鄙薄这个可怜的、不幸的女人。"

"您自己呢?到现在还对她怀着同样的敬意吗?前天是一位跟您同在一处的可敬的女人,昨天是一位跟随素昧平生的男人私奔的女人,对这两种女人,您完全不加区别吗?"

"完全不,一点区别也没有,半点也没有。"

"Is that so？"[①]她不自禁地说起英语来了:这些话显然使她想起什么了。她沉吟了片刻,然后抬起清亮的眼睛,带着追问的神情又一次望着我。

"要是明天,假定说在尼查,您又遇着亨丽哀人太正跟那个年轻人挽着手,您还会上前向她问好吗?"

"当然。"

"还会跟她攀谈吗?"

"当然。"

"您会不会——如果您……如果您结了婚——将一个这样的女人介绍给您的太太,而且在介绍的时候,对她过去的行为只当并无其事?"

"当然。"

"Would you really？"[②]她又说起英语来了,满是疑惑诧异的样子。

"Surely I would."[③]我不由得也用英语回答。

---

① 英语:"真的吗?"
② 英语:"您真会这样做吗?"
③ 英语:"我一定这样做。"

C太太不说话了。她似乎越来越沉于深思中。突然，她好像发觉自己太无顾忌而有些失惊了，一边望着我，一边说："I don't know if I would, Perhaps I might do it also."① 随后，她以一种形容不出的稳重姿态站起身亲切地向我伸出手来，只有英国人才懂得用这种方式表示谈话结束，毫不显得唐突失礼。完全由于她的影响，饭厅里才终于恢复和平，人人心上都很感激她，正是因为她，我们这些刚才还是势不两立的人，此刻都微带歉意恭恭敬敬地互相致礼了，说过一两句轻松的趣话后，紧张到了危险程度的空气就缓和下来了。

我们的纷争虽说最后收场倒也高尚大方，一度被激发的那点恼恨却留下了痕迹，使得我的对手们对我略有疏远之意。德国夫妇从此不多开口，意大利夫妇接连几天老是含讥带讽，问我有没有打听到"cafasignora Henrietta"②的下落。在形式上我们大家一味守礼，一桌人从前相见以诚不拘形迹，如今似乎已被破坏难于挽回了。

那次争论过后，C太太竟对我表示出特殊的亲切，对照起来，更让我体味到那几位死对头的讥刺和冷淡。C太太一向非常矜重，在吃饭时间以外更不爱找人聊天，现在却常常趁着机会在花园里跟我谈话，并且——我几乎可以这么说，她确是对我格外垂青，正因为她平日分外矜重，一次单独交谈就足以教人觉得是特殊的荣宠了。真的，讲得直率些我还必须说：她简直是故意找上我，借了各种因由走来跟我说话，每次做得用意显明，幸亏她是一位萧萧白发的老太太，不然真会让我想入非非了。可是，谈着谈着，我们的话题不可避免地总要回头，老

---

① 英语："我不知道自己会不会那样，说不定我也要那样做的。"
② 意大利语："尊贵的亨爵哀太太。"

是落到一个论点上，落到亨丽哀太太的问题上。她像是感到一种非常玄妙的兴味似的，谈起这事就对那个忘掉自身责任的女人大加非议，极力谴责别人心志不坚。然而就在同时，看见我始终如一，对那位纤弱秀丽的女人不改同情之心，任什么也难使我放弃原意，她又似乎深觉快慰。她一再将我们的谈话拉往这个方向，到后来弄得我莫名其妙，对于这种古怪的、几乎像是忧郁症造成的执拗不知道该怎样想才好。

像这样过了好几天——大约五六天，这种方式的谈话在她说来为什么至关重要，她却不曾有一言半语泄露秘密。不过，其中一定别有缘故，在一次散步的时候我十分清楚地意识到了这一点。当时我偶然提起，我的假期已满，准备再过一天就要离开了。立刻，她的素来静如止水的脸上突然露出异样的紧张表情，恰像一片云翳天外飞来，罩住了她那双灰碧似海的眼睛："多么可惜！我还有许多话要跟您谈哩。"从这一霎开始，她现出一种迷离恍惚的神情，显而易见，她说这话时那桩时刻忘怀不了的事又在脑子里升起来了。最后，她自己蓦地惊觉过来，沉默了半晌，这才出其不意地向我伸出手来说。

"看来，我想要对您说的话是难于口述明白的。我宁愿写信告诉您。"一说完她就急急转身走回公寓，步伐匆忙，完全不是我平日习见的那样。

果然，当天傍晚快要开饭的时候，我在自己房间里发现了一封信，正是她的有力而爽朗的笔迹。遗憾得很，我年轻时对待文件书信相当随便，因此没法在这儿引录原文，只记得信上曾经问我，能不能听她叙述一件她自己的人生经历。她在信里说，那段小插曲如今已成陈迹，跟她现在的生活是没有什么牵连的了，而且我是再过一天即将远去的人，把二十多年来埋藏心底的苦恼事对我倾诉一回，做来也还不算太难。因此，如果我对这样一次谈话并不感到冒昧的话,她很想求我给予她一小时的时间。

以上只是那封信里的主要内容,原信在当时异乎寻常地感动了我:信是用英文写的,单是这一点就赋予了它极度明晰而果决的力量。可是在我这一面,回信万难措辞,我起了三次稿都终于撕毁,最后才这样回答:

"您对我这么信任,我实在引以为荣。如果您认为必要,我可以保证严守秘密。凡不是您愿意吐露的事,我自然不敢强求。唯愿您叙述时,能够对己对人处处牢守真实。您对我的信托,我全当是特殊的荣宠,您可以相信我这话决非虚套。"

晚上,我将这封短信送到她的房间里,第二天早晨我又发现了一封回信。

"您完全正确,一半真实毫无价值,有意义的永远只在全部真实。我将竭尽全力,做到无所隐讳,以免违背我的本意,辜负您的期望。请您饭后来我屋里——我已是六十七岁的老人,用不着避逸防嫌了。因为在花园里或人多的处所,我难于从容谈讲。您总能相信,在我说来下此决心不是一桩容易的事。"

那天中午,我们在饭桌上还见过面,神色自若地谈了几句不关紧要的话。可是,吃罢饭来到花园里,她遇着我却慌忙闪避了,这位白发苍苍的老太太竟会羞羞怯怯如同少女,一转身溜进了松荫夹道中,我看着不禁深为痛苦,同时觉得大受感动。

到了晚上约定的时间,我在她的门前敲了两下,房门立刻应声开启:里面灯光很弱,平时原很阴暗的房间里此刻只点着一盏台灯,在桌上投射下一圈黄影。C太太一点也不局促畏缩。她走过来迎接我,让我在一只圈椅上坐下,然后自己也面对着我坐下了:这些动作,我注意到,每一项都是她预先暗自排定了的。然而,这之后却还是出现了一个相对无语的场面,一次显然非她所愿的静默——迟迟难下决心的静默，竟至愈延愈久，而我也不敢轻发一言打开这个僵局，因为我看出，一个坚强的意愿正在努力挣扎，要战胜一种顽强的抗拒心情。楼下客厅里不时地隐约传来华尔兹舞曲的断续乐声。我屏息敛气，仿佛想要减轻一点这场静默的沉重压力。C太太也似乎感到这种不自然的紧张局面很难受，她突然振作精神，像是要纵身跳跃似的，马上开始说话了：

"最难说出的只是第一句话。两天以来我早有准备，要讲得完全明白而又真实：但愿我能做到。您现在也许还不能理解，为什么我要向您，向一位不很熟识的人，讲述这一切。可是，从来没有一天，甚至没有一小时，我不曾想到过这桩往事。我这个老女人的话您不妨认真相信：一个人对于自己生命中唯一的一点，对于其中唯一的一天，竟全神贯注凝望了整整一生，这实在是不堪忍受。因为，我打算讲给您听的事，全部经过只占去我这六十七年生命里一段二十四小时的时间，而我曾经反复宽解自己，几乎到了神经错乱的地步。我对自己说：一生里既只有一霎时糊涂过一次，那又算得了什么。然而，一般人用一个很不确定的名词称之为良心的那点什么，是无法逃避得了的。上回听到您十分冷静地评论亨丽哀太太的事件，我曾经暗自思忖：如果我能够下一次决心，找到一个什么人，将我一生里那一天的经历对着他痛快地叙说出来，这样也许能结束我这种毫无意思的空自追忆和纠缠不已的自怨自艾。我信奉的要不是英国国教，而是天主教，我会早已得到忏悔的机会，说出了一切，以求解脱独自隐忍的苦楚——这种安慰在我们是无份的了，因此我今天试用这个离奇的方法，借着向您叙述来自求解脱。我知道，我这一切非常荒诞，可是，您既已毫不犹豫地接受了我的请求，我得要向您表示感谢。

"正是，我已经说过，我打算向您叙述的仅仅是我一生中唯一的一天——其余的一切在我想来全无意义，别人听来也很乏味。我四十二岁以前的人生经历可以说步步不离常轨。我的父母是苏格兰有钱的乡绅世家，开着几座工厂，还有许多田产。我们过着乡间贵族式的生活，一年里大部分时间住在自己田庄上，夏季上伦敦去歇暑。我十八岁时在一次宴会上认识了我的丈夫，他是名门世族R家的第二个儿子，在驻印度的英国军队里服务过十年。我们很快就结了婚，婚后在朋友圈里过着欢乐无忧的生活，一年中三个月留在伦敦，三个月消磨在自家的田庄上，剩下的时间到意大利、西班牙和法国去旅行。我们的婚姻非常美满，从不曾蒙上过半点阴影，我们所生的两个儿子如今也早已成人。在我四十岁上，我的丈夫突然去世了。他从前在热带地方的长年生活使他得了肝脏病，这次旧病复发为时不过两星期，挨过这段可怕的时间我就永远丧失了他。我的大儿子当时正在军队里服役，小儿子在大学里念书，这一来我突然陷入了空虚寂寞中，像我这样惯受温存体贴的人，一旦孤单独处实在痛苦不堪。那所凄凉的宅院处处令我触景伤情，念念难忘失去了亲爱的丈夫的悲痛损失，我只觉得在这所房子里再多待一天也不可能了：于是我决定，在我的儿子们成家以前，尽量将那几年时光用来旅行以遣愁怀。

"对于自己从此以后的生活，我基本上将它看作是完全没有意义，没有用处的了。二十三年来与我形伴影随心同意合的人已经亡故，孩子们并不需要我，我也担心自己抑郁寡欢会破坏他们的青春之乐——为自身计我倒是无所希求、无可贪恋了。最初，我移住在巴黎，烦闷时出去逛逛商店和博物馆，可是，那座城市和周围景物入眼生疏少趣，那地方的人我也不愿接近，我不高兴受到他们因见我服丧而表示礼貌的怜惜眼色。这几个月昏沉恍惚东飘西荡,那种日子究竟怎样度过的,我自己也很茫然:我仅仅记得,当时我始终怀着一死了结此生的愿望,只是缺乏勇气,自己不能促成这一苦痛的心愿。

"在我居孀的第二年,也就是我四十二岁那一年,还是因为别无安顿,只好照旧四处流走,混过这一段已经失去价值、令人恹闷欲绝却又不能速死的时期,于是,我在三月末来到了蒙特卡罗。实在说,我到蒙特卡罗来是由于孤寂无聊,由于那种令人难受的、像是一阵胀塞胸臆的恶心似的内在空虚,这种内心空虚至少得要找点外来的琐屑刺激填补一下。我自己越是失情少绪心冷意沉,却越是感到有一股强大的力量,将我推往一处人生巨轮旋转得最为迅速的地方,对于缺乏人生体验的人,欣赏别人情感激荡倒不失为一种神经感受,戏剧和音乐就有这类作用。

"正因为这个缘故,我也就常常观光赌馆[①]。在那儿可以冷眼旁观,看那些人时而喜不自禁、时而惊愕失色,无数张脸瞬息万变幻化无穷,这种惊涛险浪也同时在我身内震撼起伏,使我因而目眩神迷。另外,我的丈夫从前也爱光顾赌馆,偶尔入局从不逞性,对于他往日的这个习惯,我仍怀有某种无意的虔敬之心,继续受着它的引导。正是在这个地方,开始了我一生中的那二十四小时,回肠荡气远胜一切赌戏,从此我的命运长年永受困扰。

"那天中午,我跟冯·M公爵夫人,我家的一位亲戚,在一道用午餐,直到后来吃罢晚饭,我还觉着没有累到能够安睡的程度。因此我就去赌馆,自己并不下注,只绕着许多赌台来回闲蹓,用一种特殊的方法暗自观赏一堆堆围聚一处的赌

---

① 原文为"Kasino",是蒙特卡罗一处相当大的游乐馆,里面主要的设备是许多赌台。

客。我说'特殊的方法',那正是我去世的丈夫教给我的,因为我曾经向他抱怨,认为久看令人厌倦。从前我曾感到兴味索然,不愿意老盯着一些同样的面孔,一些坐在弹簧椅里隔几小时才敢下一回注的干瘪老太婆,一些刁猾的赌痞,一些玩着纸牌的妓女——所有这班人都是极可怀疑良莠不齐的,他们,您知道,在拙劣的小说里总是被描绘得有声有色,仿佛全是 fleur d'élégance[①]和欧洲贵族,实际看来,绚烂生动罗曼蒂克的情调却大为降低。不过,跟今天比较起来,二十年前的赌馆吸引人的地方可多得太多了,从前滚来滚去的还都是动人遐想的耀眼的金子。无数簌簌响的新钞票、无数金晃晃的拿破仑[②]、无数厚实的五法郎银币,而今天在新建的现代式豪华赌宫里、只见一帮平民气息的过路游客,拿着一把毫无特色的筹码,无精打采地随手扔光便算完事。我当初在那批千篇一律索然无趣的面孔上所发现的兴味实在太少,因此我的丈夫——他本人对手相术,即揣摩手部意义,有着强烈的爱好——教给我一个非常别致的欣赏方法,比懒懒散散四面呆站确实有趣得多,确实更为令人激动紧张。这方法就是:不看任何一个人的面部,专注视桌子的四周,在桌子四周又只盯着许多人的手,只留神那些手的特殊动作。我不知道您是否也偶尔有过一回,眼里只注意到绿呢台面,只凝望着那一片绿色的方围之地。在它的正中央滚动着一个圆球,活像醉汉似的跌跌撞撞,一个码子一个码子地往前跳,许多钞票,许多圆溜溜的银币金币,接连不断地落到方围内,好似播种一般,马上,管台子的挥动手里的笆竿,割麦似的揽尽全部收获,或者把他们推到赢家面前。像这样放眼静察

[①] 法语:高贵的花朵(意即上流人士)。
[②] 19世纪法国钱币之一种。

就能看到，唯一摆晃不宁的只有那些手——绿呢台面四周许许多多的手，都在闪闪发亮，都在跃跃欲伸，都在伺机思动。所有这些手各在一只袖筒口窥探着，都像是一跃即出的猛兽，形状不一颜色各异，有的光溜溜，有的拴着指环和铃铃作声的手镯，有的多毛如野兽，有的湿腻盘曲如鳗鱼，却都同样紧张战栗，极度急迫不耐。见到这般景象，我总是不觉联想到赛马场，在赛马场的起赛线上，得要使劲勒住昂奋待发的马匹，不让它们抢先窜步；那些马也正是这样全身战栗、扬头竖颈、前足高举。根据这些手，只消观察它们等待、攫取和踌躇的样式，就可教人识透一切；贪婪者的手抓搔不已，挥霍者的手肌肉松弛，老谋深算的人两手安静，思前虑后的人关节跳弹。百般性格都在抓钱的手势里表露无遗，这一位把钞票揉成一团，那一位神经过敏竟要把它们搓成碎纸，也有人筋疲力尽，双手摊放，一局赌中动静全无。我知道有一句老话，赌博见人品，可是我要说，赌博者的手更能流露心性。因为，所有的赌徒，或者说，差不多所有的赌徒，很快就能学到一种本领，会驾驭自己的面部表情——他们都会在衬衣硬领以上挂起一幅冷漠的假面，装出一派 Impassibilité[①] 的神色——他们能抑制住嘴角的纹缕，咬紧牙关压下心头的惶乱，镇定眼神不露显著的急迫，他们能把自己脸上棱棱突暴的筋肉拉平下来，扮成满不在乎的模样，真不愧技术高妙。然而，恰恰因为他们痉挛不已地全力控制面部，不使暴露心意，却正好忘了两只手，更忘了会有人只是观察他们的手，他们强带欢笑的嘴唇和故作镇静的目光所想掩盖的本性，早被别人从手势里全部猜透了。而且，在泄露隐秘上，手的表现最无顾忌。因为，无可避免地，必然会有一个瞬间，所

---

① 法语：无动于衷。

有这些竭力约制似有睡意的手指会因一时疏忽一齐脱出束缚：那就是在转轮里的圆球落进码盘，管台子的报出彩门惊心夺魄的那一秒钟，就在这一秒钟，一百只手或五百只手不由自主纷纷有所动作，因人而异各具个性，种种潜在的本能全都表露无遗。谁要是像我这样习以为常（我是由于我丈夫有此癖好而获得传授的），爱观看这个手的舞台，他一定会感到，永远千般百样、意外突发的手姿暴露出永远千差百异的性情的这种表演，比较戏剧音乐更能荡人心弦：这种手的表情究竟怎样千般百样，我简直没法给您描述。每一只手都仿佛是野性难驯的凶兽，只是生着形形色色的指头，有的钩曲多毛，攫钱时无异蜘蛛，有的神经战栗指甲灰白，不敢放胆抓取，高尚的、卑鄙的、残暴的、猥琐的、诡诈好巧的、如怨如诉的，无不应有尽有——给人的印象却是各不相同，因为，每一双手就反映出一种独特的人生，只有四五双管台子的人的手算是例外。管台子的人的手全像是一些机器，动作精确，做买卖似的按部就班执行着职务，对一切概不过问，跟那些生动活跳的手对照起来，恰像计算机上嘎嘎响的钢齿。可是，这几双冷静的手，正因为跟那些昂扬兴奋的同类成了对照，却又大可鉴赏。他们（我可以这么说）好似群众暴动时街上的警察，武装整齐地稳站在汹涌奋激的人潮当中。除了这些，我个人还能享受一项乐趣：接连看了几天，我竟跟某些手成了知己，它们的种种习惯和牌性我都一见如故，几天以后我就能够从许多手里识别一些老朋友，我把它们当作人一样分成两类，一类投我心意，一类可厌如仇。不少的手贪婪无比，在我看来非常可惜，我总是避开眼睛不加注意，只当遇着邪事。台子上忽然出现一只新手，那可就增添了我的感受和好奇：我往往忘了抬眼看看那人的样貌，总觉得不过是一幅冰冷世故的假面，呆呆地插在一件扣到脖子的礼服或珠光宝气的胸部上面而已。

"那天晚上我走进赌馆,有两只台子已经围满了人,我绕着走向第三只台子,摸出几个金币预备下注,忽然迎面传来一阵非常奇怪的声响,使我吃了一惊。那时正当人人定睛个个紧张,心神似乎都被静默震慑住了的一霎,每逢圆球奔跑得疲惫无力只在最后两个码盘上颠簸着时,就会出现这样的一霎,此刻我竟听到一阵咯咯喳喳的响声,像是骨节折裂。我不自主地向对面望了一眼,立刻见到——真的,我吓呆了!——两只我从没见过的手,一只右手一只左手,像两匹暴戾的猛兽互相扭缠,在疯狂的对搏中你掀我压,使得指节间发出轧碎核桃一般的脆声。那两只手美丽得少见,秀窄修长,却又丰润白皙,指甲放着青光、甲尖柔圆而带珠泽。那晚上我一直盯着这双手——这双超群出众得简直可以说是世间唯一的手,的确令我痴痴发怔了——尤其使我惊骇不已的是手上所表现的激情,是那种狂热的感情,那样抽搐痉挛的互相扭结彼此纠缠。我一见就意识到,这儿有一个情感充沛的人,正把自己的全部激情一齐驱上手指,免得留存体内胀裂了心胸。突然,在圆球发着轻微的脆响落进码盘、管台子的唱出彩门的那一秒钟,这双手顿时解开了,像两只猛兽被一颗枪弹同时击中似的。两只手一齐瘫倒,不仅显得筋弛力懈,真可说是已经死了,它们瘫在那儿像是雕塑一般,表现出的是沉睡、是绝望、是受了电击、是永逝,我实在无法形容。因为,在这以前和自此以后,我从没有也再见不到这么含义无穷的双手了,每根筋肉都在倾诉,所有的毛孔几乎全都渗发激情动人心魄。这两只手像被浪潮掀上海滩的水母似的,在绿呢台面上死寂地平躺了一会。然后,其中的一只,右边那一只,从指尖开始又慢慢几倦乏无力地抬起来了,它颤抖着,闪缩了一下,转动了一下,颤颤悠悠,摸索回旋,最后神经震栗地抓起一个筹码，用拇指和食指捏着，迟疑不决地捻着，像是玩弄一个小轮子。忽然，这只手猛一下拱起背部活像一头野豹，按着飞快地一弹，仿佛啐了一口唾沫，把那个一百法郎的筹码掷到下注的黑圈里面。那只静卧不动的左手这时如闻警声，马上也惊惶不宁了；它直竖起来，慢慢滑动，像是在偷偷爬行，挨拢那只瑟瑟发抖、仿佛已被刚才的一掷耗尽了精力的右手，于是，两只手惶惶悚悚地靠在一处，两只肘腕在台面上无声地连连碰击，恰像上下牙打寒战一样——我没有，从来还没有，见到过一双能这样传达表情的手，能用这么一种痉挛的方式表露激动与紧张。望着这双颤抖喘息迫不及待的手，看着它寒栗悚惧的神情，我突然觉得整座大厅里其他一切全都死灭僵凝了，尽管四周营营扰扰，管台子的喊声像小贩叫卖，人来人往川流不息，转轮里的圆球巡回滚动，终于高起低落、跳进它那平坦的圆形牢笼——所有这些动荡嘤嗡冲袭神经的纷乱景象对我全不存在，我紧紧盯着平生难遇的这双手，竟被它迷住了。

"可是最后，我再也按捺不住了：我一定要看看这个人，看看与这双具有无限魔力的手相关联的那张脸，于是，我提心吊胆地——的确，真是提心吊胆地，因为，那双手早已教我心惊胆战了！——慢慢儿移动目光，顺着衣袖向上探溯，掠过两只瘦窄的肩膀。这一次又令我全身猛震了：这张脸竟跟那双手一样，倾吐着同一种惶乱的语言，脱出羁束、驰骋幻境中的语言；一副固执倔拗的神情，跟它那几乎像是女人般的俊美同样使人惊奇。我从来还没有见到过这样一张脸，一张如此出神入化忘形一切的脸，它使我有了充分的机会，将它当作一副面具，当作一尊缺少眼珠的雕像来仔细观赏。那一对着了魔的眸子从无瞬息转动，决不顾盼左右：漆黑的瞳仁凝定着，像两粒没有生命的玻璃珠，嵌在大睁着的眼睑下，仿佛两面镜子，反映着那个桃花心木的,在转轮里癫头傻脑地起劲滚动落进码盘的圆球。我要再说一遍:我从来没见过一张如此急切紧张、如此惊心动魄的脸。那是一个二十四岁左右的年轻人的脸,狭窄俊秀,稍嫌纤长,然而极富表情。它正像那双手,完全不是男子气派,倒更像是在游戏中兴会淋漓的孩子的脸——不过,这些都是我后来才注意到的,在当时,这张脸完全隐蔽在一幅激情和狂乱的神色后面了。窄窄的嘴焦渴地微张着,露出一半牙齿,让人十步以外就能看到它们在打寒战,两唇始终呆呆地张开着。额头上粘着一绺湿漉漉的淡黄头发,往前边耷拉着,像跌过一跤那样,两只鼻翼不住地一张一翕,仿佛皮肤底下有一阵无形的激浪在汹涌翻腾。他一直伸探着头,不自觉地越来越朝前倾,使人感到他似乎想全身投进轮盘追着圆球旋转。这时我才懂得为什么那双手那么痉挛抽搐:只有仗着这种抗力,仗着这样的撑拒,才可以使已失重心的身躯保持平衡。

"我从来还没有——我定要反复这么说——看见过一张脸,会这么公开地、这么兽性毕现地、这么恬不知耻地表露激情,我紧盯着他,紧盯着这张脸,对于他的如痴如醉的神情我心荡意迷目难旁移,正像他的两眼对于滚转跳弹的圆球那样。从这一秒钟起,大厅里旁的一切全不在我眼里,跟这张脸上熊熊的烈焰一比,一切都显得朦胧黯淡模糊不清了。大约整整一个钟头,我隔着人丛只注视着这一个人,不放过他的每一姿态:当管台子的终于满足一次他急于攫取的欲念,将二十个金币推到他的面前时,那双眼睛倾泻出多么辉煌的光辉啊,两只手像是受到炮弹震撼,痉挛虬结的筋肉顿时松懈,抖抖索索的手指一齐张开了。在这一秒钟里,他的脸忽然容光焕发变得非常年轻,平滑润泽不见皱纹,眼睛开始有了神采,俯斜的身子精神抖擞轻快自如地挺直起来——他居然也坐下一回了,安安稳稳像是骑在马上，眉飞色舞满露得胜之感。他将那些圆圆的金币揽过来，昂然得意地用指头弹着它们，使它们彼此碰击，弄得叮当乱响。然后，他又静静地转动着脑袋，对绿呢台面扫视了一周，恰像一头小猎狗伸出鼻子嗅查着要找出准确的路线。暮地他抓起一把金币向前一扔，全投到一个角落上。马上，又开始了那种急切盼待，又开始了那种紧张不安。嘴角上又起了那种触电似的抽搐，两只手重新痉挛不已，孩子气的神情完全消失，罩上了贪婪的期待神色，直到最后，这种抽抽搐搐的焦灼紧张猛然崩溃，爆炸了似的化成失望：刚才兴奋得像孩子一般的脸孔突然憔悴不堪，变得灰白苍老了，眼神呆钝失了光辉——这一切全在一秒钟之内出现，就在转轮里的圆球落进他不曾猜中的号码里去的那一秒钟。他输了：他瞪眼望着前面过了几秒钟，目光近似痴呆，仿佛不明了发生了什么事。可是，管台子的刚一高声喊叫，他立刻伸手一攫，又抓起了几个金币。然而，信心已经消失，他先将那几块钱押在一门上，随后又改变主意，挪到了另一门上，圆球已经开始滚动，他猛地一俯身，举起战栗的手来一扬，飞快地又丢出两张捏成一团的钞票，押在同一门上。

"像这样一会儿输一会儿赢，忽胜忽败从不歇手，过了大约一小时。这一小时里，我一直盯着那张变化莫测的脸和那双魔力无边的手，没有放过片刻，直看得目眩。那张脸上布满激情，潮汐一般一时陡涨一时猛退。那双手根根筋肉如像喷泉，一时突起一时降落，雕塑式地表现出情绪回荡的节奏。即使在剧院里，我也不曾这么心弦紧张地注视过一位演员的面部，也不曾在一张脸上见到这样无穷的色调和情绪的变幻，霎时改换，片刻不停，好似阳光和阴影改变着一片自然风景。在看戏的时候，我从来不曾有过一回，像这样如经其事如历其境，让别人的忧喜悲欢映入我心。谁要是那晚上看到了我，会认为我那么目定眼呆准是受了催眠，我当时全然神志昏迷，那状态确也像是受了催眠——那张脸表情万分生动，我的两眼实在无法移开。大厅里的其他一切，许多灯光，许多笑声，无数人影，无数眼色，全都迷蒙暗淡混杂交织，只仿佛四周浮着一团浑黄的烟雾，雾里唯有那张脸灼灼闪烁，简直是烈焰中的烈焰。我耳无所闻目无所视，身边的人挤进挤出我全然不觉，另外许多只手触须似的突然伸进来，或者扔钱或者攫取，我都不加注意：转轮里的圆球我既不瞥一眼，管台子的连声叫喊我也全没听见。然而，那双手恰像两面凹镜，它的激动和兴奋能够显示一切，我如同身在梦中，台子上发生的事我无不历历如见。因为，圆球落进红门或是黑门①，正在滚动还是已经停止，要知道这些我用不着看转轮：那张满布激情的脸，神经敏锐，表情灵活，每霎时如焰似火的变化反映出每一情况，能说明输赢得失，有无希望。

"可是，一个令人震骇的瞬间终于出现了——我心中模模糊糊一直在担心着会有这样的瞬间，它一直像即将来临的风暴预悬在我的紧张不安的神经之上，此刻果真突然降临了。转轮里的圆球又发出轻微的脆声向后倒滚，又到了两百张嘴停住呼吸的那一秒钟，只见管台子的一边高声唱报——这一回报的是'空门'——一边急忙挥动箭竿，将许多哗琅琅的金币银币和簌簌作响的大小钞票全部揽光。就在这一瞬间，那两只手做出一个分外惊人的动作，它们猛然跳向半空，仿佛要抓住一件看不见的东西，随即跌落下来，落时全不用劲，只凭本身重量，力尽气绝似的掉在桌上。可是后来，它们忽地一下又活转过来，离开了桌面，像发高热一般逃回自己的身上，像野猫一般在身

---

① 轮盘赌每一号码分为红、黑两门，赢输有所不同。

上爬来爬去，忽上忽下、忽左忽右，神经发作似的蹿遍了所有的衣袋，想在什么地方发现一个被遗忘的金币。然而，它们搜来搜去始终空无所获，这种毫无意义，毫无结果的搜寻却一遍又一遍地不断重复着，越来越急切，这当儿轮盘已经重新旋转，别人都在继续赌博，钱币叮当乱响，椅子纷纷摇动，百样杂声嗡嗡嘤嘤，合成一片闹声充塞了整座大厅。这一幕可怕的情景使我震栗，我不禁全身发抖：我自然而然十分清楚地有了同样的感觉，似乎那些就是我自己的手指，急切绝望地掏摸着个个衣袋，抓捏着衣服上每一褶裥，要找出一个金币来。突然，我对面这个人蓦地站起身——完全像个猛然感到不适的人，站起来以免窒息，他背后的椅子吧嗒一声倒在地上。他却没有回顾一眼，也不注意身边的人，拖着步子离开了赌台，别人对这个摇摇欲倒的人既惊且惧慌忙避让。

"这瞬间我仿佛全身僵化了。因为，我当时立刻明白这个人要上哪儿去，他是要走向死亡。谁要是这样子站起身，绝不会是走回旅馆，也不是去酒店，去找一个女人，去搭火车，或是去另换一种生活，而会是直截了当地跌入无底深渊。在这间地狱般的大厅里，即使是最冷酷的人也一定看得出来，知道这个人不会再在什么地方与家人团聚，不会再在银行里或亲戚那儿得到支援了。他明明是带着最后一笔钱，带着他的生命，到这儿坐下来孤注一掷的，现在他踉跄着离开了，是要走出这个地方，同时也无疑是要走出生命。我一直胆战心惊，从第一眼起始就像遇着魔法似的有了一个感觉，只感到在这场赌博中有点什么，远超出输赢得失之上，然而此刻，我看见生命从他的眼里突然逃遁，这张刚才还那么灵活的脸竟被死亡罩上一层灰白，我只觉得一阵黑黝黝的闪电，猛力打在我的身上。当这个人从座位上忽然抽身蹒跚着走开时，我不由自主——他那种雕塑式的身姿给我的印象太深刻了——非要用手抵住桌子不可,因为,那种蹒跚的情状现在也从他的步态里传到我的身上来了,正像在这以前他的昂奋紧张感染我的血脉和神经一样。可是后来,我还是被带走了,我一定得跟随着他:一点也不是出于自愿,我的脚步开始移动了。这一切完全是不自觉地发生的,并不是我自己在行动,而是行动来到我的身上,我对谁也不加理睬,对自己也毫无感觉,径直向着通往门外的过道跑去。

"他在存衣处那儿站住了,管衣帽的替他取出了大衣。可是,他的手臂转动不灵了,殷勤的侍役帮他穿上大衣,费了好大的劲,像是帮助一个手臂折断了的人。我看见他把手伸进背心口袋里,机械地摸索着,想要赏给侍役一点小费,可是,抽出来的还是一只空手。马上,他像是突然间记起了一切,喃着十分狼狈地向侍役说了一句什么,便又像刚才那样蓦地一下转过身去走开了,跌跌跄跄跨下赌馆门前的石阶,完全像个醉酒的人。那位侍役对他身后望了一会,做出轻蔑的样子,随后又露出了会心的微笑。

"他的这些动作非常令人感动,我在一旁看着很难为情。

"我不自主地站开了,不好意思像在剧院的舞台前那样,把一个陌生人的失望情状看进眼里——可是后来,那点莫名其妙的惴惴不安又突然推到了我,使我跟上前去。我匆匆忙忙叫侍役取过我的外衣,脑子里一无主意,十分机械地,十分被动地走向黑地里,急急追赶这个素不相识的人。"

C太太讲到这儿停了一会。她一直保持着她那种独有的安详冷静,稳重沉着地坐在我的对面娓娓叙述,几乎毫无间断,只有内心早有准备,对情节仔细整理过一番的人才会这样。此刻她第一次默不作声显得有点踌躇,然后,她忽然中止了叙述,抬起头来看着我。

"我向您，也向自己作过保证，"她略显不安地开始说，"要极其坦率地讲出全部事实。可是，我现在必须请求您，希望您能够完全信任我的坦率，不要以为我那时的举动有什么不可告人的动机。即使真有那样的动机，今天我也不会羞于承认的，然而，如果认为在当时的情形下必定有那样的动机，却实在是妄作猜测。所以，我必须着重说明，我跟着这个希望破灭了的人追到街上，我对这位青年丝毫没有什么爱恋之意——我脑子里根本不曾想到他是一个男人——我那时已经是四十多岁的女人了，自从丈夫去世以后，事实上我从来没再正眼注视过任何男子，那些事在我已是无所动心的了：我向您说得这么干脆，而且非要说明这一点不可，因为，如果事实并非如此，那么，随后的全部经过何以非常可怕，在您听来就会难以理解了。真的！另一方面，说来我也极感困难，没有办法给予当时我的那种情感一个名称，它竟能那么急迫地推动我去追赶那个不幸的人。那种情感里面有着好奇心的成分，可是，最主要的还是一种恐怖不安的忧虑，或者更确切些说，是对于某种恐怖的忧虑。从头一秒钟起，我就隐隐地感到有点非常恐怖的什么，一团阴云似的罩着那个年轻人。然而，这类感觉是谁也分析肢解不了的，尤其因为它错综复杂，来得过于急遽，过于迅速，过于突兀了——谁要是在街上看到一个孩子有被汽车碾死的危险，会马上跑过去一把将他拉开，当时我所做的很可能正是这种急于救人的本能行动。或者，换个比喻也许更说明问题。

"有些人自己不会游泳，看见别人吃醉了酒掉进河里，就立刻从桥上跳下水去。这些人来不及考虑决定，不问自己甘冒生命之险的一时豪勇究竟有无意义，只像着了魔受了牵引，被一股意志的力量推动着便跳下去了。我那次正是这样，不加任何思索，意识里没存着任何清醒的顾虑，立刻跟着那个不幸的人走出赌厅来到过道里,又从过道里一直追到临街的露台上。

"我相信,不论是您,或是别个双目清醒感觉敏锐的人,也会受到这种忧急焦虑的好奇心理的牵引,因为,看到那个最多不过二十四岁的青年,步履艰难竟如老人,四肢松懈无力,醉汉似的悠悠晃晃走下石阶,蹭蹬着来到临街露台上,这般凄楚的情景不容人再有思索的余地了。他走到那儿就像一只草袋似的倒在一张长椅上面。这个动作又一次使我不胜惊恐地看出这个人已经完了。只有一个失去生命的人,或者一个全身筋肉了无生意的人,才会这样沉重地坠倒。他的头偏斜着向后悬在长椅的靠背上,两只手臂软软地吊垂着,在煤气街灯惨淡昏暗的亮光里,任何过路的都会以为这是一个自杀了的人。他的形状的确像一个自杀了的人——我弄不明白,为什么我会忽然有了这样的印象,可是,它突然呈现在我眼前,像雕像似的触摸得到,真实得令人栗然恐惧——在这一秒钟里,我两眼望着他,心里不由得不相信:他身边带着手枪,明天早上别人将发现这个人已经四肢僵硬,气息断绝鲜血淋漓地躺在这一张或另一张长椅上了。我确信不疑,因为我看出,他那样倒向靠椅,完全像是一块巨石坠下深谷,不落到谷底决难停止。像这样的体态动作,充分表示倦怠绝望,我还从来不曾见到过。

"您现在试想想我当时的情境:我离他二十或三十步远,站在那张长椅后面,那上边躺着一个一动不动、希望破灭了的人,我万分茫然,不知道该怎么办,单凭着意愿的驱使,极想援助别人,而因袭成习的羞怯心理又令我畏缩不前,不敢去跟大街上一个不认识的男人说话,街灯幽光微闪,天上阴云密布,往来行人异常稀少,已近午夜了,我几乎是孑然一身站在临街的花园里,独对着这个像是自杀了的人。接连五次,十次,我一再鼓起勇气,走近他的身边,却总是感到羞惭,依旧退了回来,也许这只是一种本能吧，因为我深心里存着畏惧，害怕跟跄失足的人会带着上前扶救的人一同摔倒——我这样忽进忽退，自己也清楚地认识到处境十分可笑。然而，我还是既不敢开口说话，又不敢转身离开，我不能一事不作将他撇下不再过问。要是我告诉您，我在那儿迟疑不决徘徊了大约一个小时，绵长无尽的一小时，我希望您能相信我的话。那一小时的时间是随着一片无形的大海上面千起万伏的轻涛细浪点点消逝的；一个虚寂幻灭的人的形影，竟是这么有力地令我震动，使我无法脱身。

"可是，我始终找不出说一句话、做一件事的勇气，我会整整半晚那样站着等待下去，或者，我最后也许会清醒过来顾念自己，离开他转回家去；的确，我甚至相信自己已经下了决心，准备撇开眼前的凄惨景象，就让他那么晕厥过去，可是，一股外来的强大威力，终于改变了我这种左右为难的境况，那当儿忽然下起雨来了。那天黄昏时一直刮着海风，吹聚起满天浓厚潮润的春云，早使人肺腔里和心胸间窒闷阻塞，直感到整个天穹都沉沉降落了。这时突然掉下一滴雨点，接着风声紧促，催来一阵暴雨，雨点沉重密集，哗哗倾泻，来势异常猛急，我不由自主，慌忙逃到一座茶亭的前檐下边，虽然撑开了手中的伞，狂风骤雨仍旧摇撼着我的衣衫。劈劈啪啪的雨点打着地面，激起冰凉带泥的水沫，溅在我的脸上和手上。

"可是——这一幕令人惊骇无比，二十五年后的今天，我回忆起来仍不免喉管发紧——任是大雨滂沱，那个不幸的人却还躺在椅上毫无动静。所有的屋檐水沟都有雨水滔滔不绝地流着，市内车声隆隆遥遥可闻，人人撩起外衣纷纷奔跑：一切有生命的都在畏缩避走，都要躲藏起来，不论什么地方，不论人或牲畜，在猛烈冲击的骤雨下张皇恐惧的情状显然可见——唯有那儿长椅上面漆黑一团的那个人，却始终不曾动弹一下。我先前对您说过，这个人像是有着魔力，能用姿态动作将自己的每一情绪雕塑式地表露出来；可是现在，他在疾雨中安然不动，静静躺着全无感觉，世界上决难有一座雕塑，能够这么令人震骇地表达出内心的绝望和完全的自弃，能够这么生动地表现死境：他显得疲惫已达极点，再也无力站起来走动几步躲向一处屋檐下了，自己究竟存在与否，在他也已是丝毫无足轻重。我只觉得，任何一位雕塑家，任何一位诗人，米开朗基罗也罢，但丁也罢，也塑造不出人世间极度绝望、极度凄伤的形象，能像这个活生生的人这么惊心夺魄深深感人，他听任雨水在身上浇洒淌流，自己已经力尽气竭，难再移动躲避了。

"我再也不能等待下去了，我也没有别的办法。我猛然纵身，冒着鞭阵一般的疾雨，跑过去推了一下长椅上那个湿淋淋的年轻人。'跟我来！'我抓起了他的手臂。他那双眼睛非常吃力地向上瞪望着。好像有点什么在他身上渐渐苏醒，可是他还没有听懂我的话。'跟我来！'我又拉了一下那只湿淋淋的衣袖，这一次我几乎有点生气了。他缓缓地站了起来，摇摇晃晃不知所措。'您要我上哪儿？'他问，我一时回答不出，我自己也不知道要带他上哪儿去：仅只是要他不再听任冷雨浇洒，不再这样昏迷不醒地坐在那儿深陷绝望自寻死路。我紧紧抓着他的手臂，拉着这个完全心无所属的人往前走，将他带到茶亭边，这般雨横风狂，一角飞檐总还能够多少替他遮挡一些。下一步该怎么办，我一点也不知道，我没有任何打算。我所要做的只是将这个人领进一个没有雨水的地方，拉到一处屋檐下：

"我们两人就这么并肩站在一个狭窄的干处，背靠着锁着的茶事门墙，头上只有极小的一片檐角，没休没歇的急雨不时偷袭进来，阵阵狂风吹来冰凉的雨水，扫击着我们的衣衫和头脸。这种境况无法久耐。我不能老是那么站着，陪着一个水淋淋的陌生人。可是另一方面,我既已将他强拉过去,又不能什么话也不说就将他一人撇在那儿。真得要设法改变一下这种情况才好;我慢慢儿强制着自己,要清醒地思索一下。我当时想到,最好是雇一辆马车让他坐着回家,然后我自己也转回家去:到了明天他会知道怎样挽救自己的。于是,我问身旁这个呆瞪瞪凝视着夜空的人:'您住在哪儿?'

"'我没有住处……我今天下午才从尼查来到这儿……要上那儿去是办不到的。'

"最后这句话我没有立刻了解。后来我才明白,这个人竟将我看作……看作一个妓女了。每天晚上,总有成群的女人在赌馆附近流连逡巡,希望能从走运的赌徒或醺醉的酒客身上发点利市,我竟被看作是这样的女人了。归根结底,他又怎能有别的想法呢。我自己也只是到了现在,当我讲给您听的时候,才体会到我当时的行径完全教人无法相信,简直是荒唐怪诞。我将他从椅上拖了起来,拉着他一同走,全不像是高尚女人应有的举动,那又教他怎能对我有别的想法呢。可是,我没有立刻意识到这些。只在过了一会以后,直到已经太迟了,我才发觉这个骇人的误会,我才了解他将我看作了什么样的人。因为,如果我当时早一些理解到这一点,决不至于接着又说出一句越发加深他的错误想法的话来。我说:'找一处旅馆要一个房间吧。您不能老待在这儿。必须马上找个地方安歇才好。'

"立刻,我突然明白了他这种教我痛心的误会,因为,他并不转过身来向着我,只用一种颇含讥讽的语调表示拒绝道:'不用了,我不需要房间,什么都不需要。你别找麻烦啦,从我这儿什么也弄不到手的。你找错了人,我已经身无分文了。'

"他说话时还是那样令人惊恐,还是那样意冷心灰令人震骇;这么一个心志精力俱已枯竭的人,遍身湿透,昏昏沉沉靠着墙站在那儿，直教我震恐不已，全然不暇顾及自己所受到的那点虽然轻微却很难堪的侮辱。我这时唯一的感觉，还和我看见他蹒跚着走出赌厅那一霎、以及在恍同幻境的这一小时里的感觉一样：这个人，一个年轻的、还活着的、还有呼吸的人，正站在死亡的边缘上，我一定要挽救他，我挨近了他的身旁。

"'不用愁没钱，您跟我来吧！您不能老站在这儿，我会替您找个安顿的地方。什么全不用犯愁，只管跟我走吧！'

"他扭过头来了。四周雨声闷沉，檐溜里水势滔滔，这时我才见到，他在暗黑中第一次尽力想要看清我的面貌。他的全身也仿佛渐渐儿从昏迷中醒转过来了。

"'好吧，就依着你，'他表示让步了。'在我什么全都一样……究竟，那会有什么不一样呢？走吧。'我撑开了伞，他靠近我，挽起了我的手臂。这种突然表现的亲昵使我很不舒服，简直令我惊惧，我深心里感到害怕了。可是，我没有勇气阻止他；因为，如果这时我推开了他，他会立刻掉进深渊，我所一直企求的就会全部落空。我们朝着赌馆那边走了几步。这时我才想起来，我还不知道怎样安顿他。我很快地考虑了一下，最好的办法是领着他找到一处旅店，然后塞给他一点钱，让他能在那儿过夜，明天早上能够搭车回家；此外我就没再想到什么了。正有几辆马车在赌馆门前匆匆驶过，我叫来一辆，我们坐进了车里。赶车的询问地址，我一点也不知道怎样回答。可是我忽然想到，带着这么个遍身水淋的人，高级旅馆是不会接待的——而且另一方面，我确是一个未经世事的女人，全没想到会引起什么不好的猜疑，于是我对赶车的叫道：'随便找一处普通的旅馆！'

"赶车的漫不在意地冒着大雨赶动了马匹。我身旁那位陌生人一直默不作声，车轮轧轧滚动，雨势猛急，车窗玻璃被扫击得噼啪有声:我坐在漆黑的、棺材形的车厢里心绪万分低沉,只仿佛陪送着一具死尸。我极力思索,想要找出一句话来,改变一下这种共坐不语的离奇可怖的局面,结果竟想不出有什么话好说。过了几分钟,马车停住了。我先下车付了车费,那位陌生人恍恍惚惚地跟着走下,关上了车门。我们这时站在一处从没到过的小旅店门前,门上有一个玻璃拱檐,小小一片檐盖替我们挡着雨水,四处单调的雨声使人厌烦,雨丝纷披搅碎了一望无尽的黑夜。

"那个陌生人全身沉重难以支持,他不由自主地靠向墙壁,他的湿透的帽子和皱缩的衣衫还在淋淋漓漓滴落雨水。他站在那儿,像个刚被人从河里救上岸来、还没有完全恢复知觉的醉汉,墙上他所倚靠的那片地方,水流如注,溃痕显明。可是,他不曾微微使出一点力气摇抖一次衣衫、甩动一下帽子,却让水滴不停地顺着前额和脸颊向下流淌。他站在那儿对一切全不理会,我没有办法向您说明,这种心灭形毁的情伏多么使我震动。

"这时,我必须做点什么了。我从衣袋里掏出了钱:'这是一百法郎,'我说:'您拿去吧,去要一个房间。明天早晨搭车回尼查。'

"他吃惊地抬起头来望着我。

"'我在赌馆里看到了您的情形,'我见他有些迟疑,便催促着他说:'我知道您已经输得精光,我担心您会走上绝路做出蠢事。接受别人的援助不算失了体面……拿去吧!'然而,他却推开了我的手,我没料到他竟还有这样的力气。'你这人心地很好,'他说,'可是,别白白糟蹋你的钱吧。我已经是没法援助的了。这一夜我睡觉也好,不睡也好,完全不关紧要。明天早上反正一切都完了。对我是援助不了的。'

"'不，您一定得拿着，'我逼着他说，'明天您就会有不同的想法。现在先到里面去吧，好好儿睡一觉就会忘掉一切，白天里一切自会另是一种面貌。'

"我再一次将钱递了过去，他仍旧推开了我的手，推得很猛。'算了吧，'他又低沉地重复道，'那是毫无意义的。我最好还是死在外面，免得给人家的屋子染上血污。一百法郎救不了我，就是一千法郎也没有用。哪怕身边只剩几个法郎，天一亮我又会走进赌场，不到全部输光不会歇手的。何必从头再来一回呢，我已经受够了。'

"您一定估量不出，那个低沉的声音多么深刻地刺进了我的灵魂；可是，您自己设想一下：离您面前不过两寸远，站着一个年轻、俊秀、有生命、有呼吸的人，您心里明白，如果不用尽全力牢牢拉住他，两小时以内这个能思想、会说话、有气息的青春生命就会变成一堆死骸。而想要战胜他的毫无理智的抗拒，当时在我无异一阵狂乱、一场愤怒。我抓住了他的手臂：'别再说这些傻话！您现在一定要进里面去，给自己要一个房间，明天早晨我来送您上车站。您必须离开这个地方，明天必须搭车回家，我不看着您拿着车票跨进火车决不罢休。不论是谁，年纪轻轻的，决不能只因为输掉一两百或一千法郎，就要抛弃自己的生命。那是懦弱，是气愤懊丧之下一时糊涂发疯。明天您会觉得我说的没有错！'

"'明天！'他着重地重复着说，声调奇特，凄恻而带嘲讽。'明天！您能知道明天我在哪儿才好哩！如果我自己也能知道，我倒是真有点愿意知道。不，你回家去吧，我的宝贝，不用枉费心机了，不用糟蹋你的钱了。'

"我却不肯退让。我像是发了疯病。我使劲地抓着他的手，把钞票硬塞在他的手里。'您拿着钱马上进去！'我十分坚决地走过去拉了一下门铃。'您瞧，我已经拉过了铃，管门的马上就要来了，您进去吧，立刻上床睡觉，明天早上 9 点钟我在门外等您，带您去车站。一切事您都不用担心，我自会做好必要的安排，让您能回到家里。可是现在，快上床去吧，好好地睡一觉，什么也别再想了！'

"就在这时，里面发出门锁开动的响声，管门的拉开了大门。

"'进来！'他突然说道，声音粗暴，坚决而有恨意，我忽然觉得，他的钢铁一般的手指牢牢攥住了我的手。我猛吃一惊……我惊骇无比，我全身瘫软，我像受了电击。我毫无知觉了……我想抵抗，我要逃脱……可是，我的意志麻痹了……我……您能了解……我……我羞愧极了：管门的站在一旁等得不耐烦，我却在跟一个陌生的人揪扯挣扎。于是……于是，我一下子进到旅馆里面去了；我想要说话，可是，喉咙里堵塞了……他的手沉重地、强迫地压在我的臂腕上……我懵懵地感到，我已不自觉地被那只手拉着走上了楼梯……一个门锁响了一声……

"就这样突如其来，我竟跟这个不认识的人独在一处，在一个不认识的房间里，在一处旅店里，旅店的名字我到今天还不知道。"

C 太太讲到这儿又停住了，她蓦地站起身，像是忽然喑哑了。她走向窗口，默默不语地望着外面过了几分钟，也许，她并没有看外面，只是把额头放在冰凉的玻璃上贴了一会——我没有勇气仔细注意她，因为，注意观察一位老太太的激动情状，会要使我感到痛苦。因此我只静静地坐着，不发问，不出声，一直等到她轻悄地重新走回来，又在我的对面坐下。

"好啦，最难叙述的已经叙述过了。我希望您能相信我，我现在还要再一次向您保证：直到最后一秒钟，我脑子里丝毫不曾想到，会跟这个不认识的人发生什么……什么关系，我可以用一切在我是神圣的东西——用我的名誉和我的孩子来发誓，我的确不曾有过任何清醒的意愿，完全没有一点意识，就那么突如其来地，像在平坦的人生路途上失足跌进地窟，一下子陷入了那样的境地。我在心上立过誓，要对您，也对自己诚实不欺，因此我要向您再说一遍：我落进了这场悲剧性的冒险，仅仅由于一种差不多是急切过度的、想要救人的心意，不带任何别的个人情感，因而没存着半点私念，也不曾有过什么预感。

"那天晚上那间屋子里发生的事，请您容许我不讲了吧；我自己从不曾忘掉过那一夜的每一秒钟，以后也不会忘却。因为，那一夜我是在跟一个人搏斗，要想挽救他的生命；因为，我再说一遍，那是一场生死攸关的斗争。我身上每根神经都有感觉，万分确切地觉察到，这个陌生的人，这个一半已经沉沦的人，像是在绝命的一刹那忽然惧怕死亡，露出了无尽的渴念和激情，要抓牢最后一点希望。他像个发现自己已经濒临深渊的人，紧紧攀住了我。我却奋不顾身，拿出全部力量来挽救他，我献出了自己所有的一切。像这样的一小时，一个人大概一生只能体验一回，而且，千百万人里面大概只有一个人能够体验到，拿我来说，如果没有这一次可怕的意外遭遇，也决难料想到人生会有这种经历。一个已经自弃了的人，一个已经沉沦了的人，竟会多么热切如焚地、多么苦痛绝望地露出渴念——何等放纵不羁的渴念，要再吮啜一回生命，想吸干每一滴鲜红的热血！如果不是亲身经历，我在今天，与所有生活里的邪魔力量疏远了二十多年，决难体会大自然的豪壮和瑰奇，它常常能够瞬息之间千聚万汇，使冷和热、生和死、昂奋和绝望一齐同事奔临。那一夜是那样地充满了斗争和辩解，充满了激情，愤怒和憎恨，充满了混合着誓言与醉狂的热泪,我只觉得像是过了一千年。我们这两个扭在一处一同滚下深渊的人,一个濒死疯狂,一个突逢意外,冲出这场致命的纷乱以后都变成了另外的人,与最初判然不同,感觉两样,心情也两样了。

"可是,我不想再谈这些了。我描绘不出,也不愿描绘。只是第二天早上我醒来时万分可怕的那一分钟,一定得向您说说。我从向来不曾有过的沉睡中、从最深沉的黑夜中醒转过来了。我竭力睁眼,很久才能睁开,我第一眼见到的是一片从没见过的屋顶,慢慢放眼四顾,见到一个完全陌生,从没见过、十分可厌的房间,我一点也不知道自己怎样进来的。我马上对自己说,这是梦,梦境鲜明清晰,是因为我昏睡方醒迷离失神罢了,然而,窗外曙色鲜明,阳光亮得刺眼,楼下传来满街隆隆不绝的马车声、叮当乱响的电车声、喧嚣嘈杂的人语声,我这时才知道并非在梦中,而是完全清醒着。我不自主地抬起身来,想弄清楚一切,突然……我刚一侧望身旁……我立刻看见——我永远无法向您形容当时我的惊骇——一个不认识的人,挨近着我睡在宽大的床铺上……可是,我不认识他,我不认识他,我不认识他,一个半裸的、从没见过的人……

"不,这种惊骇,我知道,是描绘不出的:它猛然落到我的头上,万分可怕,我顿时全身无力倒了下去。可是,我并没有真正晕厥,并没有完全神志不清,正相反:一切像闪电一般迅速地来到我的意识里,而又觉得极不可解。我心里只有一个愿望:立刻死去——忽然发现自己跟一个毫不相识的人睡在一张从没见过的床上,那地方也许是一处非常可疑的下等旅店,我不禁羞愧至极。到现在我还清清楚楚记得:我的心脏停止了跳动,我极力屏住气息,仿佛这样就能窒灭自己的生命,首先是能窒灭我的意识,那种清晰而骇人的、知道一切却又什么全不了解的意识。

"我就这样四肢冰凉地躺在那儿,我永远无法知道躺了多久:棺材里的死人准是那样僵直地躺着的,我只知道,我曾经紧闭两眼祈祷上帝,祈祷某种上天的神力,唯愿所见非真,盼望一切全是虚幻。然而,我的感觉分外敏锐,不再容许我欺骗自己了,隔壁房间里有人在谈话,有水管在放水,外边走廊里有脚步在来回走动,这些我都听见了,每一种声音都确切地毫不留情地证明我的感觉完全清醒,这太可怕了。

"这种可怕的境况究竟延续了多久,我没有方法说明:这不是日常生活里那种均衡平稳的时间,每一秒钟都和普通的标准不同。可是,我心上忽然有了一个新的惶恐,一个急迫的、可怖的惶恐:我还不知道他的姓名的这个陌生人,可能马上就要醒来,醒来以后还要跟我说话。我立刻意识到自己只有一条路:趁他未醒赶快逃走,不能让他再看见我,不能再跟他交谈。及时地拯救自己,赶快,赶快走掉,回到自己的不管什么样的生活里去,回到我的旅馆里去,然后立刻搭车,离开这个万恶的地方,离开这个国土,永远不再遇到他,永远不再见到他,不让谁能作见证,不让谁能指责我,不使任何人知道这一切。这个念头促使我脱离了四肢无力的状态:我小心翼翼,像小偷似的慢慢挪动身体(免得弄出响声)溜下床来,悄悄摸索着我的衣裳。我非常小心地开始穿着,每一秒钟都在颤抖,唯恐他会醒转来。我穿着完毕,我达到了目的。还剩下我的帽子,它被扔在另一边的床脚前面,我踮着脚轻轻走过去拾取它——就在这一秒钟,我实在禁不住自己:我一定要向这个陌生人的脸上再瞥一眼,他对于我原像是天外飞来的陨石,闯进了我的生命。我只想再瞥一眼,可是……太奇怪了,这个躺着不动酣睡沉沉的陌生的年轻人,在我看来确实陌生:我那一眼所瞥到的竟不是昨天那张脸了。所有那些因为热欲充盈而抽搐奋胀，情绪激烈得不顾性命的紧张神色，全部一扫而光了——这儿现在是另外一幅面貌，完全像个孩子，完全像个婴儿，纯洁舒畅光灿夺目。昨天咬住牙狠狠紧闭的嘴唇，这时在睡梦里线条非常温柔，微微张作半圆仿佛满含笑意；淡金色的卷发覆盖着皱痕全消的前额，匀静的呼吸缓起缓落，轻轻的波纹漾遍了宁睡着的全身。

"您也许还记得，我先前向您说过：我从来不曾在赌台上观察到一个人，会像这个陌生人这么强烈地、用那样一种强烈过分形同犯罪的方式，表现出欲念和激情吧。现在我要向您说：我从来没有见过，甚至在婴孩们身上也没见过这样的睡态。裸裎中的婴孩舒爽自然，有时候会散发出天使般的明辉，却也还不及他这时表现得那么圣洁，真正是无上幸福的酣睡。在这张脸上，恰像是有着绝妙的雕塑技巧，全部情绪充分呈现，表达出内心重压解除无余的那种天堂福祉一般的舒坦、恬适、得救。一见到这种惊人的异象，我心上的全部惶恐、全部厌恨马上滑落，仿佛卸掉了一袭沉重的黑罩衫——我不再感到羞愧了，不，我几乎感到快乐了。那点可怕的什么，那点不可理解的什么，立刻对我显出意义来了，我脑子里有了一个想法：这个年轻、柔媚而俊美的人，现在竟像一朵鲜花，舒放而恬静地躺在这儿，如果不是由于我的牺牲，他一定会跌得粉碎，染遍了污血，弄得面目不可辨认，气息断绝，眼珠迸裂，被人在随便哪一处悬崖边上发现的。是我挽救了他，他已经被我挽救住了，我有了这样的想法不禁欣欣自喜，不禁骄傲起来了。而现在，我用一双——我不能换一个说法——母亲的眼睛凝望着这个熟睡的人，他是从我的身上重新获得生命的，我经受了无边的痛苦，正像是自己生育了一个孩子。在这间朽蔽污浊的屋子里，在这个可厌的，不洁的，偶然来到的旅店里，我忽然得到一个——我说出来您会更觉得可笑的——置身教堂的感觉,奇迹降临,圣灵荫庇的福乐感觉。我整个一生中最最可怕的那一秒钟,现在忽然成长,变成了另一个一秒钟,极可惊异、极有力量,又是无限的亲切。

"也许是我的动作有了声响,也许是我情不自禁说了一句什么。这些我都无法知道。反正那个熟睡的人突然睁开了眼。我猛吃一惊连连后退。他十分诧异地四面环顾——恰像我起初时一样,他现在也仿佛是在竭力挣扎,正从无尽的深处和昏乱的迷离中慢慢漂浮上来。他的目光非常吃力地巡扫着这间陌生的、从没见过的屋子,然后十分惊奇地落在我的身上。可是,不等他开口说话,不等他能有回忆,我已经心神宁定了。不能让他说话,不能让他发问,不能让他表示亲昵,昨天以及昨天晚上的事不应该再有,也用不着解释,用不着谈起了。

"'我现在必须马上离开,'我急忙告诉他说,'您仍旧留在这儿,赶快穿好衣裳。12点钟时我在赌馆门前等您,那时再替您安排其他的一切。'

"趁着他还来不及回答,我立刻逃了出来,不愿意再看见那间屋子。我头也不回地跑着离开了旅店,旅店的名字我也毫无所知,就像我对于和自己同在那儿过了一夜的陌生男人一样。"

C太太停下来略略缓了缓气。可是,从这时开始,所有的紧张和痛苦却从她的声音里消失了:像一辆马车,费尽艰辛爬上山坡,到达了山顶便轻捷如飞地急驰而下,她现在就这么如释重负地往下叙说着:"就这样,我急急忙忙赶回自己所住的旅馆,大街上晨光灿烂,隔夜的风暴扫净了整个天空,我也像是心胸受了洗涤,悲情愁绪了无踪影。因为,您不要忘了,我先前对您说过:自从丈夫去世,我早已将自己的生命看得无足轻重了。我的孩子们不需要我,我自己也无从排遣余生,活着而没有什么固定的目的，整个生命自然毫无意义。现在居然想不到，第一次有桩任务落到我的身上：我挽救了一个人，我用尽全力将他从毁灭的道路上拉回来了。只需要再克服一点小小的困难，这个任务就一定能全部完成。就这样，当我跑回自己的旅馆，看门的发现我清晨9点才转回来，用诧异的眼色打量着我，我却全不在意——对于昨天的事，我心上不再受到羞愧和懊丧的压抑了，只觉得突然精神振奋，乐生之愿重又复活，意外地有了一个此生不虚的新鲜感觉，使得我全身脉管热血充盈。回到了自己的房间里，我匆匆换装，不自觉地（后来我才注意到）除掉身上的丧服，改穿了一件较为鲜艳的外衣。我上银行里去取了钱，又急急赶到火车站，探明了火车开行的时间，另外——我行动果决，连自己也有些惊讶——我还办了几桩别的事，赴了一两处约会。然后，我没有其他该做的事了，只等着将命运扔给我的那个人送上火车，完成援救他的心愿。

"真的，现在再去跟他见面，那是需要勇气的。昨天的一切全在黑夜之中，是在猛旋的涡流里发生的，就像一股湍流冲下两块岩石，骤然撞击在一处了；我们本是对面不相识的，我决不相信，那个陌生人再见到我还会认出我来。昨天——那是一场意外、一阵迷醉，是两个头脑昏乱的人一时入魔，可是今天，却非要向他露出自己的真面不可了，因为现在是在残酷无情的白天里，我是一个无法藏头隐身的凡人，只能这样前去见他。

"不过，实际上倒还不是我所想的那么困难。到了约定的时间，我刚来到赌馆门前，就见一个年轻的人，从一张长凳上一跃而起，急急向我走来。他那种喜出望外的神情，他的每一个胜过语言的动作，都表现得十分自然、十分稚气、十分天真：他简直是飞奔而来，眼里射出快乐的、透露着感谢的光芒，同时显得非常诚敬，然而，一看到我与他相反，在他面前很是局促,他立刻谦卑地低下眼来。在一般人身上,感谢的心意原是很难看出的,而且,越是心怀感谢往往越是找不到表达的方式,总是怅惘慌乱沉默不语,总是感到羞愧,常常假充拗强掩饰着真实的心情。可是这儿这个人,仿佛上帝要在他身上显示自己是神秘莫测的雕刻家,一举一动无不宣泄情感,表现得意义丰富、极其美妙、极有雕塑意味,竟连表达感谢的姿态也是辉煌无比,似有满腔炽情从身体内部涌迸散发,光耀照人。他弯下腰来吻我的手,恭顺地低下了轮廓清秀的孩子式的头,非常虔敬地俯垂了一分钟,可是只接触到我的手指,然后,他先退回一步,接着向我问好,极为动人地凝望着我,他的话字字说得庄重得体,我最后的一点局促不安也消失无踪了。四周景物全像着了魔法,霎时之间光灿鲜明,镜子一般地映衬出我当时的开朗心情:昨晚还是怒涛汹涌的大海,这时万分平静异常清澄,微波荡漾的水面下粒粒圆石闪闪发光,向我们炫射着光辉;罪恶渊薮的赌馆在净如缎面的天空下黝亮爽洁;昨晚一阵狂雨逼得我们避身檐下的那座茶亭,现在门窗尽启变成了一间鲜花店——摆满了白色的,红色的,绿色的和各种彩色的大花小花,卖花的是一位衣衫美丽得像着了火似的年轻姑娘。

"我邀请他到一家小餐馆去进午餐,这位陌生的年轻人在餐馆里将他自己悲剧性的冒险生活讲给我听了。当初我在绿呢赌台上一见到他那双瑟缩战栗的手,就曾经有过一个揣想,他的叙述完全证实我揣测得不错。他出生于一个奥国籍波兰贵族家庭,一直在维也纳求学,准备将来进外交界服务。一个月前,他参加了初考,成绩非常优异。为了庆祝这场胜利,他的一位在参谋部当高级军官的叔父(他在维也纳时寄居在叔父家里)想要对他表示奖励,带着他乘坐一辆大马车,一同去到市郊游乐区赛马场观光了一次。叔父赌运亨通,接连赢了三回,于是,他们拿着一大沓白手赚来的钞票,到一家豪华餐馆去吃喝了一通。第二天,这位新进的外交家收到父亲汇来的一笔钱,数目超过了他平时的月费,也为的是奖励他的考试胜利。要是在两天前,这笔款子在他眼里倒还相当可观,可是现在,见识过白手发财的捷便门路,只觉得它微不足道了。因此,吃罢饭他立刻去到赛马场,热烈兴奋地狂赌了一阵,居然红运当头——或者更该说是晦星照命——赛完了最后一场他离开那儿时,手里的钱增多了三倍。从此以后他大得其乐,时而赛马场,时而咖啡馆,时而俱乐部,将自己的时间、学业、神经尤其还有金钱,尽量浪费虚掷了。他脑子里再也不能思索什么,夜里再也不能安眠,对于自己更是丝毫控制不了。有天晚上,他在俱乐部里输得精光转回家来,正要脱衣上床,忽然发现背心衣袋里还有一张忘记了的钞票,已经揉成一团了。他禁不住自己,马上穿起衣服,跑到外边东悠西晃,最后在一处咖啡馆里找到几个玩骨牌的人,就坐下来一直赌到天亮。他的一位出嫁了的姐姐帮过他一回忙,替他偿还了高利贷商人的债款,人家因为他是贵族世家的继承人,十分乐意借钱给他。有一阵子他又交了赌运,可是后来手气越变越坏,而他越是输得厉害,却越是急于希望大赢一回,好清偿许多无法弥补的赌债和一再拖延的借款。他的表、他的衣裳,早已当光了,最后发生了一件骇人听闻的事:他从叔父家橱柜里偷取了年老的婶母不常戴用的两枚胸针。他当掉了一枚,得了很大一笔钱,当天晚上赌了一场,赢了四倍。可是他没去赎回胸针,却拿所有的钱又到赌场里去输得干干净净。直到他离开维也纳前一小时,偷窃饰物的事还没有被发觉,他于是当掉第二枚胸针便马上逃走,临时灵机一动,搭上火车来到蒙特卡罗,梦想着能在轮盘赌上发一注大财,来到这儿以后,他将自己的皮箱、衣服、阳伞统统卖去,身边只剩装有四发子弹的一支手枪,还有一个嵌宝石的小十字架,那是他的教母X侯爵夫人送给他的礼物,他舍不得卖给别人。可是昨天下午,他终于卖掉了这个小十字架,得了五十法郎,只为了晚上能够最后再赌一回,他经受不住那种得心应手之乐的引诱,决意不顾死活再去试试运气。

"他在向我叙述的时候,还是那么神态曼妙令人着迷,他那种天赋的优美身姿还是那么栩栩生动。我听得十分出神,却一点也不生气,一刻也没想到同我坐在一处的这个人原来是贼。我是一个终生操行无亏的女人,与人交往一向重视合于习俗的身份人品,在这方面要求得最是严格,如果先一天有人告诉我,说我会跟一个从来不认识的年轻人,一个比我的儿子大不了多少,而且偷窃过珠宝胸饰的人,非常亲密地共坐一处,我一定认为说这话的人精神失常。可是,听着他叙述一切,我不曾有一霎感到些微惊骇,他说得那么自然,那么富于激情,直教人觉得他所描述的是一场热病,不是什么令人愤恨的事。

"而且,谁要是像我那样,前夜亲身经历过那类狂风骤雨一般的意外遭遇,就会觉得'不可能'这个词忽然失去了意义。在那十个小时里,我对于现实获得了无限多的认识,远超过在那以前四十多年中产阶级方式的生活体验。

"不过,在他表示忏悔的娓娓自述时,还是有一点另外的什么,使我心上悸动,那就是他眼里似有高热的熠熠闪光,一谈到赌钱他就目光炯炯,脸上所有的神经像触电似的不住抽搐。讲到那儿他自己似乎还像当时一样激动不已,他的雕塑式的脸上重绘出种种紧张情状,忽而狂喜,忽而苦恼,清晰得极为惊人。他的两只手,那两只奇妙、修窄、敏感的手,不由自主地开始动作,跟它们在赌台上一般无二,又是那么猛如凶兽,又是那么迫不及待变化多端。我看到,他嘴里说着话,两只手的关节突然颤抖不已，手指猛力钩曲紧紧拳拢，接着蓦地一弹一齐张开，后来又重新彼此扭缠起来了。当他讲到偷取胸针时，两只手像闪电一般突然伸出（我不由得打了一个寒噤），做了个飞快的窃取姿势：手指怎样匆忙地攫住那件饰物，又怎样急急地将它紧握掌中，我都立刻了如亲见。我感到一阵不可名状的震惊，看出这个人全身血液没有一滴不曾受到他自己的激情的毒害。

"他的叙述使我感到震动惊骇的仅仅只有这一点，我所万分震骇的是：这么一个年轻、爽朗、本性纯洁不识忧患的人，竟这么可怜地屈从于一股迷误昏乱的热情。因此，我认为自己首要的责任在于恳切规劝我的这位不期而得的被保护人，我告诉他必须马上离开蒙特卡罗，这地方的诱惑危险透顶，必须在今天，趁着丢失胸针的事还没被发觉，趁着自己的前途还不曾永远断送，立刻转回家去。我答应供给他回家的旅费和赎取那两件饰物所需的钱，只有一个条件：他今天就动身，并且向我起誓，以后不再接触一张纸牌，也不再从事别的赌博。

"我永远忘不了，当我答应帮助他时，这个误入迷途的陌生人怀着怎样一种最初十分沮丧、随后渐渐开朗的感激之情听着我说话，他像是在一字一字地吞饮着我的话：突然，他将两手隔着桌面伸过来，用一种使人难以遗忘的姿势捉住了我的手，就像膜拜神灵默许宏愿一样。他那双莹亮而略显惶乱的眼睛里噙着泪珠，他感到幸运而内心激动得全身发抖了。我已经尝试过不知多少回，想向您形容他的身姿体态所具有的世间唯一的表情本领，可是，他这时的情态却不是我所能描述的，因为，它所表露的是一种超逸凡俗的极乐至福，平常在一个常人的脸上我们不易见到，只有当我们梦中醒来，依稀记着有一个隐隐消逝的天使面容，那一团白影还差可比拟。

"何必隐瞒呢：我那时看着他确实心神荡漾了。领受感谢是幸福喜悦，这般透彻的情意更是少见，柔腻的至情原是一种福惠，对于我这个素来拘谨冷漠的人，如此洋溢的真情确要算是有益身心的新鲜感受。更加上在那当儿，自然景物也随着这个曾受摧残的人，经过隔夜一场暴雨蓦然复苏了。我们走出餐馆满眼是灿烂辉煌，平静安谧的大海澄澄碧蓝展接天际，高空之中另是一片蔚蓝，仅有几只轻鸥往来翔掠，点缀出些许白影。里维耶拉一带的自然风貌您当然十分熟悉。这儿的美景永远动人，却又像画片似的芜远平旷，无尽的彩色舒徐有致地缓缓映入眼中，呈现出一种似已入睡的慵怠之美，意态漠然地尽入抚视，永远婉顺柔从，极像东方美人。可也有的时候，虽说极难遇见，仍会出现那么几天，这位美人忽然睡醒，忽然振衣而起，忽然秾丽绚烂，奇彩交迸如火星，似在向人放声召唤。忽然繁花吐艳，喜洋洋的五彩缤纷，忽然热焰腾腾，忽然炽情如焚。那一天也正是这样一个勃然振兴的日子，从风雨纵横的一夜混乱中脱然而出，所有的街道被冲洗得洁白璀璨，天宇碧蓝似靛，杂树青翠欲滴，万绿丛中百花争妍，星星点点如火如荼。四周的群山突然面目清新，在爽凉皎晴的空气中显得像是齐从远地赶来，想要围得近些仔细窥探这座鲜亮光洁的小城。

"放眼四顾，只觉得大自然处处都在对人激励鼓舞，不由得使人心扉顿开。我立刻提议说：'我们雇一辆马车，沿着海边走走吧。'

"他高兴地点了点头：这个年轻人好像自从来到这儿，现在才第一次留意观赏风景。直到这时，他所见到的只是闷沉沉的赌场大厅，充满了蒸郁的汗气，挤满了恶俗可厌的人群，加上一个暴戾的、灰暗的、吼嚣的海面。可是现在，阳光如泻的海滩展现在我们面前，愈望愈使人目眩心畅。我们坐在缓缓前进的马车里（那时候还没有汽车），一路风光瑰丽，驶过许多别墅，浏览了一处处美景。每逢经过一处房舍，经过一座绿荫四覆的别墅，总有一个极为隐秘的愿望一再出现不下百次：但愿能在这儿住下来，宁静、安谧、与世隔绝！

"我一生里还有什么时候比在那一小时更感幸福呢？我不记得曾经有过。我身边坐着这个年轻的人，昨天他还在死神的掌握里听凭命运摆布，现在却在阳光倾照下容采焕发，更显得年轻了许多。他仿佛变成了一个孩子，一个陶醉在嬉戏中的美丽幼童，两眼兴高采烈，同时满含敬畏。最使我欣慰的无过于他那种敏感清醒的细腻柔情：车子驶上陡坡时马力不济，他立刻敏捷地跳下车去帮着推动。我提到一种花的名字，或是指了指路边一朵什么花，他就急忙跑去采摘。路上有一只小甲虫，昨夜在风雨下迷失途径，正在十分艰难地慢慢爬着，他将它捉起来，细心爱护地送往青草丛中，不让马车驶过时碾碎了它。他一边做着这些，一边还兴冲冲地谈讲着许多非常可乐而又文雅的趣事：我相信，这种笑乐对于他是一种解救，因为，他突然有了过多的快乐，使他那么高兴，那么迷醉，如果不尽情大笑，就只好放声高歌或纵身猛跳了，也许还会做出一些傻头傻脑的举动来。

"后来，我们慢慢驶上高坡，路过一处极小的村庄，半道里他忽然取下了头上的帽子。我很是惊讶：这儿谁也不认识他，他向什么人表示敬意呢？他听到我的疑问微微有点脸红，连忙向我解释，几乎很抱歉的样子告诉我：我们正从一座教堂前面走过，在波兰也像在所有教规严格的天主教国家里一样，人们从小养成了习惯，遇到任何一座教堂或供奉神像的圣殿总要脱帽。对于宗教事物的这种美好的敬畏态度深深地感动了我，我记起了他对我说到过的那个小十字架，便问他是否真正信教。

他微露羞赧地回答说,他希望能蒙受圣灵恩宠,这时候我突然有了一个念头,'停住!'我向车夫喊了一声,立刻匆匆跳下马车。他跟在后边十分诧异:'我们往哪儿去?'我仅仅回答道:'随我来!'

"我让他跟随着我,一同走向那座教堂。那是一所砖砌的乡村小圣殿,里面的四壁粉刷着白垩,晦暗阴森,前门敞开着,一股黄澄澄的阳光强劲地劈入昏暗,直射到一座小祭坛上,在地面投出一团青影。殿内烟气氤氲,朦胧中闪烁着两支神烛,像是罩在面纱里的两只眼睛。我们走了进去,他脱掉帽子,在净水缸里浸了浸手,画了个十字,然后屈膝跪下。他刚站立起身,我立刻拉住了他。'您上前边去,'我强迫他道,'跪在一个祭坛或一尊您所尊奉的神像前,照着我要教给您的话立一回誓。'他诧异地瞪着我,像是吃了一惊。可是,他很快地了解了我的话,立刻走到一座神龛前,画了个十字便柔顺地跪了下去。'照着我的话说吧,'我对他说道,自己心情激动得全身战栗,'照着我的话说:我立誓,'——'我立誓,'他重复道,我继续往下说:'我永远不再赌钱,从此戒绝一切赌博,我立誓不再把自己的生命和名誉,断送在这样的激情之下。'

"他颤抖着重复了我的话:清楚、嘹亮,空荡的殿堂里震着回响。随后静寂了一霎,殿外风过树梢,叶声簌簌,清晰可闻。突然,他像一个悔罪者那样扑倒在地上,用一种我从来没听到过的狂热的声音念叨起来,急而且快,字句杂乱含混,说的是我听不懂的波兰语。想来他一定是在做着狂热的祈祷,一场感恩和悔恨的祈祷,因为,这种激动的忏悔使他一再低下头去,卑恭地碰击着经案,越来越昂奋地一再重复着那些外国话,表现出难以形容的激烈情绪,越来越热切。在那以前和自此以后,我从不曾在世界上任何一座教堂里听见过这样的祈祷。他祈祷时两手痉挛地紧抱着经案，同时仿佛心上掀起了一阵飓风，使得他全身震摇，不住地一会儿抬起头来，一会儿扑倒下去。他什么也不看，什么也没感觉到，像是整个儿置身在另一世界，像是在涤罪的净火里整个儿被焚化了，或者飞升到更高的天界里去了。最后，他慢慢儿站起身，画了个十字，倦乏地转过脸来。他的两膝还在颤战，脸色苍白，像个精疲力竭的人。可是，一看见了我，他立刻两眼熠亮，脸上浮起一副纯洁的、真正虔诚的微笑，疲惫的面容忽然变得光灿夺目了。他走到我的面前，深深地鞠了一个俄国式的躬，拿起了我的两手，十分崇敬地将自己的嘴唇印在上面：'是上帝派您来救我的。我向上帝谢过恩了。'我不知道说什么好，可是，我这时真希望，这间摆着许多矮凳的教堂里会突然琴声大作，响彻一阵音乐，因为，我觉得自己所企求的已经全部实现了：我已经将这个人完全挽救过来了。

"我们走出教堂，又回到了辉煌灿烂倾泻不尽的五月天的阳光下面：世界在我眼里从无这般美丽。我们坐上马车继续游逛了两小时，翻越高坡缓缓前进，沿途风光旖旎，山回路转处处美不胜收。可是，我们不再谈话了，经过那么一场感情泛滥，语言似乎微弱无力了。而且，我每次偶然地和他目光相遇，总不得不感到羞涩地避开了他：审视自己创制的奇迹会使我受到太强烈的震动。

"下午5点左右，我们回到了蒙特卡罗。那时候我必须去赴一处亲友的约会，要想设法推辞已是来不及了。而且，我自己深心里感到需要休息一会，舒散一下奔放得过于猛急了的心情。我觉得，这种炽热的、狂欢的心境，一生里还从来不曾有过，一定要歇息一会儿安静下来。因此我请求我的这位被保护人，要他到我的旅馆里来一趟，只耽搁一小会儿。到了我的房间里以后，我准备将旅费和赎取胸针的钱拿出来交给他。我们说好了：我去赴约会，他去买车票；晚上7点我们在车站上候车室里再见面，火车7点半离站，它将载送他穿过日内瓦平安抵家。当我拿出五张钞票正要递给他时，他突然嘴唇发白了：'不……不要钱……我求您，不要给我钱！'他咬紧了牙说，一边神经紧张地战栗着慢慢缩回了手指。'不要钱……不要钱……我不能看到钱，'他重说了一遍，仿佛满心厌恶周身不宁。我设法减轻他的愧疚，我对他说：这笔钱只算是借给他的，如果他觉得不便接受，不妨写个借据给我。'好吧……好吧……写一个借据，'他避开我的眼睛哺喃地说，一边接过钞票，捏在手指间轻轻折拢，像是拿着什么粘腻污秽的东西，不看一眼便放进了衣袋，然后取过一张纸，在上面潦草地写了几个字。他写罢借据抬起眼来，额头上热汗涔涔：似乎他的身体里面有点什么在猛力向上冲涌。他刚将那张纸条递给了我，忽然全身一震，蓦地一下——我不禁吃惊地后退了一步——跪倒在我的面前，捧着我的衣裾连连亲吻。这种姿态真是难以描述：它以一种非常强烈的力量震撼着我，我的整个身子马上颤抖起来了。我满心惊骇十分惶惑，仅只能喃喃着说：'您这么感激，我很谢谢您。可是，请您现在就走吧！晚上7点在火车站候车室里见面，那时我们再作告别。'他凝望着我，神情激动，两眼润湿闪亮。有一霎我以为他还想要说什么，有一霎他像是想要走近我。可是，他突然深深地鞠了一躬，立刻走出了屋子。"

她立起身来走到窗口，凝立在那儿向外注视了很久：我望着她的剪影似的后背，看出她正在轻轻战栗摇晃。她猛一下转过身来，态度很是坚决，一直安静无事的两只手突然间用力地左右甩开，像是要撕裂一点什么。接着，她坚定地——几乎可以说是勇敢地——抬眼盯着我，重又开口了：

"我答应过您，要做到完全坦率。我此刻感到这一诺言很有必要。因为现在，我第一次迫使自己，要按照情节先后顺序描述那一天的全部经过，要找出明白清晰的语句，来说明当时那种纷杂紊乱的心情，今天我才清楚地得到了许多认识，是我当初所不知道的，也许，我当初只是不想知道罢了。因此我要十分坚决地向自己，也向您说出真实情况：当时，在那个年轻人走出屋子，剩下，孤零零独自一人的一秒钟里，我曾经——仿佛一阵晕厥沉沉地向我压来——感到心上受了一下猛击，有点什么使我伤痛欲绝了。可是，我的被保护人对于我无限尊敬，他的这种态度那时还使我怦怦感动，怎的竟会忽然令我万分伤痛了，这却是我弄不明白的——或许是我不愿意弄明白吧。

"可是现在，当我迫使自己回溯往事，要坚决而又有层次地从内心里吐出一切，只当全是别人的事，要对于您这位证人毫不隐藏，不在您的面前因为感到羞愧而怯懦地有所避讳，这时我才明白了：当初我万分伤痛，实在是出于失望……我感到失望，因为……因为那个年轻人竟那么驯顺地离开了我……竟那么地一次也不曾企图抓住我，要求留在我的身旁；我所失望的是，我只说出了一个愿望，要他转回家去，而他竟卑顺敬畏地立刻依从了我，却不曾……却不曾有过一次企图，将我拉近他的身边；我所失望的是，他尊敬我，只是因为将我认作了忽然出现在他面前的一位圣者……而没有……而没觉得我是一个女人。

"这些正是当时我所失望的……这种失望，我当时和过后都不曾自己承认过，然而，一个女人的感觉是无所不知的，并不需要语言和意识。因为——我现在用不着再欺骗自己了——如果那位年轻人当时抓住了我，当时恳求过我，我定会跟着他去到天涯海角，我会听任自己和我的孩子们的姓氏蒙上羞辱……

我会不顾别人的非议和自己的理智，随着他一起逃走。就像那位跟一个刚认识了一天的年轻的法国人一同私奔的亨丽哀太太一样——逃到哪儿去、一道生活多久，这些我都会一概不问，对于自己先前的生活，我决不会稍稍回顾一下——为了这个人，我会将我的钱，我的姓氏，我的财产、我的名誉全部牺牲……我会甘心沿路乞讨，只要是他领着我走，世界上好像没有一处卑下的角落是我所不愿去的。一般人所谓的廉耻和顾虑，我可以完全抛在一边，他只需说一句话，只需向我走近一步，只要他曾经企图抓牢我，我就会在那一秒钟里立刻将自己整个儿交给他。可是……我向您说过的……这个人当时如醉如痴地看着我，竟不再觉得我是女人了……我那时多么狂热地倾向着他、多么甘愿委心相从啊，而只在剩下孤身一人时我方才自己感觉着了，我那一股激情被他的辉煌无比的、天使一般的面容引导着正在高涨，却突然坠跌下来，落回空虚凄凉的心胸之中，在里面翻腾不已。我勉强振作精神，出去赴约会，加倍感到非我所愿。我只觉得头上箍着一顶既重且紧的钢盔，压得我左摇右晃了：当我终于走向另一处旅馆，到我那位亲戚的寓所里去时，我的思绪分歧散乱，正像我的脚步一样。我坐在那儿闷闷怏怏，听着别人谈得上劲，我一再地忽然吃惊，偶尔抬起眼来，见到的是一些呆板的脸孔，它们比起那张像是高空行云变幻无穷、阴晴不定无限生动的脸来，全都像些纸糊的或僵冻的脸孔。我仿佛坐在了死人堆里，这一次亲友聚会竟这么可怕的了无生趣；当我一边舀着糖放进茶里、一边心不在焉地跟别人应答着时，那张唯一的脸不停地在我心上浮升，恰像是我心中的阵阵热血在推拥着它。观察那一张脸曾经成为我的无上欢乐，而现在——想想实在骇然！——再过一两小时我就只能最后一次重见它了。我一定是不自主地轻轻叹息了一声，或竟发出了呻吟，因为，我丈夫的表姊突然俯下身来问我怎么样了，是否很不舒服，说我脸色发白呼吸紧促了。她这么一问很是出我意外，马上使我毫不困难地找到一个借口，我急忙承认确是患了头痛病，请她允许我悄悄离开这儿，不让别人发觉。

"就这样，我得到了脱身之计，立刻不再迟延，匆匆赶回自己的旅馆。我走进屋子四顾寂寥，空虚凄凉的感觉重又袭上心头，我同时焦灼地感到迫不及待地只盼望再见到就要与我永别的那位年轻人。我在屋子里踱来踱去，枉费心力地打开橱柜，换了衣服和腰带，在镜子里仔细端详了一回，看看自己的装扮能不能引起他的注意。突然，我明白了自己的意愿：一切在所不惜，只要不失掉他！在那万分急遽的一秒钟里，我这个意愿立刻变成决心。我飞奔下楼找到管门的人，告诉他我要搭乘当晚的火车离开这儿。必须赶快准备：我打铃唤来使女，让她帮我收拾行李——时间确是很紧迫了。我们像上阵似的慌慌忙忙，将衣裳杂物胡乱塞进皮箱，这当儿，我暗自梦想着怎样给他一场惊喜：我将他送上火车，等到最后，等到只剩下最后的一霎，当他伸出手来跟我握别，我就出其不意地跳上车去，这一夜就和他同在一起，以后夜夜——只要他愿意，都和他同在一起。我想着这些不禁心跳血涌。感到一阵欢快兴奋的晕眩，好几次一边拿着衣裳扔进皮箱，一边失声大笑，弄得那位使女完全莫名其妙；我自己也觉得有些神经错乱了。脚夫进来搬取行李，我瞪眼望着，全不明白他在干什么：我心里激动得太厉害了，难以理解身外的一切。

"时间很紧迫，我估计已经是 7 点钟了，最多还剩二十分钟就要开车了。是的，我安慰着自己说，我现在不是去送行，我已经下定决心，要陪着他一同走，不论多久多远，完全听凭于他。脚夫搬出了行李，我匆匆去到账房结算账目。旅馆经理将钱找还给我，我正要转身离开，忽然有一只手在我肩上轻轻拍了一下。我受了一震。那是我的那位表姊，我刚才假称身体不爽，她放心不下，特意前来探望。我觉得眼前发黑了。我这时不需要她来看我，每一秒钟的耽搁都意味着无法弥补的损失，可是，又不得不顾及礼貌，至少得要站着跟她谈几句。'你必须躺在床上，'她劝我说，'你准是发热了'。倒也可能真是这样，因为，我的脉搏急促，两边太阳穴不住地跳动像是擂鼓，一阵阵只感到眼前青影乱晃，仿佛就要晕倒。可是，我竭力撑持着表示感谢，实际上每一句话都使我焦灼如焚，她的关心来得不是时候，我真想一脚踢开她。这位不速之客偏偏恋恋不舍一再纠缠，她掏出古龙香水，还硬要亲手替我抹揉太阳穴；我却在计算着每一分钟，急切地挂念着那个人，盘算着找个什么借口，好摆脱这种教人受罪的体贴。我越是焦急不宁，却越是使她担心：到后来她差不多想要将我拖进屋子逼上床去了。忽然——她还在左说右劝——我望了一眼前厅里的挂钟：只差两分钟就到 7 点半了，而 7 点 35 分火车就要开走。马上，我像是无意人世了，狠狠地甩手一推，快而且猛地甩开了我的表姊：'再见，我非走不可！'我毫不理会她当时的惊愕，对那些大为诧异的旅馆侍役也不看一眼。一气冲出门外来到街上，径直赶往车站。脚夫还在车站外面守着行李等候，我远远里望见他慌张地向我打着手势，便知道时间已经到了。我不顾命地奔向栅栏口，守栅栏的却不放我过去：我忘了买票。我竭力婉言央告，请求破例通融，不料，火车蠕蠕开动了：我全身哆嗦，隔着栅栏张望，只盼着还能从一个车窗口再见他一面，得到他的一瞥一视、一次挥手，可是，火车渐渐加快，我再也无法认出那张脸来了。一节节车厢飞驰而逝，一分钟后已经不见踪影。只留下冉冉浓烟，在我的一片昏黑的眼前缓缓升腾。

"我站在那儿大概已经全身僵化了，天知道站了多久，脚夫准是叫了几遍不见我答应，才大胆地碰了一下我的胳臂。我猛然惊醒。他问我要不要将行李运回旅馆。我想了一分钟：不，那是不行的，我走得那么仓促、那么可笑，不能够再回去了，我也不愿意重回到那儿去，永远不再回去。我这时真是万般孤寂满心烦乱，只好命令脚夫，教他将行李送到保管处暂时寄存。后来，在车站的大厅里，在阵阵喧噪和往来不停的人群里，我才尽力思索，希望能清楚地考虑一番，找到一个解放的办法，脱出愤恨懊丧、苦痛失望的重压。因为——有什么不可承认的呢？——我那时自怨自艾，责怪自己失去了与他重聚的最后机会，这个想法像一柄灼热而锋利的尖刀，残酷地剜割着我的内心，我心上被剜割得那么凶猛炽烈，残酷的程度有增无已，令我伤痛至极直要高声号叫。只有从来不曾有过激情的人，才会在一生中可能出现的唯一瞬间，表现出这般雪山突崩，这般狂风乍起似的激情：多少年废置无用的生命力忽然倾泻出来，奔腾澎湃滚滚而下，一齐涌汇胸中。我从来，不论在这以前或以后，不曾像在这一秒钟里那样，感到万分骇愕满腔怨愤，茫然不知所措。我原已心坚意决，不惜鲁莽从事，准备将长久积聚的全部生命一次抛掷出去，却突然发现迎面堵着一道令人顿失知觉的墙壁，我被激情带着一头撞在了上面。

"我下一步所做的事只能说是完全失去知觉以后的举动，不可能再有别的解释。那简直是发了痴，甚至是非常愚蠢，我几乎羞于叙述——可是，我对自己、对您曾经有过诺言，要做到无所隐瞒。我那时……重新开始寻找他……我寻索旧迹，想追回与他同处时的每一瞬间……我昨天与他一同逗留过的每一处所都在有力地吸引着我，我要去到临街的花园，看一看我将他从上面拖起来的那张长椅，我想去那初见他的赌馆，甚至也想上那个下等旅店去一次，只为了……只为了追怀往事。我还打算第二天早上雇一辆马车，沿着海岸再循旧路，重温一遍每一句话、他的每一个动作——我真是神志昏乱了，竟那么无聊、这么幼稚。可是，您试想想，那许多事在我全是突如其来，简直疾如电闪——我来不及再有别的感觉，只能像是猛受重击昏迷不醒了。现在却又过于急遽地从昏迷中觉醒过来，我记忆犹新，还想一一重新追溯，再领略一遍正在消逝的新奇感受，我们称之为记忆的东西真是一种富有魔力的自我欺骗，的确：一切就是这么一回事，不管我们是否理解。要想懂得其中的奥妙，也许必须有一颗燃烧的心吧。

"就这样，我首先去到赌馆，想看看他在那儿坐过的那张赌台，在许多只手里面想象出他的一双手来。我走了进去：我还记得，我第一次看到他，是在第二间屋子里靠左边的赌台旁。他的神态身影如在我的眼前，种种姿势历历可辨：我可以像个梦游人，闭着眼伸着手摸索到他所待过的地方。我就这样走了进去，一径穿过大厅。正在这时……当我从门口朝着纷乱的人群投了一瞥……我眼前出现了一件奇事……恰在我梦想着他所在的位置上，忽然见到——简直是发热病时的幻影一般！——坐在那儿的真就是他……真是他……真是他……正是我刚才梦想着的模样……正是前一天的那般模样，两眼牢牢盯着转轮里的圆球，脸色亢奋苍白……是他……是他……明明是他……我惊骇无比，真要叫出声来。可是，眼前的景象太不可思议了，我极力镇定，赶紧闭上眼睛。'你神经错乱了……你做梦了……你发热了，'我对自己连连说道，'这是不可能的，你见着了幻影……半小时以前他已经离开这儿了。'后来，我又睁开眼睛。可是，太可怕了：还像刚才一样，他坐在那儿，明明是他……在千百万只手里我也能认出来那是他的手……不，我没有做梦，确实是他。他并没有实践自己的誓言，还不曾离开这儿，这个疯狂了的人又坐上了赌台，他又有了钱，我拿给他叫他回家的钱，他又陷入这种激情完全忘掉自己了，又来大赌特赌了，而我还在痛苦绝望地整个心儿飞向他。

"我猛地一下冲上前去，一阵愤恨使我两眼模糊。我愤恨得眼睛发红了，这个背弃誓言的人这么无耻地欺骗了我，将我的倍赖、我的情意、我的牺牲全都抛在脑后，我直想扼死他。然而，我还是克制着自己。我强迫自己放慢脚步（我费了多么大的劲啊！）走近赌台站在他的对面，一位先生有礼貌地给我让了一个座位。我们两人之间隔着两米宽的绿呢台面，我像是坐在剧院楼厢里观剧一样，能够看清他的脸，正是这张脸，两小时前我曾见它光彩四射满含感激之意，闪耀着欣蒙神恩的灵辉，现在却又因为地狱火焰一般的激情而抽搐改样了。他的两只手，正是那两只手，今天下午我还曾见它们抱着教堂里的经案立下最神圣的誓愿，这时又弯曲如钩地四面攫钱，像是两只嗜血的蝙蝠。因为，他这时赢了钱，一定已经赢了很多、很多钱：他面前亮晃晃地胡乱堆着许多赌筹、许多金路易、许多钞票，凌乱地羼在一处，他的手指，他的神经战栗的手指，大得其乐地在钱堆里来回抓搔扒弄。我看见他的手指紧捏着那些钞票，将它们一一抚平折叠起来，翻转着那些金币，喜滋滋地一再摩挲着，突然，他猛一下抓起了满满一把钱，扔到一处下注的方格里，立刻，他的鼻翼两侧又开始飞快地连连抽动，管台子的人的叫喊震开了他的两眼，使它们露出了贪婪的光芒，从钱堆上抬起来瞪着前面，盯着那个正在跳动的圆球，他仿佛被一股激流带着要向前冲，可是两肘却像是被牢牢地钉在了绿呢台面上。他那一副着了魔般的神情，比前一天晚上所表现的更为可怕，更为骇人，因为，他现在的一举一动使我心上原有的印象相形之下黯然失色了,恰像是镶嵌在金边像框里的照片,而这个金相框是我自己一时轻信给镶嵌上的。

"我们两人相隔两米面对着面,各自喘息不宁;我盯着他,他却没有注意到我。他不曾看见我,他谁也不曾看见;他只瞧着钱堆,目光只在向后倒滚的圆球上溜转:他所有的知觉全被这个狂乱的绿色圆圈囚禁住了,只在那里面来回奔突。在这个嗜赌如命的人眼里,整个世界,整个人类全都熔化了,已被铸成这片铺着绿呢的方围之地。我知道,我尽可以在那儿一连站上几小时,他也决不会感觉出有我在场。

"可是,我再也不能忍耐了。我突然下定决心,绕着赌台走到他的背后,使劲地用手抓住他的肩膀。他目光昏乱地抬头望了一眼——他瞪着玻璃球似的眼珠盯了我一秒钟,活像一个醉汉被人从沉睡中猛力推醒,眼里还是灰雾茫茫烟幛重重。然后,他似乎认出了我,筋肉抽搐地张着嘴,兴致勃勃地仰看着我,喃喃地说出一些不知所云的知心话来:

"'运气不坏……我走进来看见他在这儿,马上知道要交运了……我马上就知道了……'

"我不懂他说些什么。我只看出他已赌得如醉如痴了,我看出这个神经错乱了的人已经忘掉一切,忘了他的誓愿,他的诺言,忘了我,也忘了整个世界。可是,他这种疯魔状态中的狂喜神情令我大为着迷,我竟不由自主地应答着他,十分惊异地问他见到了什么人。

"'那边,那个只有一只手的俄国老将军,'他悄声告诉我说,直凑近我的耳朵,不让这个秘密被别人偷听去。'就是那位生着雪白的颊须、背后站着一个侍从的人。他老是赢钱,我昨天就注意到他了,他准是有一套赌诀,我现在回回跟着他下注……昨天他也是始终都赢的……我昨天犯了个错误……不该

在他走了以后还要赌下去……那是我的错……他昨天一定赢了两万法郎……今天他照旧是回回得彩……我现在老跟着他……现在……'

"正说着话，他突然停住了，因为那当儿，管台子的扯着嗓子嚷了一声：'Faitesvotrejeu！'①一听到这声嚷叫，他立刻移开目光，贪婪地注视着那个生着一部大白胡子的俄国人。俄国人稳稳地坐在那儿不动声色，意态从容地拿起了一个金币，迟疑了一下又拿起一个来，一齐押在第四门上。马上，我眼前这双急切的手慌忙插进钱堆里，抓起了满满一把金币，也押在了同一门上。一分钟后，管台子的喊了一声：'空门！'接着便将台子上所有的钱全部揽走了，这时，他望着被人席卷而去的钱，竟像是遇着了什么奇迹。您也许以为，他会要回过头来看我一眼吧：不，他整个儿忘掉我了；我早已从他的生活里坠落了、消逝了、隐没了，他全身紧张，眼里只盯着那个俄国将军，望着那人毫不在意地又拿起了两个金币，还不曾决定押在哪一门上。

"我无法向您描述我的痛苦、我的绝望。可是，您试想想我那时的心情：为了这个人，我抛弃了自己的全部生活，现在我在他的眼里还不及一只苍蝇，不值得他懒懒地轻轻挥手驱赶开。那阵愤恨又在我的身上潮涌起来。我猛力地抓住了他的手，使他吃了一惊。'马上站起来！'我向他轻声而带命令口吻地说道。'想想今天在教堂里许下的誓愿吧，不守誓言的、没有心肝的人！'

"他瞪眼望着我，神情惶惑脸色苍白。他的眼里突然露出颓丧的表情，像是一条挨了打的狗，他的嘴唇颤抖着。他仿佛猛

---

① 法语："各位下注吧！"

311

然间记起了先前的一切,他仿佛有些醒悟了。

"'是的……是的……'他喃喃道,'噢,我的上帝,我的上帝啊……是的……我马上走,求您原谅……'

"他的手开始整理着那堆钱,最初动作敏捷,很是毅然决然的样子,可是后来,又慢慢儿变得少气乏力的了,像是逢着了一股逆流。他的目光重又落在那个俄国人身上,那人正在下注。

"'再等一小会儿……'他飞快地抓起五个金币,扔到俄国人下注的地方,'只赌这一注……我向您起誓,我马上就走……只赌这一注……只赌……'

"他的声音又低沉下去了。圆球已经开始滚动,将他也带着走了。这个着了魔的人又从我的手里,也从他自己的手里,滑脱了:平轮连连旋转,圆球滚跳不停,他也跟着跌进里面去了。管台子的又在喊叫,又揽走了他那五个金币——他输了。可是,他并不曾转过身来。他忘了我,忘了誓约,忘了一分钟以前向我说过的话。他那双贪婪的手又痉挛地攫取着渐渐消融的那堆钱,他的如醉如痴的两眼闪闪熠熠,只顾盯着吸住了他的心意的那块磁石——他对面那位会给他带来幸福的人。

"我忍无可忍了。我再推了他一下,这一次却推得十分着力。'立刻站起身来!马上走!……您说过只赌一注的……'

"可是,竟发生了意想不到的事。他突然扭回头来瞪着我,脸上不再有卑顺惶惑的神色,简直是一张狂暴的脸,是一团怒火,两眼灼灼如焚,嘴唇愤愤战栗。'别搅扰我!'他向我吼道。'走开些!你给我带来晦气。你在这儿我老是输钱。昨天是你连累了我,今天又来了,你走远一点吧!'

"我顿时愣住了。可是,他这么疯狂,我也怒不可遏了。

"'我给你带来晦气?'我说,'你这个骗子、你这个贼,你向我发过誓……'我还不曾说完,这个着了魔的人就从座位上猛跳起来，使劲将我推开，周围的人纷纷骚动，他却毫不在意。'不用管我的事，'他不顾一切地高声嚷叫，'你又不是我的监护人……哪……哪……拿去，这是你的钱，'他扔给我几张一百法郎的钞票……'现在可该让我安静啦！'

"他嚷得那么凶，完全像是着了魔，毫不理会有上百的人围着我们。人人都在探头张望，都在窃窃议论、指指点点、暗暗嗤笑，连隔壁大厅里的许多人也纷纷好奇地挤了进来。我只觉得自己像被剥掉衣裳赤身露体站在这许多人面前……

"'Silence, Madame, silvousplait！'① 管台子的很无礼地大声叫道，一边用笆竿敲着桌子。他是在命令我，这个狠毒的家伙的这句话是说给我听的。我受了屈辱，我羞惭得无地自容，我站在许多交头接耳纷纷窃议的人面前，恰像一个被人将钱扔到脸上的妓女。两三百只肆无忌惮的眼睛盯在我的脸上，忽然……当我羞愧难当避开眼去……竟忽然遇着了两只眼睛，惊骇万状地瞪着我，尖刀似的直刺向我——那是我的表姊。她丧魂失魄地瞧着我，张口结舌，高举着一只手，像是吓呆了。

"我顿时吓得魂不附体：不等她能够有所行动，趁她还没有从惊骇中恢复过来，我立刻冲出了大厅；我一口气逃出门外，奔向一张长椅——恰是那个着了魔的人昨晚倒在上面的那张长椅。我也同样力竭气尽、同样身疲心碎地倒在这条无情的木板上了。

"如今隔了二十五年，我只要回想起那一霎，回想起自己受了他的凌辱低下头来站在千百个陌生人面前的情景，就会立刻遍体冰凉。我同时还又体验到，我们平日夸夸其谈称之为心灵、精神或情感的那点什么，我们称之为痛苦的那点什么，是多么

---

① 法语："太太，请安静一下！"

软弱、浅陋而琐屑的东西啊,所有这些即使大量涌现,也无法使一个受苦的肉体完全毁灭,一个人在这样的时刻里也还是血脉不停一息犹存的,不至于像一棵大树那样,受了雷击立刻拔根倒地终结生命。我当时的痛苦仅仅只是那么一下,仅仅只在那一霎,刺入我的骨髓,使我呼吸闭塞全身沉重,倒向那张长椅,领会到一阵与世长辞的愉快感觉。可是,我刚刚说过,一切痛苦毕竟是懦弱的表现,在坚强有力的生活感召下自会悄悄隐退,我们肉体里面留存着的生活感召似乎远比我们精神里面所有的求死之意更为强烈。我那么哀痛欲绝,后来怎会重又站立起来,我自己也弄不明白,不过,我终于又站立起来了,当然,脑子里并没有想到要做什么。我突然记起,我的行李还在车站上存放着,我马上有了一个主意:离开,离开,离开,离开这儿,离开这个该诅咒的人间地狱。我对谁也不理睬,一气跑到车站,打听去往巴黎的下一班火车什么时候开行;守门人告诉我10点钟有一班火车,我立刻办妥了托运行李的事。10点——从那场惊心动魄的遭遇开始时算起,正好是二十四小时,这二十四小时充满了种种荒谬透顶的情感变化,此起彼伏直如风雨交摧,我的内心世界从此永远被毁。可是那时,我脑子里别无他念,只有一个连连轰击、不断震荡着的音响:离开!离开!离开!我头上血脉急涌,直像是有个木楔不停地打进我的太阳穴里:离开!离开!离开!离开这个城市,离开我自己,回家去,回到家人身边,回到过去,回到自己的生活里去!那一夜我坐上火车来到巴黎,到了巴黎又再换车,一站接着一站,从巴黎到布隆,从布隆到多佛,从多佛到伦敦,从伦敦去到我的儿子那儿——路上完全待在狂奔疾驰的火车里,整整四十八小时不思、不想,整整四十八小时不睡觉、不说话、不吃东西,车声隆隆只有一个音响:离开!离开!离开!离开!最后,我走进了我儿子的乡间住宅，人人感到意外，个个满心惊诧：我的举止和眼色里一定有点什么泄露出了我的隐秘。我的儿子想要拥抱我、亲吻我。我连忙避开了他：我实在忍受不了，我想到自己的嘴唇已被玷污，不能再跟他接触了。我什么话也不回答，只希望洗一次澡，我觉得必须洗净旅途所受的尘秽，也必须洗去一切别的污秽，那个着了魔的人，那个毫无价值的人的激情仿佛还粘在我的身上。然后，我蜷进了自己的屋子，睡了十二、十四小时，睡得昏昏沉沉如同僵死一般，真是我的一次前所未有，以后也绝不会有的睡眠，这次睡眠使我现在已能体会躺在棺材里瞑目长逝的况味。我的许多亲戚对我温存关切，像是对待一个病人，可是，他们的柔情蜜意只能令我伤心，他们对我爱敬有加，我只感到满心羞惭，我必须时时刻刻处处留神，提防自己突然失声惨叫。为了一时疯狂而荒唐的激情，我背叛过他们，忘怀过他们，还曾经企图完全撇弃他们，我多么愧对他们啊。

"后来，我无所事事，又去到法国，住在一个谁也不认识我的小镇上，因为，老有一个幻觉跟随着我，使我感到无论谁只要看看我的眼神，便能识破我的终生耻辱，便能窥见我的心境变异。我竟是这么深深地感到自己不忠、不洁，连灵魂里最深处也不得安宁。常常，每当清晨醒来，我立刻惊惶恐惧不敢睁开眼睛。我马上又记起了那一夜醒来时的感觉，唯恐突然发现身旁有个半裸的陌生人，我顿时像那次一样，心上只有一个愿望：赶快死掉。

"然而，时间终是最有力量的，年龄对于一切情感自有一种奇异的磨蚀作用。人若想到死期将至，死神的黑影已经罩上了人生的旅途，一切事物就会显得模糊黯淡，不再那么明锐地刺激感觉，它们那种摧伤心情的力量就会减少许多了。渐渐地，我已能心定神宁无所惊悸了。又过了许多年，有一回我在一次宴会上遇着一位奥国公使馆的武官，一个年轻的波兰人，我向他问起了某个家族，他告诉我，这一家正是他的堂族，他们的儿子十年前在蒙特卡罗自杀死了——我听了这话不曾震栗一下。这事不再令我伤痛了，它也许——何必掩盖自私的心理呢？——还曾使我感到庆幸，因为，我一直担心会再遇到他，这点最后的恐惧现在完全消失了：我现在除了自己的回忆，再也没有什么不利于我的见证了。这以后我变得心神安谧了。人上了年纪没有别的特征，只不过是对于过去不再感到不安罢了。

"您现在该可以了解，为什么我会突然要向您谈起自己的遭遇，您为亨丽哀太太辩护过，您热情地宣称，二十四小时的时间就足以决定一个女人的整个命运，我当时曾经这么想：我非常感激您，因为，我第一次觉着有人在替我申辩。我立刻暗暗忖量：将自己的内心倾吐一次，也许能解除心头的压抑，卸却长日的忆想；如果这样，我明天也许能够去往蒙特卡罗，再走进决定过我的命运的那间赌厅，对他对我都会不再有所怨尤了。如果这样，压住我灵魂的一盘巨石就会坠落，深深沉入过去，永远不再浮现。我能够将这些全部向您叙述，对我确有好处：我此刻心上轻松得多了，差不多感到快乐了……我谢谢您。"

说到这儿，她突然站起身来，我知道，她的话已经说完了。我十分窘迫，想要说点什么才好。可是，她准是觉察到了我的窘态，连忙阻止我道："不，请您不必说什么……，我不想让您回答我，也不需要您对我说什么……您听完了我的话，我非常感谢您，祝您一路平安。"

她站在我的面前，向我伸出手来握别。我不由得向她脸上看了一眼，我深深感动了：这位老太太的脸色令人惊异，她神态慈祥地站在我的面前，却又同时微露羞赧，不知是往昔的激情回光映照，还是由于心情惶乱，她的两颊上忽然泛起一层霞晕。她那么站着真像是一位少女，往事的回忆使她惶惑，自己的供述令她羞惭，她像新嫁娘一样有些腼腆局促了。我看出了这一点。更感到应该说一句话，表达我心上对她的崇敬。然而，我喉管哽塞，说不出什么来了。于是，我弯下了腰，满怀敬意地吻了一下她枯萎的、秋叶般微微颤抖的手。

（纪琨　译）

出品人：许　永
出版统筹：林园林
责任编辑：许宗华
特邀编辑：林园林
装帧设计：海　云
印制总监：蒋　波
发行总监：田峰峥

投稿信箱：cmsdbj@163.com
发　　行：北京创美汇品图书有限公司
发行热线：010-59799930

创美工厂
微信公众平台

创美工厂
官方微博